中国文学佳作选

中短篇小说卷

王晓君 编

華文出版社
SINO-CULTURE PRESS

图书在版编目（CIP）数据

中国文学佳作选. 中短篇小说卷 / 王晓君编. 北京 : 华文出版社, 2025. 3. — ISBN 978-7-5075-6109-8

Ⅰ. I217.1

中国国家版本馆CIP数据核字第2025344C7E号

中国文学佳作选 · 中短篇小说卷

编　　者：王晓君
责任编辑：胡慧华
特约编辑：千　岛
出版发行：华文出版社
社　　址：北京市西城区广外大街 305 号 8 区 2 号楼
邮政编码：100055
网　　址：http://www.hwcbs.cn
电　　话：总 编 室 010-58336239　发 行 部 010-58336212
责任编辑 010-58336197
经　　销：新华书店
印　　刷：三河市人民印务有限公司
开　　本：710mm×1000mm　1/16
印　　张：18.25
字　　数：220 千字
版　　次：2025 年 3 月第 1 版
印　　次：2025 年 3 月第 1 次印刷
标准书号：ISBN 978-7-5075-6109-8
定　　价：88.00 元

目　录

短篇小说

中篇小说

短篇小说

月亮宴

张　炜

小果园的老爷爷一直在准备一件重要的事情。他不告诉我们，可是总能让人知道。大人们有时候想隐藏点什么，总也不能成功。老爷爷把一块腊肉放到一边，还把包得四四方方的点心扣在一个陶盆下面。我和壮壮偷着笑，忍不住想动动这些宝物。“把腊肉割下一半，藏到咱们林子的小窝里，再拿两块点心……”我们只是这样说，其实并没有做。

我们要等等看。壮壮告诉我爷爷要去看他的老友了，那也是一个看园子的老头儿，独自住在一个小泥屋中。“他们要凑在一块儿好好喝一场酒，不过这边得留下一个人看家。”壮壮说。我说：“这里也没什么东西了，果子全摘了，屋门锁上就好，顶多留下花斑狗。”花斑狗大概听清了我的话，回头盯了一眼。壮壮摇头：“葡萄还剩一点儿，再就是几垄菜地。”

“我考考你俩，月亮什么时候最圆？”老爷爷问我们，却笑眯眯地看着花斑狗。壮壮说：“十五日晚上。”我加一句：“十六日晚上。”

老爷爷眯着眼：“就是。这一天我要去赴宴了，你俩替我看着园子吧。回来有赏物。”“赏什么？”我刚问，壮壮就抢答：“一把毛栗子。”老人沉下脸：“还有‘海锥’哩！”“海锥”是比花生米还要小的一种海螺，有一种特别的鲜味儿。我咂咂嘴。老爷爷以为我们答应了，高兴起来。

我和壮壮可不甘心。眼睁睁地看着他一个人去那么好的地方，而且是“赴宴”，真馋人。我对壮壮说：“我从来没有‘赴宴’过！”壮壮说：“我也没有！”

我们想出了一个办法：到了那个夜晚，我们要留下一个跟上一个，轮流去那儿！这个办法实在不错，老人也不会有理由拒绝。最大的难题是后边去的人无法找到那个泥屋。我们说出了自己的计划，提议老人早些把礼物送到老友那儿，先认一下路。谁知老人听了立刻摇头：“这可不行！我不能当晚空着手‘赴宴’哪，你们小孩子不懂！”

月亮越来越圆。老爷爷精神头儿更大了。我们缠着他讲故事，讲讲那个老友的故事。“我和朋友打年轻时就结交了，他一开始在海边看渔铺，再后来又看果园。谁住在小园子里都嫌孤单，他可不怕。他这辈子就喜欢一个人待着，连我这样的老友也顶多和他玩上三五个钟头，然后离开。”壮壮问为什么，“客人待得太久，他会烦。”

老人看着天上的月亮：“我们喝酒，他会搬出最好的吃物，那里有谁也想不到的好东西！我们拉家常，骂人，下一会儿五子棋。下棋是他的一手绝活儿，听说是老狗獾教他的。他能讲不少海里的故事，因为看渔铺那些年结交了不少海里的精灵。冬天海边多冷啊，他穿了翻毛大衣，点上火炉，半夜里那些‘哈里哈气’的都来找他喝酒……”

“‘哈里哈气’是什么？”壮壮叫起来。

“嗯嗯，就是野物嘛！”老人抹抹嘴巴。

我问：“老狗獾？就是管住水渠两岸的那一只？”

“不，不是，是另一只年纪更大的，如果活着也有七八十岁了。这都是一些‘老山货’了。咱这一带跟那些上年纪的野物都这样叫，老兔子、老狐狸、老野狸子，都这么称呼。再狠的猎人也不会对‘老山货’下手，因为它们个个都有一手，人斗不过它们。老狗獾能躲闪枪子儿，能下五子棋，还能陪人喝一杯。”

我和壮壮笑起来。

“有一年初冬，海边上七个看渔铺的老人，外加三个看果园的老人，一共十个，都迷上了五子棋。他们当中下得最好的就是老狗獾的徒弟。为了报答师傅，老人送给他一盒鱼罐头，这是他儿子从城里捎给他的稀罕物件。老狗獾的徒弟一抬手扔了，因为这怎么比得上海边的新鲜吃物，他才看不上。”老人咂着湿漉漉的嘴巴，“月亮天，喝酒天！”

我想说外祖母那儿有最好的酒，但忍住了。

“老友那儿有不少烈酒。别人都用葡萄造甜酒，他能造有劲道的酒。有一回我连喝了几杯，结果给‘放挺’了，差点儿回不了家。”老人搓搓鼻子，看看壮壮。

壮壮小声告诉：“‘放挺’了，就是仰躺在地上爬不起来！”

月亮终于圆了。老人扳着手指：“明儿替我看好园子啊！”

我和壮壮反对：“我们可不能让你自己去！你被‘放挺’了就糟了！”老人抄着手不吭气。我们一再坚持，他就说：“不能带上吵吵闹闹的孩子。”我们下了保证：不说话总可以吧？老人挠着头，勉强同意只带一个。

这个夜晚，我和老人一起“赴宴”，壮壮和花斑狗留下。其实最后壮壮和花斑狗会远远地跟上。老爷爷用一个玉米皮编成的大提兜装上腊肉和点心，扛了枪，然后上路。那枪是做样子的，他每次出门都要背上它。

月亮升起来。我们走向东北方，沿着一条时隐时现的小路往前。地上的马兰和宝绎草引得我几次弯下腰，这些花儿实在太好看了。走了一会儿，树木稀疏了，羊茅草窠里不断有什么奔跑，并不怕人。“月亮天，撒欢天，人和野物全都一样。”他在前边咕哝。又走了一会儿，身后好像有个较大的野物，他几次停下步子，猫下腰看。我想笑：那是壮壮和花斑狗在尾随我们。

这条路真有点远。穿过柳林和槐林，又进入杂树林。矮矮的毛榛上缠了篱打碗花，蚂蚱不时从上面跳起来。女贞和水蜡树都结果了，野山药攀到了半腰。月光下静静开放的白花像野菊，走近了，才看出是紫菀。小虫子远远近近鸣叫，更远处传来一只鸟的惊呼：“谁啊！谁啊！”老爷爷仰脸听了听，说：“如果是大黑天，我也不敢一个人走太远的路。”

前边是一片洋槐林，走出林子，马上看到了一片空地，地上长满了野麦草，草地中间是一行行葡萄架，架子北边是一幢不大的泥屋。大概这就是今夜要找的好地方了。我高兴极了。月光染得到处黄蒙蒙的。离园子近了，泥屋那儿传来一声咳嗽，接上又有个孩子的声音在喊：“来了啊！来了啊！”老爷爷朝我挤挤眼：“那是‘小梅’在喊！”

一个瘦瘦的老人站在园门口。他的眼真亮，头发全白了。“孙子？”他看看我。老爷爷把我拉到跟前介绍一番，老人摸了摸我的头。刚才呼叫的原来是一只鸟，黑色，像一只小喜鹊那么大，这就是“小梅”！“哈哈哈哈！”它冲我笑了。我凑到它跟前：“小梅你好！”“你好！你好！”它连连回应。

两个老人进了泥屋。我只和小梅说话。它歪着头看我，长时间不吭一声，突然用粗嗓子骂了一句：“狗东西！”我一惊，退开一步，它却再次放声大笑起来。

泥屋前是一个爬满了凌霄和忍冬的藤萝架，扑鼻的花草香气从四周漫来。葡萄树下开满了千层菊，它今夜起劲地散发香气。离开藤萝远一点摆了一张白木桌，上面是盛满食物的碟子、汤罐和陶钵、果子、酒壶，还有几个小木盒。桌旁是五六个草墩，一看就知道还要等别的客人。馋人的气味。我的眼睛离不开桌子，让自己都有点不好意思。

这时，离我们不远处响起了杜鹃的叫声。两个老人低头从屋里往外搬东西，“小梅”却又一次大喊：“来了！来了！”我知道它说得一点没错：那是壮壮，不是杜鹃！我朝它做个威吓的手势，它才闭上了嘴巴。

我们坐在桌旁。瘦老人使劲抿着嘴，看看我和老友。大概面对最好的吃物，他就是这副表情。他掀开了一个小木盒：“这个！”老爷爷小心地夹出一点嚼了嚼，说：“哎呀！”然后马上端起杯子。我明白，遇到太好吃的东西，必须赶紧用烈酒压一下，不然会受不了。我夹了一点放进嘴里：海蛤肉，有酒味儿，还有不知多么古怪的味儿，一丝丝辣，一丝丝麻，又臭又香。我心里咕哝壮壮，看看月亮，想着他这时在园子旁边眼巴巴看着，真替他难过。

两个老人慢慢地吮酒，一股香气漫开来，让离酒桌不远的小梅不安起来。它在木杆上踱步，踱了好几个来回，发出老人一样的声音："哼哼！哼哼！"瘦老人听到了，伸着筷子指点它："一见家长喝酒就这样！"老爷爷放了盅子问："你家'小胡来'去哪了？""一会儿回，不等。"我想"小胡来"可能是瘦老人身边的孩子，桌旁的一个草墩肯定是为他留的。

杜鹃又叫起来。瘦老人说："今夜，什么野物都迎着酒气赶来了。园子四周都有，它们伏在地上，趴在树上，暗中瞅着咱们大吃大喝。"我偷着发笑。瘦老人又说："窖里的酒留给自己、留给老哥；后园里还有些散酒，那是留给野物的。不客气讲，老伙计，我在这林子和野地里可有不少朋友！所以每年里都要造上好几坛酒，有人以为全都用来跟海边换大鱼的，其实可不一定……"

瘦老人话多了，一下下拍打老爷爷的肩膀。老爷爷一连饮了几盅，很快泪眼蒙眬了，望着对面的老友。我顾不得吃东西，直眼看着他们。

"你带来的腊肉、点心，咱今晚不吃，还不是吃的时候。你知道啊老伙计，我这人别的毛病没有，就是喜好捣弄吃物。我可不愿回大园子里吃食堂，咱要有自己一辈子的口福！"瘦老人说着，突然歪头对葡萄架那儿喊着："是'小胡来'吧？瞎磨蹭什么？你后边还有谁？快些过来！"

我愣怔了一下，腾地站起，老爷爷把我按到座位上。我看到一只黄色的大猫大步从树影里走出，一直向桌前走来。最让人吃惊的是，它身后好像刮了一阵风，很小的风，那是一只大鸟落在葡萄架上，然后轻轻跳下。老天，这是比猫还要大的一只猫头鹰，大脸圆眼，很胖，昂着头，迈着一双粗腿走过来。我不由得缩了一下身子，倚在老爷爷身边。

它们不紧不慢地跳上空着的两个草墩。因为猫头鹰就在我的邻座，让我使劲躲闪，瘦老人就摆手："不怕不怕，这是'三喜'，老实孩子！"说着从桌上夹起什么放到它们跟前。它们不再张望，专心吃着东西。

老爷爷端着杯子向"小胡来"和"三喜"敬一下，一饮而尽，对我说："它们都是从小养大的，已经不淘气了，都是好人。"

瘦老人转过脸，过来抚了几下"三喜"的大背头，又刮了一下它的鼻子。"三喜"黑硬的勾鼻给人一种恶狠狠的感觉，还有那锃亮的大圆眼，一转向我，就让我心上颤颤的。它的两条腿差不多有我的胳膊粗，我还是第一次就近看到猫头鹰的两条粗腿。“它有孝心，以前从外面回来都要带回一只仓鼠，后来才明白我是不吃这玩意儿的。我往它鼻子上抹了点酒，它扨一扨，摇摇晃晃走不稳路。它这就明白了，我和它是两码事。”

老爷爷哈哈大笑，从我身后伸手去一边摸着猫头鹰，一边说：“‘小胡来’夜里蜷在老爷爷炕上睡，它身上火力足，冬天比灌满了热水的胶皮袋还管用！”

瘦老人回到自己的座位，默默地喝酒。我看看两个老人，真想学他们。我不敢喝。我发现邻座的“三喜”大口吃掉跟前的东西，两眼变得更亮了，它小心地看了我一次。它用友爱的目光看瘦老人和旁边的猫。

杜鹃又叫了。小梅在木杆上来回踱步，低声骂了一句：“狗东西。”我已经吃得太多了，站起来，想和小梅谈一会儿。我问：“你不饿吗？”它停止踱步，说：“笑死人了！”“笑什么？”它看看空中的月亮，大声说：“上网了！上网了！”我明白了，它喊的是海边的事。我摆摆手：“你错了，这会儿可不会上网！”

想不到瘦老人听到了，回头说：“小梅说得对，这么好的月亮天，打鱼人可闲不着。”

老爷爷附和着老友，从声音上可以知道，他已经喝多了。月亮升到了半空，从月色里看大树，看葡萄园，好像到处都伏着一只只大鸟。月光把猫头鹰的背头照得清清楚楚，从远一点看就像一个沉默寡言、很有威信的人，而且坐得很直。天不早了，杜鹃又叫了。这只杜鹃该走到酒桌跟前了。

可惜这时候一场酒宴真的要结束了。老爷爷站起，晃动着说：“老哥，我要回了，回了。我大概不能留下来下五子棋了。”

我马上扔下小梅去搀扶老爷爷。两个老人在告别，拍拍打打。老爷爷又去“小胡来”和“三喜”那儿拍拍打打。小梅高兴地唱起歌来，那歌很怪，仔细听了听，是半截拉网号子。

我搀着老爷爷走出园子。他伏在我肩上说：“今晚，我只差一点就被‘放挺’了！”

老爷爷拖着步子，身体沉极了。我相信自己一离开他，他一定会平躺在地上。我很快累得气喘吁吁，眼看就要坚持不下去的时候，一个人笑嘻嘻地出现了，从另一边搀住了老人。

当然，他就是那只“杜鹃”。

原载《清明》2019 年第 3 期

不再喊他老师

刘庆邦

小学一年级到四年级，为初级小学，简称初小。五年级到六年级，为高级小学，简称高小。我不知道现在是不是还这么说，反正我们那时候是这么说的。

和我同时代上学的农村学生，大多只上到初小就不上了。在履历表的学历一栏里，他们不能笼统地填小学，填初小才算准确。拿我们村的学校来说，就只有初小，上高小只能到三里外的镇上的学校去上。村里和我同班的同学大约有三四十个，其中只有十多个同学去镇上读高小，二十多个同学只上完初小就完了。特别是那些女同学，她们连一个到镇上读高小的都没有。不知是谁对她们实行了一刀切，一刀下去，把她们都切掉了。这样一来，到镇上读高小的是清一色的男同学，也就是乡下人所说的破小子。这样也好，破小子们夏天去上学，还没走到河边，提前就把裤衩脱掉了。等走到桥上，扑通一下子就跳到水里去了。

在村办学校教我们读书的先后有两位老师，第一位是我的堂叔，第二位也是我的堂叔。第一位堂叔在三兄弟中排行老三，没当老师前，我都是喊他三叔。巧了，第二位堂叔也是三兄弟中的老三，我也是先叫他三叔，后叫他老师。这两位老师都是只有初小学历。

先来说说第一位老师，这位老师的名字叫刘本孝。如果我没记错的话，我们村的小学是 1958 年开办的，我是 1958 年入的学。其实在解放初期，我们村就办过学校，学校办在村东的一座奶奶庙里，我大姐就在那个学校上过学。学校有两位老师，一位男老师，一位女老师。男老师家住小李庄，是我的表哥。女老师是我们村范姓地主家的儿媳妇。不知怎么搞的，表哥跟他的同事搞到一块儿去了，还把女老师搞大了肚子。当老师这么干，怎么还能教化他们的学生呢！学生跟着他们能学什么好呢！这事闹得满村风雨，村干部一生气，就把学校解散了。

三四年过去，大跃进就来了。随着各方面都在大跃进，人们生孩子也在大跃进，生孩子的节奏越来越快，孩子越生越多。眼看该上学的孩子满村乱跑，跟猪羊差不多，老是不办学也不行。这时候，刘楼村的小学才重新办了起来。这样的小学不是国家办的，被说成是村办小学或民办小学。办学需要老师，老师只能就地取材，于是刘本孝就当上了我们的老师。也许刘本孝还上过私塾，他教学使用的是私塾那一套方法。他要求我们背书，不会背就罚跪，跪在硬地上接着背。人的记忆能力和背诵能力，不是罚跪就能罚出来的。有的同学跪得时间不算短，连膝盖都跪疼了，还是背得啃啃巴巴，像羊吃楝枣子一样，老也嚼不碎。对这样的同学，刘本孝还有进一步的办法，打板子。他备有一块特制的木板，是专门打学生用的。他不打学生的头，也不打学生的屁股，只打学生的手。他命学生自己伸出手来，用板子在学生的手板上啪啪地打。除了打学生的手心，有时候还打学生的手背。他可能认为，学生的手心肉厚，不容易打疼，收不到应有的效果。而手背上的肉薄一些，一打就差不多打到了骨头，疼痛感会强烈一些，可以收到比较好的效果。

我有一个堂姑叫刘素勤，她平日里说话舌头就不利索，背书时舌头跟脑子更连不到一起，更不听使唤，挨板子就挨得勤一些，也多一些。有段时间，刘素勤的手背被打得都肿起来了，按同学们的说法，她的手肿得像气蛤蟆一样。刘素勤哭了，把肿了的手藏在衣服襟子下面，不愿再去上学。刘素勤的娘见闺女的手被打成那样，心疼了，不干了，吵吵嚷嚷到村干部那里告了老师刘本孝的状。

挨打的学生不止刘素勤一个，告老师状的家长可能也不止刘素勤的娘一个。干部们经过商量认为，社会既然到了新社会，再用旧社会那一套教私塾的办法体罚学生是不合适的，于是他们把刘本孝替换下来，不让他当老师了，换成另一个叫刘本魁的堂叔当我们的老师。

我回忆了一下，刘本孝当我们的老师，好像连一个学期都不到。因为他当老师时间比较短，我叫他刘老师还没叫顺口呢，很快又改口，重新叫他三叔。

看见刘本孝用板子打别的同学，我也有些心惊。不是吹牛，我连一次板子都没挨过。他要求背的书我都会背了，他干吗要打我呢！

刘本魁当老师的风格与刘本孝显然不大一样，这是因为他们两个性格不一样，观念也不一样。刘本孝不爱说，不爱笑，成天板着脸，好像把脸板得跟黑板一样才是当老师的样子。刘本魁面带微笑，彬彬有礼，一副很亲和的样子。更重要的是，刘本魁观念更新比较快，能够跟上时代前进的步伐。当上老师后，他就买了牙刷、牙膏和茶缸，开始刷牙。在他之前，村里可能连一个刷牙的都没有，是他第一个在村里操起了牙刷刷牙。他刷牙不是在家里刷，而是在学校里刷。我们闻着牙膏又甜又香，还有一股薄荷的味道，很想把牙膏尝一尝。他还是一个有趣味的人，爱美的人。他当老师的时间是春天，柳树刚发芽，桃树刚开花。学校门前有一块空地，他带领我们把地刨起来了，把土整细了，在黑色的土壤里撒进了花的种子。我们不知道他是从哪里找来的花的种子，也不能确定撒下的花种能不能发芽儿，能不能开花。我们对花的种子都很关心，在老师的安排下，每隔一两天就为种子浇一遍水。我们浇着浇着，种子发芽了。浇着浇着，种子长叶了。再浇着浇着，花儿就开花了。花团锦簇，姹紫嫣红，学校门前就出现了一个花坛。让人欣喜和难忘的是，老师带领我们开的花坛是五角形的形状，这样一来，等于我们用鲜花组成了一个大大的五角形。学校前面不远处是一个水塘，水塘外沿是一条纵贯南北的官路，去赶集的人从官路上走，一抬眼就把我们的花坛看到了，他们说快看，花儿，花儿！所有的人好像都喜欢看花。我们学校的三间教室泥座草顶，看去有些破旧。但因为有了每天不断盛开的鲜花，像是对我们的学校有所装点，把我们的学校变得美丽起来，可爱起来。哪怕是星期天，我们也愿意往村子东边的学校里跑。

当然了，我们的新老师不再体罚学生跪地，他顶多罚不听话的学生站一站。他彻底抛弃了打学生所用的板子，把板子换成了教鞭。他的教鞭长一米左右，是用白腊条子做成的。白腊条子密度高，柔韧性好，若抽在人的手上或头上，恐怕比用板子打人还厉害。不过，新老师不用教鞭抽人，是用来指教写在黑板上的生字和算术题。

村东有一条河，河边有高高的河堤。春天进行课外活动时，老师带着我们去河堤的内沿种蓖麻。到夏天蓖麻结籽后，老师又带着我们去摘蓖麻。如果天气太热了，老师还允许我们男生下到河里洗个澡。洗澡的同时还可以把水弄浑了摸鱼。

学校的北面，原是生产队里的一块菜地，菜地里种茄子，种黄瓜，也种辣椒。老师跟村里的干部商量，以教学生爱劳动的名义，把那块菜地要了过来，带领我们在那块地里种甘蔗。我们都知道甘蔗是甜的，种甘蔗种得兴致勃勃。在课余时间，我们为甘蔗浇水，还为甘蔗施肥，比赛看哪个同学不怕脏，不怕累。我们种的甘蔗长得真好啊，高高的，壮壮的，密密的，像一片小树林一样。鸡走进去，看不见鸡；人钻进去，看不见人。一阵风吹过，甘蔗的叶子哗啦啦响。在我们听来，似乎连甘蔗的叶子发出的声音都甜蜜蜜的。然而到了秋天，当甘蔗收获后，老师没让同学们吃甘蔗。按我们的希望和设想，老师至少会给每一个同学发一根甘蔗吃。我们虽说没有刷牙，但我们的牙齿都很好，会把每一口甘蔗里面的甜汁都嚼得干干的。结果老师连一根甘蔗、半根甘蔗都没有发给我们，统统卖给了前去收甘蔗的人。

老师给我们的报酬还是有的，他用卖甘蔗的钱买了布，在镇上的缝纫店给每位同学缝制了一顶天蓝色的帽子。老师小时候长过秃疮，头上没有头发，他一年四季都戴着帽子，连睡觉时帽子都不取下来。他自己爱戴帽子，愿意让他的学生向他看齐，也戴帽子。老师要求，每天上学或是到校外参加集体活动，都必须戴上帽子。

那时还没有校服一说，农村的学校不可能给学生做统一的校服。可我们却有了统一的校帽，应该说这也是老师的一个创造吧。记得学校是有少年先锋队的，我就是少先队的中队长嘛。可不记得我戴过红领巾，可能是因为家里穷，买不起红领巾吧。那时不是每个学生都是少先队员，老师不会给每个学生发一条红领巾，只能发一顶帽子，发帽子可以把每个参与种甘蔗的同学都照顾到。是呀，如果给每个同学发根甘蔗，嚼出几股甜水来，甜甜嘴就完了，谁会看得见呢！发帽子就不同了，同学们排着队往那里一站，或是喊着一二一的口令走在村街上，头顶是天蓝色的一片，那是何等好看，何等显眼。村干部看见了，学生家长们也看见了，他们说这个老师不错，比前一个老师当得好。

我也听见有的家长在私下里议论，说这个老师把甘蔗卖了钱，给学生缝制帽子，包括买粉笔、哨子、手摇铃、罩子灯、黑板擦等教具，只花了一小部分钱，大部分钱都装进老师的腰包里去了。老师秋天买了长围巾，冬天穿上了四个兜的棉制服，他们说，看这个老师现在穿得有多阔。

出于对老师的尊敬，我不愿意听他们说这些话，也不相信他们说的这些话。我认为他们是在说我们老师的坏话，我几乎拿眼睛瞪他们。说实在话，老师对我很好，他当老师不久，就让我在班里当班长。在我的同学中，有的是我的堂叔，有的是我的堂姑，也有的是我的堂哥，他们的岁数都比我大，没有一个比我岁数小的。但是，老师没让别的同学当班长，却让我这个岁数最小的学生当了班长。老师有一支银色的哨子，哨子里面有一颗软木做成的珠子，一吹哨子，珠子就快速滚动起来，发出嘟嘟的声响。哨子后面有一个鼻子，鼻子里拴有一根线绳，老师有时把哨子挂在脖子里，有时把哨子挂在手腕上。哨子是老师发号施令用的，需要同学们集合，老师一吹哨子，同学们马上集合；需要宣布某项活动开始，老师一吹哨子，活动就开始了。这支哨子同学们都想吹一吹，但不是谁想吹就能吹的。除了老师，班里还有一个同学有权利吹哨子，那个同学是谁呢？就是我，刘庆邦同学。上操的时候，老师就把哨子交给我了，让我用哨子吹着节奏，带领同学们跑步。老师对我这么好，我怎能不维护他的声誉呢！

老师兴趣广泛，称得上多才多艺。他会吹笛子，把一支横笛吹得婉转悠扬，全村人都听得见。他会唱戏，学校放学了，他一个人在教室里大声唱戏。他唱得最多的是越调《收姜维》里诸葛亮的戏，把“四千岁你莫要羞愧难当，听山人把情由细说端详”唱得有板有眼，声情并茂。他教我们唱过评剧《小二黑结婚》里的一段唱腔：“清凌凌的水来，蓝莹莹的天，小芹我洗衣到河边……”他还会写诗，他写过一首讽刺诗，我至今记得清清楚楚。诗是这样写的：“春天不是读书天，夏日炎炎正好眠；秋有蚊虫冬又冷，收拾收拾过新年。”遗憾的是，老师在教我们读诗时，把“炎炎”读错了，读成了“淡淡”。老师读“淡淡”，我们也跟着读“淡淡”，一时间，班里响起一片“夏日淡淡”之声。这说明，我们的老师识字是有限的。

另外，老师织鱼网和捕鱼的技术也不错。他用织鱼网的梭子织的不是小眼撒网，而是大眼撒网。也就是说，他只捕捞大鱼，不捕捞小鱼。别人往水塘里撒网，一般是“推小车”式的撒网，撒得离岸边比较近。老师撒网是“撒天网”式的撒法，他扭转腰身，“嗖”地一下子把网向水塘中央撒去，网在运行中充分张开，张得圆圆的，在网坠脚的作用下迅速罩入水中。撒网撒到这种水平，给人以艺术化的感觉，很值得欣赏。从撒网的水平来说，我敢说老师在全村首屈一指，没人比得过他。有一年暑假期间，天下大雨，发了大水，发得沟满河平。老师到村东的河里去撒鱼，喊我帮他拿着鱼篓拾鱼。老师刚结婚，还没有孩子，没人帮他拾鱼。他让我帮着拾鱼，是对我的信任，我非常乐意。大雨虽然停了，但路上又是水又是泥，根本无法穿鞋。老师绾着裤腿赤着脚在前面走，我赤着脚在后面紧跟。东河里浑水滚滚，几乎漫过堤岸。看着快速滚动的大水，让人几乎有些眩晕。我不知道这样的大水里有没有鱼，也不知道老师能不能撒到鱼。我当然希望老师能撒到鱼，撒到的鱼越大越好，大到竹子编的鱼篓装不下才好呢！那样的话，我这个拾鱼的人才有鱼可拾，才能有一份成绩。然而，由于流水太急了，老师一把网撒到水里，水流很快就把网冲击得绞在一起，并向下游拽去。老师拉紧网纲，要用很大的力气才能把网拉出水面。每当老师收网时，我都赶紧凑过去，准备拾鱼。说来有些让人失望，老师沿着河岸，撒了一网又一网，网网都是空的，除了一些绿色的杂草和一些黑色的木棍，连一块银色或金色的鱼都没有。老师大概看出了我的失望，对我说：可能因为水流太急了，水也太深了，还没等网落下去，鱼就跑掉了。尽管那次没拾到鱼，还是给我留下了难忘的印象。

我们村有两个大学毕业生，他们一毕业，就被分配到县城里当老师去了，一个教高中的数学，一个教初中的语文。仍留村里上过学的人，我们的老师可能是文化水平最高的。也可以这样说，在那个阶段，刘老师堪称刘楼村的文化高地，遇到什么与文化有关的事，村里都是去“高地”找刘老师帮助。这样一来，刘老师就不仅是我们小学生的老师，好像也是全村人的老师。有人从外面寄来了信，收信人家的人都是拿着信去找刘老师，让刘老师念给他们听。收信人往往连信封都不拆开，拿着信封就找刘老师去了。念完了信，给寄信人写回信，也是刘老师的事。刘老师问写什么，收信人说不出写什么，让刘老师看着写吧。刘老师当场把信写完，并念给人家听，得到人家的点头认可，才把信交给人家。镇上邮电所门口，有职业的念信人和写信人，请人家念信和写信是要花钱的。而让刘老师念信和写信，一分钱都不用花。不但不用花钱，刘老师自己还要搭上信纸。每年的春节前夕，是刘老师最忙碌的时刻，也是刘老师家最热闹的时刻，因为几乎全村的每户人家都要请刘老师写春联。我们那里不说写春联，说是写对子。不管哪家多么贫穷，日子多么难过，年还是要过的，门对子还是要贴的。他们从镇上买回红纸、绿纸，红纸是为大门上写对子，绿纸是为灶屋门上写对子。刘老师的毛笔字写得很好看，称得上是书法作品。到刘老师家求写对子的人来人往，使他们家提前有了喜庆的气氛，过年的气氛。我去刘老师家看他写对子，他鼓励我写一下试试。我不敢写对子，也不会写对子，只能在裁成方块的纸上写一个字的门签子，有的写一个福字，有的写一个春字。我的字写得很稚嫩，但老师夸我写得不错，还说写得多了就熟练了。

一个村庄总得有识字的人，总得有文化人，不然的话，整个村庄就会死气沉沉，没有灵气，没有力量。刘老师所显示的就是文化的灵气，文明的灵气，和知识的力量。在一段不算短的时间内，刘老师可说是我们村文化人的代表，他的地位和受人尊敬的程度，跟一位乡贤差不多。相比之下，一些村干部都不如他有威信，不如他吃得开。比如村里有人家娶媳妇，办喜事，总是要请主持婚礼的司仪，开宴席时总是要请陪客的人，而人们对司仪和陪客的人总是很挑剔，要挑懂礼仪的人，有头有脸的人，讲道德的人。人们挑来挑去，挑的人不是村干部，而是我们的老师。弄到后来，刘老师成了司仪和陪客的不二人选，办喜事的人家需要排队才能请得到他。除了婚礼和婚宴，有的娶了我们村姑娘的新女婿头一回到岳丈家走新客，也是请刘老师当陪客。我多次看见过刘老师当陪客的情景，他穿得周武郑王，帽子戴得端端正正，颇有些先生和绅士的风度。他请客人入席时，身子稍稍前倾，一手在前一手在后，很像在舞台上的动作。客人坐定之后，刘老师手中的筷子像是指挥棒，用“指挥棒”指挥一切，调动一切。他把筷子指向大鱼，客人才能叨大鱼；他把筷子指向大肉，客人才敢吃大肉。我是一个馋嘴的人，说句不嫌害臊的话，看到老师和客人们一块儿吃香的，喝辣的，我嘴里几乎流了口水。我对老师有些羡慕，也想吃大鱼大肉，心想，我得好好学习，长大后争取也能当陪客。

回忆起来，刘老师的心理出现波动，并导致他在人们心目中的地位逐年下滑，是从他去了一趟南京之后开始的。他有一位堂叔，曾是国民党军队的军官。解放后，堂叔留在南京，在一家机械制造厂当技术员。堂叔的儿子虽说也上过两三年学，但连一封信都不会写。每次写回信，他都是让刘老师替他写。刘老师除了替其堂叔的儿子写信，他还以自己的名义给堂叔写信，跟堂叔建立了联系。联系越来越多，趁着放暑假，他就到南京走了一趟。等他从南京回来，新的学期就开始了。那个学期我已经读到了小学四年级。从南京归来的刘老师兴奋得像是换了一个人一样，像到大城市镀了金一样，开学头一课他没给我们讲新课，而是大谈他去南京的见闻。他说去南京看到了长江，长江的江面非常宽，宽得雾蒙蒙的，一眼望不到边。他说过长江时他乘坐了轮船，那轮船真是大呀，大得远看像一座楼，近看像一座山。往船上一坐，船“哞”地叫了一声，开起来稳稳当当，连一点儿波浪的翻滚都感觉不到。他说南京到处都是高楼大厦，楼高得都碰到了云彩，把脸仰到脊梁上都看不到楼顶。他说南京的绿化搞得非常好，马路两边的树木在高处扯了手，像搭起了凉棚，人在“凉棚”下走，连一点儿太阳都晒不到，凉快得很。他说南京的汽车一辆接一辆，那叫一个多，多得根本数不过来，数到一百数不过来，数到一千一万还是数不过来。他用下雨前搬家的蚂蚁队伍形容南京的汽车队伍，问同学们都看见过蚂蚁搬家吗？我们齐声回答：看见过！他又问：你们数得清蚂蚁到底有多少吗？我们答：数不清！老师说：对了，你们数不清蚂蚁有多少，就数不清南京城里的汽车有多少。刘老师还跟我们讲了他乘坐公共汽车时看到的一幕。汽车刹车时，一个男的没站稳，撞到了一个穿裙子的女同志身上，差点儿把女同志撞倒。女同志以为男的是故意对她要流氓，生气地骂了男的一句：德性！讲到这里，刘老师停顿下来向我们发问：你们猜那个男的怎么说？这样的故事我们都爱听，觉得比课本上的课文好听多了。我们的小眼睛都瞪得滴溜溜的，等着老师说下文。老师把这样有趣味又有难度的问题让我们回答，我们可回答不上来。其实老师并不指望我们回答，他只是卖个关子而已，只是为了让我们加深印象而已。他说：你们回答不上来吧？告诉你们吧，那个男的说，对不起，不是德性，是惯性。

这一堂课，老师没讲什么课文，讲的都是关于南京的故事。讲到最后，老师向我们提出了他的希望，希望我们以后一定找机会到南京看一看。他没有希望我们到北京看一看，是希望我们到南京看一看。他没去过北京，眼界大概只到南京，所以才希望我们到南京看一看。

老师的话，对我们小学生来说启蒙作用是很大的，我不知道别的同学记住老师的话没有，反正我是记住了，牢牢记住了。后来“文化大革命”一开始，我就利用大串连的机会，串到了南京，并拜访了老师的堂叔和堂婶子，也是我的堂爷爷和堂奶奶。堂爷爷带我去澡堂洗了热水澡，堂奶奶送给我一件高领秋衣，还送给我一件罩裤。作为回报，我则拿出韶山纪念章和毛主席纪念章送给他们。当时红卫兵争抢和收藏纪念章成风，我对纪念章也很珍爱。把两枚串连路上刚得到的纪念章送给他们，对我来说有割爱的性质，我以为他们也会很喜欢。不料他们不收，让我自己留着吧。我拿出二十斤全国流通粮票送给他们，他们倒是欣喜地收下了。这些都是多余的话，就不再细说。

刘老师对村干部说，他可以为村里买抽水机。抽水机当然好，农村要实现机械化，抽水机当是机械化的一部分。以前天旱时为庄稼浇水，我们那里采用的还是原始的办法，用橛杆子从井里提水，用水筲往地里挑水，或是用绳子拴起一只五升斗，两人从两边甩动绳子，从水塘里往庄稼地里擢水。到了大跃进年代，浇水虽说改成了人推水车、驴拉水车或人摇水车，但浇水的效率还是有限。而抽水机就不一样了，据说机器一开，抽水机就像一条张开嘴巴的巨龙一样，水柱子会立即从"巨龙"嘴里喷射出来。村干部只是听说过抽水机，还没看见过抽水机，更没有使用过。既然刘老师说他有路子可以买到抽水机，不妨让他买一下试试。他去哪里买抽水机呢？当然是去会制造抽水机的城市，当然是去有堂叔在机械厂工作的南京。当时我们村四百多口人，只有一个生产队。生产队主要通过卖粮食筹集了款项，派刘老师去南京买抽水机。不知道刘老师往南京跑了多少趟，他终于把抽水机买了回来。买回抽水机的同时，他还从南京请来了一位操作抽水机的年轻技术员。抽水机试抽水那天，可以说是我们刘楼村的一个盛大节日，全村的男女老少都跑去看，把抽水机围得里三层，外三层，比村里谁家娶新媳妇去看新媳妇的都多。那天我也去看了，我爬到附近的一棵柿子树上，以鸟瞰的方式看到了抽水机抽水的全景。原来抽水机由两部分组成，一部分是一台卧式的小型柴油发动机，另一部分才是安了胶皮管的抽水机，一条传送带把发动机和抽水机连接起来，传动带的快速转动带动抽水机的转动，水塘里的水就被抽了出来。被抽出的水柱扬得很高，真像传说中的巨龙扬着脖子喷水呢。当"巨龙"喷水的瞬间，人们禁不住一阵欢呼，说：乖乖，抽水机厉害，厉害！

开天辟地第一回，我们村响起了机器的马达声，用上了抽水机，功劳属于我们的老师。是他第一个把带有马力的机器引进了我们古老的刘楼村。据说刘老师的父亲买牲口很在行，村里需要从南乡买牛买马，都是派他父亲去。到了刘老师这一辈，村里不再买牲口，开始买代替牲口的机器。既然刘老师第一次买机器成功，既然刘老师善于和城里人打交道，再有买机器的事，都是刘老师出马。此后若干年，刘老师几乎成了村里和城里人打交道的外交官，成了对外采购员，他又陆续为村里购回了轧花机、榨油机等机器。当刘老师从南京为村里买回榨油机时，我已经初中毕业，回乡当了农民。当农民期间，我在油坊里干过一段时间，当过操作榨油机的榨油匠。据说以前从芝麻里榨油很难，需要用木杠子压，用人头一样大的油锤使劲砸，才能一点一点榨出油来。而用机器榨油就省事多了，也简单多了。我们使用的榨油机全称叫液压榨油机，叔叔们用大锅把芝麻炒熟，包成饼子，摞在液压机下面，我一下一下摁动液压机的操纵杆，为芝麻饼子施压。随着压力不断加大，清亮亮的芝麻香油就呼呼地打圈流了出来，流进下面的油槽里，再流进盛油的容器里。那些日子，我的头发棵里，汗毛眼里，都充满了油分子。我的衣服油腻腻的，似乎一拧就能拧出油来，使我成了一个“香人”。我们不仅用本村生产的芝麻榨油，周边的村庄得知我们村有了先进的榨油机，也纷纷把芝麻拉到我们村，花钱让我们帮他们把芝麻榨成油。这样一来，我们村就不止有农业，还有了副业，有了卖粮食以外的经济收入，使生产队里的集体经济有所壮大。同时，我们的刘老师不止占据了村里的文化高地，还占据了村里的机械化高地，他对村里的机械化开端有着建设性的功劳。

刘老师这么做，对生产队有好处，对他自己也有利益。他当的教师叫民办老师，不是公办教师。当公办教师是有工资的，刘老师一分钱的工资都没有，队里只给他记工分。他的工分是全体社员中最高的，每天都是满分——十分。而且，不管是星期天，还是放假；不管是下大雨，还是下大雪，工分照记不误。只是当时工分的分值太低了，一年算下来，一天的工分才值三毛多钱，一个月的工分呢，才十来块钱，真是太少了。刘老师去城里买机器呢，花的是生产队里最大的钱，大钱装在他的腰包里，完全由他支配。除了买机器，他坐汽车、乘火车、坐轮船、住旅馆，一切往返路费都是公家出。他外出期间吃饭所花的钱，当然不是花自己的，由队里按天数给他发放补助，每天补助一块钱，节约归己。同时，他当老师每天的工分照记。这样算下来，只要外出，他每天就可以挣到两份报酬。而外出的报酬要比只当老师只挣工分的报酬多出三倍。这还不算，既然他外出为公家办事，总要拉关系，总要送礼，总要请人家喝酒吃饭。这方面的费用伸缩性就强了，回旋的余地就大了，他说花了多少钱就是多少钱，自己写个说明条子，签上自己的名字，就可以从买机器的大钱中扣除，或是拿到生产队的会计那里报销。这样的好事，精明的刘老师怎么能不干呢！当时社会上流传有顺口溜，描述几种吃香的行业，叫听诊器、方向盘、营业员、采购员。刘老师虽说不是专职的采购员，但他确实干过类似采购员的工作。

俗话说心无二用，刘老师在“采购”方面花心思多了，在教书方面就不再上心，教书的心一天比一天下行。当时社会上对教师也有说法，说老师是把盐，人人都知道咸，家家离不了，就是不值钱。刘老师不甘心自己只是一把盐，不甘心自己不值钱，他千方百计要把自己变得“值钱”起来。一班几十个学生在学校等他，都是“嗷嗷待哺”的样子，他到外面去寻找和实现自己的价值，那学生们怎么办呢？刘老师采用的办法无外乎两种：一种是若时间不长，他就给学生放假；另一种是若外出时间比较长，他就找别人替他代一代课。

我初中毕业后，刘老师就让我为他代过课。回想起来，那是我唯一一次当代课老师的经历。我当代课老师时间不长，也就是一两个星期。那段经历让我对自己有所认识，认识到自己不适合当老师。我的主要弱点是，在课堂上严厉不起来，或者说做不到持续严厉。当有的学生在课堂上调皮捣蛋时，我也拉下脸子严厉过，大声点名批评过某些学生。可是，当我看到被我严厉批评过的学生脸上寒寒的有些害怕时，我就禁不住想笑。或许觉得自己还行，一旦严厉起来还是能镇住学生的，还是有些威信的。或许看到被我批评过的学生刚才还在课堂上张牙舞爪，出了怪样儿出怪声，受批评后变得老实起来，有些可怜巴巴，我的心就软了，心说好小子，原来你也害怕批评啊！这样想着，我脸上可能有了些许笑意。别以为小学生什么都不懂，他们猴精猴精，对事情是敏感的，观察和捕捉能力也是很强的。我的笑意很快被他们发现了，有个学生把我一指，说老师笑了。他这样一说，班里的同学就都笑起来。我想绷住自己，把笑意绷回来，把严厉恢复起来。不料我有些管不住自己，越绷效果越差。须知那些学生差不多都是我的堂弟，我没当代课老师时，他们愿意跟着我在水塘里扎猛子，在野地里疯跑，猛一下让我站在讲台上当他们的老师，于我于他们都不大适应。一个堂弟见我严厉不起来，竟离开座位，跑到讲台上，抱住了我的腰，盯着我的脸说：哎，笑了，笑了！堂弟这样做，属于蹬鼻子上脸，有些过分。可我有什么办法呢，只能让他松开我，回到自己的座位上去。

刘老师大概知道了我管不住学生，之后没再让我替他代课。

在我人生最无望、最苦闷的时候，曾走了一趟姥娘家。姥娘家在开封附近的尉氏县，离我家有三四百里。那时县与县之间不通公共汽车，即使通汽车我也无钱买票，只好让母亲帮我借了表哥的一辆旧自行车，骑自行车去姥娘家。那年我已经十八岁，是第一次走姥娘家。刘老师听说我要去姥娘家，托我给他家买一只风箱，并给了我十块钱。我母亲从姥娘家带回过一只风箱，那只风箱风膛大，拉风好，且坚固耐用，全村人都知道。刘老师让我帮他家买风箱，我没理由拒绝。姥娘家也很穷，我在姥娘家住了几天，只得到一件礼物，是大姨的闺女、我的表姐送给我的一枚毛主席纪念章。纪念章上，毛主席头戴大檐草帽，正在麦子地里视察。我存有不少纪念章，但都没有这枚纪念章大，我对这枚纪念章很是喜欢。我把十块钱交给大姨夫，他帮我买了一只风箱。我把像木箱一样大体积的风箱绑在自行车的后座上，在乡村土路上骑车走了两天多，把风箱给刘老师带了回去。让我万万没想到的是，刘老师问我，我把钱交给卖风箱的人时，人家给我写收据没有？我想起来，大姨夫是让人家写了收到十块钱的收据，当大姨夫把用窄纸条写的收据交给我时，我并不是很重视，不知随手把收据放到哪里去了。刘老师问起收据来，我说有收据，马上给他找。可我翻遍了衣兜和随身背的黄军挎，并打开风箱的闭合板往风箱的风膛里瞅，都没有找到收据。我发现刘老师看我的目光里似有所怀疑，好像风箱并不值十块钱，我把剩余的揣进了自己的腰包。刘老师怀疑的目光让我有些受不了，我像是受到了侮辱，急得汗都出来了。朋友们替我想想，我去姥娘家一趟，什么东西都没给母亲和兄弟姐妹带回，只辛辛苦苦为刘老师买回了风箱，他不说感谢我，却在怀疑我，这让我的心灵怎能不受到伤害，怎能不心伤！我认为自己并不是那种小心眼儿的人，但这件事情给我留下了深刻的印象，我什么时候都不会忘。多年之后我想，刘老师之所以怀疑我通过买风箱得到了好处，是他为生产队里采购东西时得好处得惯了，以己度人，不知不觉间对别人就有所怀疑。风吹炉火旺，风箱当然很好使。但从给刘老师买风箱的事情开始，我对他的为人就开始了怀疑，少年时代对他建立起的尊敬开始打折扣，而且折扣越打越多。

随着农村开始分田到户，城里人开始下海经商，刘老师在三尺讲台上再也站不住了，他要到更大的舞台上去，去挣更多的钱。他毅然放弃了老师的岗位，也像城里人那样开始下海。他先是参与建砖窑烧砖，为家里人扒掉了草房，建起了砖瓦房。可能是嫌烧砖周期太长，见钱太慢，后来他又贷款买了机器，开始做人造肉的生意。所谓人造肉，其实是豆制品。用机器把黄豆打成面粉，榨出里面的豆油。把挤出油分的面粉轧成面片，把面片再粉碎，再加工，制成筒状的长条，人造肉就出来了。当时农村人还不能经常性地吃猪肉、牛肉、羊肉等，就用人造肉代替一下。把人造肉煮在大烩菜里，或者跟别的青菜放在一起炒一下，挺好吃的。刘老师正是看到了农村人对新生活、新食物的新需求，不失时机地用机器造起了人造肉。刘老师对机器生钱的期望值很高，按他的预想，人造肉大概跟造票子差不多，财源会滚滚而来，他很快就会发大财。然而，刘老师不但没能发大财，连小财都没发成。相反，他还蚀了本，赔了钱。他没能发财的具体原因我不是很清楚，我只是听别的堂叔说，他是从银行贷了三千元款买的人造肉机。他虽说没能用人造肉机赚到钱，但贷款到期还是要还的。人家上门催他还款，催了一次又一次，他一拖再拖，就是拿不出钱来。人家给他下了最后通牒，再不还款，就要把他抓起来，强制执行。他说好好好，他去借钱。催债的人前脚刚走，他后脚开溜，就躲了起来。那段时间，他东躲西藏，连夜里都不敢回家，当年当教师的尊严和颜面再也找不回来。欠债的事是铁打的，躲得过初一，躲不过十五，拖得时间越长，滚得利息越多，到头来还得还。无奈之际，他求了他一个表哥，让表哥出面把他的三个儿子召集在一起开会，强制性地把他的债务平均分摊到三个儿子头上，才把贷款和利息还清了，他才敢重新在村里露面。

人活一口气，气有时往上走，有时往下走。人的气一旦往下走，整个人就会显得落魄，甚至猥琐。对于刘老师后来的所作所为，他教过的学生似乎都对他有了看法，不愿再叫他老师，纷纷改口，换成他没当老师之前的叫法。和他平辈的，叫他三哥；比他低一辈的，叫他三叔；还有人直呼他的名字，说刘本魁如何如何。叫法的改变，好像把他当过老师的那段历史给抹去了。

上面来了政策，说民办教师可以转正。他提出申请，要求转正。可是，他早就不当老师了，村里连学校都没有了，谁会同意为他转正呢？上面又来了政策，说以前当过民办老师的人每月可以领补贴。他要求领补贴，也没得到批准，人家说是找不到他当过民办老师的证据。有一次我回老家，他要我写一份证明，证明我曾是他的学生。我不能不承认，我的确当过他的学生。然而，我的证明也未能帮他领到补贴。据说他很生气，到县里的教育部门跟人家闹了一通。

不知从何时起，我也不叫他老师了，叫他三叔。按理说，只要是给你当过老师的人，终生都是你的老师。可出于复杂的、深层的心理原因，如果我继续叫他刘老师，会显得突兀，于我于他都有些别扭，不如叫他三叔更顺口，也更自然。

第一位给我们当过老师的三叔早就去世了，第二位给我们当老师的三叔已经超过了八十岁，至今还活着。三叔老态日显，耳朵聋得厉害，不管是叫他三叔，还是叫他别的什么，他似乎都听不清楚了。

原载《上海文学》2019年第6期

两个半月

林那北

一

徐莉走出高铁站，远远看到李唯薇在人群里正扬起下巴伸长脖子找她。她鼻子一酸，眼睛就湿了。人群向出闸口推去，她停下，掏出手机，用拇指和食指推大屏幕，把远处的李唯薇拉近，拍了一张照片。

在李唯薇十八岁以前，徐莉曾为她拍过无数照片。那时还有胶卷，用的都是傻瓜机，一卷柯达或者富士拍完了，送到洗印店冲洗出来，插进那种一页可以装六张相片的相册里，相册垒了一大摞。李唯薇考上大学走后，每年仅寒暑假回家两次。毕业后留在省城，探亲假大多跟国庆或者春节假合到一起，一年也只回两三次。再后来恋爱结婚，虽高铁已经通到西旗镇了，也忙得没时间回。她不在家时，徐莉只能翻开相册，隔着一张透明塑料膜看不同年龄但同样都是笑眯眯的李唯薇。

往后好了，不用翻相册，也可以天天看到这张脸了。

“妈，这里！”李唯薇看到她了，大喊一声，一只手臂直直竖起，在空中用力摇着。

徐莉笑了笑。看来自己视力还行，竟提前几秒钟先看到对方。她肩上背个包，左手提个袋，右手推着半个高的大行李箱，就腾不出手打呼招。紧走几步，出了闸口，李唯薇也已经迎过来，一下子把袋子和行李箱都接过去。

徐莉眼睛往旁瞄一下，没发现杜兵。这不意外。虽然是星期天，但她是自己人，哪需要夫妻煞有介事一起来接？

李唯薇的汽车停在停车场，上了车，开十几分钟，就进了一个全是别墅的小区。房子是杜兵父母十几年前买的，一直毛坯空在那里，直到杜兵和李唯薇结婚前才装修成婚房。四年前办婚礼时徐莉来过，一同来的那时还有李泰丰。仅仅四年，李唯薇还没怀过孕，李泰丰却已经在前年死于肠癌了。

“妈，是累了吗？”李唯薇手抓着方向盘，侧过头问。

徐莉摇头，心里有点惊讶。想到李泰丰，她刚才心里陡然一黯，一闪而过罢了，竟被李唯薇一眼看出来了。她笑起。她是来过日子的，有责任让女儿和女婿的日子过得比以前好，不能一来就让李唯薇扫兴。

小区比以前俊了，第一眼以为走错了，再细看是树茂盛了，原先保安岗附近那几棵干瘪的鸡蛋花，已经窜高变壮一大截，叶子胖乎乎长着，粉色的花顶得满树都是。路上两人的话题大多围绕着杜兵的父母。杜兵的父亲前年中风，在医院躺了两年后前两个月去世；母亲于翔办完葬礼后就开始到处旅游了，从美国回来就去南非，南非一回又去日本、澳洲，这两天刚抵达德国，要进行欧洲深度游。李唯薇说："妈，以后你也一起出去玩吧。"

徐莉笑了笑，她对旅游一点兴趣都没有，又累又浪费钱。全省全市都没走遍哩，真要玩，何必跑那么远？就是图时髦。她眼睛往车窗外瞄，以后她就是这个小区的一员了，以前来没留心过这里是否有平整的空地，地没铺砖块或水泥也不行。不出去玩，她其实也没闲着，退休这四年，先是忙着照顾李泰丰，李泰丰死后，她伤心一阵，两年多前终于缓过来了，一缓就从悲哀缓到非常欢乐的另一面，就是跳广场舞。

年轻时徐莉进过学校宣传队，虽是拉二胡的，但架不住天天在其中泡着。舞蹈队排练演出时，她在舞台侧面的幕布后伴奏，一而再再而三，看都看出感觉来了。其实徐莉很想也上场，跳跳群舞应该可以的，但老师从未正眼看过她。后来考上师专，毕业后又回到母校西旗镇中学教语文，几十年一晃而过，她脸上是皱了，但身材却还好，高、细，关键是肚子没有往前顶。西旗中学教职工住宅楼就建在校园隔壁，当年集资建了三幢，楼前有块一百多平方米的空地，铺着青石板。不知从哪天起，几个退休的女教师拿出音响，每天晚上到空地跳起来。同事又是邻居就这点好，做什么都不难。徐莉迟疑了好久才去，一去，站在同事中就马上显出曾沾过艺术的资质来。广场舞动作没难度，关键要踩准节拍，而节拍对弹过琴的人来说真是小菜一碟。为了支持退休女教师锻炼身体，学校总务处特地在空地上搭起架子，覆上铁皮，这样只要不是大暴雨天，徐莉都会来蹦哒几下。"哇，徐老师你跳得真好。"这样的称赞对徐莉来说，跟吃补药似的，她手脚就越放越开，慢慢肩臂跳开了，腰也跳柔了。她一直拖着不来省城，也有些这方面的原因。李唯薇就说这几年城里广场舞简直不要太多，所有稍像样点的空地，都被妇女们占领了。"我这个小区也是。"李唯薇特地加上一句。

应该正是这句话最后说服了徐莉，她带上四季衣服，坐着高铁来了。

二

徐莉最初不喜欢杜兵，当然现在也不见得喜欢。李唯薇身高一米七，杜兵一米七三。男人多五公分都没用，主要是腿短，头又大，肚子圆，看着就是比李唯薇矮。李唯薇第一次把杜兵带回西旗镇时，李泰丰也不满意。好好的一个女孩，长得清清秀秀，一朵花为什么要和一泡牛粪在一起？结婚时来城里，看到新装修的三百多平方米婚房，李泰丰才稍稍舒一口气。杜兵祖籍山东，爷爷随解放大军南下，在省文化厅厅长位置上离休，父母以前在省歌舞团当演员，一个唱歌，一个跳舞。杜兵歌和舞的基因都没继承，他大学学的是油画，毕业后进省画院，却不再画画，而是跟人合作开起酒楼。李泰丰当时最不满的就是这一点，文化人不做做商人，整天一身酒肉味，身子也横着长，越长越显得矮。好好做生意也就罢了，却好像半城人都是朋友，朋友每天一堆涌去酒楼胡吃海喝，吃过喝过嘴巴一抹不给钱就走了，人家就是给杜兵也不肯收，这样能赚到钱？酒楼不到一年就倒闭了，然后索性不出门，整天坐在电脑前炒股。

徐莉进门时，杜兵光着膀子穿着一条宽松的短裤从楼上下来。他叫了一声妈，就倚在栏杆上，点起一根烟，眯着眼，头仰起，好像很快就忘了徐莉来这件事。这么多年徐莉很少看到光着上身的男人，到处都是学生和同事，再热的天，周围的人至少穿一件白背心才敢出门。而李泰丰，就是在家里关上门，也一直不肯脱下外衣。李泰丰也是师专中文系毕业的，比徐莉早两年分配到西旗中学，两人在一个教研组，说不清谁追谁，反正很快就走到一起。徐莉觉得李泰丰身上有一样东西是杜兵永远不可能有的，就是书生气。杜兵本来也该有，但他自己放弃了。李泰丰生病住进县医院时，找医生、安排床位、买白蛋白之类的事倒都是杜兵出面的。本来要转院来省城，他也跟省立医院联系好了，李泰丰病情却一下子恶化，从发病到去世总共只两个多月。葬礼杜兵也没少操心，招呼这个招呼那个，西旗中学的人都说这女婿能干。

能干却不出去干活，这就是可恶之处。

之前李唯薇在电话里催徐莉搬到城里住时，徐莉也委婉说出过自己的顾虑，她担心杜兵给自己脸色看。李唯薇一边笑一边说："他天生长得拽。一个傻乎乎的北方佬，哪有什么心眼。"话语里满是早就任意拿捏杜兵的意思。北方人是不是真没心眼，这个徐莉不好把握，语文教研组里一个河南来的同事，评先进评职称哪项出手不重？感觉身上每个毛孔都是心眼。

所谓联排别墅其实也谈不上别墅，一排房子共八户，每户竖着一直溜，共三层，前面有小六七十平方米的小院，顶上有个三四十平方米的露台，算是有天有地了。李唯薇和杜兵住二楼，厨房在一楼，厨房旁是间不大的卧室，已经铺好草席和枕巾。李唯薇问："妈你住这间行不行？"徐莉觉得李唯薇偏客气了，顺手在她屁股上拍一下，说："当然可以。一楼方便，不用爬楼梯，挺好。"李唯薇有点夸张地腹部往前一挺，做出屁股被拍疼的样子。这个动作她小时候常做，就如同徐莉以前也常拍打她屁股一样——不仅拍，更喜欢摸，细细嫩嫩，微凉，绸缎似的。

屋里有鱼肉的香味。在李唯薇去车站接人时，杜兵已经把午饭煮好，炒了几个菜。贪吃的人大多肯动手，又开过酒楼，进个厨房就不会是问题。油焖虾偏咸了，空心菜偏油了，但徐莉都没开口。她想年轻人有几个注意养生的？从今往后她接管厨房，一切都会好起来的。

中午睡一觉，晚饭后李唯薇带徐莉出去，到小区双语幼儿园前的一块空地上，果然有十几个女人放着音乐跳舞，年纪有大有中。李唯薇跟她们居然没一个认识的，在一支曲子停下来的间隙，她陪着笑先报出自己房子的门号，然后说："这是我妈，她来向你们学习行吗？"女人们倒自来熟，马上招呼徐莉来来来。

有个圆脸的女人看样子是领头的，她向前一步说："我姓林，叫我林姐就行。你可能比我小吧？"

徐莉说："我六零年的，五十九岁。"

林姐说："呀，看不出来。我六四年的，五十五岁，不过没关系，这几个比我大的，也都这么叫。欢迎啊，来来来。"

徐莉稍稍客气一下，扭头看李唯薇。李唯薇推了推她，她就顺势站到最后一排。刚才站旁边瞥一眼，她心里就有底了：这些人根本没基础，就是硬跳。

李唯薇要赶书稿先回去，徐莉跳到九点半，散场时她跟那些女人好像已经认识一百年，互相加了微信，还被拉进她们的舞蹈群。她们都叫她"徐老师"，徐老师于是在群里发了三十元的红包，以示初来乍到多多关照。

回到家李唯薇特地下楼来问怎么样。徐莉脸上红扑扑的，她说："她们跳的很初级，我以前早学过了。"这不是夸张，《北风吹》《心上的罗迦》《梦见你的那一夜》之类的，视频网上都有，西旗中学的同事也是从网上扒下来的。想一想真是好玩，省城离西旗镇坐高铁还要有一个多小时，教师住房和别墅差别也不小，跳的舞居然这么相似。是不是全国各处的空地上跳的也一模一样？

应该说到李唯薇家的第一天，徐莉是满意的。年老不易居，但她毕竟还不老。可以持续不停跳一两个小时舞的人，怎么算老？洗了澡躺下，她很快睡着，一夜都没有梦。

三

第二天徐莉心里堵了一下。

李唯薇是省新闻出版局机关党委的干事，这一阵学习紧，她一大早就开车赶去。她走时，徐莉已经起来煮好粥。好久没有看着李唯薇吃下自己亲手煮的东西，粥吸进李唯薇嘴里吱吱响着，好听得像一曲歌。

小区大门外就有超市，李唯薇要把她带出去。徐莉摆手，她不想坐车。那个超市以前她去过，又不远，她喜欢走一走活动一下筋骨。李唯薇中午在单位吃饭，家里就剩她和杜兵。有些东西她还不熟，上楼几次问杜兵。杜兵一个上午坐在电脑前，前倾着身子盯住屏幕，嘴里嗯嗯应付着。等到饭菜摆好，已经快十二点了，杜兵下楼，一坐到桌子旁，眼盯着盘子里的虾就说："妈，以后不要买死虾。"

徐莉一怔。虾煮熟后都是死的，他怎么看出之前是死是活？

杜兵应该明白了徐莉脸上的疑惑，他把筷子伸到虾的上方比划一下，说："活虾煮时尾巴是张开的，死虾才这样缩着尾巴。"

徐莉没接腔，脸上也没表情。她买的确实是死虾，是刚死的那种，装在铺着冰碴的架子上，她让店员再从打着氧气泵的玻璃缸里把那几只肚子向上翻的虾捞上来，凑成八两多。中午两个人吃、晚上三个人吃，够了。刚死的和活的吃起来有什么差别？这么一会儿时间，就是人死了都还没僵哩，二者价钱却差三分之一。

她注意到杜兵一只虾都不吃。桌上还有青菜和西芹炒鱿鱼，杜兵好像也不怎么下筷，米饭匆匆扒光，放下筷子。徐莉问："饱了？"杜兵说："是，好饱。"

杜兵站起，但身子起一半，突然又停住，眼看着桌角那个纸巾盒。

"你买的？"杜兵问。

徐莉说："我编的。"

用尼龙线串起彩色塑料珠，这是徐莉去年跟同事学的，不仅可以编纸巾盒，还可以编花瓶、杯套、碗垫，甚至布偶。学的时候门类并没有这么多，但触类旁通。她的手一直很巧，打毛衣、做衣服在西旗中学都是首屈一指的。

杜兵眉微皱，嘴呵着，扭头往用木花架隔开的客厅看一眼，然后走过去，转一圈。

没有错，客厅茶几上也有一个粉色塑料珠编的纸巾盒，还有一个大红色的花瓶，插着早上徐莉从超市买回来的紫红色绢花。动身来省城前，她特地忙了一阵，编了五个纸巾盒和一个花瓶，已经都摆出来了，其中有几个摆到楼上的卧室和书房里，可能杜兵还没看到。

傍晚李唯薇回来，进门时还是高高兴兴的，连喊几声妈，上楼换了睡衣下来，脸却黑了。她走到餐桌旁拿起纸巾盒看了看，又走到客厅在茶几旁站了会儿，然后进了厨房。徐莉正在炒菜，油烟机开得呼呼响。等菜铲起，关了油烟机，李唯薇才开口，她说："妈，我早上跟你说了，餐桌抽屉里有一千多块钱，你随便拿去买菜……我的意思是，咱们别去贪便宜……"

徐莉一下子明白了，杜兵告状了。一个大男人，是不是无聊啊？她说："虾是不是？那些虾没一只坏的，怎么不能吃？你小时候有死虾吃都高兴得又喊又叫的，不也吃得长这么高吗？"

李唯薇说："杜兵嘴刁，他家境好，从小就挑剔。"

徐莉扭头看过去。李唯薇长得像李泰丰，简直太像了，单眼皮，眼梢微微向上，鼻梁长而挺，脸型也长。女儿一般都像父亲，李唯薇的女儿以后不要像杜兵就好。徐莉说："你干嘛宠他？不上班不挣钱，吃你的嘴倒这么不省事。"

李唯薇说："他股票还是挣点钱的。再说，他爸信用卡的副卡给他用，他哪里吃我的了？"

徐莉叹一口气。好吧，什么都买活的就是了。以前李泰丰什么时候对她买的菜说三道四过啊？有时候她菜买多了，李泰丰还总是提醒她省点省点，别浪费了。省下来的钱不都是给李唯薇留着？结婚时三十万做嫁妆，去年催李唯薇快点怀孕生孩子时，怕她有经济压力又转给她二十万。

李唯薇手搭过来，在徐莉肩膀上撒娇地摇了摇。"妈"，她笑起来，有几分讨好的意思，"你不要往家里买什么东西。那个假花……"她嘴往客厅茶几上撸了撸，"我单位门口有花店，你要是喜欢花，我每天可以带回来一束鲜花。"

徐莉说："干嘛要鲜花，这不挺好吗？买一次永远不用再花钱。"

李唯薇说："现在哪有人再在家里插假花？"

徐莉马上打断她："我就一直插假花啊，从来不会枯掉，有什么不好？"

"那是你……算了，那就先插着吧。"李唯薇不想说下去了，转头往楼上走。

徐莉也不想讲了。好好的买一束花回来，明明这么好看，却不被待见，真是打破头都没想到。为这种小事生气有必要吗？完全没有。过了一会儿她调整好情绪，站在楼梯口向上喊："薇，吃饭了。"

李唯薇马上也没事一样大声应着："来啦。"

中午那盘虾仍摆上饭桌，但挪到了角落。午饭后徐莉其实又去了一趟超市，重新买了半斤活虾，清水煮过，果然尾巴张成八字型。虾的旁边，放一碟老抽。这么鲜的东西，吃原味才是。杜兵显然发现了，脸色舒展了很多，嗓门也很大，不停地跟说今天做T，多少钱买进，多少钱出手。当然他是对李唯薇说的，徐莉根本听不懂。她也顾不过来听，手机铃声不时响起，林姐在舞蹈微信群里发了一个视频，是藏舞《卓玛》。大家就讨论开了，有人说太难，有人说可以试试。

徐莉犹豫着要不要把她在西旗时早就学会《卓玛》这件事说出来。最后她忍住了。林姐手短腿短，这是跳舞的大忌，年纪虽然才五十出头，但腰腿都硬，手一抬起肩膀就跟着往上耸。舞这东西，潜移默化很重要，林姐能教出什么效果？

当然如果让徐莉来教，她肯定也会拒绝，毕竟火候还没到嘛。

四

徐莉每天会去三楼一两趟，上去拖拖地擦擦灰尘是一个目的，另外她也爱去拉拉筋。当初装修时，不知是杜兵父母还是杜兵本人出的主意，三楼被弄成健身房的格局，摆着跑步机，放着杠铃，墙上有一面大镜子，地面还扔着几片瑜伽垫。

但来十几天了，徐莉从来没见杜兵上来锻炼过。她曾私下问李唯薇，为什么杜兵整天待在家，不是很多人在手机上也能炒股吗？李唯薇说："他不习惯用手机炒。手机容易分神。"徐莉没听明白，她觉得无非是借口。盯着杜兵鼓起来的肚皮，她说："你得运动运动。"杜兵连声说："好好好。"却仍然坐在电脑前不肯动。

楼上空着反正浪费，徐莉就找时间上去。以前学校宣传队跳舞的那些人，平时都要练功，下腰踢腿练眼神之类的。虽然是伴奏员，但闲着也是闲着，徐莉就经常混到队伍里，一字马不是问题，腿一抬就可以高过头顶。现在呢，双臂往下伸，最多只够到膝盖那里，韧带太硬，根本劈不开了，这就是时光的距离。有一说法是"筋拉长一寸，延寿十年"，这么虚头八脑无法对证的事，徐莉其实也不觉得可信，但筋拉开总是有好处的，至少跳起舞来，腿好使，不至于踢不开。来李唯薇家之前，她在自己家里也不时压压腿，那时根本没想到应该买一块瑜伽垫，腿也压得轻风拂面，三天两头丢脑后去。有垫子铺在那里，脚不硌，膝不疼，好像每天催促着她。或许她现在也比在西旗中学时，更想把舞跳好、跳出名声？

几天后徐莉发现摆在二楼的塑料珠纸巾盒和花瓶都不见了，不知是杜兵还是李唯薇把它们悄悄收起来。一楼的倒还在，但有一些细微的变化，客厅茶几上的花瓶挪到角落，纸巾盒用报纸盖住。

以前她编的任何东西，在西旗中学都很受欢迎，送给谁谁都很高兴，当宝一样拿走。她以为李唯薇夫妻也会高兴，没想到他们这么排斥。年青人有自己的审美，这一点她倒是能化解得开。再去跳舞时，她把茶几上的纸巾盒和花瓶都带上，送给林姐。林姐很高兴，其他几个也说哎呀好看好看，徐莉跟着也高兴起来。回家后她让李唯薇把这个家的准确地址用微信发给她。李唯薇狐疑地看着她，她说："我想买几件衣服。"李唯薇说："想要什么衣服？我来买吧。"徐莉说："不要不要，还是我自己来。"李唯薇就没有坚持，在手机上写好地址，发给徐莉。徐莉马上就用手机在淘宝上下了单，她要买的其实不是衣服，而是白色尼龙线和直径六毫米的粉、白、银、蓝、红、绿、黄、紫塑料珠各一斤。货到后她就动手，编了十七个书本大小的钱包，每一个色泽或花纹不同，比如白色的珠子中间，用另一种色彩嵌出菱形或牡丹状的纹路，线条工整，花形生动。

她都是在李唯薇上班后弄，杜兵不上班，但上午九点到下午三点，除开吃午饭，他坐在电脑前是不会下楼的。三点后他开始打游戏，还是坐电脑前。

包不是编好一个送走一个，而是都垒在卧室，齐了，再一股脑拿去。跟着林姐跳舞的有二十五六个人，但队伍是松散的，有七八个很少露面，可以不考虑在内。那天晚上到场的有十六个人，十七个恰好够分，多出来的一个她又给了林姐。送走包，徐莉一下子觉得自己心里安稳了很多。跟小区跳舞的这些人在一起，毕竟跟西旗中学那些老同事在一起不一样，初来乍到，请多关照嘛。

左右几户邻居院子都是一样大小，或多或少种了树和一些花，早晚浇水时，看到其他人也在院子里忙碌，徐莉会主动走过去问问花草的情况，这样很快就熟了。她觉得也应该有点小礼物，就再编几个包给了01、04、05、06号房的女主人。李唯薇的家是02号，07号还是毛坯房，03、08号家里都有个十岁左右的小女孩，徐莉就换了花样，用大红塑料珠给她们每人编一个穿长裙的洋娃娃。

那天吃晚饭的时候，杜兵突然看着徐莉说："妈，你快成我们小区名人了。"

一开始徐莉没反应过来，正想高兴，马上觉得不对头。她瞥李唯薇一眼，发现女儿嘴轻轻一抿，笑得一闪而过。

杜兵又说："妈，我们在这里住四年了，都没你认识的人多。"

李唯薇看来不愿意继续话题，在他头上拍一下，说："妈煮的菜好吃，看你最近又肥出新高度了。"

杜兵低头看看肚皮，不置可否地笑笑。

晚饭后杜兵又上楼去了，李唯薇留在一楼帮徐莉整理碗筷。站在徐莉旁边，李唯薇突然小声说："妈，你以后说话确实应该小心些。"

徐莉一怔，问："小心？我说什么了？"

李唯薇说："我听到一些，杜兵也听到一些……"

徐莉问："听到什么？"

李唯薇张了张嘴，好像有点迟疑，最后还是说："我二叔八十年代偷渡去美国中途死在海里，你没必要告诉01的老张。我小姨嫁到台湾，最后又离婚了回来，你也没必要告诉别人。我爷爷奶奶以前整天吵架，为什么要让人知道？还有……"

徐莉问："都是事实，哪一样是我瞎说的？"

李唯薇说："妈，你好歹是老师，这还不懂吗？"

徐莉不接话。她不懂？在讲台上她跟学生讲了一辈子道理了，什么不懂？

晚上去跳舞时，林姐跟徐莉说："今天我开车去加油时，碰到你女儿了。"

徐莉笑着"噢"一声，心里也同时"噢"一下。看来有些话除了01的老张，这张嘴也传给李唯薇了。至于03、04、05、06、08号的人，估计也没省着。问题是传就传呗，有什么大不了的。西旗中学老师们几十年住在一起，哪家的事不是透明的？又没有什么见不得人的，何必把自己弄得那么累。

五

丁翔从欧洲回来几天了，周末李唯薇开车，把杜兵和徐莉一起载过去吃饭。说是丁翔请客，结果开车一出小区，李唯薇就先在超市前停下，一路小跑，出来时也是跑，手里提着几袋东西。到了丁翔家，李唯薇马上挂上围裙进厨房，徐莉一看，只好过去帮忙，但被丁翔拉住，让她坐到沙发上聊聊天。徐莉眼角瞥去，看到杜兵已经把客厅角落的电脑打开，屏幕上现出来的又是游戏，一会儿打打杀杀的声音就响起了。她有点不高兴。原以为李唯薇已任意拿捏杜兵，这些天眼见为实，根本是反过来的。

丁翔递过一盒巧克力，说："给你。"

徐莉怕甜，但她还是接过。说是亲家，关系很亲，但算起来和丁翔见面并不多，李唯薇结婚前一次，办婚礼时一次，还有李泰丰葬礼和杜兵父亲葬礼上见过，算上这次，也不过五次。杜兵比李唯薇大两岁，丁翔却比徐莉小四岁。徐莉生李唯薇时二十八岁，正常；丁翔二十二岁生杜兵就有点奇怪，毕竟跳舞的嘛。其实现在丁翔的身材仍没变，腿细长，腰紧实，脖子梗着，走路微微外八字。这么纤细高挑的女人，怎么生出那么矮胖圆墩的儿子，基因这东西实在诡异莫测。

丁翔问徐莉在城里习不习惯，徐莉问丁翔一路上累不累，话题就这样有一搭没一搭地接着。她们的话语中，不时有游戏声和厨房的煎煮声冲进来。徐莉不时扭头看看杜兵，她的意思是杜兵过分了，这时候至少应该进厨房帮帮李唯薇。在丁翔家她不便开口，她觉得丁翔应该明白过来，主动开口提醒儿子，可是丁翔完全没反应过来。

再扭过头看杜兵时，徐莉看到电脑桌旁边的地面上，杂乱扔着LV包、快递盒子、背心式衬裙、丝袜，再细看，花梨木地板上浮一层灰，连眼皮底下的茶几也是。

“保姆回家了，”丁翔这时突然敏感起来，“我出门玩就放保姆回湖北老家，结果我都回来了，她说她妈住院，还得过几天才来。卫生没人做，看我这家里脏的。我回来时差一直倒不过来，头疼，地稍稍拖一拖就算了。”

厨房不是封闭的，连门都没有，只框个与枣红色地板一致的门套，离客厅也就十几步的距离。李唯薇这时喊道：“妈，一会儿我来做卫生。”

徐莉心里颤了一下，她第一个反应以为喊的是自己。她脸是对着厨房坐的，丁翔则是背对。结果李唯薇说话时视线并不是落在徐莉脸上，而是落到丁翔后背上。

徐莉拿起茶几上的矿泉水往嘴里送。丁翔没有泡茶，她坐下后直接把一瓶矿泉水放在她面前的茶几上。这是不是问题？刚才她不觉得有问题，这会儿再想，心里却怪怪的。李泰丰以前经常说：“茶有多烫，待客的心就有多热。”就是有学生登门，他也一定烧水泡茶。矿泉水？这幸亏是夏天，要是冬天还不喝出病来？

这套房子有一百四十多平米，三间卧室，一间书房，客厅的另一头摆着钢琴，琴上方挂着一排丁翔年轻时的演出照：正旋转的新疆姑娘，正弯腰撅臀的藏族姑娘，正揉臂抖肩的蒙古族姑娘，正扭胯推掌的傣族姑娘……

徐莉站起，走到照片前看着。以前这些照片就挂在这里，但以前和现在看感觉挺不一样的。想了想，徐莉觉得区别在于以前她心思并没放在舞蹈上，看了觉得美，也仅此而已，现在却知道怎么看门道了。重新坐回沙发时，她突然有一个想法，她说：“其实你可以开个抖音，每天录一段舞蹈的视频上传。用手机录又不难。”

丁翔眉头微微皱了一下，摇头。

徐莉说：“你看你功底这么好，随便跳跳都是专业级别的，肯定能火……”说到这里她猛地收住了嘴，她看到丁翔脸上淡淡地浮着诡黠的笑。

“我有个表妹也是当老师的。你们当老师的人说话很像。”丁翔说。

徐莉问：“什么像？”她真没明白。

李唯薇走出来，把一盘还冒着热气的菱角放到茶几上。“妈，你说话声音太大了，这里又不是讲台。”

丁翔刹时大笑，边笑身子边往后仰，双臂举起，双腿也勾着往上荡，在空中蹬踢几下。她身材确实好，穿着修身的黑色T恤和微喇的黑色长裤，腰胸都跟少女似的该凸的凸，该凹的凹，连手臂都是紧致圆润的。而自己虽然也瘦，小腹却不瘦，一坐下肉就堆出两层，蝴蝶臂也挂在那里。放在一起比，这距离就不仅仅四岁了。

如果跟同岁的林姐比呢，夸张点还以为是母女哩。

可能意识到自己笑得有点不礼貌，丁翔坐稳了，表情也平和下来，说：“我早就火过，不需要再火。”

顿一下又说：“那些出来跳的，都是无知无畏，简直群魔乱舞。”

“妈，不要乱说。”杜兵居然回过头来喊了一声。

李唯薇说：“哈，妈是不知道，我妈最近也迷上广场舞了。”

“噢？”丁翔很意外，小女生似的耸耸肩，伸伸舌头：“对不起对不起，我不知道哩。”

李唯薇有意岔开话题，说：“你们吃菱角吧，我刚用高压锅煮过的。”

丁翔说：“哎呀，菱角啊。你看你这个女儿多好，每年都记得我最爱吃菱角。”

徐莉笑起，眼落在菱角上。这东西长得真丑，一副鬼鬼祟祟的样子，看上去似乎长了一身肌肉，可是送到嘴里一咬，它就裂成两瓣了。以前徐莉也吃过，多久没吃了？原来是丁翔最爱吃的，原来李唯薇每年都会给她买。

徐莉保持着笑的样子，心里却非常沮丧。她不该提起跳舞的话题，真是自找没趣。另外，她刚才说话真的很大声吗？当初分配进西旗中学前有场试讲课，她差点因为声音太小被否了，最初几年也一直被提意见，后来慢慢才不成问题，没想到现在是另一种问题了。

李唯薇招呼道：“来，吃饭吧。”她特地走到徐莉身边拍了拍她肩膀，又走到杜兵身后用膝盖亲昵地顶了顶他屁股。“吃饭，别打了。”杜兵说：“就来就来，你们先吃。”

餐桌上米饭和筷子都已放好，还摆着海带排骨汤、干煎带鱼、炒花蛤、韭菜炒乌鱼、蛋炒蛏和空心菜。徐莉站在桌旁怔怔看一会，她从来没看见李唯薇做过菜，以前在家都是吃现成的，就是结婚后回西旗中学，徐莉也没让她沾过厨房，居然在丁翔家眨眼就煮出一桌子。

“真能干啊。”她压低了嗓门，但仍然夸得很欢快，她想用这种语调表明自己并不介意丁翔刚才的话。“这么能干，我看快点生个孩子吧。都三十一岁了，一胎之后还有二胎哩。你说是不是？”最后一句她把脸朝向丁翔，在这个问题上她相信丁翔跟自己是一致的。

丁翔手一甩说：“她不是想竞争编辑室副主任吗，哪会去生孩子？其实主任不主任不重要，孩子生不生也不重要。”

丁翔说话时李唯薇就站在旁边，两臂一伸勾到丁翔腰间，下巴再搁上肩膀，然后晃动身子，嘴里拖出长长的撒娇声。丁翔笑起。李唯薇也笑起。

徐莉抿住嘴猛吸一口气，气流冲进鼻孔时发出嗞嗞的声响。

六

西旗中学同事有个跳舞微信群，到省城后徐莉并没有从群里退出，也就是说那些同事新学什么舞或者有其他什么新情况她每天都关注。有时候她会把这边小区跳舞的视频转发给同事群，也把同事群里录的视频转到小区这个群里。两地因为广场舞拼接到一起，双方看来看去，很快就看成了熟人。林姐说：“你们学校老师气质都不错啊，一点都不像农村的。”徐莉心想，镇算不上农村吧？西旗中学是一所有一百多年历史的完全中学，光学生就有近两千人哩，每年高考、中考成绩在县里都数一数二。同事说：“哎呀徐老师跳得越来越美，气色也越来越好了。”徐莉想，似乎并不如以前好。

从丁翔家回来，徐莉一连几天没睡好。她必须正视一个事实，就是李唯薇对丁翔比自己更亲。大意了，她以前完全没有觉得这是个问题。没来省城前，李唯薇差不多每天跟她通微信，有时是语音，有时是视频，最不济也打几个字报平安。遇到她生日，总会有李唯薇订购的鲜花送达，或者转两百元红包让她买好吃的。但上一次李唯薇是什么时候也像抱住丁翔那样抱住她的腰，并且晃着身子嗲声嗲气地撒娇？完全想不起来了。儿媳与婆婆难相处是千古难题，徐莉就跟李泰丰母亲合不来，几十年里能不见就不见。李唯薇很小的时候徐莉就跟李泰丰念叨，说找婆婆比找丈夫重要，婆婆要是不好，李唯薇以后就要没完没了吃琐碎且别扭的闷苦。没想到李唯薇竟跟丁翔非常亲密，这完全出乎徐莉的意料。

她从来没听说过李唯薇要竞争编辑室副主任，刚从欧洲旅游回来的丁翔却知道。

那天从丁翔家回来的路上，徐莉忍了再忍，最后还是问起这件事。杜兵坐在副驾驶座上马上笑起，扭过头说：“妈，你教育比我妈成功，我妈以前就是放羊，考零分也没关系。她就是愁人生太短了，高兴是一天，吃苦也是一天。你看，我就没唯薇出息……”

李唯薇说：“你傻人有傻福呗。”

杜兵抬手在李唯薇头上拍一下：“主要我娶个傻老婆，为一个破副主任，还愁哭了几次。你以为那是联合国秘书长啊——就是秘书长也没什么可当的，你就老老实实当我老婆就行了。”

李唯薇说：“那不行。凭什么比我资历浅、能力差的人都能上去，上去了还领导着我？我咽不下这口气。”

杜兵又回过头来说：“妈，你看看她这股傻劲。是不是小时候天天被你们逼着当班长给逼出来的啊？”

车子已经进了小区，拐两个弯停在家门口。自动感应灯亮起，但光线毕竟不够，徐莉从后排下车时脚滑一下，趔趄两步，差点摔倒。李唯薇失声叫起，已经先一步下车的杜兵猛地冲过来扶住她。徐莉说：“没事没事。”

其实此时徐莉心里装着一堆的事。小两口感情挺好，这从他们打情骂俏中可以看出；杜兵人不坏，这从刚才他冲过来的瞬间反应体现出来；李唯薇很在意副主任这个职务……杜兵说得没错，让李唯薇求上进，考九十九分都要打骂一场这不是以前的常态吗？可如果不这样，李唯薇怎么可能从西旗镇走出来？

洗了澡躺下去之前，徐莉在西旗中学同事群发了一条微信：“你们谁有学生或熟人在省新闻出版系统工作？”马上，她把这条复制一下，贴到小区跳舞群里。李唯薇为这件事已经哭几次了，她必须想办法帮一帮。她不能不帮。

十几天后李唯薇傍晚下班回来，黑着脸进门。饭菜已经做好，徐莉坐在沙发上看电视里的养生节目。李唯薇走过来说：“妈，你到底怎么回事啊？”

徐莉仰起脸看着李唯薇。一回家就这么气呼呼的到底又是怎么回事？

李唯薇声音大起来：“你为什么要叫人到我社里说三道四啊？”

徐莉问：“我叫谁说什么了？”

李唯薇吼起来：“你叫谁你不知道吗？说什么你不知道吗？”

徐莉说：“没有啊……”

李唯薇打断她：“还没有！”

杜兵从楼上小跑下来，问：“干什么干什么？”

“她……”李唯薇手臂横向戳过来，“她也不知找了谁到我社里乱说，结果我们集团不正巡视吗？有人告上去了，这……”下面的话被哭声切断了。

徐莉慢慢从沙发上站起来，身子硬硬地立着不动。李唯薇脸上那双与李泰丰一模一样的眼睛，此时已经瞪出很多眼白。可是嫁给李泰丰三十多年，李泰丰从来没有用这么凶狠的眼神看过她。

杜兵揽住李唯薇肩膀：“你先上楼歇歇。”

李唯薇仿佛刚才都是闷在罐子里，这会儿肩膀被杜兵一碰，罐子上的木塞就猛地被拔掉了，她嘶喊一声，青蛙般蹦跳几下：“你是不是傻啊你，直接往枪口上撞知不知道？我以后怎么办啊，脸都没地方搁了……”

“没有那么严重。”杜兵话说得很重，并且用上了力气把李唯薇往楼上拖。“上去，快点。”

两人在楼梯拐弯处消失后，悲恸的号啕声很快就顺着台阶瀑布般涌下来了。多少年没听李唯薇这么哭过了？李泰丰死时，她都没这么失控过。徐莉重新坐下，身子往后仰，靠到后背上。电视里那个脸庞圆润的女人还在不停地说着。

林姐的弟弟有个同学在省委办公厅当处长，这个处长有个同学在新闻出版局当副局长。林姐说没问题，编辑室副主任只是副科，多大个事啊，小菜一碟。徐莉当时就信了，还特地去超市买了一盒岩茶送给林姐。她一直憋着不告诉李唯薇，是想给她个惊喜。

这天晚上李唯薇没有下楼，是杜兵把饭菜端上去的。

第二天早上李唯薇没有吃早饭就直接开车上班了。

屋里空荡荡的，徐莉觉得自己像片叶子飘过来飘过去，哪里都不适合落下来。她上楼，见卧室的门还关了，转身就下楼，顺便把昨晚李唯薇吃的饭盘带下去，洗好，放入消毒柜。然后她盯着大门静静看了一会儿。

几分钟后她出了门，手机抓在手中，身份证在裤袋里。她走到小区门口，拦下一部的士，去了高铁车站。路上她已经在手机上买了一张去西旗镇的票，下车后取好票，她给李唯薇发了微信："我回去拿点东西。你要记住吃饭，别饿坏了。"

高铁驶得很快，地面上的房子、树、山、河都向后一闪而过，如同曾经的日子。曾经她身边有李泰丰，有瘦瘦小小、连睡觉都要抱紧她脖子的李唯薇。

出了西旗镇站，抬眼一望，什么都没变化，连阳光都跟她去省城那天相似的。南方的夏天太长了，两个半月过去，季节却还未转换。要是没有那天就好，那天她不该从这里出发。

她没有直接回家，而是先去福寿宫。说是宫，其实是座山，或者说是公墓，远远看去，一排排墓碑整齐排齐，像新种下的树。找到李泰丰那一块，徐莉蹲下。这时候她才记起自己是空手来的，蜡烛、香、钱纸都没带。

她用指甲在墓台那块蟹青色石板上来回划几下。李泰丰就在下面，他躲开她，不管她了。

她掏出手机，李唯薇一直没有给她回复。她打开朋友圈，从手机相册中找出那天刚到省城，李唯薇站在闸口，高高举着手笑眯眯冲着她摇动的照片，然后写下"女儿长大了"，点了发送。

以前微信加过很多学生，还有学生家长。她不想什么都袒露在他们面前，就分组做了限制，其中有一组只有一个人，就是李泰丰。李泰丰死了，组仍在，她没有删除。刚才这张照片她就是发在这组，只给李泰丰一个人看。

原载《作家》2019 年 10 期

青　城

徐则臣

那段时间我总梦到老鹰在天上飞。一直飞，不落下。我知道是因为一个月前又去了趟藏区，站在高山上看到很多老鹰。这辈子见到的各种鹰的图片加起来，都赶不上那一次眼前的老鹰多。老鹰力气大，可以飞很久，这我知道，但我还是替它们担心。这么马不停蹄地悬在半空，谁都受不了。因为感到累，开始喘不过气地咳，我从梦中醒来。石英钟在黑夜里明亮地走，“咔，咔，咔，”每一秒都迈着正步。我想重返梦境，再次感受一下我和老鹰或我作为老鹰疲惫得如何咳嗽时，老铁的咳嗽声从另一个房间里传过来。接下来是李青城的拖鞋穿过客厅，她去厨房给老铁熬药。我在黑暗里睁开眼，抽空得上网查查，老鹰会不会咳嗽。

这是我在成都的第二年。都说少不入川，我三十了，虽然还是光杆一个，进成都应该没问题。陈总问，谁去打前站？我在五十八号人的会议室里站起来，我去。陈总看了我两秒钟，点点头，你是我心目中的人选。就你了。我面红耳赤地坐下，不是因为陈总夸我，而是我竟然当众站出来请缨。这不是我的作风。我很少有在大庭广众之下挺身而出的勇气，跳水里救人除外，那时候来不及想脸红不红的事，直接就下去了，人命关天。我坐下来，按住扑通扑通直跳的心脏，我知道我不是陈总的合适人选，但我是我心目中的合适人选。

报社要发展，想在成都做个子报。天府之国，西南重镇嘛，我们的报纸要壮大，没理由不去这样的好地方试试水。最后定下来我跟副总老柯先期南下，做子报的筹备工作。筹备工作说简单也简单，就是跟当地相关部门联络、选址、招聘人才，把必要的手续走好，按部就班即可。但说复杂也极为复杂，事情是人做的，你问他一声，他可以立马就点头，也可能三两个月后才点头；碰巧此人把点头的事给忘了，那活该你几个月后再问一次。反正事情就这么一拖再拖，大半年过去了，事情进展都不到三分之一。老柯不着急，他老婆在国外陪儿子读书，北京成都对他都一样，一个人过习惯了。对前途老柯也不抱希望，用他的话说，“顶到天花板了”。老大陈总退了，排在他前头的还有两个副总，这还没把上头空降一个老大的可能性算在内。他乐得在成都待下去，吃吃美食，看看美女，平均每周三顿火锅。这个安徽人，真能吃辣啊。

副总的补贴高，在成都可以住两居室的大房子；我就是个小办事员，那点补贴只够跟人合租一个两居室的小房子。当然，也是因为我想省一点儿，三十了，这辈子很多该做的事都没做，哪哪都需要钱。我还想多去几趟藏区，看看山，看看水，看看人，看看鹰。哦，老鹰。一想到鹰我就激动，我喜欢这种凶猛孤傲的大鸟。小时候看过一个纪录片，讲鹰的，那是鸡鸭鹅鸽子喜鹊乌鸦麻雀之外，最早进入我记忆中的鸟类。二十多年过去，纪录片里那只老鹰依然俯冲在我的梦里。它背后是嶙峋的高山，我能听见它的身体划破气流的声音。这种毛茸茸的清冽之声经常让我产生错觉，觉得自己的肋骨和后背上也生出了一对巨大的翅膀。

生有一对巨大翅膀的老鹰一直在天上飞，不落下。它咳嗽了。门缝里挤进来热乎乎的中药的苦香味。李青城每天这个点儿熬药。有些中医的规矩很多，比如老铁的药，大夫说，凌晨四点五十六分开始煎效果最好。四点五十六分是否对应了宇宙中某个神秘的能量点，我不知道，老铁和青城也不知道，但青城坚决执行，她希望老铁的病尽快治好。老铁具体什么病我没弄明白，我怀疑老铁自己也搞不懂了。他们俩来到成都的第二个月老铁开始咳，三年多过去，还咳。成都的大小医院看遍了，没找出原因，最近一年开始吃中药，也是从一个神医换到另一个大仙，最近是“四点五十六”这位老先生，江湖人称咳嗽王。没见过，据青城描述，一头银发，大胡子却是黑的，乐呵呵的像尊弥勒佛，脸色白里透红。这副尊容看着心里踏实。三年多来，老铁的变化除了咳嗽加剧，咳起来整个头脸胀大一圈，就是越咳越瘦，这个眉山人没能像他的老乡苏东坡一样富态，慢慢成了一根竹竿。大夫说，咳嗽伤气，胖才不正常呢。青城略略放了一点心。

这套两居室开始老铁和青城整个拿下了，因为老铁生病，他们俩入不敷出，才跟房东提出来，转租一间出去。我是在杜甫草堂附近转悠时遇到的房东。因为多瞅了两眼小区布告栏里的社区信息，房东一眼看出我是个外地人，伸着脖子凑上来。“帅哥，找房子哇？”他要不问，我还会再拖一阵子，天天住宾馆我其实挺喜欢，啥东西都不用收拾。“新装修的，单间。”房东说，“这个地段，想找我这种房子，没得第二家。”我问他房子在哪，他让我扭头往右看，阳台的窗户上垂下来两根晒太阳的吊兰的就是。果然不错，窗户都是新的。

“现在住的是小两口儿，最近手头有点紧，转出来一间。”

“他们干啥的？”

“文化人。”房东看看我，“跟你一样，精英。我没文化，我的房客必须有文化。”

有这两条我就放心了。年轻人好打交道，又是文化人，容易沟通。我跟着房东去看房。敲门，一个漂亮姑娘开了门。我就想，就这么定了。有个漂亮租友，上班看领导看烦了，下班回来调剂一下。又靠着杜甫草堂，办个年卡，每天来散散步喝个茶，神仙日子。

房子挺好，空出来的那一间十八平米，该有的都有，还有一张大写字台。我在想象里立马给桌子铺上一块毡子，可以写字了。这些年东奔西走，笛子吹走调了，二胡音也摸不准了，有限的那点艺术童子功只剩下书法。因为毛笔带着方便。如果租下来，我就给这间屋取名“草堂”。说干就干，行李搬进来，我铺开毡子就写了幅“草堂”，装上框，挂到靠书桌的墙上。要是早知道老铁和青城他们搞艺术，我可能会低调一点。

那天没见到老铁，青城出来带上了门，我只听见门后有男人在咳嗽。我对咳嗽声不敏感，在北京生活十来年，一会儿沙尘暴一会儿雾霾，没几个不咳嗽的。但那一连串掏心掏肺的咳嗽还是让我心惊肉跳。我拿眼神看房东，房东一挥手，仿佛挥一下就可以药到病除。果然就安静了。

“没事，”房东说，“肯定是吃海椒呛到了。你看我这厨房这卫生间，没五星也得四星半嘛。”

两个地方的确收拾得相当利索。当然后来知道，是青城的功劳。都说川妹子个子小，闲不住；青城闲不住，却是个大个子，细长的身条，说她学舞蹈的我都信。搬过来第三天，我才知道她是搞绘画的。睡前照例去一趟卫生间，刚出来，她来盥洗盆前洗调色盘。我看着盘子里所剩无几的干涸的四五种颜色，以问题代问候：

“国画？”

“画起耍的。”她说，要把调色盘往身后藏，“还在学呢。”

“跟谁学？”我没话找话，离进我自己的房间还有几步路，这个时间适合再搭一句话。

她扭过身子，调色盘依然藏在身后。她向他们的房间努一努嘴，“铁老师。”

她一直称老铁为铁老师。熟悉之后，他们俩对我也不隐瞒，老铁的确是青城念师专时的老师。青城念师专美术系，年轻的铁老师是才子，差不多成了系里女学生的男神。跟一般的狗血桥段不同，青城不是在校时就和她的铁老师打成一片的。她觉得自己美术上天分不够，没信心往老铁面前凑，而是毕业四年后，在故乡小镇的中学里实在待不下去，辞了职，不知道去哪里时突然想起铁老师。她说头脑里莫名地就生出一个强悍的念头：听听铁老师的意见。

那时候铁老师自顾不暇，根本没时间搭理她。他在离婚和闹辞职。老婆考上了南京某大学的博士，不打算回四川，给他指了两条路：一是也考到南京，博士考不了先考个硕士吧；二是离婚。老铁是本科毕业入的教职，一表人才，在师专里混着自我感觉还不错，一考就出了问题，人外还有很多人，连考三年不中。都毛了。学校不同意他再考，师范学校以教书育人为主，他这样整天想着往外跑，心思不在教学上，给年轻人带了个坏头；再说，系里进修是有名额的，每年都把指标给你，别人都在一边看着？老婆那边音问也渐稀少，对他大概也不抱多大希望了。偶一次听曲折转来的小道消息，有人看见他老婆跟一个陌生男人在西湖边出没。他电话质问，老婆说，有这事，去杭州开个会，还不能顺便看个西湖了？你要能到南京来，我天天跟你逛莫愁湖。老铁撞墙的心思都有了。最要命的是老铁自己怕了，考怕了，想到再考腿肚子就哆嗦。那就没办法了，老婆说，离。

那就离。决定了离，老铁反倒放松了，鼓起了烈士般的勇气决定再他妈考一次，不为去莫愁湖划船，为争一口气。他去系里请示，系主任给他四个字：除非辞职。老铁真就一根筋了，辞就辞，老子彻底解脱。但离婚和辞职不单是一张纸的事，相当于把自己从两个坑里生生地拔出来。当他血肉模糊地把自己解放了，那真是一肚子的悲愤和壮烈，哪有空理会站在家门口的李青城。说实话，他都不记得教过这个学生。他咳嗽着打开门，往堆满脏衣服的长沙发上一躺，闭上眼开始抽烟，全然不管一个陌生人在他荒凉的家里走来走去。青城也不吭声，只顾打扫卫生，要洗衣服了，才让老铁抬抬屁股挪挪身子；饭做好了，才叫老铁起来，饭还是得他亲自吃的。

那时候青城没想过要登堂入室，只是从系里打听了铁老师的境况，又见到他的颓败相，免不了心疼，辽阔的母性提前泛滥，请教的事先不提，从洒扫庭除做起来了。她认为环境好起来，铁老师人也就会好起来。她在旅馆住了五天，每天差不多老铁游荡归来的时间，她就出现在他门口。她跟着他进门，在他的咳嗽声里开始了家务。到第六天傍晚，她让老铁从沙发上起来吃晚饭，老铁抓住她一把摔到沙发上，把她裹到了身底下。

老铁那天没做成。他把青城扒光后，突然号啕大哭，弄得青城一身的鼻涕和眼泪。青城一声不吭地把两个人擦干净，又一声不吭地把两个人的衣服一件件穿好。弄利索了，她站起来，说：

“好生吃饭，我明天再来。”

没有明天。她出了门，老铁发了一会儿呆，跳起来就往外追，一直追到宾馆。进了青城的房间，老铁提起她的行李箱，说：

“退房。跟我走。”

老铁跟我讲起这段，青城打了一下他的胳膊，这怎好意思跟人家讲？“怕啥子？”老铁边咳嗽边说，“兄弟，你别想歪了啊，我只是带她回我家住。天天宾馆，太贵了。”他的确就是带青城回家住。把卧室里的大床让给她，他还回到书房的小床上睡。晚上他把书房门关上抽烟，腾云驾雾一般，他要好好想想。“你都想不到，兄弟，”老铁说，“孤男寡女两个人，一套房子里睡了十天，相安无事。真想不起那十天我们都干了啥子。青城，我们都干啥子了？”

“啥子都没有干，铁老师，”青城用她的两只长胳膊从背后环住老铁的脖子，“我就陪你抽烟啊。还有，你说你喜欢淮扬菜里的平桥豆腐，那十天我把这道菜练成了。要不要哪天做给你尝哈？”后一句是跟我说的。

当然好。第二天我就品尝到了李青城版的平桥豆腐，果然味道不俗。适当加了一点辣椒，豆腐更鲜嫩了。这也是隔三差五我们聚餐中的一道保留菜。但我还是好奇，“十天之后呢？”

“来成都了啊。”青城说。

老铁一阵咳嗽。他摩挲着青城白细的长手，右手食指沿着青城左手背上的蓝色血管上上下下。老铁的手也细长好看，像搞艺术的。“青城改变了我的人生观。”

“哪儿嘛。”青城嘤咛一声。

我不吭声，等着看戏。

“没夸张。”老铁喝一口热水润嗓子，“一个人在你一穷二白又六神无主的时候能守到你身边，你要感激她一辈子。青城说，已经没得啥子可失去的了，那就挪个地方，你看见的每一样东西都是新的，每一样新东西都是你的。我觉得她说的好，醍醐灌顶。为啥子非要考他妈的研究生喃！”

我也觉得青城说的好。树挪死人挪活，你越是执着地守着一个东西，越会觉得这东西重要，离了它地球都不会转了；真离了，你会发现这世界竟还有那么多逻辑在运行，先前的那个算个屁啊。我就是抱着这种心态来的成都。

他们俩拖了两只拉杆箱来了成都，每天到宽窄巷子里给人画像。现场画像就是图个乐，没几个人真去较真有几分像，但老铁画得像，非常像，所以生意不错。我看了他们房间里悬挂的作品。老铁的具象能力很好，这可能是他除了颜值外，被女学生们视为才子和男神的原因。但老铁的像只是被动的像，复制一般，必须有原件，一旦进入原创，有点找不着北。青城的复现能力就差了不少，一幅画磨一个月，都未必有老铁一周临摹出来的像，这大约也是她觉得自己才华不够的原因。不过她的画有神，三两下就把模仿对象的魂魄给勾出来。而且胆大，画面上常有旁逸斜出的不和谐笔触，乍一看唐突，细细琢磨，颇有神来之妙。但这神来之笔她本人似乎并不自知，言谈之间，也并未见老铁对此有所点破。我们谈及青城的画，老铁常见动作是，边咳嗽边点头，摸着下巴上看不见的胡子说：

“嗯，不错。不错。”

这个评价跟他对待我的书法一样。老铁看着我“草堂”二字，捏着下巴咳嗽说，嗯，挺好挺好。看我其他的字，也是捏着下巴咳嗽，嗯，不错不错。这“不错”说得也不多，他极少去我房间。他似乎也不乐意青城去我房间，青城过来超过三分钟，他就会以各种借口招她回去。我能理解，我老婆去别的男人房间，我也不会让她多待。

但不谦虚地说，我的书法的确比老铁好很多。画得好未必写得好，这不费解。我们经常在一起切磋，他们俩是科班出身，理论高出我一大截子，我愿意和他们聊天。忙了一天回来，有一搭没一搭说几句，就长了知识。晚饭后或者周末，老铁会去散会儿步，杜甫草堂公园进不去，就在浣花溪绕，我也跟着他们。在成都我们都没什么朋友。开始老铁还乐意我这个跟班，他咳嗽厉害了，我能给青城搭把手；后来开始拒绝，先是不愿让我帮忙，接下来散步也不带我玩了。我提出散步，他就推脱有事；他们准备出门时，我如果碰巧不知趣地插一嘴，一起去啊？老铁就会说：

“兄弟，你先走，我去个卫生间。”

傻子也明白出了问题。可问题出在哪儿呢？我不跟他们比谁挣得多、谁身体好，我对青城也没有非分之想。但生活就是这样，几个人在同一片屋檐下，莫名就生出微妙的格局。只可意会，不能言传。也好，我开始有了出远门的计划，看山看水看人看鹰。有时候老柯心情好，我就多请两天假，加上周末，我会在外面待个三四天再回来。

一路往高原上走感觉很好，高原上又有大山，感觉更好。在网上认识了一个成都本地的驴友，摄影爱好者，这几年主要拍鹰。他把鹰的习性琢磨得大差不离，上了山就不会空手回，再拍两年他想做个鹰主题摄影展。进山前他会问我，要不要搭伴。能搭我都搭。我们带着户外运动的全套设备，夜晚在山上背风处支起帐篷，钻进睡袋里把自己团成一个球。次日都是同伴叫醒我，他清楚看鹰的最佳时刻。我们从一个山头爬到另一个山头，他拍，我只看；想象自己腋下也生出双翅，双翅平铺，若垂天之云，我架着翅膀一动不动就可以飞越十万大山。二十多年前那个好奇的少年又回来了，他对着鹰远去的方向嗷嗷大叫，就像它们还在电视里。一天早上，有只鹰在飞翔的过程中回了一下头，它一定听到了我的喊声。

回到草堂，我跟老铁和青城讲那些看见的鹰。他们俩跟我讲李苦禅的鹰、齐白石的鹰、徐悲鸿的鹰和王雪涛的鹰。他们的鹰都很好看，我的鹰也很好看。我对他们比画着鹰飞行和俯冲的姿态，恨自己的胳膊不够长。青城在老铁的咳嗽声中伸出手臂。她的胳膊是真长，修长的指尖如同翅尖，她柔韧放松地舞动两只胳膊。她说：

“我看过鹰飞，舒展。降落时如同一声叹息。”

“这个比喻好，贴切。”

在他们房间。老铁顺手拿起毛笔，在宣纸上轻轻地一划，笔停处的飞白淡若羽毛。

青城在老铁耳边说：“我想去看看鹰。”

老铁放下笔一阵猛咳，好像这一笔耗尽了他的气力。

这世上真有弄不清缘由的病，老铁的咳嗽即是其一。他们俩到了成都没过多久好日子，老铁的咳嗽就剧烈加重。咳嗽时没法画，素描不行，国画更不行；后来咳得人枯瘦，想画也提不上来气，慢慢地只能放下。“气”是个玄妙东西，看着一支笔没二两重，我临《兰亭序》过半就得大汗淋漓，临完了，得一屁股坐下来歇两根烟。现在的老铁已经很难把一支笔连着握上半个钟头了。

跟病人不好谈病，跟家属其实也不好谈。我只旁敲侧击问过青城，咳嗽都有个时令，老铁这个？青城说，他这个不守规矩。

“怎么办？”

“治嘛。”

她的声音坚定，眼睛看着我临摹的书法家赵熙写于一九三一年的一副“流水归云”联：流水带花穿巷陌；归云拥树失山村。赵熙是四川荣县人，一八六七年出生，光绪十八年中进士，授翰林院编修，官至监察御史，一九四八年去世。来成都之前，我都没听过这位大书法家，在博物馆的一次展览上头一次看到他的作品，甚为喜欢。回来认真查了资料，方知是四川的大书法家，也醒悟了为什么在成都常看到颇似赵字的匾额招牌。其来有自，也见出了赵字在四川的人缘。就买了赵熙先生的书法集，每天临上几笔。

“要不然，我跟到你学写赵字嘛？”

“我这半吊子野狐禅，哪敢误人子弟。”

“都一把年纪了，误不误我也就这样了。我学起耍，你也教起耍。”

我还是犹豫。非是不愿教，而是赵熙不适合她。赵字流利俊朗，拘谨却森严，有优雅的金石气，碑学素养深厚。青城的画风路子有点野，怕不容易被赵字降服。但她就对上眼了，学着玩嘛，我画字玩噻。当成画来画，那就没啥可说的了。我想她学赵字也好。在风格和间架结构上，老铁在艺术上安分守己，却也扎实，赵字他是可以指点一二的。

业余除了练字，青城也找不出合适的事情做。画得再好，在美术圈他们俩都是无名之辈，成都这样的青年艺术家一抓一把，都卖不上价。老铁出不了门，到宽窄巷子里练摊画肖像的只有青城，挣的钱紧巴巴够生活。其他时间偶尔接点零活儿，也只是补贴家用。老铁一天里工作的时间没个谱儿，断断续续，看状态，一幅要画好久。他的画贵一点，也贵得有限。如果身体好，能像车间工人那样批量生产，没准倒可以发点小财。他们就是带着这个假设来到成都的，到目前为止，假设还停留在假设的层面上。所以，你不让青城练字，也没什么道理。

因为学书法，青城到我房间的次数就比过去多，我们在一起的时间也比过去多。有时候起风或者下雨，老铁不方便散步，青城就跟着我出去。老铁的脸色有点不好看，我不搭茬，出门照例跟他“待会儿见”，以示此心不虚。

四月里的第三个周五，下班回住处，青城在客厅里打扫摔碎的茶碗。成都人讲究，常喝盖碗茶。我问要不要帮忙，她没吭声，我就回了自己房间。晚上十一点，老铁的咳嗽平息了，该睡着了。青城轻敲我门，开了门，她只伸个头，说：

“定了，明天去看鹰。”

早就说再去看鹰叫上她。前天我跟她说了，周六一早出发。她要跟老铁商量一下。

第二天一早，我背着行头出门，青城已经在客厅里等我了。一看她就没户外的经验，早早就把行头穿身上了。她手里拎着帐篷和睡袋。我瞪大眼看她，她点点头，向他们的房间努努嘴。房门关着，门上贴着一张纸条，上面四个字：乖，听话啊。她用赵字写的，挺有点模样了。我点点头，确定？她使劲点头，嗯。关上防盗门时，我好像听见了老铁的咳嗽。

没有悬念，当天下午我们就看到了一只又一只老鹰。摄影家驴友从来弹不虚发。青城从看见第一只鹰时开始尖叫，一直喊到夜色融掉最后一只。嗓子都喊哑了。哑掉的嗓子发出的声音有点像老铁。因为这个原因，半夜在睡袋里，她在我身下压抑地嘶鸣时，我经常跑神。

四月的高山上依然寒冷。我睡得晕晕乎乎，只觉得脑门一凛，青城拉开了我的帐篷。“我冷，”她搓着手蹲在我睡袋边。在帐篷幽暗的夜色里，我也能看见她细长的白腿。这傻姑娘，脱得这么彻底进的睡袋。我打开自己的睡袋，有点挤，塞下两个人还是没问题。两个人在一起，很快会暖和起来的。我们紧紧抱在一起。等足以暖和到我们身体不再僵硬，青城不再说话，我在世界上最逼仄的空间里成功地脱掉了两个人剩下的衣服。青城不说话，只是从哑掉的嗓子里发出绝望的呼喊。等她含混的声音都喊尽了，我把脑袋埋到她胸口，她叫了一声，说：

“痛。”

我要拿手电筒，她不让。我还是坚持拿了。光圈里，青城的胸口有一块淤青。

“他干的？”

青城把手电筒关上。“咳得喘不过气时，他对自己下手更狠，”这一次她贴着我的胸口说，“身上拧得没一块好皮肉。”

我不再吭声。抱着她一直清醒到天亮。

看鹰回来，我开始刻意疏远他们。要不会是一笔糊涂账。单位也开始忙，不是进展加快，而是出了问题，老柯整天跟总部搞拉锯战。总部不知道哪根筋搭错了，隐隐传出否定的闷雷，项目似乎要撤。老柯当然不答应，我们一年都耗进去了，进展也算顺利，这时候打我们退堂鼓，不地道。老柯就催我夜以继日地跑，希望通过胜利在望来要挟总部，促成分部落地。工作日我朝九晚五，周末不加班我就冒充赵熙，这是个新的生财之道。

财神是房东。他来收房租，看我在临赵熙，伸头看了两眼，说：“诶，学得像哦。这是哪个？”

我跟他说，大书法家，他老乡，四川人。

“一张字好多钱？”

“没法猜，几十万上百万。”

“我问的是假的。”

我看看他，“多少钱都可能。”

“那先来一张，就当这个月的房租了。”

我当场用赵字写了一首陈子昂的《登幽州台歌》。房东把字用磁铁固定到磁板上，拧着脖子看来看去，咕咕哝哝地说，比他亲戚店里卖的那些字好多了。

“这个样子，再来两个月的。”

我又写了两张。一副对联，一幅斗方。为防止他变卦，我还白送了他一幅扇面，也是赵字。两天以后，他给我电话，问我还要住多久。说不好，得看报社的安排。

“一年没问题嘛？”

“应该没问题。”

“那把一年的房租一并交了噻。”

“没那么多钱啊。”

“写。不就十二张纸嘛。”

我就屁颠屁颠地写了十二张。过一周房东来取。他说行情不错，可以再住个三年五载的。我没置可否。房东走后，我到送仙桥附近的店面转了一圈，竟在一家叫“博雅轩”的书画店里看到了我假冒的“赵熙”扇面，售价三万。当然他们加了个印，又草草地做了旧。我问店主：

“这哪位的扇面？”

“写起的，”店主是个五十多岁的胖男人，跟房东长得还真有点像，“大书法家赵熙啊。”

“确定真迹？”

“确定我能这个价？”他把脑袋伸向我，压低声音，“我博雅轩从不打诳语，不确定就是不确定。万一是真的喃？”

“如果按假的卖，您给个实在价。”

他伸出右手食指，对着我直直地摇晃，“跳楼价，不能再低了。我博雅轩不打诳语。”

再砍下去，五千肯定没问题。有数了。出了博雅轩我给房东打电话，我说以后三千一幅，大小不论。房东急得成都话都出来了：

“我哥老倌那边还要做旧，成本也很高啊。”

“不还价。”我说，“要不我就直接跟你哥老倌谈。”

房东一下子软了，“好说噻。好说噻。”

拿到第一笔钱，周末中午我请老铁和青城吃了顿火锅。预想的是散伙饭，吃完了我打算去找个新住处。他们俩问请客的理由，我说升职了，虽然依旧跑腿小兵一枚，级别是上了个台阶。要确保这顿火锅吃得热气腾腾。老铁很给面子，没有以服中药为名拒绝，也没有在涮锅中间咳嗽得早退。一顿火锅吃了两个多小时，不算长，但吃完了真有点累，主要是犯困。尤其老铁，精力明显不济，回到住处青城就伺候他睡下了。我也想眯一会儿，但青城精神得很，她说吃多了吃多了，得去杜甫草堂走走。要我为她增加的体重负责，一起去。

从来都是川流不息。为了不被行人冲散，我们靠得很近，青城自然地就挽起我的胳膊。我没反对，很快也适应了。我曾与这个美好的身体坦诚相对过，仅此一点就让我心生感激和温暖，若非大庭广众之下，我很可能会抱住青城。随人流走了几段曲折小路，转到了杜甫草堂前。这地方我们都来过无数次。我和青城挑了块石头坐下来，看风吹起修葺一新的茅屋。说一会儿杜甫，说一会儿成都，又说一会儿赵熙，没话了。

剩下的时间我用左胳膊揽住青城，她歪倒在我怀里，薄薄的衣服完整地传达了相互的体温。我们什么都没说。直到一个孩子从旁边的小桥上摔下，哭声惊动了青城，青城一把推开我，惊慌地问，几点了几点了？

“差一刻五点。”

“得回了，”青城说，理好头发和衣服就往外走。

我们之间隔着两米的纯洁距离回到住处。他们的房门开着，老铁不在。这个点儿他很少出门。青城打他手机，没接。平均三五分钟打一次，一直到晚上七点零三分，再拨，已关机。我怀疑电是给青城打没的。我们俩在客厅里大眼瞪小眼。报警不合适，时间不够；老铁就算是个病人，你提起咳嗽，警察肯定认为你在耍他。我们继续等。九点以后她就不再坐，在客厅里走来走去，晃得我眼晕。我上前抱住她，我想让她镇定下来。她把我推开，说：

“别碰我，让我走。”

走到十二点，青城报了警。客厅里每一寸地板上都摞满了她的脚印。

警察来勘察现场，没发现意外。钱、卡、身份证等所有重要物件一应俱在。警察走后，青城给老铁留了条，我们也出了门。我骑电动自行车带着青城，清早七点推着回到住处，电用光了。老铁常去的地方翻了个底朝天，影都没有。刚进门，青城接到个陌生电话，杜甫草堂的。管理人员说，一大早巡园，发现有人晕倒在草堂前，还画了一堆水墨画呢，全是鹰。人已经送医院，暂时没有生命危险，肯定是画了一宿。给他手机充上电，发现有几十个同样的未接来电，就拨过来了。

“你是他啥子人啊？”对方问。

“他在草堂前画了一晚上？”

“哪个晓得喃。反正是晕倒在一块石头上。”

我头皮一紧。去医院的路上，我问青城：“他，跟踪我们？”

青城摇摇头，两眼都是泪。不知道。

我宽慰青城，也可能就是碰巧想出来透透气，画两幅画。我也不知道自己信不信。但我知道见到老铁该说什么。

“祝你早日康复，也顺便道个别，我要搬走了。”

见了老铁我的确就是这么说的。他已经醒过来，看见我和青城进了病房，没能及时闭上眼，只好尴尬地咳嗽。青城抓住他的手，先哭出来。她用眼泪代替了说话。第一句话只能我来说。我说老铁，我要搬走了，祝你早日康复。

“你要搬走？”青城的哭声像按了个暂停键。

我对老铁笑笑，“工作需要，没办法。”

青城的抽泣声又起。老铁一下子也没反应过来，咳嗽了一阵才组织好词句，但也只是把我的话重复了一遍：

“工作的事，没办法。”

青城在医院照顾老铁，我回到“草堂”收拾好行李，大大小小也塞满了一辆出租车。没想到一年我就把自己的生活弄得如此铺张。我在客厅的饭桌上留下一个大信封，刚卖给房东的五幅字的钱。信封上写：感谢我们共同的生活。到宾馆我给房东打了个电话，生意可以继续做，我空出的那个房间留一年，给老铁和青城做画室。

一语成谶。工作的事的确没办法，老柯没扛住总部来的十二道金牌。半个月后，设立分部的方案宣布废止。纸媒面临转型，压力太大，我和老柯限期返京。在宾馆住了半个月后，我把行李简化进一只拉杆箱和一个背包里，离开了成都。

其间青城给我打过两次电话。一次转达老铁的谢意，能听见老铁在她身后咳嗽，他已经出院。一次在马路上，能听见此起彼伏的喇叭声，青城对着手机没说话，我们沉默了五分钟；我也在路上，刚从租用的办公室里收拾好烂摊子回宾馆，我们相互听了五分钟对方手机里的车喇叭声。我先摁掉的电话。摁完了给她发了一条微信：

两天后回京。

她回：鹰不会咳嗽。

忙忙叨叨，倏忽半年，突然想起房东，我在北京给他打了个电话。他说生意不好做啊，所以一直没联系我要赵字。我问他老铁和青城如何，房东来了精神。他们很好啊，房东说。我离开后，他突然想，既然书法能作假，绘画为什么不能作假呢？他想让老铁和青城给他仿古画。老铁肯定是干不动了，青城不同意，她愿意做的是临摹赵熙的字。

“不太像吧，”我有些担心。

“像，像，”房东大大咧咧地说，“神似。哥老倌说，神似。”

“神似也没法假冒啊。”

“她不假冒，落款上写得明明白白，就是临摹赵字。”

“落上临赵字？”我还是有点不明白。

“价格肯定低得多噻，她非要这样子，没得法。”

2019 年 1 月 30 日凌晨，安和园

原载《青年作家》2019 年第 4 期

头条故事

乔　叶

1

空气质量是优。万里无云的蓝天，就是为这个优颁发的巨大证书。入冬以来，这样的天，掰着手指头都能数得出个一二三四。对这难得的好脸色，人们也很是知道领情，出门散步的人比平时多了好几成，且没有一个戴口罩，人人似乎都是一副且行且珍惜的模样，走得面庞红润，喜笑颜开。

半下午苏紫就翘了班，混在街上的行人里，不疾不徐地走了很久。先是去超市买了一点苹果和酸奶，路过商城遗址公园，又进去溜达了一圈，从公园出来，站了片刻，瞧见马路对面的文庙敞开着大门，大成殿的琉璃瓦在蓝天映照下如锦缎一般绚丽，心中不由一动。除了前年女儿中考，她特来了一次为小棉袄祈福，这一晃已经隔两年多没进了。文庙离家不过几步路，却整日里庸庸碌碌地不知道忙些什么。还真是用人朝前用不着人朝后的势利眼呢，自己都替自己不好意思。

便掸了掸衣裳，进去，上了一把吉祥香。把刚买的苹果用湿纸巾挨个儿擦了擦，上了个果品供。然后，规规矩矩地拜了拜孔子。大殿里没有什么人，拜完了，她干脆在蒲团上坐了一会儿。仰视着孔子的塑像，忽然觉得有些惶惑。她一直很喜欢孔子，觉得他既坚定又柔软，既正经又调皮，既倔强又通达，既睿智又单纯，既慈祥又天真……是一个似乎可以用“既”“又”无休无止地形容下去的可爱的老头儿。可这个塑像，说到底，跟《论语》里那个血肉丰满的孔子有什么关系呢？孔子在世的时候，会想到有一天自己会被后人供奉成这个样子么？

“妈妈，孔子的庙为什么又叫文庙？”进来了一对母女，小女孩问。

“因为孔子有文化嘛。”妈妈说。

“唐朝有个皇帝唐玄宗，他曾经封孔子为文宣王。老百姓也把孔子尊称为文圣人，所以孔庙也叫文庙。”苏紫说，摸了摸小女孩的脑袋。

出了文庙，继续去往家的方向。却还是想再延宕一会儿，便东瞧西看，迤逦而行。零食铺子，蛋糕房，茶叶店……都会驻足流连，像个无所事事的人一样。——

当然不是真的无所事事。她一直没让手机闲着，找个好点儿的角度就拍上两张照片。不管水平如何，这些个照片总归是自己亲手拍的，涉及不到版权问题。再配上几句闲话，兴许就能图文并茂地用到自己的今日头条号上。

前面有个精瘦的年轻男人正在刷树干，穿着深蓝色的工装，背上印着一家物业公司的LOGO，身边搁着一个白灰桶。这种场景每年冬天都会重现，她却从没有特别留意过。于是上前。

“师傅，您这是在做什么呢？”

“刷白。”男人说。头也没抬。

“刷白的作用是什么呢？”

“杀菌，防冻。”

“哦。”

男人显然懒得搭理自己，不过这也没关系。既是冒昧搭讪，必然就会有人不爱搭理。苏紫一点儿也不觉得扫兴，远出去两步，悄悄拍了两张照片。没走几步，又见到一个粗壮的中年男人也在刷白，刷的对象却是电线杆。杀菌防冻对树干还说得通，对电线杆是什么道理？

“师傅，您为啥要给电线杆刷白呢？”看了一会儿，苏紫方才问道。

男人停下来，看了她一眼。想要回答什么，似乎又无从答起的样子，便继续埋头干活儿。

“刚才看见有师傅给树干刷白，说是杀菌防冻，这电线杆也得杀菌防冻啊？”苏紫也知道自己这么追着问显得很讨人嫌，有着中年妇女的饶舌和唠叨，可既是问了，就索性问下去，大不了还是落个不搭理呗。

“这个呀，为了美观。”一个老太太拎着一袋子青菜走过去的时候，搭话说。

“是为了美观么？”苏紫朝着男人再问。

“咱也不知道，上头叫刷咱就刷。”男人终于说。

苏紫默默一笑。“上头让刷咱就刷”，这句话说的，耐琢磨。“上头”有意思，“咱”也有意思。于是又悄悄拍了两张照片。今儿的头条号，就发这个吧。

2

负责对接苏紫的今日头条小编姓岳，昵称悦悦。对于她的入驻邀请，苏紫起初的态度就是礼貌性拒绝。《中原腔调》不过是一本订阅量羞于出口的戏剧杂志，即便是作为主编，开个头条号又有多大意义？悦悦却很执著，天天到她微信上打卡献花，耐心游说，说头条从不缺人气，缺的是文化，说咱们《中原腔调》这么有文化内涵，您的身份就是当仁不让的文化符号，我们太需要您来送文化啦。苏紫敷衍了一阵子，苦于应酬，干脆就把悦悦的微信号设置了个免打扰。

“敬爱的小主，开了吧开了吧，您一开就是 V，一般人哪有这待遇呀。”编辑部主任豆子说。以她为首的几个小编辑不是 80 后就是 90 后，也你一言我一语地撺掇着，说您要是不想打理，我们来帮您打理，就是把咱们杂志每期的目录和内容提要放一放也是好的嘛。平日里他们都称苏紫为小主，原因么，《中原腔调》太小众了。

架不住他们鼓动，苏紫终于妥协，答应了开。

小主圣明！

在这种事情上，她很在意这些小年轻们的意见。不能不在意。杂志再小众，总也是对外的，多少总要吸纳一些当下的新鲜信息，而身边这些小年轻就是最便捷的信息来源。别的不说，单是一两日不好好和这些小编辑们聊天，再听他们说话，她就会觉得有些磕绊。既不明白“撩”“套路”“洪荒之力”之类的老词有什么新用，也不好懂“人艰不拆”“喜大普奔”“细思恐极”之类的新词是如何诞生，更不清楚“小目标”“友谊的小船”之类的段子笑点在哪里。这些半生不熟的词就像一堵堵或厚或薄的墙，会把她和他们高高低低地隔开，想要迈过去总是会显而易见地费力。每次逢她发问，小编们都是默契对视，乐不可支。

“小主，您可真萌。一听您问这些，小的们就像看见了碳酸饮料。”豆子说。

“这是什么坑？”

“开心得冒泡呀。”

在苏紫的意识里，今日头条这种自媒体号就是一块地——她承认，自己的本质，就是一个农民，无论是杂志还是家务还是这种自媒体号，地，没有便罢，一旦有了，她都会尽自己的最大能力去耕种，不管种点儿什么，都绝不容许让地撂荒。既如此，肯定累。这也是她起初推拒悦悦的原由之一。

第一条内容例行是问候诸位网友。网友这种存在，明知道每个账号后面都是一个活色生香的人，可真要在网上去面对时，还是觉得空茫茫的。拟好了稿子，她先给悦悦审，悦悦说，好的呀，只要是原创的就 OK 呀。苏紫问，对内容没有什么具体要求吗？悦悦说，请您自主就好呀。只要和文化相关，符合公序良俗，不侵犯任何第三方的合法权益就 OK 呀。又体贴道，其实您不用那么紧张，读书、旅游、电影电视的观感，这些个都行的，您怎么发都有文化含量的，哈哈。

一听见这甜甜蜜蜜的官话，苏紫便知道了，这悦悦明着是在宽自己的心，实则是在暗示自己文责自负。不是么？给你的边界越是辽阔你就越需要小心脚下，从高处说，是自由，也是权力；从低处说，是人家越不管你，你就越该严管自己。

第一条的阅读量不到一千，是意料之中的可怜。第二条好了一些。苏紫发的是桂花，那几天桂花正开。她在网上找了一张图，配了一段有点儿文艺腔的话：

"桂花是用鼻子看见的花，这酒一样馥郁的浓厚的粘稠的香味，慢慢悠悠，从从容容，筋筋道道。曾听过一个词，叫'桂花引'，有人说该是'桂花饮'，我觉得如此这花香如此勾人，当然是引。"

半天时间，阅读量破了万。有人评论道：图不错。

整天和版权打交道，苏紫蓦然一激灵：这图不会有什么问题吧？连忙问悦悦，悦悦说，这图如果不是您原创，那就不太好说得清楚。按要求您得保证对图片享有合法使用权。不过只要没人说，那就没问题。要是不放心，您可以注明一下：图片来自网络。

苏紫赶紧在评论里注明了一下。

隔三差五的，悦悦就会发给她一些话题，邀请她参与。话题各式各样，摩肩接踵：中秋，国庆，重阳，二十四节气，改革开放四十年，明星结婚，名人去世，考研……"会有流量福利"，每次，悦悦都会这么提醒。什么是流量福利呢？悦悦说，头条推送的机制是：机器识别了内容后，觉得哎呀不错，就会推给比如一百个人先看看，假如有五十个人看完了，机器就会觉得，哦哦真不错，我再给一千个人看看，然后再计算打开人数，假如又有四五百人打开了，机器就会再给比如一万人看看，就这样一直螺旋扩大，直到过了时效性，或者传播疲软了方罢。所谓的福利，就是平台会让机器把她发的内容在首页上多推送几次，在首页上停留的时间也要长一些，努力让更多人看到，这样她的粉丝就有可能增加得比较快，阅读量就有可能会高起来，在不远的将来，就有可能会有广告收益……

如此陌生、遥远且间接的福利，不要也罢。这么想着，苏紫便对话题一直很消极。迄今为止，她参与过的唯一一次话题就是"我爱家乡戏"，也还是因为多少和工作有关。《中原腔调》如今的面儿虽然比原来有所拓宽，可戏剧毕竟还是原始根本。她发的内容是自己收藏的油印戏本：

"十几年前，在一个县城的小店，我买下了这些成摞的油印戏本。这个刻写人，至今是个神秘的名字。我推测他多半很平凡，只是无数戏迷中的一个，像我一样。

在郑州街头巷尾——当然也不止郑州，不经意的，就能看见这样的民间剧团在活动。演者动情，观者专注。

这是最小的舞台，方寸就已够用。

也是最大的舞台，随处皆可唱响。"

配了六张图，一张是她拍的路边小剧团演出场景，一张是最新一期的《中原腔调》封面，还有四张是她早年存的油墨戏本封面。上午发布，她下午去看，阅读量居然已经过了十万，粉丝也增加了两百。最让她惊讶的是那一百多条评论，有人问她哪里能买到这些本子，有人问她可不可以转卖，有人告诉她刻写者的身份，和自己有什么转弯抹角的关系，有人则说油印这种方式属于侵权……苏紫感慨不已。她忽然觉得，自己这块小小的地，其实更像是一个开放式公园，无门无墙，无障无碍，任凭是谁，想进就进，想出就出，想说就说，且全可潜隐。唯有她，宛若站在公园中心的小广场上任人观瞧。既是众目睽睽之下，就得小心翼翼，不能出乖露丑。

对网友的厉害，她从此心悦诚服。自此，她决定一周发两次，内容也更上心了些。耗时费神是必须的，不过能长见识，也有意外收获，为了这些见识和收获，耗时费神也值得。她也开始对阅读量和粉丝数在意起来，慢慢发现，却原来，这两样的增多确实也是会让人上瘾的，会让人有些甜丝丝的成就感。——这也让她有了警惕。她告诫自己要有意疏离，不要让自己被话题蛊惑着去发一些什么内容。我的内容我做主，哪怕只有一个人读呢。她这么反复提醒自己。等到再一次出现超十万的阅读量且那条内容没有得力于平台的任何话题流量福利时，她更确信了自己应该坚守这个原则。

那天，郑州下了初雪，她发的就是雪：

“今天下午的郑州，飘了一会儿大大的雪花。看到雪花，就想起一些以雪花命名的事物：雪花膏，有一种化妆品的名字就是这么叫的吧，很有年代感的。这个名字一出口，仿佛就闻到了那种香味儿。还有一种冷饮，叫雪花酪。还有一种甜点，叫雪花饼。对了，还有一种衣料，叫雪花呢……还有雪花啥呢？”

最后一句提问，自然是有意投饵，勾引网友讨论。网友们果然没有辜负她的用心，热火朝天地议了起来。什么雪花酥、雪花粉、雪花肥牛、雪花啤酒……抢答接龙似的，几分钟之内就都有了。看到有人说到雪花银，苏紫忍不住上线回复：嗯，这个东西最强悍。还有人说，应该把“雪花呢”的“呢”注上“泥”的拼音，不然很多年轻人都读不准这个字。苏紫也回复：您说得甚是。还有网友提到了雪花汤，苏紫回复说，这个是第一次听说。那网友便细解：就是用鸡蛋清打碎做的汤，撒上白糖。另有一网友说了雪花酒，苏紫简直怀疑这是他杜撰的，再问，对方说是来自眼下正热播的古装剧《知否知否应是绿肥红瘦》，剧中华兰和明兰两姊妹在一场戏中喝的就是这种酒，应该是宋朝就有了的。

那个下午，苏紫一会儿刷一次手机，每次看，阅读量都是蹭蹭蹭地涨着。她这才发现：阅读量在万以下的时候是精确到个位数的，一旦过了万，就是精确到千。

等过了十万，就只精确到万了。怎么说呢，就好像在说存款，穷人得抠着一块一块地报数，中产阶级就可以抹去零头，富豪人家就必须要留更大的整数，那才能叫体面。

3

这么好的阳光，随便坐在哪里静静地晒着，都是一种享受。苏紫仰靠在街边的长木椅上，选好了两张图，又网搜了给树刷白的一些资料确认了一下基本常识，便拟出了稿子：

“看到图一师傅正在路边给树刷白，跟他聊，他说刷石灰水可以杀菌防冻。嗯，这个我是知道的。又见图二师傅在给电线杆刷白，难道电线杆也需要杀菌防冻？请教他，他沉默。我不耻下问，他终于答：上头说了，路边跟树干长得差不多的，都得刷。仔细一看，果然。”

照片发的都是背影，避免涉及到肖像权。也把刷电线杆师傅的话小改了一下，想要多点儿幽默感。至于“不耻下问”……打出这个词时，苏紫有些犹豫。这个词，是今天中午所得。中午的工作餐里，有一道是红烧猪蹄，做得鲜香微辣，苏紫一向对猪蹄没兴致的，却不知怎的开了胃口，啃了一整只。

“大猪蹄子，真香！苏紫感叹。”

小编们立时爆笑。

“小主，这一句话里有两个新典，您知道不？”豆子问。

苏紫摇头：请赐教。

他们先说的是真香定律。说是芒果台有一档叫《变形记》的真人秀节目，主要内容是清贫的农村家庭和优裕的城市家庭的孩子们互换生活环境的故事。其中有一期，是一个城市男孩初到一个农村家庭，觉得环境差，难以忍受，就撂下了狠话，号称自己“就是饿死，死外边，从这里跳下去，也不会吃你们一点东西”。但几小时后，饿极了的他只能在这里吃饭，他边吃边感叹说：“真香。”节目播出后，“真香”这个词被网友们单摘了出来，泛指一个人信誓旦旦如何如何却马上就被打脸的状况，很有喜感。

至于大猪蹄子，就是指男人。各种言情剧或绯闻事件里不是都有男主角么，主角谐音为猪脚，猪脚不就是大猪蹄子嘛。

“适用于所有男人么？”

“多适用于渣男。”

“为什么？”

“您的为什么可真多。”

“我这叫不耻下问。”

小编们又轰然而笑。

“不耻下问，我用错了么？这有什么好笑的？”

“很少见您不谦虚的样子，觉得好可爱。”豆子说：而且，按照字面意思，也可以释义为“不觉得羞耻，一直往下追问”，挺有趣的。

“好吧，那就我继续不耻下问：为什么大猪蹄子多适用于渣男？”

“就像咱们骂小孩子是熊孩子一样，这是女人对男人又爱又恨又调侃的一种称谓，用来骂渣男当然是最合适啦。”

…………

好吧，那就不耻下问吧，或许能因此再添一点儿幽默感。有网友评论过，说她的腔调是端庄有余幽默不足。而且，这个词也合文庙的景，是出自《论语》，和孔子有关系呢。

完成，稍改，定稿，发布，回家。到了小区门口，看见右手边那家肉夹饼店，苏紫便又拐了进去，买了一个。回到家，上了个卫生间，吃了半个肉夹饼，又泡了一壶正山小种，喝了一口，苏紫方才打开手机。在这个过程中，她不时压抑着想看手机的念头。总是嘲笑小编们让手机长在了手上，其实自己看手机的欲念也无时无刻，她常常暗自惭愧，有意克制。

其实，以这一段时日的经验，不看也知道，这个刷白的头条，阅读量不可能多高。前些时，她发过一条齐白石的，自认为写得十分精彩，配图是齐白石的画，美得也是无可挑剔，她想着怎么也得有三五万的阅读量，不料还没有过万。她有些不大甘心，便婉转地问悦悦，这条机器是否没有推送，悦悦回复说，肯定是推送了，不然阅读量不会超过粉丝量。如果阅读量低，那就是内容不受欢迎。对于绝大多数头条用户来说，齐白石有点儿冷，哈哈哈。又说，从大数据来看，最受欢迎的头条内容就是美食和流量明星；其次就是乡村，什么农家故事啦，美丽乡村啦……因为头条用户嘛，下沉比较多，也就是说三四线城市基数大，程度参差不齐。要是不想蹭现成的热点，那您就得往各方面都试试看，找找画风。

费劲巴力地去找什么画风？还是老老实实种地吧。

——可是，这是什么情况？苏紫的头“嗡”了一下。到一个小时，刚刚发的这个刷白，阅读量已经超过五十一万，评论过了两百条。

她心慌意乱地把评论粗粗溜了一遍，大致可以确定，惹祸的，正是那个“不耻下问”。从头条的界面仓皇退出，她略定了定神，便给豆子打了个电话。在豆子到家之前，她都没有敢再看手机。

餐桌上摆着剩下的半个肉夹饼。她呆若木鸡地盯着，盯了许久。忽然想起来，她第一次在头条上被喷，发的内容就是肉夹饼。阅读量也超了十万。她写的是：

“说起来，肉夹饼虽然名头叫肉夹饼，可搭眼一看就知道，明明是饼里面夹着肉好么？就字面意思而言，肉夹饼简直是明目张胆地不尊重事实。可有意思的是，汉语就是有这么一种奇怪的魅力。首先，一看到肉夹饼这个词，谁都不会误解，都明白它指的就是饼夹肉。其次，你若真叫成饼夹肉试试？反而会让人觉得黯淡了，平庸了，更重要的是，显得不痛快了。这时候再回过头琢磨肉夹饼——肉字当前，主题就是这么鲜明，这么响亮，这么夺目，这么具有打动人心的力量。”

一分钟后，就有陕西网友的评论来了：

肉夹馍，西安人叫了几百年，您非得整出个肉夹饼？

苏紫忙回复：郑州有这么个叫法。额到西安就赶快叫肉夹馍了。

郑州网友发言：郑州也叫肉夹馍。

另一位郑州网友迎上去：我这个郑州人偏叫肉夹饼犯法了吗？

然后是一位大学生赐教：肉夹之于馍，宾语前置表示强调！

接着，一大波好为人师者前仆后继地诲人不倦，有举例句的，有传授古汉语知识的，有分享关中文化的……眼看着应接不暇，苏紫只好讨饶道：作为一个语文还可以的人，肉夹馍是“肉夹之于馍”的简化句式，我还是知道的。正因为觉得知道的人太多，就不想再提，想从一个普通吃货的角度来解析一下……谢谢各位，谢谢！

4

小主，阅读量已经八十万了，您莫不是从此就成红得发紫的网红了？您闺名又是紫，这可真是实至名归啦。一进门，豆子就吊着嗓子阴阳怪气地戏谑，她明亮的笑容让苏紫紧绷的神经有效地松弛了一些，一瞬间却也有了下垮之势。她忙振了振精神，也以少有的夸张热情拉着豆子在沙发上坐下，肉麻撒娇道：别贫了，赶快支招救命吧，我要死啦。

没事儿。豆子洒脱地甩甩头发：有一句鸡汤很好用，所有杀不死你的，都会让你更强大。小主，您一定会更强大哒。

站着说话腰不疼！

哪里哪里，我和您主仆一体，您疼我就疼呢。

一打开手机，豆子顿时正色起来，说她刚才在出租车上已经把评论全看了一遍，理了个大概，网友的注意力主要是在三个点上，第一点就是“不耻下问”，第二点是“上头”，第三点才是刷白的作用。你看……

苏紫微斜着身子，贴偎着豆子小小的肩膀，似乎这是世界上最坚实的依靠。刚才那些评论，她没敢细看。此时，挨着这小肩膀，她方才有勇气逐条过目。

豆子分析说，这些评论看似泱泱，其实全都可以简化为了一个字：怼。若要强行划分，可分为轻怼、中怼和重怼这几个层级：

恕我没文化，你这个不耻下问用得不对吧？

我不耻下问一下，现在主编门槛这么低了？

我不耻下问请教下，你是怎么当上主编的？

这个不耻下问用的好，表达了主编高高在上，看不起劳动人民的心态。

苏主编，你是有多高级？

苏大主编，请出来走两步呗。

……

苏紫终于理解了什么叫眼睛里有针，有刺，有木梁。

说“上头”的也不少，连带着说到刷白：

年底了，单位的经费没花完。这么花着快。

无论刷树干还是刷电线杆，都是按照根来收费的。

会花钱，才能捞嘛。

不刷电线杆怎么会有回扣？这是为了拉动第三产业！

唉，猪一般的领导。广告牌要搞成统一风格的，美丽乡村要搞成统一风格的，什么都要搞成统一风格的……

我农村老家那里也是，所谓的美丽乡村，就是把所有路边的房子和墙都刷成白色，树也要栽成一个品种。下来检查的领导只走大路，他们沿着路开车而过，会点头说，嗯，这新农村建得真漂亮呀，他们哪里会知道，这只是一个表皮儿？里面该怎么样还是怎么样！

电线杆刷石灰就是为了好看。每个国家的市容管理都有非实用性规定，比如欧美国家规定，私人草坪必须得按时修剪，不然就会收到高额罚单。

刷电线杆好看？这是什么审美?!

肯定不是为了好看，不然为什么其他季节不刷？

刷白是为了让领导看着喜庆！

喜庆应该刷红的！

没听说过白喜事吗？

对啊，白喜事请去了解一下！

领导怕虫子没树吃，会去啃电线杆！

领导有强迫症！

给电线杆刷白可以防触电，领导的用意是让你晕的时候扶电线杆更安全，哈哈哈！

刷电线杆防触电？这是什么依据？

这位朋友，幽默感是个好东西，祝福你有！

你们真啰嗦。给树刷白，是为了防虫。给非树刷白，是为了美容。鉴定完毕！

我来强调一下，这刷的不是石灰水，是涂料！只是涂料！过去的人刷石灰水，现在刷的都是涂料，为了省事，反正看着都差不多！

我觉得刷电线杆子是很可以理解的。领导检查都不下车的，在车上一眼瞄过去，看到有几根没刷，追责下来，你是去质疑领导眼神不好呢，是去科普解释呢，还是干脆刷白了事？!

……

他们真喜欢用问号和感叹号啊。

豆子说，咱们一定要分清主次。主次很清晰：这三个点里，最核心的自然就是“不耻下问”，冲着这个靶心的箭射得最为密集，需要赶快把这个点消化掉。至于消化之术，豆子说，常用的做法是雇佣传说中的水军，可是像咱们这种，一般也用不着水军，用完了还留下另一种把柄，犯不着的。最简便的是找信得过的熟人号来引导一下。苏紫问，咱们杂志社谁有头条号？豆子刚想清点一番，寻思了一下，又说，几个小编头条号的身份认证都是《中原腔调》的编辑，以往发的内容也跟《中原腔调》有关，一看就是自己人，现改恐怕也不妥当。如果被网友查出来，一定会被诟病，那也是另一番麻烦。

左不中右不行的，两人这边商议着，那边的阅读量已经过了九十万，评论刷过了四百。苏紫眼看着数字像洪水一样不可遏制地往上涨着，与此同时，窗外的阳光一寸寸地灰暗了下去。

还是先表个态吧。豆子说，反正咱们有错，就先认错。若是一直不认错，这个情绪就会像是地震形成的堰塞湖，越积越险，因此还是疏泄为要。怎么认错，自然也有讲究。肯定不能认领说看不起劳动人民，只能说是误解。比误解更高级一点的是带点儿幽默感的歪解。那就歪解吧，尽量用萌萌哒的语气：

“抱歉用错了成语。还自认为有点儿幽默感呢。自认为幽默的地方在于把‘不耻下问’歪解成了‘不觉得羞耻一直往下追问’，见笑了各位。”

发出去了一会儿，如石沉大海，似乎没有一个人看得到。评论区里，依然是层出不穷的怼：

佩服师傅，这么耐心回答多管闲事又没境界的人。

你比师傅尊贵？卑劣的等级思想。

“不耻下问”的使用直截了当地显示了你的水平。

…………

真是让人憋闷。和豆子简单商议了一下，苏紫便又发了一条：

“请教”一词不知道是否有人看到，在下的本意确实是礼敬的。谢谢大家批评指正。

这条也毫无反应，似乎还是没人看到。

小主，你懂的，网络舆论的特点之一，就是大家根本不了解也不想去了解事情的全部，他们只看自己想看的，只说自己想说的。如此而已。豆子说，以目前的态势而言，最适宜的就是等，等高潮变低，等强音变弱，等热度变冷。

苏紫沉默。是的，实在没有什么办法的时候，时间就是最后的办法。毕竟，一切都会过去的。

对了，头条的平台有没有办法？豆子突然问。苏紫拍了拍脑袋，懊怨着自己的智商，连忙给悦悦发了微信，似乎永远在线的悦悦很快回复：哈哈，网友们确实有些杠了。没事儿的，您忽略就好。

这丫头，也是站着说话腰不疼——不，她是站着卖瓜腰不疼。悦悦说过，自己是个专业卖瓜的。

其实也该恭喜，您的阅读量新高了呢。网络铁律是，越红越会被喷，看来以后您得去适应这个节奏啦。悦悦又说。

明知悦悦是在巧言相慰，苏紫却也气得呼呼冒火，撂了手机。真是卖瓜的不嫌瓜大，还恭喜呢。突然，她想起自己发的一个头条：

“作为一枚吃瓜群众，我还蛮喜欢看娱乐圈爆料的，总能集人性丰富之大成。这是在高强度聚光灯下的无剧本演出：当事人双方以及亲友团反应，狗仔队耐心细致的梳理挖掘，深层人脉关系的暴露，各色人等的三观展示……吃瓜群众们的热烈评论最是有趣，常常闪烁着真知灼见。瓜有大小美丑，也有酸甜苦辣，总得来说，好瓜惹人爱，赖瓜必有渣。”

原来，她一直自认为的吃瓜群众的身份，竟然是一种错觉。她这个吃瓜群众，居然也可以转换成为一个种瓜人，眼看着这些不知姓名的其他群众吃得津津有味，吐得一地渣子，忧思如焚，却束手无策，真是讽刺。当然，跟流量明星的那些瓜相比，自己贡献的这一枚瓜自然算不得什么。可是产于自己这块薄地，还真是不堪忍受。如此这般折腾了一番，也还是没灭掉。还不知道接下来会狼狈成什么样呢。

“小主，您这是什么好茶？能不能赏一杯呀？”

握着早已经凉透的茶杯，她这才想起来给豆子泡茶。这个故事，不，应该说是这个事故，老公孩子还都不知道，单位里也只有豆子知道——平日里，杂志社的小编们也都顾不上看她发的东西，都忙着呢。这挺好，知道的人越少越好。不知道接下来会怎么样，暂且不管，先喝茶吧，喝茶。

5

一时无话，两个人只是喝茶，豆子提茬说着闲话。这两日娱乐圈最大的瓜是一个当红中年男明星的绯闻，这个大猪蹄子为了一劳永逸地除掉死缠烂打的小三，居然和原配同心协力将小三以敲诈之名报了警，小三的父母诉诸于网上，网上正炸着锅。豆子说，今天这瓜又出了一条新枝节：有一个律师出来说话了。原来小三曾咨询过这个律师，却不知怎的最终没有请他。自然有吃瓜群众说，连律师费都舍不得花，所以活该掉坑里。说着说着，便说岔开来，有人感叹的是女主的衣裳、包包、耳环、腕表，辨别着是真品还是假货。有人关注的是女主坐的私人飞机，揣测着飞机的价格。有人在说女主看秀时合影的大咖，有人在说女主照片的背景是哪处名胜，同时期是否男主在那儿，还有人在说男主预备上档的新片，正和男主合作的女明星的旧年情事也顺便被重新捞起，女主还是十八线演员时候的片子也被扒了出来，众人惊奇地发现，当今如日中天的两位一线红星当初还是给女主搭戏的女二女三……

豆子感叹说，吃瓜群众果然是最最厉害的呀，无论是瓜藤瓜蔓还是瓜花瓜叶，甚或是在瓜还是小瓜时的一切枝节，总之是瓜的一切，只要是他们想刨的，什么都饶不了。

喝了两巡茶，正山小种的红渐渐淡了，苏紫洗了杯，泡上了七年的老白茶。喝茶这事，根子里和静息息相关。有个说法是，有静气才能喝出茶的好来，苏紫却觉得也能倒过来说：喝好茶是能让人有静气的。正如此刻，老白茶的温香对她的重要。

豆子的话越说越少，终于渐渐地沉默了，只是乖乖地陪着苏紫喝，很懂事。一直喝到窗外的阳光终于成了暮色，迫近晚饭时分。

“那，我先走吧？”豆子说。

“好。”

“您一定要沉着。没事儿的。相信我，很快就会凉凉的。网友们才没有那么持久的耐心关注这一件事儿呢，明天保准就好好的了。”在电梯口，豆子拥抱了一会儿苏紫，还亲了她一下：保持联系。

“谢谢亲。”

回到家，再去看手机，阅读量已经过了百万。不过，网友们的焦点貌似有了朝各个方向发散而去的迹象，也越来越脑洞大开：

姚明要是站在一边等车，给他刷不刷白？他也跟电线杆子差不多呀。

不刷。姚明跟树和电线杆子还是有本质区别的。树和电线杆子是下不开叉上开叉，姚明是上不开叉下开叉。

哈哈哈哈哈。

知否知否？刷电线杆是为了车。晚上车大灯一开能明显地看到它们，起到提示的作用。

不刷的话那司机还能把车开到树上去啊？

是不是该把汽车屁股都刷白，省得追尾呢？

当然也有人忘不了怼苏紫，不过主要是为了晒知识：主编连树为啥要刷石灰水都不知道吗？唯一目的就是防虫！重要的事情说三遍，防虫，防虫，防虫！

你是怎么知道刷石灰水就可以防虫呢？

你怎么知道你妈是你妈呢？

…………

乱怼之中，有一位农林大学的副教授给出的答案貌似最为明晰和周全：虫子出土后要往树上爬，会吃叶子、吃嫩枝、休眠等，刷白之后，虫子讨厌石灰味道，就不爬树了，也就不容易造成来年虫害。石灰水干燥后也会在树皮表面形成保护膜，能磨损试图爬树的昆虫腹部的角质层，让虫死亡。如果电线杆离树干很近，那确实也是需要刷一下的。虫子爬树是本能，并不知道那是树，只知道爬上高处就有树叶吃，所以理论上虫子会借助一些东西向上爬，例如电线杆。如果只刷树，虫子就会在附近寻找其他可攀爬的高物体，大概率是电线杆，然后就会顺着电线又爬到树上，所以刷电线杆并没有问题。另，刷的应不是单纯的石灰水，而是掺了硫酸铜。纯石灰的话，虫子是不怕的。

也有为苏紫说话的：

哼，你们这些人，都是吃鱼长大的吧？专会挑刺。

苏老师，不要太在意评论。如果太在意，是没办法活的。

简单的题老师做错了，是应该道歉。不过同学们因此都去骂老师，也是疯了。

…………

尽管接下来就有人怼说“谁认她当老师了？”“错认了这样的老师，老师该退学费呀”，苏紫也还是从这些友善中感受到了珍稀的温暖。这些人，在生活中应该也是友善的吧？——什么是友善？对熟人友善不是真友善，对生人友善才是真友善。对于生人，确实容易刻薄。是啊，又不认识你，干嘛还要顾及你的心情，我只要自己爽就可以了。像这样肆无忌惮地怼人，最爽。

手机突然响起，是主管杂志社的70后副厅长。他是班子里最年轻的领导，工作作风相对活跃，经常开会强调说要转变观念与时俱进，要熟悉新媒体，要延长服务手臂，要丰富信息层面，当然了，还要注意影响，要正能量……苏紫脑子里迸出一团乱光。难道他也看见了？该怎么解释？会不会对厅里辐射出什么恶劣影响？要不要恳请他去找找网信办之类的关系……

一时间，她没敢接，任铃声沉寂。怔了一会儿，又觉出自己的可笑。亏得平日里还常以淡定之风示人呢，骨子里也不过是一只可怜的纸老虎。其实有什么大不了呢，至多是以个人名义写个检查罢了，至多是不配做这个主编罢了，至多是不做这个主编罢了。

于是，又镇定了一番，拨了回去。

“刚才干嘛呢不接？”

“在卫生间呢，请指示。”

“明天或者后天厅里会开个会，上面会来人，找几个同志谈话，让谈一下对班子的意见，你心里要有数。”

“好的，知道了。”

苏紫长长地松了一口气。

再看手机，有个网友发来了私信，劝苏紫删号。苏紫回复：谢谢。

删号？就为了这个事儿？她不。她脑子里压根儿就不曾有过这个念头，连一闪都没有过。删号就是认输。当然不删号也未见得就是赢了谁。可苏紫不想删号，就是不想删号。此刻，她莫名地觉得，最沮丧的最没出息的事情，就是删号。

6

微信提示音此起彼伏。女儿晚饭想吃黄焖鸡米饭，要她点外卖。老公在外面应酬，要晚些回家。豆子说刚到家，又安慰她了一番。正一一回复着，悦悦的信息也进了进来：

对了苏老师，我忘了告诉您，每篇头条都可以小小修改一下的，您可以试一试哈。是刚上线的新功能，我们都还没习惯呢。

紧接着，悦悦截了几张图，把使用程序演示了一遍。

一瞬间，苏紫难以置信。

好的，我试试。冷静了片刻，她回复。心砰砰直跳，她捂了捂胸口。有谁知道呢？此时，对于这项新功能，她是如获至宝。仿佛这项功能能让自己凤凰涅槃，浴火重生。

找到“编辑”项，重新打开这一条，手持热茶，一字一词地重读。此刻，再看这段话，觉得简直是处处毛病。

“看到图一师傅正在路边给树刷白”——师傅，这个称呼是否足够尊敬？“跟他聊，他说刷石灰水”——对于石灰水的叫法是否应该再查一下资料，像个科学家一样精确？“可以杀菌防冻”——要不要把“防虫”加上？或者把“杀菌”改成“防虫”？既然网友们把“防虫”讨论了那么多回合，副教授都说话了。“嗯，这个我是知道的”——你真那么知道么？要把这句话去掉么？

终于到了“不耻下问”。呵，这个“不耻下问”，这个罪魁祸首，该改成什么呢？想了想，改成了“我请教请教再请教，锲而不舍地请教，打破砂锅问到底地请教”——用上这么多“请教”，够不够？够不够？

改，拿出主编的看家本领去好好地改。她的眼睛如今有些花了，平时懒得戴花镜的，这次特意戴上，改了一遍。改完了又觉得戴着花镜不习惯，镜下的字看着有些失真，于是把花镜摘下，又改了一遍。亏得家里没有打印机，如果有打印机的话，她一定要把这一段用三号字打印下来，在纸上改，那才踏实呢。她一边这么想着，一边压抑着自己往单位去的冲动——太荒唐了。

她把改好的发给了豆子，让她替自己把把关。十分钟后，豆子才回复。像豆子这么伶俐的，平时看这段话也就是几秒钟的事。她可以想象，豆子肯定也是和她一样，神经质的，看了又看。

豆子说很好，不过她还有一个建议，就是把两个师傅工装背面的物业公司LOGO打上马赛克，这样就完美啦。

苏紫回复：遵命。

这个建议有道理，很有道理。万一师傅们被物业公司问责了呢？她知道，自己这个头条很像一个扫帚星，说不定就会因为什么关系沾连到谁，从而给人家带来了晦气。谁知道呢。

改，改，改。最后一稿改完，又放了五分钟，再看一遍，铁定万无一失，苏紫才拇指轻按，再次发布。修改过后，一百一十六万的阅读量旁边显示出了五个小字“内容已编辑”。

想了想，她又在评论里发了两句：

改了改了改了改了改了！

谢谢谢谢谢谢谢谢谢谢！

——这貌似诚恳的激动的语气，万能的网友们能从中读出一股子恶狠狠么？她忍不住笑起来。

然后，她瘫倒在沙发上闭目养神，直到女儿回家。

“怎么还没叫外卖？”女儿嘟起了嘴。

“怕凉了不好吃。”苏紫狠狠地亲了女儿一下。

“妈妈你怎么了？疯啦？”

“嗯，爱你爱疯了。”苏紫笑道。

一直到和女儿吃完了晚饭，洗过了碗，她才又去看手机。阅读量是一百一十九万，评论是九百一十九条。

阅读量依然在增长，不过节奏到底还是缓慢了下来。她的心完全踏实下来。她知道，这事儿应该差不多算是过去了。今天晚上，她能睡得着觉了。

老公还没回来。眼睛有些酸涩。苏紫走到客厅的飘窗前，朝外面看去。远远近近的居民楼里，一格子一格子，盛着明明暗暗的灯光。有一片朦朦胧胧的幽深之处，被彩灯简洁地勾勒出了飞檐翘角。毫无疑问，那里就是文庙。

原载《北京文学》2019年第7期

梦　醒

冉正万

朋友告诉他，中午用佛山最有特色的菜招待他。他假装高兴地说，感谢感谢。其实吃什么无所谓，他对吃没兴趣。对什么感兴趣呢？似乎对什么都不感兴趣。非要找一个感兴趣的东西不可，那么，他只对内容怪头怪脑的书感兴趣。比如一本书上说：有一回，那是在七月，家父晚上去茅厕解手，见一个硕大无朋的雪魔，正蹲在茅坑上，他不由分说，将提灯朝雪魔砸去，一下子结果了雪魔的性命，然后若无其事回屋晚餐。仆人端给他一盆野猪肉汤。他正吃得津津有味，突然"扑通"一声，他的头落进了汤盆。可他吻了吻落进汤盆的自个儿的脸蛋，照吃不误。我们瞪大眼看着，一时反应不过来！我至今还记得他喝汤那会儿，像抱恋人似的双手紧紧抱住汤盆，仿佛他面前不是汤盆，而是谁的脸蛋儿。

落进汤盆也只有一个头啊，怎么可能自己吻自己的脸？又不是有两张脸，觉得这是胡说八道，但他看了一遍又一遍，希望从中找出合理的成分。终于找出来，高兴得像破解了一个千古之秘。另外一本书上则说：挖煤人夜闻野羊叫唤，次日忌下窑。为什么呢？书上没说。他觉得这有可能是一种顺势巫术，某次挖煤人听见野羊叫唤，次日下窑出事，从此听见野羊叫唤，再也没人敢下窑。对他远离现实的阅读，议论他的人私下说，他这是心气太高又得不到解决的缘故，是一种阅读上的抑郁症。

他进去时，菜已经上了一半，他没来得及看，忙着和朋友握手，听朋友介绍新朋友。要记住所有的人并不容易，但他总是能做到，为此多次赢得别人的赞赏。

菜上齐了，朋友得意地说，这是本地最有特色的馆子，全市只此一家。其他人频频点头，告诉他这是最高规格的接待。他笑着问，这是鱼？我全都没见过。朋友哈哈大笑，这不是鱼，这是蛇，今天请你吃全蛇宴。朋友指着中间脸盆似的一盆汤说，除了这里面有一只鸡，其他全是蛇，这叫龙凤汤，必须要有鸡。他觉得肩膀上、舌根、后脑勺全都沉甸甸的、涩吃吃的。朋友帮他拆碗碟包装，他忙说自己来。朋友放手，拆开自己的包装舀了一碗龙凤汤，郑重地放到他面前，"先喝汤。"

同时把他拆了一半的碗碟拿过去。他没看汤，对面墙上有一幅艳丽的国画，装模作样的虬枝上是簇拥的梅花，梅花红得像血。画得好不好他不懂，只是觉得不应该挂在这里，文不对题。其他人看见的，是他此时此刻该有的机械表情。他们知道他是作家，但没有一个人读过他的作品，朋友吹嘘他时，他们也露出应有的表情。他们有开文化公司的，有搞书法和画画的，这对他来说同样是门外汉。

朋友作为东道主，先提议三杯。他不看桌上的菜，听朋友说话，把其他人的名字在心里复述了两遍。朋友以为这是对他的重视，心里很高兴，觉得这餐全蛇宴值得，他们之间的友情必须用这么多条蛇和一只鸡才能表达。

三杯喝完后互相敬酒，他先敬朋友，感谢他盛情款待。本来有人要第一个敬他的，见他这样，只好去敬身旁的人。他挨个敬过去，其他人瞅准机会回敬，觉得他爽快、单纯、酒量好。朋友“打了一圈”，转到他面前，发现他的汤原封不动。“你吃点东西呀！”把汤碗移开，夹了一堆蛇肉。他想骂他，可他知道，真要骂出来，那就太蠢了。又喝了几杯，朋友见他仍然什么也没吃，亲自捧起汤碗：喝点汤，这样会醉的。他迟疑片刻，碗近得他无法推开，朋友端着，他喝了一口。喝完后，他捂着嘴站起来，去了卫生间。朋友在他背后说，我这哥们怎么样？耿直吧？他吐了，别人以为他吐的是酒，其实他吐的是蛇汤。

他把池子里的蛇汤冲得干干净净才回到酒桌上，这下他可以不吃不喝，没人当他是因为蛇。朋友给他准备了一大杯蜂蜜水，他喝了一口，一语双关地说：还是这个好喝啊。所有人哈哈笑，其实没什么好笑的。喝掉蜂蜜水，他要求去大厅沙发上休息，其实是不想看餐桌上的蛇肉。都说好的好的，去吧去吧。朋友亲自扶他去，怪他喝得太猛，没听他的先喝汤。

他和她是一个地方的人。一个地方有点笼统，她家住在水库边上，水库里的水流到他家需要一个小时。这一个小时相当于老人漫步，水渠是沙石修筑的，水要把沙石润透才能继续往前走。他喜欢这条水渠，放学后沿水渠走可以抄近路。有时候还能在水渠里捡到鱼，一年也许就一次，但这一次给全家人带来的快乐，远不是后来随便掏钱买一条鱼可比。当时他还不认识她，当他认识她后，他觉得她也是他从渠里捉到的一条鱼。

她比他小好几岁，他工作几年后，她才毕业来到镇上当老师。她拿着材料去请他盖章，他看了她的毕业证，有点惊讶，这个大学的毕业生不大可能来这个地方工作，她笑着说，我是个没出息的人，毕业后只想回老家。当她得知他们是一个地方的人，她的话更多了，她说她上大学的第一年特别想家，尤其是第一个学期，一点不想上课，想到老家的任何事情都受不了，都要伤心地哭一场。终于毕业了，她哪里也不想去，坚决要求回来当老师。他觉得她非常可爱，个子不高，语速很快，有什么说什么，能够回老家来工作，没有比这更称心如意的事，她高兴得眉眼一直是弯的，像刚谢花的豌豆荚。中午一起吃饭，她说个不停笑个不停。分手时，她说了句日语，他没听懂。她哈哈笑着说，不是日语，是家乡话：碗你洗哇锅你洗哇锅碗瓢盆你洗哇。把洗念成稀，再把语速提高一倍，成了逗人发笑的日语。他觉得这不是在逗他，而是暗示他，他们将生活在一起。

他在县城，她在老家那个古镇上。两地相差五十公里，这一点也不影响他们的热恋，一有时间，他就像鱼一样跳进水渠，奋力游到她面前。她抓住他的胳膊，像当年他从水里捉到鱼一样高兴。他和她挽起裤腿，在两家之间的渠里玩水，她纤细的脚趾怕痒怕凉半伸半缩碰到水时，渠里的水便会翩翩起舞。

没有出现任何意外，他们按照老家的风俗举办了婚礼。一年后，她生下气泡似的女儿。气泡是她外婆的说法，意思是很漂亮，但要小心。小宝贝人见人爱，皮肤白里透红。她开玩笑说，真想蘸着辣椒水把她吃掉。她喜欢咬她的小指头、小胳膊，有几次把她咬哭了，她抱歉地笑着说，我太喜欢她了。

一切顺利，尤其是他，认识他的人都觉得他前途无量。女儿四岁那年，她又有了。不可能再生一个，一票否决。

有一次回老家，先去她父母家，第二天再去他父母家。他和父亲聊天时，看见她从堂屋里搬一个油篓出来。他看了她一眼，她神秘地笑了笑。他以为她要把油篓拿回去当摆设。油篓外层是荆竹篾丝，里层用薄篾做胆，竹胆内外糊上皮纸，再刷上桐油。过去用来挑菜油，既轻又结实。放在客厅插上两杆枯荷，几根芦苇，一卷画轴，倒也好看。离开时她并没拿它，他也到半路才想起，问要不要倒回来。她一脸迷惑。他说出自己的猜测，她哈哈笑，说没想到这一层。她并不是要把它搬走，也不是非要搬油篓，而是堂屋里没别的东西，只有这个，几年前她就看见立在屋角，现在还在屋角。她在她父母家也做了，搬的不是油篓，是倚在柱子上的一根稳栽，过去抬重物时的拄路杖。他听不明白。她问他知不知道屋檐童子，他一下明白了。在他们老家，屋檐童子是家神，屋檐以内都受祂保护。祂上旬住在地上，中旬住在中间，下旬住在屋顶。白天睡觉，晚上守护家人。为了睡觉时不被打搅，祂依附在平时不会搬动的东西上睡觉，上旬地上长期不动的东西动不得，中旬挂在柱上的东西动不得，下旬没事，一般情况下又不上房揭瓦。如果祂被惊醒，祂的神力就会失效，怀孕的牲畜会流产，母鸡不会下蛋。家里有怀孕的，那就更要小心，否则不是流产，也有可能生下来有缺损，眼耳鼻舌、双手双脚，什么地方残缺不知道，双手双脚还好，一旦残缺在脸上，就是一辈子的忧愁。她故意搬动它们，是希望肚子里的孩子自然流产，这几天正是农历上旬。他说不清楚为什么，反正有几分不快。她笑着说，这是为了你好。他点了点头。她指的是他的前途。

一天又一天过去了，她并没流产，胎儿越长越大。她笑着说，看来屋檐童子是假的。他们商量好去医院流产，时间定好后，他突然接到通知陪市长去新西兰考察奶牛，她叫他放心去，舅舅是院长，有学生的家长在医院当护士，她一个人没问题。

当天晚上，他住在白云机场附近一家宾馆里，飞惠灵顿的飞机零点五十起飞，只有三个小时的睡觉时间。赶了一天的车，他躺下去就睡着了。

仿佛在老家，也仿佛在某处熟悉的草地上，他正在看表，想确认一下离医院上班还有多长时间。草丛里出现一条蛇，白色的，很小，他一点也不怕它，但不怕的原因不是它小，而是似曾相识。它看见他就哭，哭得很委屈。它围着他转圈，不停地磕头，眼泪像银线一样从眼里飙出来，打在草叶上沙沙响。他明白它在求他，但不清楚求他做什么。它又伤心又害怕的表情让他难过。他从来没见过这么可怜的表情，最让他难过的是他看出它想和他说话，可它没法说话，只能一味地哭。他忍不住，也哭起来。一哭起来就收不住，号啕大哭，直到把自己哭醒。醒来后其他人也醒来，都在急急地准备赶飞机。他不想当着他们的面说。登机前，他抓紧时间去了趟卫生间，在里面给她打电话，叫她明天不要去医院，因为他做了一个梦，等他回来再说。

从新西兰回来，他告诉她，那条蛇哀求他的表情他永生难忘。她没听他的，去医院做了手术，她对他做的梦并不在意，也和他没把梦讲清楚有关，她当时还没睡，还在和舅妈商量如何保密又能请假休息，她不想让其他人知道。得知她已经做过手术，他很是怅惘，她安慰他，梦和屋檐童子一样，都是假的，不必在意。他假装看别处，心想主要是你没看见牠哭泣的样子，牠哀求的样子，任何人看见都会于心不忍。他平时特别怕蛇，长得像蛇的黄鳝都怕，可梦中那条小蛇他一点也不怕，反倒没有来由地感到它非常可爱。

他没有和她生气，但越来越感到一种苦涩的失落，他希望牠再次来到梦中，他好和牠谈谈，表达他的歉意。可无论他在心里怎么哀求，牠再也没在梦里出现过。

她的笑声依旧，他听起来却不再那么悦耳，总觉得有点做作。他们只有在吵嘴时，才会重新回到火热幸福的生活。女儿九岁这年暑假，她带女儿去老家玩，在两个野孩子的引诱下，女儿去水库里游泳淹死了。真是两个野孩子，父母在外地打工，丢给奶奶管，奶奶病歪歪的，耳聋眼花，无法管。她精神失常，失去工作，在精神病院住了两年，好多了，但不能回老家，回老家一见那个水库就有可能旧病复发。他和她先后离开那个地方，从此天各一方。

在宾馆醒来，他准备去机场，本想滴滴打车，但朋友坚持要亲自送他。路上，朋友抱歉地问，你昨天什么也没吃，忘了问你，你是不是不吃蛇肉？我疏忽了，真是对不起。他答非所问，昨天那个光头是写诗的？看上去有点凶。朋友哈哈一笑，他曾经当过刑警队的队长，现在开文化公司。他不敢告诉朋友，他并非前天才来，他来佛山已经有半年。他为了写一本书，是为了钱写作，一直不敢和文学圈的人提及。反倒是文学圈之外的无所顾忌：体验生活半年，写一本四十万字的书，给他六十万。圈外朋友听了都觉得可以做，是好事，提醒他先收预付款，签好合同。话题已经岔开，但朋友还想把它拉回来，问他除了蛇肉，别的肉忌不忌讳。他不想回答，想告诉他在村子里碰到的故事，这时恰好前面是红灯，他忍住了。有些故事不必讲，具有专属性，是抵达自身命运的密码。登机后，关上手机，闻到一股天鹅绒窗帘的气味。他知道，这和飞机上的东西无关。

村子叫芦苞，一九一八年，政府花了一百万银元在此修了个水闸，他要写的是水闸和一条江堤的前世今生。他们安排他住在一个大院子里，院子里的果树从没见过，接待他的人告诉他，可以任意摘，想吃就摘。说是这么说，伸手去摘终究不好意思，这是别人的院子。以前住着一个单位，是这个单位的招待所，现在他们搬到条件更好的地方去了。发洪水时才会有人来住。最近的一次大洪水是三年前，浩浩荡荡，但大堤保住了大江两侧的村庄和工厂。当地人感念水闸和大堤的功能，百年来让他们安居乐业，决心要用一本书来彰显它。房间大得让他感到不适应，近似于传说中的总统套房。两个卫生间，他一看就笑了，难道我要在这个卫生间撒半泡尿，再到另一个卫生间撒剩下的半泡尿？大员住在这里时，何以用得着两个卫生间，他百思不得其解。

他住在二楼，可以到村里任何一户人家去吃饭。他知道这同样不可能，欢迎会上他们都见过他，但要他敲门去吃饭，他做不到。闯入一个封闭的秩序让人不适。他宁愿自己做，招待所有炊具，买了一箱东和面，一箱霸王花米粉。上午吃面，下午吃米粉，每天两餐。他并不需要有人来陪，孤独的生活更自在，也更利于思考。

身心和环境调适过来后，他开始阅读和采访，随意而为，不受人指使，也不去指使别人。他很喜欢这种状态，包括房间里那股淡淡的孬味。住进来前进行了彻底打扫，很多东西都换过，被褥是新的，但一听说三年没住人，他就感觉有一股说不清楚的气味，因为说不清楚，只好勉为其难称之孬味。对孬味谈不上厌恶，没过几天就再也闻不到，不知是因为有人住过来，其味自然消失，还是一种心理活动，是他臆想出来的。不过，也有可能是房间被闲置、被遗弃散发出来的一种怨气，只要有人住进来，这种怨气自然消失。一切如此融洽，从亲人和责任的约束中解放出来，灵魂可以更加自由。

有一天从大堤散步回来，进屋后看见屋子中间一团若有若无的光，再仔细一看，是一条蛇，不大，鳞片白中透红。仿佛正在打盹，极不情愿被他吵醒，犹豫了会，挪窗帘下面去了，窗帘一直拉开到墙角，正好可以在下面藏身。他吓了一跳，喉咙发干，一时不知道怎么办，镇定下来后，决定什么也不用管。这是套间，卧室与客厅分开，他蹑手蹑脚走进卧室，尽量不弄出声响。躺在床上后，他觉得，它不是随便来的。从它看见他时并不慌张的情形，它似乎知道我是谁，至少，它不必怕你。

他以为自己不会害怕，实际上他恐惧到极点，担心它梭到床上来，他掂着脚尖去洗漱，与其说是为了不打扰它，不如说是为了避免惊动它。那个梦他当然记得，但平时见到突然一动的绳子也会惊出一身冷汗，犹如前世孽缘嵌入此生的记忆。他劝慰自己不要害怕时，就像劝一个坏人不要作恶。

看书、笔记本电脑放膝盖上写作，无论做什么都有点做作，潜意识里，是怕自己睡不着，还好，他拿着书睡着了。或许是它不够强大，甚至怀着曾经梦见过它为交集，以交集为侥幸，以侥幸为信任，以信任为拜托。为了避免他睡着，它从他嘴里钻进去，他盖了张毛巾在脸上。他觉得它不会咬他，但它似乎有点顽皮。盖身上的大毛巾，平时折叠后盖肚子上，现在特地把它展开，以便裹住全身。此时如果给他拍一张照片，看照片的人会当他是一具尸体，一个因不如意又孤独地死去的人。只有他自己知道，这是一个装着自惭形秽、离群索居、沉默寡言的灵魂的躯体。

何时睡着他不知道，醒来时脑门发烫。

起床后没看见它，他既担心又害怕，怕它躲在自己看不见的地方，担心它出不去。

这一天的访问从外形来讲特别成功，他对访谈的对象从没有如此积极主动过，连他自己也觉得自己多了一副心脏，多了一个脑子，但他不得不承认，其实是多了一个小小的心灵，此处的“外形”，他一向不屑，这是为了公鸡生蛋，与写作伦理背道而驰。

比平时回来得早，它在客厅正中间盘睡，如果有婴儿床，或许会睡得更好。他拉上门，以免惊醒它，但它立即醒过来，不满地挪到厚重的天鹅绒窗帘下面。

恐惧程度比昨天轻多了，当他读到“他就这样使我远离上帝的目光，把气喘吁吁而疲惫不堪的我引向——那荒无人烟的一望无际的原野”这几句时，不禁会心一笑，仿佛这几句是专为他此时此刻写的。

不再装模作样地写作，睡得很香，宽大的床像牧场，让他的梦境无边无际。

这天他没去找人聊天，虽然真正的聊天和访谈完全不同，但他希望把自己的访谈当成聊天。太阳刚从地平线冒出来，他就走到大堤上。远处有人牵着一头水牛，正要到江边去吃草，江边的草茂盛到了虚报浮夸的地步，不身临其境很难相信。出乎他预料的，是这里居然有水牛，草的丰茂与这里炎热的气候和水源充沛有关，但这不是养牛的理由，在这遍布厂房和公路网的地方，养一头牛应该不如搞一个小作坊。继续往前走，公路上走着一群水牛，汽车相向或相对而行，水牛不理睬，像老干部视察一样泰然自若，汽车似乎更怕它们。河堤上插着一块牌子，红色油漆画了一个箭头，箭头下面是吃奶的力气写出来的五个字：出售水牛奶。他又一次哑然失笑，第一次知道水牛也可以挤奶，打小就以为，挤奶是黄牛、花斑牛的事，稳重、迟钝的水牛只能为人类提供劳力。

走到江边，拍了两头小水牛和一头大水牛的照片，小水牛最漂亮的地方是嘴唇，上嘴唇黑得发亮。大水牛很肥，是一头母牛，被一根长长的尼龙绳拴着，这条绳子是它的活动半径，它像专为解释一个简单的哲学命题一样吃草、喝水、走动，郁郁寡欢、逆来顺受。他用怜悯的目光看了它半天，同时在想拴自己的那根绳子。

回到房间，决定今天哪里也不去，好好了解一下，它这一天会做些什么。还要在这里住四个月哩，和一条毫无了解的蛇住在一起是不明智的。打死它是不可能的，连赶走它的念头都让他觉得不应该。它不知道它在哪里，也不敢掀开窗帘寻找。他只能假装镇定自若地烧水泡茶。服务员每天给他一瓶四升装的农夫山泉，茶叶是他自己带来的。在这个连扬在空中的尘埃都发烫的地方，必须多喝水。他发现，泡在保温杯里，再用小茶杯倒出来，一口一杯，比直接慢慢从保温杯里喝，要多喝两大杯。原来茶要烫一点才好喝，保温杯里的茶一旦温嘟嘟的，口感就要差一截，不渴想不起喝。客厅里有齐全的茶杯、热水器、茶壶。他去柜子里取茶杯时，看见下面一层有个空酒瓶，这是他听说过但从没喝过的名酒，忍不住拿出来，拧开瓶盖闻了闻。有股老蜂蜜的香味。想了想，把它放在地上，以便香味持续释放。泡好茶，放好笔记本电脑，他开始看书。一开始看不进去，眼睛不时瞟向天鹅绒窗帘和墙角。看的是波拉尼奥的《荒野侦探》，他看到“我”与罗里萨奥做爱，从午夜开始，结束时已凌晨四点半，罗里萨奥高潮十次，“我”两次。怎么可能？他觉得这纯属虚构，甚至是为了吸引读者胡说八道。但他喜欢作者胡说八道，一口气看了十几页。这是一个天才型作家，把穿衣吃饭、生活场景的细部、复杂的心理纠结、情感的微妙变化，情爱、性爱、打架、诗歌评论，写得蓬蓬勃勃滴水不漏。作者一次又一次写到性爱，但和写吃饭睡觉、沙龙聚会一样，既不渲染，也不回避，让丰富的事实说话，冷峻得像计算机。

这种叙事方法我永远做不到，他心服口服地想。这时“嗤”的一声，小家伙躲在窗帘下面，摇头晃脑地嘶鸣。原以为蛇是不会叫的，其实不是，它的叫声很小，不容易听见。他以为它是在向他示威，看了一阵才发现，它在向地上的酒瓶表示不满。它很生气，一副可怜巴巴的小可怜样。他不知道它是否看见它，据说蛇大多是近视眼，他一动不动，以免惊扰它。它向酒瓶喷了一阵，悻悻回到窗帘下面。他迅速用手机查了查，原来蛇怕火、怕烟、怕酒、怕雄黄。他觉得奇怪，它应该从没见过这四种东西，可它体内像录入过程序一样，这些东西一出现就会让它又害怕又恼火。

他把酒瓶盖上，放回原处。

这天余下的时间里，它没出来，不知是委屈还是恐惧。为了表示自己的歉意，他把桌子上的东西搬回到卧室。

为了不让服务员看见它，他相信一旦被她看见，不是她亲手打死它，也会找人来打死它。他要什么主动去值班室找她，尽量不让她来敲自己的门。房间的打扫，他以不想她打扰他写作为名包了下来。服务员对作家既不好奇也不崇拜，既然他愿意代劳，她也乐得轻闲。最关键的，是这个服务员一点也不漂亮。

屋子外面的气温非常高，而屋子里的空调从没关过，服务员说不用关，否则你回来重新启动要半天才变凉。他想，这或许是它来和他同住一屋的原因。

他们互不干扰，它做它的蛇，他做他的人。

离别就要到来，他想把它弄到江边的草丛里去，但他不会捕蛇，怕弄不好伤害它。它躺着不动他都不敢摸它，不是怕它咬，而是蛇本身那种冰凉和形状，还有肉叽叽的感觉都让他害怕。他像哄孩子一样对着它藏身处念叨：“走吧，你走，走得越远越好。”见它不理会，他吼它，“怎么还不走啊？再不走就要打你了。”

离开前一个星期，天降大雨，下了一天一夜，北江开始涨水，指挥部的人说，如果上游不下雨，再下一天也没问题。但招待所一下住进几十个人。他和他们一起检查水闸，在江堤巡逻，留心水位上涨情况。大雨停了一天，然后又下了半天。接下来云开雾散，最高洪峰顺利通过。

其中一位老乡召集了几位在当地工作的朋友来看望他，他们在客厅里兴奋地说着家乡话，他真想叫他们闭嘴，或者马上离开，可他只能假装感兴趣听他们胡说八道。他们离开后，他立即开窗，让烟雾散出去。半夜被雷声惊醒，起床上卫生间，借着闪电，他看见它在流泪，在窗帘下面朝着屋子中央磕头，头点下去又抬起来，幅度不大，但速度极快。说是点头也可以，不过，一看就知道反对，而不是赞成。他把梦境和眼前的所见联系起来，觉得磕头更准确。他的心一阵狂跳，泪眼模糊，天啦，真的是你。他不敢开灯，他知道它不喜欢灯光，只能借助一次次闪电的强光，看着它磕头。他以为它被闪电吓着了，在祈求他保护，几次闪电后，他发现不是闪电的问题，屋子中间正在冒烟，一个饼干盒改装的烟灰缸里，葵花壳、龙眼皮、纸巾、烟蒂正在燃烧。他抢步上前，把它拿到自己这间屋的卫生间。放下发现手被烫伤，他没管它，开灯看看是否还有其他火点。仔细检查后，确认没有，他往烫伤处糊上牙膏，然后关灯。闪电已经结束，他看不见它，只好蹲在地上，连声说对不起。他希望自己像那次做梦一样哭出来，可他哭不出来，既不伤心也不难过。甚至想和它说点什么的念头冒出来，也很快熄灭。一股轻悲掠过心头，不知来处，不知去处。

从这以后，他没看见它，直到离开都没看见，不知是已经离开，还是躲在看不见的角落。

住在宾馆里，他开始思念它，晚上忍不住给她打了个电话，想和她说说那条蛇，她显然不知道他什么意思，和一条蛇住了几个月，是有那么点传奇色彩，但她不明白他为什么那么激动，用得着大惊小怪？他只好告诉她，还有一条蛇。十多年前钻进他梦里的蛇，这么多年过去了，梦境依然清晰，甚至越来越清晰。他说完后，她说，我知道你一直在埋怨我，当时我也没办法，我想你也没办法，一旦把他生下来，你我都知道后果。他说，是的，我知道，我没有埋怨，我只是特别遗憾。她说，她也做了一个梦，从来没告诉过他。

“我梦见的是一个花园，花园里的花我从来没见过。每一朵都很漂亮，漂亮得看着它们就想哭。平时看见花我都会笑，可在梦里，花越漂亮我越想哭，并且真的哭起来。大概是，这么漂亮的花只有我一个人看见，感到莫名其妙的孤独和难过。正哭得起劲，一个声音吼道：哭什么哭，你怎么摘我的花呀？我没摘他的花，可我手上确实有一朵花，又羞又慌，我急忙扔，可怎么也扔不掉，像长在手上一样。他不屑地看着我，我知道辩解也没用，只能连声说对不起。当我看见他是一个少年时，我自在多了，问他这是什么花？他说，按规定，我不能告诉你，不过，如果你猜得出来的话，我可以把它们全部送给你。我猜不出来，也不想要他的花，虽然很喜欢，但并不想占为己有。

“这时一只小羊跑进来，像走错路一样拱进花园，少年提起棍子追打，很快就把花园糟蹋得一枝花也不剩。花不见了，小羊的身体露出来。我甚至想起‘风吹草低见牛羊’这句诗。小羊无处躲藏，少年咆哮着，气急败坏。小羊围着我转，叫我妈妈。这时我认出来了，少年是屋檐童子，怎么认出来的我不知道，反正觉得他就是屋檐童子。我正准备把小羊抱起来，屋檐童子一脚踏过来，把它的头踩扁了。我怪他太鲁莽，他恶恨恨地说，不是你的！”

订机票之前，他问自己，要不要去看看她，去看她不需要坐飞机，她在深圳，坐城市快巴就行。怀着漫无着落的心情，给佛山的朋友发了条短信，没料到朋友兴冲冲赶到宾馆，见面聊了一阵后请他吃全蛇宴，这不仅让他大失所望，还让他觉得有点诡异。当你以为做了正确选择的时候，说不定已经落进了圈套。点下订机票的确认键，觉得还是不去打扰她为好，伤心往事，还是少说为好。可坐到飞机上，又感觉有点遗憾，这是这么多年来，他离她最近的一次，去看看理所应当啊。

闭上眼睛，不去听飞机的轰鸣声，会暂时忘记自己飞在天上。人生恰似一盒火柴。慎用是愚蠢的，不慎用是危险的。这话是谁说呢？怎么也想不起来。

原载《湖南文学》2019 年第 7 期

会飞的蚍蜉

孙　睿

一

我坐在四楼饭馆的窗前等人，一瓶啤酒喝了一半，桌上没菜。人还一个没到。

斜对面不远的乡委会大院里涌出围坐了一天的村民，在警察到来后的一个小时，他们撤离了。

村民撤走后，只剩下几十号警察。被围堵得水泄不通的路也通了，现在双方向都能过车。我就是从这条路上走过来的，之前乡委会门口的路段堵死了，无论司机们怎样按喇叭，人群也无视车辆的存在，我行我素地站着或坐在地上，无奈的司机只得掉头绕行。终于在警察到来后，情况发生转变，不知道打头村民收到什么信息，或得到什么许诺，在发生了一阵骚动后，他带着村民离开了。警察还迟迟没有撤，以我观察，好像用了理亏食材的店家，怕客人吃完蹿稀跑肚、纳过闷儿折回来把店砸了，没着急关门。我把杯里蓄满啤酒，也静观其变。

我已经这样居高临下远远地看了两个小时，白嘴儿喝了两瓶燕京鲜啤。晚饭约的是六点半，四点我就出门了，想先去理个发。以前每次到理发店都要排会儿队，等半个小时才能理上，这次我也打出富余量。结果到了理发店，竟没客人，坐下就能剪。理发师在我身后站定，展开披单，空中一甩，那股陈年老味儿和洗得发白但依然看着挺黑的单子都落在了我的身上。镜子里，只有我的一个头。理发师，也就是这儿的老板，问我怎么剪，我说短点儿就行，理发师说先过来洗洗。我跟他到了后屋，不是第一次来，我知道该怎么躺，脸冲上，闭上眼睛。水温略烫，浇在我的头上，碱味儿很大。我睁开眼睛，看了看墙壁上那个看上去像用了二十年的电热水器，怕它电到我。听说这个理发店才开了五年，陈设和用具都像民国时就在这儿了似的。虽然担心被电到，但这一年来，我一直来这儿理发，近，而且便宜。洗完头，重新坐到镜子前，理发师又问了一遍，怎么弄？我本来想用手比画一下可以剪的长度，一想，如果剪的太少，过不了多久又要剪，不如剃光。有没有头发对我的工作没什么影响，反正我也在家待着，对生活倒能有很多方便。理发师得知我要改剃光头后，说那其实不用洗。我知道他什么意思，洗剪吹十元，光理不洗不吹五块，光头没什么可吹的，也不用洗，拿推子在脑袋上走一遍就行了，等于我一念之差，多花五块钱。多花五块，对于理发店所在这片区域的人来说，是个挺大的事儿。既然得花，我就让理发师按洗剪吹的流程正常进行，暖风吹在光秃秃的头皮上，有点儿像裸体走在有阳光的沙滩上，让我觉得五块钱没白花。我看着镜子里那个陌生的自己，脑袋瓜像刚剥出来的煮鸡蛋，有些得意。从小到大，我都是做点儿小叛逆的事就心满意足，太大的事儿也不敢。

剃完头我无事可干，想那就早点儿去饭馆吧，挑个好包间，今晚是我做东。我挑了这个带窗户能看见对面乡委会的包间，它并不是最好的，空调坏了，我只是好奇楼下的两群人发展到哪步了，就先坐这儿，跟服务员说一会儿再换。

这天的黄昏，我顶着刚理的新发型，喝着啤酒，就这么坐着，看着楼下的那些人，坐了近两个小时。我即将三十岁，我无所事事，我一点儿不忙，我的时间有点儿霉，得想辙打发掉。一个小时前，警察一来，我还以为能看到点儿超越日常生活的场面，没想到事情就这么结束了。现在村民撤了，马路通车，我没的可看了，拎着没喝完的啤酒，换到空调没坏的包间。

来的路上，穿过乡委会门口人群时听到的谈话，综合进饭馆后从服务员那里得到的信息，我大概知道了，这个乡的一个村子要拆，变成城市的一部分。中午乡委会刚把补偿通知贴到宣传栏里，那个村的村民就得到信儿，觉得补偿原则不妥，便微信群里一呼百应，来乡委会给自己争取更大利益。

之前招待我的服务员正在我要换的这个包间里玩手机，见我拎着啤酒瓶进来，收起手机说，那边散了？我说村民散了，警察还在。他说“快手”上这种事儿多了，最后都是蚍蜉撼树。

蚍蜉俗称蚂蚁，也是，蚂蚁怎么可能搬动大树。成语用得挺贴切，一下把我心里想的说出来了。刚才我在楼上看着那些穿得五花八门的村民，再对比数量不少于村民且服装统一的警察，就觉得前者只能无功而返。当那十几辆红蓝灯光闪烁的警车往那儿一停，每辆车车门都打开，四个门里都慢悠悠走出警察的时候，已透出这件事儿不可能有别的结果，只能就是现在呈现的这样。而另一个事实是，撼没撼动，这个村的村民都将不再是蚍蜉。当他们的村子没了的时候，身份也随之改变。挖机一响，黄金万两。无论是一万两，还是几万两，都是翻天覆地的变化。他们刚才的要求，不过是试试能不能再锦上添花。而我只能给自己的杯里添上酒，喝多了，就不那么羡慕这帮村民了，也不太在意我才是货真价实的蚍蜉这一事实。

二

今天是我北漂一周年的日子，我叫了北漂的同学都来聚聚。聚完我就打算回老家，不在北京待了。

我又何曾在北京待过？我脚下的城市叫北京，所在的这片区域在行政级别上叫乡，坐落于北京四环外靠近五环的地方。斜对面的乡委会大院是这个乡的中心，因此这条路修得很好，有学校、饭馆、卫生所、电影院，还有一片在建的小区，开盘六万多，尚在挖坑，已经售罄。我不住这样的小区，我住在一公里外，该乡的另一个村子。我到北京的时候，这个村子刚刚改造完，改造之前什么样我不知道，现在的样子让人挑不出太多毛病——如果住在这里仅仅是为了睡觉。他们管这样的地方叫“城中村”。

大学《城市规划》的选修课上，说城中村是城市发展进程中的新生事物，“集经济、历史、文化多重矛盾于一身”，同时也消化着这些矛盾。我来北京的这一年，一直住这儿，毫无违和感。由此看来，我也“集经济、历史、文化多重矛盾于一身”了。

六年前我在济南的一所二流大学毕业。家在山东一座县城，学习成绩一般，能考到省会的二流大学，已是人生向前迈出一大步。我学的是多媒体，毕业前投简历，参加了市电视台的笔试、面试，最终留下了。没托人，也没人可托。在我们那儿，电视台是高大上的工作，绝对的白领。我被分到母婴频道，就像中央台有体育、音乐、戏曲、新闻等频道一样，我们的省电视台和市电视台也开设了各种频道，尤其是市电视台，播放的大多数自制节目，都是为了卖货。八〇后九〇后相继开始当爹当妈，注重科学育儿，从在哪家医院生孩子、用什么方式生孩子，到孩子拉屎撒尿起痱子，这些都成了商机。我们市五个区三个镇，人口两百多万，是座三线城市，每年新生儿过万，平均每天有四到六个家庭需要开始为孩子花钱。那些提供母婴服务的品牌和店家会在我们频道包下时段，拍广告、办讲座、做促销，我就负责这些片子的剪辑和形象包装。六年下来，专业技能没见长，带孩子绝对会是一把好手。

两年前，我贷款在市里买了房。不大，结婚够用，这是我妈对房子的评价，也是她撺掇我买的，她着急抱孙子。我每月工资的一半还贷款，压力不大。新房离父母所在的镇开车一个小时。

一年前，房子交钥匙了，我妈开始催我相亲，说装修房子最好两个人商量着来，省得媳妇进门后再倒腾了。这一年我二十八岁。一边是我在市电视台的安逸生活，不用太动脑筋就把工资挣了，不出意外，再过两年就可以实践我在剪辑软件里看了六年的带孩子的经验（到那时候就看了八年了）；一边是我的北漂同学，在朋友圈里晒着他们的挣扎与情愿，他们践行着“996”，他们长出了九〇后的第一批白头发。我所学专业的最光鲜工作在北京，毕业那年，我有点儿怂，没和他们一起去北京。但我比关注本市天气还上心地关注着他们。六年后，他们剪的已经是我需要买票进电影院才能看到的电影了。如果说他们当初选择北漂就像自习课主动选择去操场跑圈，现在时间证明了这个决定之英明，毕竟是到了操场上，我也不想继续在教室里坐着了，说什么也得去趟北京。

在中国有两种人，混过北京的和没混过的。听说蚂蚁是一种二维生物，它面前的世界是一个平面，只有前后与左右，没有上下，地球在它眼中永远是纸一样的薄片儿。我想，混过北京的和没混过的，看世界也会是两个样。我可不想当一只蚂蚁。

北京有我亲人，我姐和姐夫。他俩是五年前来的，我侄子一上幼儿园，两人就出来挣钱了。姐夫说趁着还没到三十，试试去北京发展，要不然一辈子就耗在县城里了。为自己，更为孩子，必须扑腾扑腾。他这么说，我现在仍深信不疑，我和他都不甘于做一只蚂蚁。

来京之初，我姐做家政小时工，58同城网上发信息，别人看到了就给她打电话。她手脚勤快，很快有了固定雇主。早上九点骑电动车出门，给保温杯灌满水，晚上十点回家，刨去路上和吃饭时间，每天拿十小时工钱，他俩的生活费和我侄子上幼儿园的费用都从这钱里出。姐夫在洗车行打工，挣保底工资加洗车提成，听我姐说，他的钱从不给她，都被他喝了。理由是，得应酬，得交朋友，得打通门路，不能洗一辈子车。现在，我姐还是小时工，老了；姐夫仍是洗车工，胖了。喝酒当然也得吃肉，六年的工资都吃了喝了，胖得合情合理。

我到北京的第一站就是投奔他俩。他俩就住这城中村，我跟着他俩住了三天，然后自己租了房，一室一厅，每月九百，离他俩三百米。你没听错，就是一居室，有独立的卫生间，能洗澡，里外两间。里间摆张床睡觉，外间有灶台能做饭，只是小一点儿，拢共三十多平，一个人住足够了。这是城中村独有的房型。原著村民在自己能用的土地上，把房子盖到最大，然后试探着一层层加高，直到被执法者叫停，不让再盖才罢手。家家户户都这样，楼与楼之间只隔条小巷。从高处俯视，这片区域颇像面包房的橱窗里摆放的一块块五颜六色形状各异的蛋糕。——村民盖房的时候各种东西都用上了，色彩、物料之夸张，极尽想象之能事。

我住这里原因有二。一是愿意离我姐近点儿，她是我亲姐，从小照顾我，现在背井离乡，我愿意看到她、陪着她；二是因为我不愿意跟别人合租公寓，共用厨房，共用卫生间，共用客厅和沙发。这里虽然没有电梯、没有物业、没有保安，但有自由，可以想几点上厕所、几点洗澡都行，做饭也方便。而不合租，单独租一套公寓的话，我觉得没必要，等工作稳定了再说。这里让我感到亲切，和我小时候生活的地方很像，我们镇上的房子也都是瞎盖的，所以我愿意留在这里。这儿叫村，但交通便利，各个方向全能“出村”，公交、地铁都有，一大堆站牌，具体多少路我到现在也没记住。马上就要走了，更不用记了。

但我没想到走得这么狼狈，来北京一年，连居住证都没办下来。走是因为没找到工作，二十八岁的工作比二十二岁的工作难找。我的那些同学，来北京的时候是应届生，薪资要求低，从实习生干起，好找工作。我都毕业六年了，这岁数再干实习生，公司首先就会觉得我有问题，否则不可能要求还这么低，而有点儿职位的岗位又不可能用我。我这几年小电视台的工作经验，到了北京根本拿不出手。不提还好，拿出来给面试官一看，面试官立刻有了决定。一个人行不行，很具象，不用先提供一份工作再考量。我距离行还有很远的距离。

也不是一天班没上，一分钱没挣。我送过外卖，赶上“双 11”的时候还当过快递员，不仅是出于好奇，在北京漂着一分钱不挣我有点儿心慌，虽说还有几万积蓄，可每月还得还房贷，压力渐大。最近一次的工作是在民营影视公司干了三个月，剪一些化妆品的网络广告片，即将到试用期的时候，公司转型了。老板说影视不是他擅长的，也不附庸风雅了，打算卖面膜，每天都能见到现金。我就又待业了，也明白当初为什么会被这家公司录用了。

没有稳定工作，没有六个月以上的缴税证明，就没办法办北京居住证。如果有合法稳定住所居住六个月以上的证明也能办，但我住的那地方派出所不认，说以后这片儿肯定要拆，这里不算合法住所。结果居住证就迟迟没办下来，北京的市政系统里从没留过我的痕迹，只有往返的两张火车票，证明我还来过北京。

我叫的三个同学都来了。我的光头造型引起他们的极大好奇，在得知我要离开北京后，说这顿饭他们请，给我饯行。我说不用，以后我出差来北京他们再请，现在离开对我来说是好事儿，谁的好事儿就谁请。他们清楚我这一年的生活，对我离开北京的行为很理解，没表示出虚假的惋惜之情，菜一上来我们就开喝了。

跟我一样，他们也来自三四线城市，根深蒂固的消费习惯让他们对我选的饭馆没什么不适。这一年里，我们的每次聚会都会选择人均消费一百以下的地方。他们仨北漂六年，没人发财，没人饿死，都在北京扎下根。一个同学刚来北京的时候给婚庆公司当摄像，现在自己开了婚庆公司，二十几个员工，挣的钱都给员工发工资了，就落了一个老板的称呼。还有一个开始是在体育频道做实习生，喜欢看球，不怕出差，现在干成编制内的体育记者。再一个是一直做剪辑，从看机房开始，帮着抬机器、接线，六年没挪窝，熬成剪辑主管了。他们互相也有日子没见了，酒碰三杯后，互问近况。剪辑主管这同学刚刚跟组回来，在云南，还有缅甸待了五个月，晒黑了。在公司是主管，进了大片剧组就成小剪辑了。他参加的是一部军事题材电视剧，边拍边剪，大队出工他也跟着，在拍摄现场的树下支个桌子开始剪。镜头里是各种飞机大炮，在他身边不远处，真的飞机大炮也每天隆隆驶过。经常是剪着剪着，那边一爆炸，过不了几秒就有蚯蚓混着泥土落在他的剪辑桌上。有一天导演看了他剪的几段戏，说有点儿假，没剪出战争的真实感。这对他打击很大。事后他悄悄潜入拍摄阵地，在壕沟里蹲着，找感觉。结果戏一开拍，他故意猫在战壕里没出来，有个炸点没埋好，差点儿给他睾丸炸飞了。差一拃，炸在屁股上，现在伤还没完全长好。他说这些的时候颇引以为豪，没抱怨，没炫耀，是一种分享。如果我有一份这样的剪辑工作，哪怕睾丸真的被炸飞，也觉得很有意义。他还在讲着，我喝着酒，琢磨我为什么不能在北京找到像样的工作。能力问题？时运不济？兼而有之？要么又是“集经济、历史、文化多重矛盾于一身”的原因？说来说去，这就是我的命，可我为什么是这种命？有一种力量在阻隔着我不能有另一种可能，就像上帝把蚂蚁设计成不知道世界是三维的。好吧，既然如此，今朝有酒今朝醉，管他呢，喝多了就不会在意二维和三维的界限了。

我跟每个人推杯换盏，他们积极响应，饯行就一定要有个饯行的样儿。可能他们也知道，再见到我，就是猴年马月了。

饭馆到了十点要关门了，乡里的人睡得早，不会再有人来吃饭，没必要营业太晚。而我们觉得气氛还差一点儿，既然是饯行，就一定要热泪盈眶紧紧相拥，尚未到那个程度，我们又去唱歌了。

乡里的 KTV，还有难得一见的燕京“大绿棒子”。现在像点样儿的饭馆都很难见到这种啤酒了，这里仍兴盛不衰，五块一瓶，买十赠一。我说先抬一箱，不够再要。在乡里生活有个好处，就是由着性子消费，也不会花冒了。

六百毫升一瓶的“大绿棒子”比燕京鲜啤的劲儿大多了，两瓶灌进去，加上之前喝的，基本就到位了。我们四个脱掉上衣，光着膀子，并排站着，勾肩搭背唱了一首《光辉岁月》。这首歌是我点的，每次去 KTV 我都会点，这歌问世的时候我刚出生，十五年后我进入青春期，这歌才在我们镇流行起来。新店开业会放，出租车里会放，谁买了 MP3 也一定会下载一首。我马上要回到老家平庸地度过此生了，此时对这首歌更加热爱。

…………

今天只有残留的躯壳

迎接光辉岁月

风雨中抱紧自由

一生经过彷徨的挣扎

自信可改变未来

问谁又能做到

…………

我们唱的是粤语。也有国语版的，歌词不一样，词一变，味儿全变。要唱就得唱粤语的。我在北京也经历了一年的彷徨，到今天彻底没自信改变未来了，也许有人还能做到，但我不行了……屏幕上的歌词和我心里想的，像两种化学物质，在发生反应，生成的产物让我鼻子一阵阵发酸。多亏我身边那个同学跑调严重，及时让我出了戏，要不然屏幕上那些反复滚动的歌词，真就把我的眼泪弄出来了。

这首歌后段部分的配乐除了器乐伴奏还有口哨，我跟着节奏很认真地吹完这段口哨。结尾不是到了某句戛然而止，而是这六句歌词反复重复，像致敬、像感叹、像扪心自问，也像在质问每个人，声音渐弱直至曲毕。

近来流行一句话，“人间不值得”；我安慰自己：北京也不值得。

以这首歌作为今晚和我在北京的结尾，再合适不过。我和三位同学在KTV门口坚决告别。

三

我没着急“回村”，还要去和“小前台”告别，这是离京前的最后一件事儿。“小前台”曾是我上了三个月班的那家转型卖面膜公司的前台，无论是影视公司还是面膜公司，前台的工作内容不变，都是转告谁的快递来了，把访客带进会议室，本来可以留下继续工作，她却主动辞职。她说越不辞职，离梦想就越远。

“小前台”来北京三年了，是个九五后，南方小镇女孩，个儿不高，瘦还平胸，周冬雨那型儿，没周冬雨好看，我在心里就叫她“小前台”。一起上班那仨月，她想找房子，之前租的是一套两百多平的复式，住了二十多个人，每天二十四小时总有人在打电话或玩游戏，生活严重受到影响。公司有个员工群，她就在群里问哪儿有合适的房子，于是慕尼黑花园、都柏林豪景、布鲁塞尔幸福村等一些很高尚的社区名出现在群里。“小前台”说来点儿实际的，公司一个月才给开多少钱，预算别超过一千八，有独立卧室。

好些北漂都有一毛病，一张嘴，自己住哪儿哪儿哪儿，除了养活自己，还养宠物，显得特中产，经常发点儿在高档小区遛狗的照片，其实住的是那小区地下室。简直就是心有多高，就有多装。我看“小前台”挺实在，私信她，说我住的那片有这种房子，但环境差点儿意思，“小前台”说先看看吧。下了班我带她去看，还真看上了。她说比她以前那二十多个人住的复式好多了，那里进去后乱得迈不开脚，住这儿空间和时间都自由，这是她现阶段最需要的。到了饭点，我请她去吃饭，“出村”就有一排小饭馆，我要找好点儿的，她说别太破费，随便吃口就行。最后我俩吃了米线。吃的时候，我问她对现在这公司什么印象，她说没什么特别印象，在这儿上班就是维持生活，没发展前途。然后神秘地跟我说，她的理想是开一家奶茶店，打算下半年就辞职，并叮嘱我不要对别人讲。别人指的就是公司里的人。我们的友谊就这样建立了。

很快她就搬进“村里”。村子很大，住了好几千人，所以我俩见面的机会多数还是在公司。没过多久，公司换营业执照，调整经营内容，我失业，她主动辞职，都赋闲在村。我观察了，她没男朋友，本来想跟她谈谈试试，但是两个都没工作的人，最不适合的就是谈恋爱，也就没提。有时候我“出村”找工作，路过她窗口，喊她，老不见她在家。

后来突然有一天，她来找我，想跟我借三万块钱。她说考察了位置，找到合适的店铺，准备开奶茶店了。需要十万块钱，已经找了七万，还差三万。同时拿出一份合同，是借款声明，说钱将用于奶茶店的建设，一年后连本带息还给我；同时也有补充，万一哪天奶茶店规模大了，我不急着要她还钱的话，这钱可以一直放奶茶店里滚动，给我算百分之三十的股份，享受各种股东应有的权益。我觉得有点儿可笑。为了她好，我问了几个问题，试图提醒她想法太幼稚、早点儿放弃。我问她每天要卖多少杯才能保证房租和人员工资，她说奶茶利润高，每天一百杯就可以了。我说就算每天营业十个小时，每小时要卖出十杯，每六分钟就要卖掉一杯，做得到吗？她说店打算开在大学旁边，二十四小时营业，这样周边两所大学的学生就有地方半夜看书了。尤其是考试周，可以到奶茶店通宵复习，坐一晚上怎么也得喝两杯吧，饿了还能吃炸鸡，炸鸡也是店里的主打商品之一。店有两层，楼下六张桌子，楼上十二张，上座率百分之五十的话——不可能人挨人坐——可以装三十个人。我又问你怎么知道他们一定会来你的店买奶茶呢，不能只靠着每年两次的期末考试。她说因为自己爱喝奶茶，这条街上没有一家奶茶店，据她观察，年轻女孩都爱喝，这两所大学两万多女生，总得有人进来买一杯吧。我说为什么给奶茶配的是炸鸡而不是别的什么。她说因为她打小就爱吃炸鸡，年轻人缺嘴，尤其是男生，肯定缺油水，所以女朋友买奶茶的时候，他说不定也会来块炸鸡。我又问既然前景这么可观，为什么之前别人没有开。她说她不考虑这种问题，她只知道奶茶店是高中时代就有了的梦想，如果这事都失败了，就清楚别的事情更做不好，安心去当一个前台好了，每月挣工资还我钱。

我手上正好有三万，也清楚这钱很可能有去无回，还是借给了她。别人给女朋友换个手机也得万儿八千的，我就当拿三万块钱试试她值不值让我当成女朋友去认真对待吧。

开店之初，我常去帮忙。我会作图软件，帮她做广告宣传单，她出创意，我操机。A4 大小的宣传单印刷了一万张，我帮她去大学里发，她看店。店里人不多的时候，她就和我一起去大学发，站在大学的各个路口，把宣传单交到这些潜在客户的手中。宣传单上印着促销信息、店的公众号和点餐微信，奶茶大杯的十块，小杯八块，炸鸡翅六块，鸡腿十块。开业头一个月，买大杯送鸡腿，小杯送鸡翅，可以点餐，加两块送到宿舍楼下。我送外卖的那段经历就是这段时期所为。这价格对学生很有诱惑力，花十块钱，尝试一下也没什么损失，还能解决一顿饭，但对奶茶店来说，只够食品成本，干赔人员工资和店租。“小前台”说没关系，先打品牌。我也把她的名字改成“小奶茶”了。

后来订单多了，加入“美团”和“饿了么”，有专人送了，我就干别的。多数是帮她看店，她去考察市场。所谓考察，就是看看别的店都是怎么做的，自己开店遇到实际问题了，更有针对性。考察回来的时候，时不常会带点儿装饰物，一点点把店装扮得更像个店。

一个月后，促销结束，价格恢复正常，订单比以前少了，但每单都开始挣钱了。我又配合她做新宣传单，快六一了，这次主打“儿童节，你喝奶了吗”，连同可以为半个月后的期末考试提供复习场地的消息一起印上。六月结束时盘点，平均每天卖奶茶一百五十杯、炸鸡十五斤，扭亏为盈。作为股东之一，我在第一时间收到“小奶茶”的财务报表。

我之前来帮忙，一是那时候她一个人支应不开，二也是为了进一步了解她。现在奶茶店步入正轨，我也该做自己的事情去了。“小奶茶”说店里缺人，让我就在这儿干。我说这是你开的店，我总赖在这儿不像样。她说你也是股东，股东当然可以在自己投资的店里挂职呀！话是这么说，但真拿主意的时候只能有一个人。以前我在市电视台的时候，主编和广告商一人一主意，我剪的片子改了八遍也没定稿，眼瞅着要播出了，我说你俩先商量好了，改成什么样都行，但必须只有一个声音说了算。于是主编闭嘴了，按广告商的来。开店也是这样，不能俩主意，甭说我俩只是朋友，就是两口子开店，还净是拌嘴的呢！再说我来北京也不是为了开奶茶店的。

我继续应聘剪辑的工作。我挺热爱这事儿的，我指的是剪辑，不是投简历。考大学之前没什么概念，就觉得多媒体听上去挺时髦的，分数将将过线，便报了这个系。大三的时候分专业，有剪辑方向，我就选了，当时已经上过剪辑课，大概知道剪辑是怎么回事了。我的理解，剪辑就是把一个混乱的世界变得精致。刚开始动手剪片子那段时间，我听别人说话，总觉得啰唆，老想在他说的时候给剪剪。上完剪辑课，我的生活习惯都变了，特爱收拾屋子，把乱七八糟的东西归置整齐，没用的东西收起来，要不然看着不舒服。即便剪了六年纸尿裤的促销广告和各种育儿窍门儿，我也觉得很有意义。我把生孩子养孩子这件看似很让人头疼的事情变简单了，抽丝剥茧，变成一条条可以理性去操作的动作，使不敢生孩子的人不再恐慌。

但这不能让我满足。我希望剪更高级的东西，所以来了北京。漂了快一年，我并没有气馁，我相信贵在坚持，也牢记国安球迷创造出的“成语”——跟丫死磕。

在北京总能赶上一些艺术活动。一次一个久负盛名的欧洲导演来北京参加文化交流，安排了三场电影放映和展后交流，我抢票赶上一场。先放了一部这个导演在上世纪九十年代拍的长片，三个多小时，来的并坚持看完的都是文艺中青年。影片结束，灯光亮起，老导演从侧台走出，头发全白，大步流星，触地有力，有股他电影的那劲儿。主持人兼职翻译，说大家可以和老导演交流二十分钟。前几个问题都是关于这部电影本身的，有关于主题的，也有关于拍摄的细节。老导演一看就是身经百战的老艺术家，不玩虚的，有什么说什么，不客套，不云山雾罩，一句是一句，句句落地。想不起来的地方也实话实说，说太久远了，给忘了。主持人时不常插句话，赞叹老艺术家表达之真实，说的都是干货。老艺术家只回应了一句，说他都七十多了，哪还有时间说废话。主持人反应也快，说还剩最后五分钟，别让没用的话浪费宝贵时间，大家继续交流。一个学生模样的人提了个问题，问老导演搞艺术最需要的是什么，才华、机遇、坚持，哪个重要？老导演顿了三秒钟，反问提问者多大了，提问者说二十五，老导演说那恭喜你，你还有五年的机会。然后接着说，这三点都重要，但是一个人有没有才华，机遇是否会落在你身上，三十岁前就有定论了。任何一个艺术家或行业的顶尖从业者，在三十岁前要么创作出标志性作品，要么展现出与众不同的特征，这之后的坚持才有意义。如果一个人三十岁前无所作为，我劝他还是不要坚持了，没有任何意义，自欺欺人，生活里有很多事情可以做，北京的房价这么高，多挣点儿钱改善家庭的生活也很有意义。台下有人说，李安三十六岁才拍第一部电影。老导演说我和李安很熟，他二十七岁能去纽约大学读电影硕士，三十岁毕业时拍的短片得过电影节的最佳导演和最佳影片，之后坚持了六年，到三十六岁开张了。我拍了四十多年电影，在大学当了二十多年客座教授，带过很多学生，见过他们的成功和沉沦，三十岁真理屡试不爽。后面老导演又说了什么我就不知道了，听到这儿的时候我就离开电影院了。再坐下去不是自欺欺人吗？

当晚我躺在床上，拿着手机上网，把能想到的人都查了一遍，三十岁真理确实真实发生在我知道的这些人身上。一宿没睡，天亮的时候，我对未来有了新规划。已经二十九岁多了，未来的几个月不会发生奇迹，我知道我该干吗了。

这是三天前发生的事情。我用了两天把北京该玩的地方玩了一遍，今天剃了光头，和同学吃了散伙饭唱了歌，一会儿再跟"小奶茶"告个别，明天我就买票回家了。现在去找她，不提那三万块钱，纯告别。她很不错，我想和她谈恋爱，哪怕异地恋，哪怕和她一起开奶茶店，再回老家的电视台上班对我也没什么意义了。我和店里员工聚餐时，在一堆人嘻嘻哈哈之际试探过她。我说好些女孩想找个有钱的男朋友结婚，这也没什么错，你怎么想的。"小奶茶"说，我觉得还是得找谈得来的，钱不是最重要的，我不想对方从这个方面考量我，所以我也不会在这方面要求对方。听上去没什么毛病。我又问她现在想找个什么样的，她说她去雍和宫烧香时许愿了，三年内不找男朋友，一心扑在奶茶店上，没有精力再对男朋友好，所以就先不想这事儿了。

这话会让投资的股东很开心，但我并不愿意听到这样的回答。这就是传说中的有缘无分吧，这也让我更对北京没什么留恋的。

已经一点多，奶茶店二十四小时营业，据我了解，她都两点后才睡。所谓睡，不过就是在楼上的休息间里躺会儿，店由夜班服务员盯着。七月份的业绩也不错，赶上学生考试，前半夜老有人。现在放暑假了，晚上店里不那么热闹了，留校考研复习和谈恋爱的学生还会来。

奶茶店在另一个乡，离我住的那个乡只隔一条马路。周边那两所大学的学生就近找不到什么休闲娱乐的地方，二十四小时奶茶店出现得很及时。

路过一家小卖部，我进去买水。待会儿我手里拿瓶水进奶茶店，"小奶茶"就不会再给我一杯奶茶了，我不太爱喝那玩意儿。我问有凉的酸梅汤吗，老板正躺在摇椅上看球，说冰柜里，自己找。冰柜在门口，我退后两步，拉开冰柜门，低头寻摸，情不自禁吹起《光辉岁月》。老板说你别吹了，我一愣，抬头看他，这才留意到老板岁数不大，比我小，有些胖，像所有胖子一样，憨憨的。我问为什么，他说让你别吹你就别吹。我有点儿不高兴，怎么我就不能吹了，马上我就要离开北京了，吹个《光辉岁月》还犯法？我也喝多了，觉得气势上不能输，合上冰柜门，转身吹着口哨走开。结果走出去没几步，感觉后脖颈子一阵风，回头一看，上半身刚拧过去，脑瓜顶就被板砖重重拍了一下。板砖从我面前滑落，我看到板砖后面的人，就是刚才那个小卖部的老板。光滑如煮鸡蛋清的头皮，有湿热的东西流了出来，我猜想应该有点儿像溏心儿鸡蛋黄被扎漏了，流油了。

随后，他转身就跑，钻进小卖部，拉下卷帘门。

我走到小卖部门口，掏出手机，拨了110。接线员听我叙述了情况，记下事发地点，说会通知当地派出所联系我的，我说请快一点儿，然后结束了通话。街上没有人，不远处洗车房门口的监控亮着绿灯冲这边照着，我放心了。除了想找点儿纸巾捂住流血的头，我一点儿不慌，没想到这种情况下我能这么平静。这一年没找到像样的工作，每一天我都很慌。

手机响了，是个座机来电，我接通。是派出所，询问了情况和我的伤势，让我等着，马上过来人。几分钟后，一辆途胜亮着红蓝顶灯停在我面前，我指着卷帘门已撂下的小卖部说，就这儿。

警察上前敲门，里面没动静，灯还亮着。警察问我，你买水的时候里面就一个人？我说对。警察说要不你自己先去看病，需要缝针的话别耽误了，明天再来处理。我说打我的人就在里面，干吗要明天？

网上老说公务员花着纳税人的钱不作为，尽管我没在北京缴过税，依然愤慨。

警察说这家我知道，跑不了，这孩子是个傻子，他爸晚上出去上班，只能等明天下班回来处理，你赶紧去医院吧，别破伤风。

警察姓马，乡派出所的，第二天我去找他。伤口倒是不严重，缝了四针，CT也照了，没脑震荡。马警官看了医院的报告，说没什么事儿，想怎么解决？我现在已经没有打报警电话时候那么心平气和了，越想越憋气，来北京一年一事无成，临走临走，没招谁没惹谁，挨一板砖，还是个傻子拍的，凭什么呀？我说赔钱！马警官问想赔多少，我伸出三根手指。三千？马警官问。我很生气，说，三万。马警官笑了，是那种能刺痛人心的笑。他说，想靠这个致富？然后问我看病花了多少，我说两千，但还有误工费、营养费、精神损失费……马警官挥手示意我打住，让我跟他上车。

卷帘门收起来了，小卖部开着门，我跟着马警官走进去，有点儿底气不足了。来的路上马警官告诉我，拍我的那傻子二十二岁，跟他爸在这村里住了五六年了，租的房子，前面一间卖东西，后面睡人。店是给儿子开的，儿子脑子有问题，上班没人要，卖东西找零钱问题不大，傻到什么程度也没一个明确说法。但肯定是傻，不傻他也不会拿板砖往你脑袋上砸，马警官说。他爸每天晚上出去开滴滴，租的别人车，白天那人开，晚上他爸开。白天他爸在家补觉，也能照顾儿子，给儿子做饭。这傻儿子以前用“热得快”烧开水给全村弄短路过，煮面条让自己煤气中过毒，煤气罐还差点儿爆炸。白天离不开人，没人看着就出事儿。据他们同样在这儿打工租房子的老乡说，孩子傻是小时候总受大孩子欺负，刺激到脑子。这孩子从小父母离婚，孩子的爸也没再婚，但心里痒痒，就去扒女厕所，被人抓个正着。孩子也受到牵连，一起被人笑话，所以大孩子专挑他儿子欺负。讲到这儿的时候，我突然觉得马警官是一位办案经验丰富的民警。马警官还说，摊上这事儿就自认倒霉吧，毕竟对方脑子有问题，法律对这种人都从宽。

这时候车驶过乡委会大门，还有几个村民模样的人站着，看样子是有事儿，但不成规模。马警官扭头看着说，乱死了，成天的事儿，累！然后问我，你是做什么工作的？我说暂时没上班，他说，那你要什么误工费呀？我之前也一直心虚这事儿，坐在副驾驶有点儿难为情。没想到他又补了一句：我看你这样也不像有工作的。什么意思？我哪样？因为我半夜一点多了还在游荡吗？因为我剃了个光头吗？因为我想让对方赔偿三万吗？我心里搜索着自己身上不对劲的地方。他说得确实没错，但这种经验丰富对我是一种伤害。我有点儿讨厌他。我按下电动车窗的开关，风吹进来，好受了些。

进了小卖部，没看见胖子，他爸没睡觉，知道我们要来，笑脸相迎，说儿子害怕警察躲起来了，他先帮着接待。屋里地方小，也没多余的椅子，他就让我和马警官坐在成箱的雪碧上，说很结实。这位父亲头发已经花白，背有些驼，按说不应该比我爸大，看上去倒像我三爷爷。眼前此景加上马警官路上的那些话，让我想要三万的话说不出口。

马警官开门见山，说人家就吹个口哨，被你儿子打了，半夜去医院看了，不严重，但是也缝针了，耽误上班不说，将来肯定还得落疤，可以私下调解，赔点儿钱就算解决了。胖子父亲看着我说，同志，您想让我们赔多少呢？有了马警官车上的那番话，我自然是不好意思说了，我觉得他有点儿拉偏架。没想到马警官替我说了，他说受害者想要三万。

我被说得脸上发烫。他怎么能两头儿说话呢！

胖子父亲说，我们家这情况你们二位也看到了，少点儿行吗？马警官说，你儿子错在先。胖子父亲说我知道，特别对不起这位同志，说到这儿才想起没给我和马警官倒水，赶紧从货架上拿了两瓶看上去很花哨的饮料让我俩喝，说这是新出的，好喝。我还真没喝过，但也没拧开。马警官喝了一口，喝完还举着瓶看看。

胖子父亲接着说，养这么一个孩子，挺不容易的。马警官说，你作为施害方的代表是个明白人，受害方也是明白人，要说不容易，大家都不容易，咱们就大事化小，小事化了，直接谈定赔偿金，结案——所里还有比你们这更严重的事儿等着处理呢，咱们都快点儿！胖子父亲说昨天是他生日，他儿子非要等他收车回来给他煮面，往常这个时间都关门睡觉了，发生这事儿也是赶巧了，没辙。说着俯下身，头埋到货柜下面，翻腾了几下，拿出两捆百元人民币，放在货柜的玻璃面上，说家里就能拿出这些，两万。马警官看着我。我看着这钱，有点儿愣。

我听到胖子父亲又说，如果还是不行，就等下周二滴滴可以提现的时候，我把这半个月的钱取出来，不过那也够不了三万……算了，我打断他，掏出医药费的单子放在柜台上说，看病花了一千九百多，给我两千就行了。

胖子父亲数钱的时候，我从冰箱里取出一瓶酸梅汤，拧开喝了一口问，为什么你儿子不让我吹口哨？胖子父亲停下手里的动作，往后面的屋子看了一眼说，那帮大孩子合伙欺负他的时候，都会先吹一声口哨，算发号施令，然后统一行动，扒光他的衣服。那天他光着屁股吐着白沫躺在地上打滚，从此脑子就不正常了，我带他离开老家来了这儿。说完继续从头数。

四

五天后，脑袋拆线。又让我在北京多待了五天，裹着纱布回家怎么都说不过去。离开医院，买了一顶帽子，戴上正好盖住缝合处。头上已经长出一层青茬儿，伤口没那么明显了。现在可以去跟“小奶茶”告别了。

我是趁下午人少的时候去的。店里有两个女学生翻着手机在等奶茶，“小奶茶”系着围裙，正在操作间，我径直走过去。

头发呢？她看见我后问。想必是看见帽檐外面没了头发。

新发型。我稍稍后仰，摘下帽子给她看光头，然后又戴上。

你先找地儿坐。

我在最方便看到操作间大玻璃窗的桌前坐下，看她在玻璃窗后，用不同的盛具往塑料杯里兑制不同液体，最后做出三杯不同颜色的奶茶，郑重扣上盖儿，放进托盘，摆上三根吸管，端出玻璃窗。三大杯奶茶骄傲地游走在店中，她更显得小了。

两杯送到等候的学生那里，她们没马上喝，举着拍了一通。最后一杯摆在我面前。我这杯是原味的，迫不得已非要喝的话我都喝这个味儿的，草莓、木瓜、山芋等口味对我来说不过是在不喜欢的事情里搞花样，没必要。

怎么想起留个光头？

凉快。

热天儿都过了。

秋老虎，还得热一个月。

喝呀。她把吸管替我插上。我一直没告诉她我不喜欢喝奶茶。

我嘬了一口，觉得不是那么难喝了。又嘬了一口。

你今天来有什么事儿吧？

我也觉得自己一进门就变得不自然了。我又嘬了一口，叼着吸管没松开。

是不是钱的事儿？

我叼着吸管摇摇头。

她说，那我跟你说个事儿——能不能再借我两万？

我深吸一口，一粒粒珍珠像上膛的子弹，一排排涌入口腔。我松开吸管说，我要回老家了。

什么时候回来？

我嚼着珍珠，有点儿黏牙，说，不回来了，今天是来跟你告别的。

这样啊，为什么呢？

没意思，不想在北京待了。珍珠被我嚼出一种它特有的味道，说不上来。

"小奶茶"搓着手说，那应该把那三万还给你，可是现在又想开个分店，还差两万，这样一来，我就需要借五万了……

这时候进来一对情侣，"小奶茶"回到点餐台后面，等候他俩点餐。两人是慕名而来，女生给男生介绍，同学在朋友圈里晒的就是这家，问男生想喝什么味儿的。男生看来跟我一样，对奶茶兴趣不大，说来对鸡翅吧。女生把各种口味问了个遍，还是要了原味的，说先从基础款喝起，将来会把全部味道喝个遍。我看了一眼女生头顶上的灯箱饮品单，一共九种口味。如果女生未来不换男朋友，当她来买那八杯的时候，没准还能卖她男朋友八对鸡翅。是该开分店了。

"小奶茶"服务完这对情侣，又坐回我面前。说这家小店似乎在附近两所大学里火了，喝过的学生一发朋友圈，没喝过的就想尝尝，有些为了发朋友圈，特意过来买一杯。也带动了其他大学的学生，特意跑来喝时间成本太高，只好等到这边玩的时候，赶上了买一杯。这些都是"小奶茶"和来店学生聊天，直接掌握的客户情况。

"小奶茶"说她觉得十分有必要在北京东边大学扎堆儿的地方开个分店，让东边的学生也知道这个店，学校的好处就是传播迅速，且转化率高，年年还会有新生入学，前景可观。

“转化率”这个词，让我觉得“小奶茶”在开店这件事上比我想象的专业。我说，那就开，那三万不着急，我就是临走前来看你一眼。小奶茶问我离京后有什么打算，是去省会发展，还是回老家。我说马上三十了，离六十岁退休还有三十年，得好好掂量掂量这三十年我能干点儿什么，找个别让我讨厌、也别讨厌我的工作，很有可能我就在左顾右盼中耗尽了此生，不过也没什么关系，至少我没有努力地去做一件我并不想做的事情。人生很长，也很短。

没想到“小奶茶”又蹦出一词儿：加油！

她满面春风的脸上呈现着灯箱上那九种奶茶所没有的颜色，让人艳羡。她说，她也为漫漫人生订了计划。年底前先把第二家店开起来，如果运营得好，明年开学前，在廊坊大学城开第三家。那儿的大学太多了，如果站稳脚，就算拿下华北市场了。然后就会有风投注意到她的奶茶店，给她在全国各地开连锁店。三到五年，这个名字的奶茶店会像麦当劳和肯德基一样，出现在各个二线城市的大学城或万达广场。她说，如果不相信她，她就想办法尽早把三万连本带息还给我，如果相信她，这三万就是我在奶茶店的原始股，像我们一开始在协议里写的那样，可以拿分红。还说，如果我愿意参与，将来可以当我老家所在省的地区主管。当初在那种情况下我能信任她，把钱借给她用，让她觉得我是一个好人，所以现在她愿意跟我说这些。

从一家城市边缘的小奶茶店起家，最终做成上市公司，成为奶茶业大亨，那种事情是存在的，同时我也知道，肯定不会发生在“小奶茶”身上。但我还是问她，如果这事儿算她的梦想，实现了以后干什么呢？

“小奶茶”说，她就可以谈一场自由的恋爱了。之前谈过两个男朋友，第一个是在高中，他们镇上的，男生考到广州的重点大学，“小奶茶”落榜。男生觉得二人的距离从此拉远，长痛不如短痛，两人抱头大哭后和平分手。第二个是去年来北京认识的。高考落榜后，“小奶茶”在当地一边打工一边读了个继续教育专科，某大学安设的分校，其实就是当地的职业技术学校被大学收并了，做个驻当地的办事处。拿到毕业证后，“小奶茶”来了北京，应聘了一家公司，也做前台。两个月后有男同事追她，吃了几顿饭后，两人谈起恋爱。过年的时候，男生非要去“小奶茶”家看看她的父母，“小奶茶”说不用，没到时候呢。男生还是拎着烟酒糖茶来了，“小奶茶”只好把他从镇汽车站接进家。到了“小奶茶”家一看，男生脸都白了。“小奶茶”说，我爸躺在床上微笑着迎接他，因为我爸七年都没有下过床了，之前在镇工厂上班，工伤，腿没了，在家吃低保。我妈要给他煮饺子，他说不用客气，就是作为我的同事，来拜个年，然后放下东西，走了，自己住宾馆去了。半夜，我收到他发的微信，说我俩在北京这片汪洋大海中漂泊，我们两个家庭的组合，很难让我们顺利上岸，为彼此好，还是不要在一起了。我哭着过完年，回到公司，就辞职了。肯定是不能和他在一家公司了，他怕溺水，守着公司不走，我不怕，哭完我就是女汉子了，我走。

我听明白了，这也是一个“集经济、历史、文化多重矛盾于一身”的人。“小奶茶”接着说，现在看，当初走就对了，要不然也不会开奶茶店。所以，我的理想就是等钱对我来说不再是钱了，就能自由地谈恋爱了，第三次谈可别再让我哭了。

跟谁？

跟你吧——但那时候你可能都俩孩子了，我可能也快更年期了。“小奶茶”自己乐了。接着说，跟谁都行，跟我喜欢也喜欢我的人。然后生个孩子，最好是女孩，她长大后，不会像我一样了，她可以有别的理想了。也没准到时候我不那么在意恋爱这事儿了，未必会有孩子，但是现在，它对我来说是个坎儿，有坎儿就想跨过去，要不然总觉得不自由。对，其实我不是想自由地谈恋爱，我只是想自由一点儿，让所有人都能自由一点儿。等我的“奶茶集团”成立了，如果有像我这样的女生找不到工作，我这儿全收，大区经理、品牌专员、渠道推广、店长、服务员、外卖员、公众号维护，总有一个岗位会适合她。到时候，在工作这件事情上，每个人都是自由的了。

哎，你想不想跟我一起实现这事儿呀？“小奶茶”又问我。

不想，我得回家。我尽量让语气平和，但感觉说出来还是透着抑制不住的感情色彩。——对了，你能给我做一杯九种口味混合在一起的奶茶吗，我明天的票，来不及每种口味都喝一杯了。

我攥着一杯特殊颜色的奶茶，离开奶茶店。再不走，我就哭在她的店里了。

我被感动了。我知道，多少年后，在这个理想破灭的时候，她一定会有办法面对，但是现在，它是夜色中汪洋大海上的微光，帮助这个理想在貌似能实现的道路上前进一小步，是我需要做的。如果我的人生是一部片子，我总觉得从来北京到离开北京这中间，缺一个镜头，现在我找到这个镜头了。我感觉到内心久未有过的激动。

走出奶茶店前，我让她等着，明天我把那两万送来。

五

我姐夫竟然在家，在门口嗑瓜子。我问怎么没去上班，他冲屋里一甩头，说照顾你姐。我问我姐怎么了，他说你进去看看。我推门进去，他跟在后面。

我姐的电动车在外屋充着电，她在里屋躺着。我问她怎么了，她往一边蹭蹭身，床上腾出地方让我坐，说没事儿。我坐下后看床头放着一堆营养品和药，拿一盒看了看，是妇科用药。她注意到我帽子下的头型变了，问我干吗把头剃了，我说方便，反正要回家了。我姐知道我在北京不顺，最近要回老家。我说我明天下午走，东西都收拾好了，有些没用的生活用具让姐夫拿过来用。姐夫问我是不是真不打算回来了，这里毕竟是北京。我说这儿不适合我，姐夫说他倒觉得回去了才不适应。他手机响了，有人叫他去喝酒，他说今天去不了，老婆病了，家里躺着呢，对方执意叫他出去，他就去外屋打电话和他们周旋，怕吵到我姐。他俩是初中同学，早恋，都没上高中，到了年龄就结婚了。无论姐夫喝成什么样，他俩始终是夫妻。以前我觉得他俩能在一起，是爱情伟大，现在我觉得他俩还在一起，是无法为离婚买单。我姐现在从不过问他出去跟谁喝的，既是放心，又是灰心。

我问我姐到底怎么了，回家爸妈问起来，我也好交代。我姐拉开床头柜的抽屉，拿出病历。病历本崭新，就记了半页，我一看，人工流产，日期是今天。也就是说我姐刚从医院回到家，我能想象到我姐夫骑着电动车她坐在后座的样子。我说，现在不是让生二胎了吗，你俩不想要？生我的时候，国家还只让生一个，我爸想要儿子。好像有了儿子真能光宗耀祖改变命运似的，明知道要缴罚款还生了我，为给我上户口，搭进去一年工资托关系。这些都是让生二胎后，我听他们说的。我姐说她和姐夫也想再要一个，但条件不允许，养活好养活，但后面的事麻烦。我还没结婚，不能完全吃透这话，毕竟我姐已经养过一个开学就上四年级的孩子了。我姐又说，她去别人家做保洁，看到北京孩子接受的教育，打小就学钢琴、架子鼓、跆拳道，英语说得跟小外国人似的，她觉得自己的孩子不可能竞争得过这些孩子，所以就别让孩子长大再遭罪了。很多事情不是靠努力就能改变的，如果命运那么好改变，就不叫命运了，我姐最后说道。

我给我姐微信转了两千块钱，她不要，我说必须收，要不然我明天不回家了。她没碰手机，我说明天之前你要是不收，我还过来。我姐跟我唠着家常话，让我走之前把事情都办利落了，我说都办了，最后一件事儿就是看你，你收了钱就彻底利落了。

走出我姐家，我琢磨着还能跟谁借这两万。

我想到我的同学。但是一想那晚我们在《光辉岁月》的气氛下都告别了，才过这么几天我又管他们借钱，不免尴尬。还想到一个人，胖子的父亲，五天前我在小卖部的柜台上看到他有两万。我可以去试试看，给他写借条，利息高点儿都没关系，实在想不出别人了。

我把身份证复印件和借款声明都放在柜台上，胖子父亲听我说完，还真答应了。但让我明天早上来取，钱被他存银行了，现在银行刚下班，他马上要出车，会在拉活儿的途中去提款机取。我担心夜长梦多，问他几点收车，我来取。他说一般是凌晨四点，但是今天可以早回来会儿，让我两点来也行。我说好，那就两点见。

我先睡了一会儿，手机上了个一点半的闹钟。差十分两点出了门，扫了一辆共享单车，骑过去不到十分钟。路过乡委会门口，那里又聚集了若干村民，并有人不断赶来，他们往墙上贴着维权标语，还没贴全，只能看到“人在做天在看，祖宗的土地……”我从这几个字前面骑了过去。

拐到小路上，又骑了一截，到了。离挺远就看见小卖部亮着灯，我把车停在门口，没锁，想着一会儿办完事儿还骑着走。正准备进去，听到有人在和胖子说话。说话的人被一堆货品挡住，看不见。只听见一箱箱“康师傅”后面传出的声音，说胖子的父亲没有运营证，开滴滴在北京南站被扣下了，罚款八万，还要拘留十五天。我能看见胖子在柜台后面很愤怒，脸涨红了，恶狠狠回应道：活该！

“康师傅”后面又发出声音，说，你怎么能这样说话呢，他是你爸，你现在得想办法捞他，你要是不管他，罚款八万不说，在里面待十五天不好受，他都那么大岁数了。胖子还是俩字，活该！“康师傅”后面的人挪动了一下，露出警服，看不清脸，听声音像是马警官，烟酒嗓儿，一口京片子。他说，这事儿是怨你爸，但作为儿子，你得想办法救他，幸亏南站派出所有我同学，现在人家答应了，两万就给你爸放出来，趁天没亮，赶紧把这钱交了，就能见到你爸了。真给你爸带走报上去，那就晚了！胖子突然哭了，喊道，不管，杀死他，杀死天下的老子！说完口吐白沫，倒了下去。

我摸了摸我的嘴，并没有白沫流出来，但我感觉自己也变成了胖子，躁动不安，浑身抽搐。不光是口哨声，无论什么声音，都让我感觉刺耳，“马警官”还在喋喋不休。谁说北京话好听的？这声音让我烦躁！大孩子为什么要欺负小孩子？警察为什么要欺负我爸？我爸是坏人吗？为什么会有坏人？为什么会有警察？为什么世界上有聪明人的同时又要有傻子？为什么要有北京和三四线城市之分？为什么“三十岁真理”颠扑不破？为什么有人不能顺利地出生？为什么有人出生了又不能顺利地活着？命运真的不能改变吗？“集经济、历史、文化多重矛盾于一身”的原因到底是什么？去他妈的吧！

直到“马警官”背冲着我倒下去，我才知道自己做了什么。我扔下手中的板砖，跑出小卖部。没有人看见，他如果能醒来，也不会知道是谁干的。我忘了自行车还在门口，使尽浑身力量，竭力向远处飞奔。顾不上回头，我能听到自己气喘吁吁的声音，跟高中时跑一千五不同，这次我一点儿不累。黑夜中的飞奔酣畅淋漓。

不对，坏了！我突然想到，隔壁洗车房门前有监控。我一时半会儿回不去家了，哪里才是我的归宿？我听见警笛的声音。

这时我已跑上大路，侧面呼啸而来一辆途胜，红蓝光芒在车顶闪烁，没刹住，把我撞飞了。飞翔中，我看见马警官气急败坏地走下车，低头看了看车前，又伸头看了看不远处的乡委会。

我还在飞。飞是三维空间的动作，我不再是一只蚂蚁，我能进入三维空间了。不仅如此，还具备了看到过去和未来的能力。科学家们说，打通时间，就进入四维空间。原来四维的空间是这样。我看到我爸为给我上户口在缴罚款，他说有个儿子不容易，窗口那边还是不给上，我爸等到下班，在后门自行车棚给那人跪下。我也看到自己因制伏了穿假警服敲诈勒索的假警察而要被马警官颁发奖状。但是我的腿瘸了，不能走着去领奖了，但这又有什么关系呢，因为我已经在飞了。

原载《青年文学》2019 年第 9 期

裂 纹

崔晓琳

在幼儿园接到毛毛时，李丽都不敢看陈老师，为同一件事把抱歉的话说上三遍就已经毫无意义了，还不如佯装没心没肺的样子，仓皇而快速地离开为妙。抱着毛毛一路小跑，像个小偷，生怕盗取的赃物被失主追回，即使她盗走的是这每日迟到的半小时。只听身后铁门巨响，李丽都能感觉到陈老师那僵硬的笑容，像枚飞镖穿心而过。

毛毛的身体是缩紧的，眼里有些惊恐，一点不像初来幼儿园时的样子，抱在怀里如泥鳅般扭来扭去，小嘴也说个不停。

回到家，照例是炖个蛋、冲杯牛奶给毛毛先垫个底。再就着冰箱里的存货三下五除二地做了两菜一汤。等到一切就绪，李丽早没了用餐的心情，结婚、生子好像把一切隐藏的问题都暴露出来：无力提供任何援助的父母，加班成常态、像蜗牛一样往上爬的丈夫，就连她自己在城郊崇德小学的工作也成了绊脚石，即使不候车、不堵车，她依然不能像其他父母一样准时去幼儿园接毛毛。她让陈老师付出了额外的无偿劳动，而条件是她和毛毛都得领受冷落和嘲讽。看着毛毛木然的神情，她觉得很沮丧。志远回来后，大约也嗅到了潜在的火药味，只是他避重就轻，不想扯出他起码在目前无法解决的难题，他用他并不擅长的语调，试图缓和屋里的气氛。丽，这个周末咱带着毛毛去看看他外公外婆吧。他是想讨好来着，声音提高了好几度。可这个提议一点也不聪明，李丽从内心抗拒，娘家的父母在老家给哥哥、姐姐带俩小孩呢，去干啥？去让毛毛摆出无人看顾的可怜相？你王志远这不是存心要让人难堪吗？她冷笑两声，不如去看看毛毛的爷爷奶奶，他们可不正等着你送钱去。志远哑然，脸一下子僵住了，头一晚母亲在电话里倒了半天苦水，李丽已然心知肚明。

毛毛也是沉默的，小心翼翼地看着他俩，随即滑下椅子，滴溜溜地从饮水机里接来两杯水。察言观色，这大概是他在陈老师那里被迫学会的吧。李丽心疼，一肚子的委屈化为乌有，埋着头扒拉碗里的饭。她没看志远，心里隐隐有些后悔，这年过三十的男人，为了事业，没少给人低过头，心里的苦楚不见得比她少。

到了周末，谁也没提，哪儿也没去。志远一大早跑了趟菜场，做了一桌饭菜，心照不宣地弥补自己的亏欠。这做法毫无新意，可对于贫贱夫妻而言，却又是成本最低、见效最快的方式。李丽倒也不为自己叫屈，她记起母亲有回说笑时，突然说道：“真的，如果当年再有第二个人来提亲，我就不会嫁给你父亲了。”母亲说得很认真，眉眼里紧锁着忧伤。那时候李丽已经嫁给了志远，相了很多次亲，志远是唯一向她求婚的男人，她清楚，他和她一样被很多人礼貌而高傲地拒绝过，他们有着共同的藏在骨髓里的卑怯和敏感，就算她穿上大牌，化上精致的妆容，他也能轻易地剥开她的表层，自然地去融入、契合。说到底，他们是同类，了解对方如同了解自己。不用去掩饰家境，也不用为每次约会的地点、消费额度而费心琢磨、精打细算，就是提到未来也不用去制造一些根本实现不了的愿景来自欺欺人。彼此坦诚相待，当然这不是因为情投意合，而是门当户对，当你无须踮着脚跟就能与对方平视时，你就压根不想再给自己做任何拔高形象的铺垫了。

母亲过了大半生仍会心有不甘，为没有遇到第二个提亲的男人而耿耿于怀。李丽猜想，母亲质疑的不是父亲，是自己，是自己最好的年纪里，没有吸引到更多异性的关注和喜欢。当然，现在看来，母亲和她一样可笑，竟然不知道在被婚姻慢慢吞噬的过程里，少有女人还能保持个人魅力，又何来的自信和资本去对曾经的选择感到惋惜。

她的注意力重新回到餐桌，这是志远对她唯一的体恤和让步。她如果再延伸头两天不愉快的话题就显得有点无理取闹了，这不是她的作风。但她却真想掀一回桌子，痛快地吵一回架：是，毛毛总不是她一个人就能生出来的吧？是，工作？谁不工作呀，谁就一定该在陈老师面前装得厚颜无耻？谁就一定还得买菜做饭、收拾洗衣？保姆还有工资和假期呢，他这个抠门的穷鬼又给了她啥……心里一下子冒出了好多话，她几欲脱口而出，但看到毛毛像只树袋熊一样缠在志远身上咯咯地笑个不停时，她竟啥也说不出来了。

心里藏着股无名之火，上课的时候，按捺不住，语气不断上扬。她拍了拍离她最近的课桌，厉声喝道：“起来，把我刚刚讲的内容复述一遍。”她心里几乎是得意的，这个世界总还有一块地是她能掌控的，她打算痛痛快快地发泄一回。那学生被猛然叫起，竟半点也不含糊，答得从容自得、条理有序，甚至在她的讲解上还注入了自己的体会和感悟。她一下子便傻了，积压已久的情绪都已站在了 100 米冲刺线上，突然被人中断、叫停，撤离场外。手机不合时宜地在口袋里抖动起来，她把手伸进衣服袋里狠狠地挂断了电话。教室里响起一片掌声，学生们都在为刚刚回答问题的同学鼓劲儿，她却没有一丁点儿身为人师的成就感。好不容易挨到放学，去接毛毛，发现她小脸烫得都能烙饼了。打你电话，没人接。老师兀自解释。怎么不送去医院看看，或者联系一下他爸。她心疼，忍不住责备。原来毛毛他有爸爸呀，怎么没留电话，也没见他来接过毛毛呀？对了，你刚说送毛毛去医院，我也想啊，可我这一屋子的孩子谁来管？老师很惊讶地看着她。她仿佛被抽了一鞭，原来在旁人看来，毛毛是个没有父亲的孩子，她使劲回忆在给学校留家长电话时，她怎么就忘了志远，怎么就没有指望过他。

39.5℃，来得再晚些，肯定得烧出问题。医生狠狠地瞪了她一眼，她又自责又心疼又委屈，泪珠在心里都滚了上百回。志远赶来，手机一直在响，好像有人不断催促，他怯怯地看了李丽几回，她不作回应，不知何时，竟又不见踪影。趁毛毛睡着了，李丽在床尾把作业给批改了，起身时，腰疼得要命，胳膊也好似要断掉，忽才想起，从幼儿园到医院，从排队挂号到病房，她竟抱着毛毛一刻也没放下过。

整整一夜，她几乎都没有睡，隔两个小时给毛毛量体温，楼道不时有人走过，尽管很轻，却也能听出些不安和焦虑来。她靠在床头忍不住胡思乱想，她想，问题总得解决，要不给毛毛换家幼儿园吧？可是换一家，她又得低声下气地跟老师解释、商量，那位老师还未必就能谅解，她在心里摇了摇头。送到外婆那里去？这个念头也只是一闪而过，让母亲看管三个小孩，这根本不现实嘛。那要是送到志远的老家，让爷爷奶奶带呢？不行，在那以生产石灰为业的小山村，呼吸都是件困难的事。再或者在崇德小学附近找家幼儿园？可整个小镇就只有一家幼儿园，孩子们几乎是在家门口上学，因而幼儿园里不提供午餐，也没有午休的地方，这便意味着她将花更多的时间往返在学校和幼儿园之间，也将会暴露出更多时间上交错的漏洞。她把头埋在双膝之间，像个无助的孩童，事实上，在此之前每一种途径她都想过无数次，她比谁都清楚，只有送毛毛去晚托班才是最好的办法，她之所以下意识回避，只因为送去那里，得额外再支付一千块，且不说日常生活费用，就是每月四千的房贷和两千的装修贷款，这一千块就足以让她犹豫和苦恼。李丽对着窗外的黑夜长长地叹了口气，她感觉自己只需推开窗便会立即消失，除了毛毛，没有人会在意。

待到天亮，毛毛的呼吸由短促变得舒缓，体温终于稳定在了37.2℃，李丽松了口气，盯着手机好一会儿，到底还是没拨出去。在卫生间里抹了把脸，对着镜子，李丽突然觉得自己一下子变老了，老得跟母亲似的，老得像母亲一样会回忆自己的如花年纪，老得想把母亲说过的话也说上一遍，譬如那从没出现过的第二个求婚者。

约莫八点，志远从门背后走过来，还是头一天穿的那件夹克，一身的烟味儿。

他摸了摸毛毛的额头，又小心地把手上的饭盒放在旁边的小柜上。在门口买的小米粥，毛毛醒来后喂他吃一点。他轻声说。眼睛一刻也没离开过毛毛的脸。走错地方了吧，你应该在办公室加班写材料，或者提着你的小米粥给领导送去呀。李丽仰着下巴，她当然不会忘记第一次见志远给他的领导准备感冒药和早餐时的样子，药装在分格的药盒里，保温饭盒里装着在楼下排了半小时队才买到的鸡汤馄饨，她当时惊得快停止呼吸，果然，并不是所有的男人都有骨头。唉，你说的是什么哦，这段时间太忙了，昨晚写材料写了一个通宵，等应付完这次考评，以后每天我去接送毛毛，我来照顾他。说话间，志远羞红了脸，他轻轻拍了拍李丽的肩，表现出适可而止的体贴。当她是傻子吗？结婚五年了，这种近于自我催眠的话还不如不说呢，考评工作一结束，不是还有市里面来检查吗？不是还有各县交流检查吗？处在办事员的位置，你能掌控自己的时间？李丽都懒得拆穿他的谎言，她觉得眼前的这个男人真是既可怜又可笑，画饼如果能充饥，她何不自己动手啊。这种念头不是第一次冒出来了，只是附加了一整夜的焦灼、失望，没有哪一次像现在这样不可阻挡，像这样无路可退，恨不得立即就跟现有的一切鸡零狗碎挥手告别。

趁着周末，跑了趟书店，买了套公务员考试书。把时间当饼来摊，使劲挤压，乘车、午休、上厕所，这些零碎的时间被串了起来，沉甸甸的，似乎能挂得住所有设想的未来。当然她不会跟志远说起这些，画饼和做饼总是有区别的，在事情未办实、办妥之前，说出来毫无意义。再者，这种独自建筑梦想的过程，充满着自豪感、成就感，实难分享。

看书的过程就像是往私藏的小金库里添置银两，每多看几页就多了几分抵抗现实、处理意外的底气。再面对陈老师时也不逃避，送上一罐托人买来的正宗土蜂蜜。“辛苦陈老师了，下学期毛毛就不会再给您添麻烦了。”她说得很肯定，眼睛没有躲闪。那个年轻的女人坦然地接过蜂蜜，嘴角还是习惯性地浮起一丝不屑。

那种不屑于她就像照镜子，她不得不承认，对这种家庭式幼儿园她内心从来没认可过，对这类考不进公立幼儿园的老师也是压根就没瞧上过，说是老师，还不如说是保姆，而且是廉价的保姆，她有一次无意中打听到陈老师的工资不过两千时，着实在心里高兴了好一阵。她都有些谅解、怜恤陈老师了。可一点小惠实在不能弥补被她剥削的劳动力，蜂蜜收效甚微，次日再来，陈老师站在操场，隔着老远，冷漠地看她牵着毛毛离开。她努力让自己走得不那么慌张和狼狈，挎包里一袋子的考试辅导书，很沉，跟毛毛一样，是她的未来。她想，现实的风暴还可以再猛烈点，迎接胜利的意义才显得更加非凡。

八年前她师专毕业，等待分配的日子里，总伴着些让人泄气又无奈的传闻。比如有亲戚会提醒，还是应该去走走，总不能任人摆布，落到最偏远的乡镇。她有些错愕，怎么个走法？想留在城里，得找准人，下对药。亲戚们像掌握了某种神通，一脸神秘而又暧昧的表情。父母一辈子从土里刨食，很难消化这话里的内容，努力聆听，彼此对视，神情依旧茫然。她也是无助的，说这话的亲戚从来绕着村长走，家里没占过丁点儿便宜、没得过丝毫好处，求人办事，同样是摸黑的瞎子。也许正是因此，才会替她着急，才会把听来的经验当作见识。

八月底的一天，她接到通知，分配到了崇德小学。这结果远远超过了听天由命的预期，大概是从那时起，她有些相信活着不用太刻意，人生其实只需静待。与其说这是相信自己，不如说是相信命运。

然而，到了眼前，这样的念头虚幻、空洞，有些自欺欺人，不足以让她心安。等待已经成了最窝囊的表现，她只想实实在在地让生活发生质变，哪怕提高得慢一点、时间长一点，总要有所期待才好。

志远压根没有发觉她的改变，他少有社交，每天吃完晚饭，会提着垃圾下楼。她在厨房里收拾，从窗户里能看到他拖着拖鞋，慢吞吞地走向垃圾箱，隔着腐臭的垃圾，像投篮一样，把手里的袋子准确地丢进箱里。他不会立即上楼，而是点燃一支烟继续朝前走，沿着小区走。也许，志远也有他自己的打算，也许还与她和毛毛无关，生活从来不放过任何一种可能。李丽在心里自嘲。十五分钟后，她把手洗净，把整洁的厨房送进梦乡，刚好能听到锁孔扭动的声音，志远一声不吭地窝到沙发里去，把电视的声音开得很大，虚张声势的热闹，让屋子里呈现出一种紧张过后的疲乏。这种潜在的秩序和规律，像一根越勒越紧的绳索，把两人所有的心思都扎紧了，密不透风。

这样也好，谁敢保证一开口就不是一场战争呢？掩上卧室的门，搂着毛毛讲故事，随意翻开一页——小蚂蚁搬家，她轻声念着，毛毛仰着小脸问，蚂蚁为什么要搬家呀？因为下雨，它们要搬到一个安全的地方，避免被雨水冲走了。她念着，若有所思。故事还未讲完，毛毛就已经睡着了。客厅的电视不知疲惫，那些无趣的综艺节目，就像是居委会里喋喋不休的大妈，不断在重复和验证显而易见的常识。扭开书桌上的台灯，李丽像只小蚂蚁一样，将书本上的一字一句不断地搬运到自己的脑子里。

志远是什么时候进的卧室，什么时候上的床，她也没听见。等到眼皮重得抬不起来时，钻进被窝，一股尿臊味窜了出来，四下里一摸，床单和被子全被毛毛尿湿了。她着急忙慌地把毛毛抱到客卧，里里外外换了个干净，小人儿睡得很香，任其摆布。等收拾妥当，睡意全无，她又重新坐到书桌旁，拧开台灯。在她身后，志远仍躺在尿湿的被窝里，像一个完全熟睡的人。她知道，就算他此刻正冥思苦想如何取悦领导，他的身体也不会突然醒过来，他看上去更像是个可怜的、无辜的被拖累者，她和毛毛，似乎正在以不可思议的方式和速度将他拽入可怕的深渊。

网上已经发布了公务员招考的通知。课间，听到办公室里的几位同事在相互议论，嗨，不要去跟毕业生抢饭碗，人家一直处在学习备考的状态，我们这又是工作又是孩子的，没戏。对，对对，真要考，还不如考城里的几所学校呢。考学校？她心里紧了一下，低着头，把耳朵探出去。嗯，今年县城里中小学招考老师的方案都出来了，考学校，我们才有经验优势，更现实一些。她若有所悟，原来没有谁在含糊着对付日子，她内心的彷徨、她企图开展的自救，同事们也在经历。

县直有两所学校招考小学语文老师，共三个名额，其中一所是特殊教育学校，李丽不假思索地选择了特殊教育学校，两个名额，机会多了 50% 呢。那“特殊”二字她一点也不担心，不就是指那些有缺陷的孩子么，她以前在学校辅修过手语，能够胜任。

交了报名表，确定了目标，心里仿佛一下子就有了支撑。走起路来，脚步轻快，脸上不自觉地就会洋溢出微笑。李丽在心里默念，再努力两个月吧，她一定能证明自己，有足够的能力去给予毛毛更多的关爱。

学校的月度例会，往常她是会找各种借口逃脱的，但现在忽然觉得应该珍惜。她庄重地坐在会议室里，同事们在说笑间相继而来，领导们陆续落座主席台，她心里竟隐隐有些难受。她想起第一天来学校报到时，她走的每一步都是靠近，每一步又都是回归，她满怀感恩，把校园里的一草一木都视作亲人。她的思绪开始游离，忽然想到，几个月以后，要是通过了考试，有机会在月度例会上发言的话，她会说点什么？她皱了皱眉头，打下腹稿，她想她一定会深情地说，我很感谢当年崇德小学接受了我，我一直把每一个学生都当作自己的孩子，我爱他们，尽心竭力去传授知识，如果不是因为我的儿子需要照顾，我从来没想过要离开。她在心里默念着，眼睛竟有些湿润。校长跟往常一样，把月考的情况进行了通报分析，对毕业班的班主任又格外关心了一回，末了，清了清嗓子说，“最后我宣布个事，因为快到期末了，让大家提前有个思想准备，下学期，我们学校将迁至新校区，出了校门向南走一公里即到。”会议室里一下子就炸开了锅，这事虽然早有耳闻，可毕竟从没有得到过官方的证实，大家交头接耳，议论纷纷，从客运站走到新校区得半小时呢，每天不到六点就得起床。“请大家认真抓好期末的教学工作，同时，也让我们一起期待下学期的新环境新面貌吧，散会。”领导起身，头也没回。为啥搬过去，之前不是说那边修的是商住楼吗？我们搬走了，这里又留来干嘛？大伙还在抱怨。坐在身旁的同事无比担忧地看着她，你以后可怎么接送孩子？她摇了摇头，啥也没说。刚打下的腹稿被按下了删除键，她庆幸她已经有了离开的准备。

志远如果稍稍细心一点是会发现她的转变的：除了把时间管理得更加有序，还有她自身的精神面貌，从容舒展、充满自信。只是，在她还没成为一个成功的励志的案例前，不足以启发和改变志远对自身发展的谋划，但这一天已经不远了，她想。他依旧每天早出晚归，工作之余小心周到地给他的领导提供私人服务。好几次，领导出差，到达了目的地才想起忘带了某件重要的物品，于是，他像是得到了重托，独自坐着通宵的火车专程送达。她完全想象得出他拿着东西守在酒店大厅的样子，本就有些虚胖，坐了一夜的火车，皮肉更加松驰，眼睛也是浮肿的。领导终于出现后，他理了理衣角，几大步走过去，把手中的物品送上，领导都有些惊着了，一脸恍惚，看了看手机，自言自语，没有时间了，我得开会去。一边说着，一边往外走，那千里迢迢送来的物品被顺手丢给了前台。这些想象不是没有依据，因为志远每次完成这种额外的无聊的工作后，回到家，都会变得更加沉闷。洗碗的时候，她透过窗户，只见志远拎着袋垃圾，耷拉着头，隔着不到一米远的距离，朝垃圾箱一扔，鼓囊囊的垃圾袋立在边缘，左摇右晃，空了的酱油壶、烟盒、皱巴巴的菜叶子一股脑儿地滚落在地，他杵在那里，好一会儿过去，突然伸出脚把酱油壶踩在脚下，接着又狠狠地跺了两脚。他看上去很蠢，像个挨训后的小孩，满腹的委屈却又不肯示弱。等到她收拾完厨房，许久，才听见钥匙扭动的声音。

但是，不用担心，只需过几天，那个对领导唯唯诺诺、无所不从的志远便又回来了，他总能搬出无数赶不回家吃饭的理由：开会，下乡回来的途中，加班赶材料等等。每一次都无可奈何，每一次都紧急万分，每一次也都不由分说。李丽在厨房里洗碗时，脖子都懒得往外伸，少了灌篮高手，楼下的垃圾桶也很寂寞。手机响了两声，毛毛从客厅送过来，她擦了擦手，点开，是条短信，银行卡里的那点余额越发可怜。卡是两年前买房后志远交给她的，一开始她没接，早看破这张卡不会改变她拮据的生活。志远当时相当有男子气概地将卡强塞进她包里，单位里发的绩效就够我用了，这张卡每月还了房贷还有剩的呢，他说的时候声音都是骄傲的。那卡放在钱包里，一次也没使用过。她的手机号是志远曾用过的，志远迷信数字，幻想换了吉利的号码就能青云直上。上个月跟英子无意中提到这张卡，英子立马陪她到银行办了短信提醒业务，顺道也打印了近两年的交易记录，于是便知道了这张卡还连着存折，知道了每月都会有一笔钱从这里消失，这钱，从来都不会走错路，不会走到她父母的手里，只会出现在她婆婆的存折上。这钱不多不少，刚好一千元，刚好是送毛毛去晚托班所需的费用。她不能不去想这一千元，也不能不去恼怒志远，更不能把这事摊到桌面上跟志远掰理，死缠烂打地去要回这一千元。因为在经济上他们分得很清楚，一个还买房的贷款，一个还装修的贷款，各自剩下大概两千元的工资，一个负责毛毛的学费，一个负责家里的日常开销。他们知己知彼，都穷惯了，生怕占到对方一丁点的便宜，成为对方的口实。

她时刻提醒自己不要去想那 1000 元，然而一开口却直奔主题，我去看了晚托班，每月多花 1000 元就可以等到晚上七点钟再去接孩子。她的语气硬生生的，带着寒气。志远愣了一下，皱着眉，一日三餐都在幼儿园里，我怕毛毛的营养跟不上，过了这段时间，我来接送毛毛吧。志远似乎才找到问题的核心，不是时间，也不是那 1000 元，而是毛毛的身体发育。她始料未及，莫名其妙就成了一个斤斤计较、自私自利的母亲。之后，她和志远的对话尽量只停留在买菜上，头一晚在餐桌上她就把所需的菜罗列出来，要志远下班时顺道买回，志远一般只回答“哦、嗯、好”，但是不用怀疑，第二天，他如果按时回来，要买的菜就一样不少。有一次她试着掩藏起内心的鄙夷和恼怒，故意问起他的工作，考评结束了吗？市里边什么时候来检查？志远看着她，露出奇怪的笑容，随即扭过头去专注地看着电视屏幕，好像什么也没有发生。既不团结协作，也不对立为敌，在两个人共同生活的空间里，你永远不知道他在想什么。李丽细想起来，她和志远竟然没有一次真正意义上的吵架，明明已是怒气冲天，心里边把所有新账老账都翻了个遍，打了不下于十页纸的腹稿，然而，志远只需一个眼神，一个关门的动作，就能让吵架顿时失去所有的意义。无架可吵的李丽，唯有将沉积的时间和精力用在书本上，才能对未来更坚定。

等到面试结束，走出考场那一刻，李丽觉得眼前的一切都是美好的，天气是晴朗的，路边的花草是美的，街角的果皮箱都是可爱的，就算是见到了陈老师，她想她也会是愉悦的。朝着幼儿园走，一路上都在盘算如何犒劳自己，提前祝贺胜利的到来，买一条漂亮的裙子？买双高跟鞋？或者带着毛毛叫上英子去吃顿大餐，当然，还可以对自己再好一点，把单选题变成多选题，全部打钩，逐一落实。她继续往前走，这条路她太熟悉了，往前走 200 米是商场，再往前 500 米就是毛毛的幼儿园，再往前呢？她皱了皱眉头，想起来了，再往前不到 100 米就是特殊教育学校，心里“砰”的一下，一个念头升起。多选题重又变成单选题，跳过所有的选项，直接去特殊教育学校，没有比这更有仪式感、更有意义的选择了，她一刻也不想犹豫，快步向前。

特殊教育学校的位置有点特别，准确地说是整个小城的地势都很特别。它被乌江一剖两开，河东两岸的街道成阶梯状，而特殊教育学校就位于西二街的下一个阶梯。从马路边上的一条小道往下走，就能见着校门口了，大门紧闭着，保安是个五十出头的男子，正坐在值班室的门口晒太阳，看见她有些意外，来看孩子的？哦，她含混地应着。哪个班的？叫什么名字？你是他什么人？保安起身站了起来，带着职业的敏感。还在上课吧，要不，我等等。她干脆侧身进了值班室，一屁股坐下。大哥，这学校里有多少老师？多少学生呀？她一边问一边四处打量。保安迟疑了一下，给她倒了杯水，你是来慰问的？她笑了笑，又继续问，这些孩子都听话吗？学习吃力吗？保安一副见多识广的样子，你不像是政府的，你是企业的吧，再过两周就是六一节了，你一定是来商量开展慰问活动的。她一愣，这个理由还真是不错。等她回过神来时，里侧的门已经打开了，保安一脸自信，请吧，王校长在对面的301办公室。她忍住笑，往里走。操场边上的槐树已经坠满了洁白的花，校园里一片寂静、芳香。她深呼吸，穿过篮球场，走过跑道，想象某一天也能从容地在这校园里散步，想象那些身体里藏着秘密的孩子们会簇拥过来，会仰着小脸朝她微笑。她下意识地朝四处看了一下，生怕把心里的秘密给弄丢了。走到教学楼旁的宣传栏前，她停了下来，玻璃窗里大红的底子上贴着所有教职员工的照片，五寸的彩色正规照，都穿着深色西装、白衬衣，打着斜纹的蓝色领带。她一下子就找到了保安所言的王校长，薄嘴唇、大眼睛、短头发，一看就是个聪明利落的人。她挨个挨个地看，琢磨他们的脸型、五官、气质，记下了几张觉得有些投缘的面孔，她在心里跟自己打赌，她会成为他们很好的朋友。她往后退了两步，数了一下照片，三排，前两排八张，最后一排七张，空了一个位置，显得有些不太协调。她歪着头，暗自嘀咕，是得找个时间，修一下头发，化个淡妆，去影楼拍一张了。

"铛铛铛"，下课铃声把她惊醒。她仰头看了一下，快速地贴着墙根往外走，她低着头，走得很急，那灰色的水泥地，让人眼晕，走到操场的位置时，她觉得身子好像有点倾斜，地上仿佛都是裂纹，侧过头去看了看用石块堆砌的墙，凹凸不平的石块，像是要掉下来。她愣了一下，随即摇了摇头，暗笑自己太过慌张，匆匆地跟保安打过招呼，急切地走上东一街。

依在马路边的电线杆旁，她长长地吐了一口气，像是制造了一起恶作剧，充满了冒险的快感，她想那个眼拙的保安说不定正在跟王校长请功，他是那样自信，怎么能接受表扬变批评？她想几个月后大家一起共事，那保安是否还能认出她来？想着想着又觉得自己可笑，真的就胸有成竹、胜券在握？她都不忍心去怀疑自己，不敢去想倘若考试失败，下学期她将如何安排时间来接送毛毛？天空好像一下子暗了下来，有风拂过，眼角有泪珠，怎么也收不回去。

好在学期很快结束，她和毛毛都可以享受一段轻松自由的时光。幼儿园散学典礼那天去接毛毛。来，请拿到奖状的小朋友上台合影。陈老师站在讲台上，拍着手，温柔极了，也陌生极了。她躲在窗户外，屏住呼吸，仔细辨认台上一张张小脸。一阵掌声过后，陈老师说，请拿到小红花的小朋友上台合影。她心里一阵发紧，盯着讲台，从左到右，从右到左，反复看了好几回，也没发现毛毛。讲台下已经乱成了一锅粥，大红的奖状、镶着绿叶的小红花把教室里映衬得喜气洋洋，孩子们满足、骄傲，相互展示、炫耀，欢笑声四处奔跑、流动。“哇，哇，”有个声音从靠墙的角落里冒出来，她看见那张熟悉的小脸挂满了泪水，她顾不得犹豫，立马推开教室门。毛毛委屈极了，张开双臂，趴到她的肩头，周围的小朋友们都很聪明，蹦到陈老师跟前，奶声奶气地说，毛毛没得奖状，也没得小红花，就哭了。她抱着毛毛往外走，跟陈老师短兵相接，就那么一瞬，轻蔑、得意的眼神都落入了眼帘。她逃似的往外走，恨不能把怀里的毛毛重新放回肚里去，这样，就不会被陈老师迁怒，不会当了自己的替罪羔羊。

放假后，日子一下子松弛下来，她每天不断做着同一件事，刷新人事系统的网页查找录取信息。撕掉七月份最后一张日历后，她开始紧张，整晚整晚睡不好，好几次半夜惊醒，盯着毛毛的小脸一直到天亮。这些，志远不会知道，这个家庭他承担了一半责任，还额外交给了她一张卡，尽管只如滴水式的润泽，他肯定以为他就不用知道了。

在网页上看到了让她解脱困境的最好的消息时，她眼里含泪，一把搂过还在睡梦中的毛毛，觉得幸福从来没有离开过。

过了公示期，她接到了教育局打来的电话，接着填各种表，提供各种复印件。她跑了好多回，每跑一次，崇德小学就在她生活里后退一次，直到有工作人员拿着张表过来，指着工作经历那一栏，要她在最后再添上特殊教育学校时，她一下子变得很郑重，仿佛之前的学习、考试、面试都统统作废，只有她自己落上这一行字后，她才真正地、彻底地告别了崇德小学。

终于跟志远交了底，他难得出现在餐桌上，一听，整个人就懵了。她说我不用再幻想你写完材料、出完差、考评结束后，去照顾毛毛了，我一个人也能行。她说的时候头也不抬，心里真是痛快。志远皱着眉头，你说你考的是哪个学校？男人嘛，自尊永远排在第一，她有些不屑，盛了碗汤，慢条斯理地说，特殊教育学校。你知道那个学校的情况吗？你什么时候考的，怎么不商量一下？志远急切地问，脸变得通红。我当然知道，那里的学生都有生理缺陷，聋的、哑的、瞎的，还有智障的，那又如何，这世上四肢健全的也难免还会缺心眼、少根筋，没有谁是完美的。再说，学生是谁也不重要，我只知道去这个学校能让我按时接送我的毛毛，能让我和毛毛不用再看老师的脸色。她原本想装得若无其事，轻描淡写地将志远羞辱一番，可志远一句“怎么不商量一下”，把她彻底激怒了。她从包里掏出那张银行卡，甩在志远面前，这两年我一分没花，你自己收好，好好孝敬你爸妈。志远根本没看她，埋着头着急地划着手机，她的手机响了两声。转了条新闻给你，你自己看看吧。志远长叹了一口气，一脸的肉往下掉，嘴角都拉不住。她怔了怔，拿起手机，只看了标题，全身都僵住……

八月底，热过了头，接连下了几场暴雨，冷热交替，她有些虚脱，躺在床上不吃不喝。志远每日鞍前马后，周到得很。到了开学的那天，志远拎着行李袋陪着她去学校。我申请换了一个科室，再不用加班写材料，以后我每天可以接送毛毛了。志远扮出轻松愉悦的样子。她仿佛没有听见，木然地往前走，校园里一片寂静，她朝教学楼前的宣传栏走去，玻璃窗里的那几排照片她都还记得。听说这学期调来几位老师，你是其中之一吧？她回头，是那个保安。志远碰了一下她的肩，她咧了咧嘴角。你运气真不错，才考过来，我们学校就搬到了这里，你不知道我们以前每天上班时都提心吊胆。那保安，指了指地上，咧着嘴，夸张地说，到处都是裂纹，操场角都已经倾斜，那围墙还不时落下石块。她直盯着地上，仿佛真的已长出许多裂纹。那些裂纹从四面八方，张牙舞爪地扑过来。她站在中间，无处可逃。她的沉默令那位适才拉开话题的保安兴趣索然，他跟她挥了挥手，朝宿舍里走去，才走了几步，又回过头来，对了，你知道这里以前叫什么吗？她抬起头，那些裂纹似已爬满她的身体，像带着毒液的藤蔓将她紧紧缠绕。我来的时候他们正在换牌，这里以前叫崇德小学。保安兀自说道。

原载《雨花》2019 年第 9 期

中篇小说

打　造

池　莉

所有描绘悲伤的词语中，
最悲伤的莫过于“本来可以！”
——约翰·格林里夫·惠蒂埃

1

2015年到了！

2015年将是伟大的一年。伟大意义在乎人。在乎对谁。时间总是冷冰冰的。但在这个冷冰冰的时间里，你做了什么，你成就了什么，那就是你的好日子了。

钟俞两家家长，处心积虑，花了几年时间磨嘴皮子，软硬兼施，终于让子女统一了思想，统一了认识，统一了步调，决定在今年生第二胎，并且按照生男孩的秘方去实施这个计划。2015年对于钟俞两家家长，那就是绝不平凡的、充满人生新期待的一年，仅仅只是瞅一眼2015这四个阿拉伯数字，四个数字都热乎乎充满温度。

而对于钟鑫涛俞思语小两口，不用说，要做大事了。大事来临，压倒一切的大事，他们要生第二胎了，不仅二胎，还须是儿子。2015，意义非凡。

元旦，新年，节日，假日。江边金观澜公馆。

钟鑫涛俞思语小两口子，在这个不平凡的日子里，新年开启模式还是平凡的习惯：早上睁开眼睛就刷手机。边刷边去过早。过早就是电梯下楼，在楼下早点铺子吃一碗热干面，配一碗蛋酒。热干面四块钱一碗，蛋酒一块五毛钱，便宜极了。再有钱的人，得了便宜，还是舒服。最关键的是自豪感，国际国内五湖四海出差有得吹。过早能够既吃饱又吃好，还大清早就香香地打开你胃口，随便哪个过千万人口大城市，都不可能——而且这是从祖辈延续到父辈再延续到子辈三代人的自豪感，感觉有那种树大根深的传承性。钟鑫涛俞思语在吃货流行、舌尖流行的当下，一不小心就会冒出文化自豪和文化自信，一冒出就会令他们犯贱，他们就分别端一热干面，一次性纸杯的那种碗，骄奢倚靠着自己闪亮的豪车，作大肆贪吃状，拍图立即刷朋友圈，这图是不是屌爆？当然屌爆！这种自豪感相当于精神味精，热干面就越吃越香。然后小两口子边刷朋友圈边上电梯回家。回家开始收拾打扮，边刷手机边收拾打扮。俞思语贴个面膜，都贴了好久，每一次都被朋友圈的羡慕嫉妒恨笑得花枝乱颤，面膜总贴不服帖。真好玩。笑死人。小伙伴们新年快乐！

钟鑫涛俞思语的午饭，回父母家吃，父母家是大本营。全家老少欢聚一堂，当然小孩子本来就在那边带。午饭将会是真正的节日盛宴，以此庆贺钟家绝不平凡的2015年的到来。盛宴结束后，钟鑫涛俞思语开始封山育林，尤其是钟鑫涛，必须禁烟禁酒禁垃圾食品禁大油大荤。总之管住嘴，迈开腿，钟鑫涛太不爱运动了。

在这个不平凡的节日里，钟家决定不吃餐馆。餐馆真是吃厌了。餐馆那种物流配送的大棚菜吃够了。大家要求老阿姨李雨青下厨，做传统家常菜。家常菜还是传统的好吃。启用砂锅大铫子。煨汤。经典的排骨藕汤——排骨是野猪的，莲藕是野生的。菜市场满世界谋，也还是谋得到，只要舍得花钱。老阿姨李雨青还是有点名堂的，又还是忠心耿耿的。红烧鲷子鱼——长江野生鲷或者梁子湖红尾鲷，总有一样谋得到。现在都要吃野生的！到处谋求野生的！不惜高价买野生的！随便什么，还是野的好。

在这个不平凡的元旦里，计划是吃好了，午睡一觉。睡饱了，下午带钟宇涵小朋友出去游玩、拍照、买礼物。2015年第一天，钟永胜高红夫妇要求儿女们：带自己小孩子出去玩玩，做一次模范父母。平时都是老人给带小孩，四时八节那还是要强化一下年轻父母在孩子心目中的良好形象。为紧接着的第二胎，进行一次慈父慈母的演习。习惯成自然。2015年，说不定很快，钟鑫涛俞思语将会是一对儿女的父母了。

带小孩出去玩，钟鑫涛的妹妹钟欣婷也不例外，只是父母不对女儿强求。钟欣婷是离婚的单亲妈妈，碰到邻居熟人，还是有点不体面。钟欣婷大大咧咧不要脸，钟永胜高红还是要脸的。

钟家的香火、钟家的传承，当然在钟鑫涛身上。

突然，门外有人砍门。砍的是防盗门。使用的是斧头之类的利器，砍得哐哐乱响，这可不是一般普通的声音。紧急危险状况发生了！钟鑫涛俞思语一听就变了脸色，面面相觑，好怕，这是出啥事了呢？

情急之中，刻不容缓，二人同时动作——钟鑫涛第一个动作就是往后一缩，飞快躲进卫生间，躲开之前只来得及小嗓子对俞思语说一声“别说真话！”俞思语莫名其妙。但俞思语的第一个动作是往前冲。她还穿着睡袍、还敷着面膜、还趿着拖鞋。家庭女主人俞思语，一个箭步，冲出卧室，奔向客厅大门。这一瞬间，俞思语啥都没想。本能就有主人翁精神：这是她的家啊！

俞思语把大门一打开，门外二男生倒吓了一大跳，不禁往后一退，原来是俞思语面膜太白，又披下来一头丰厚的黑色长发。

俞思语赶紧解释：面膜，面膜。

俞思语首先这么一解释，门外二男生就说哦！愣了。

隔着一道防盗门，俞思语与外面二男生大眼瞪小眼。二男生戴着夹克连兜帽，鼻梁上架着黑眼镜，手提一只小提斧头，还有撬棍从双肩挎的拉链处露出来。二男生一看，感觉不对。赶紧掏手机出来，核对照片，果然不对。他们追债的女生，是个白骨精，瘦小个子，彩染短发。

“喂，你谁？”二男问。

“喂，你们谁？”俞思语反问。

“我们找这家住的女生。”

“我就是这家住的女生。”

俞思语嫌这个防盗门太土了，过新年要勤快，昨天把以前结婚剩下的红双喜，又贴了一张。这一次她倒是随机应变挺快。她瞅了一眼红双喜，说：“这是我的婚房看到没？”

“哦，是的呀——婚房——你新娘子？”

“是的呀。吃喜糖不？”

“结婚买的二手房？”

“是的呀，二手房。”

“前面那家人呢？”

“这还用问，搬走了吵。”

几个回合问答，俞思语已经听出了对方的夹生半吊子普通话，是武汉人。俞思语立即改说武汉话。说武汉话就可以像是与街坊邻居说话那样亲切随意了：“你们等哈子，我去给你们找点喜糖。”

俞思语武汉话一出口，地地道道。二男一听，立刻也就换了满口武汉腔，说普通话蛮累人。武汉的舌头武汉的嘴，没有卷舌音没有后鼻音，普通话完全说不准确，只是讨债业务要求说普通话，要使外地欠债人听得懂嘛。武汉人之间，一换成武汉话，关系随和得就像街坊邻居了。

“糖就不吃了，不吃了。现在都不喜欢吃糖了。哎呀，肯定是他们资料没来得及更新，搞错了，好咧，把你红双喜砍坏了咧。”

俞思语说：“这有么关系咧，纸的吵，家里还剩很多。”

“不好意思，门也砍坏了一点，莫见怪啊，这一行必须要给下马威。”

俞思语说：“冇事冇事，砍了好，免得花钱拆。这种鬼防盗门，土死了。人家高尚社区根本不让装。”

二男一见俞思语好脾气，容易说上话，就与她打了个商量拜了个托，把欠债人的手机照片在俞思语面前晃了一下，说：“看哈子啊，你们办过户什么的说不定还会碰到以前的人家，方便给传一句话过去，告诉他们‘跑得了和尚跑不了庙！出来混早晚总要还！’”

俞思语很负责地问：“传哪一句？你说了两句。”

二男就笑喷了。俞思语也笑喷了。然后双方说再见。二男忍不住多嘴，说哪个男的好有福气，娶到这好性格的新姑娘。还不免好奇，电梯都按了，回头又问了一句：“你家新郎呢？”

俞思语还是实话实说：“唉，斧头一响，躲卫生间了。”

二男再次笑喷。俞思语也笑喷。

俞思语笑着笑着，突然，笑不出来了：哦，真的啊！万一真是歹徒呢？万一真是开门就是一斧头呢？钟鑫涛危急时刻，居然闪人。

欠债人照片，当然，是钟欣婷，钟鑫涛的亲妹妹。他自己亲妹妹他还闪人？

见人走了，钟鑫涛嘻嘻哈哈跑出来，笑得直捂肚子。搂住俞思语倒在沙发上，又亲又夸：啊我老婆太好了！了不起啊了不起！临危不惧，啊大智大勇，啊真没有想到我福气这么大，原来娶了个巾帼英雄！最精彩的是喜感——哇，老婆你好有喜感，一下子就把两个男人感染得喜气洋洋、稀里糊涂。哎，吃不吃喜糖？这一幕实在太精彩了。完胜央视春晚喜剧小品！

钟鑫涛甜言蜜语、油嘴滑舌又欢天喜地。俞思语看着老公的模样，只是目瞪口呆。俞思语两条腿都在抽筋，她越想越后怕，瘫倒在沙发上。

一场讨债的惊险剧情，变成了说说笑笑的喜剧，完美大逆转，全凭俞思语这个人。

回家吃饭。钟鑫涛一进门就迫不及待了。一边脱皮鞋换拖鞋，一边兴高采烈嚷嚷他有一个特大新闻要播报，就当给全家的新年献礼。钟永胜高红都赶紧问儿子媳妇是什么是什么？俞思语笑而不答。钟欣婷不屑，懒得问。

钟欣婷总归是走自己的冷艳路线。离婚了带宝宝跑回娘家的女儿，不冷艳还能咋的？

今天新年元旦，钟欣婷已经暗中备好送给这个重男轻女家庭的大礼包。为此钟欣婷今天刻意打扮了一番：深紫色口红、同色系指甲油、同色挑染头发，宽松超长带兜黑色 T 恤、黑色紧身裤、黑色牛皮长筒靴。

黑色T恤前胸后背都印有白色大字：有情欠揍　无情不老。

如果有得选，钟欣婷肯定还是要鲁迅的诗句，“月光如水照缁衣”，可惜网上制售T恤的好像都不懂鲁迅，和她的家人一样。所有没文化的人啊，咱们走着瞧！

全家人坐上餐桌。保姆小张带钟宇涵董超博两个小孩子在一边单独喂饭。李雨青上菜。俞思语帮忙。大碗排骨藕汤！大盘红烧鲷子鱼！还有红烧猪蹄、还有、还有……李雨青做了一大桌子菜。端出一道菜，喝彩一道菜。热气腾腾，喜气洋洋。这是李雨青承诺送给全家的新年礼物，她一张老脸，兴奋得红扑扑、油光满面。

稍等，钟鑫涛要新年献礼了。钟鑫涛把筷子当惊堂木一拍，开始播报今天俞思语勇退斧头帮的惊险故事。

高红只听到第一句“哐哐哐，斧头砍门声突然爆响”，就惊叫一声，两只大巴掌吃惊地捂住了嘴巴，眼睛直勾勾望着儿子。钟鑫涛是一个极其善于互动的互动型人格。只要有听众一惊一乍，钟鑫涛口才就会更加出色。钟鑫涛连编带演，手舞足蹈。故事情节也大大渲染一番，噱头也大大卖弄一番，最后对俞思语的夸赞也大大升级一番。“善行无疆，舍己为人，恪尽职守，大爱无声”——钟鑫涛对央视主持人用词与口吻的模仿，以假乱真，乐得家人不停地鼓掌。

钟永胜高红对媳妇俞思语立刻刮目相看，说：“啊呀，想不到你这么温和文静的女生，原来还是一个巾帼英雄啊！”

俞思语呢，哪里有想到钟鑫涛这么会夸人啊！他完全像是全国道德模范表彰大会的央视播报人。俞思语顿时就被吹捧得轻飘飘的，于是不知不觉的，她的坐姿神情，也就随之挺拔庄重起来，令她重温曾经被选为街道道德模范的荣光，大词加身这感觉还是很好的。

唯有钟欣婷双臂交叉，冷眼旁观，那神态就像看马戏。高红狠狠盯女儿几眼，钟欣婷也洋洋不睬。高红就要发恼：毕竟，全家心里都有数，俞思语这是当了钟欣婷的替死鬼，在外面社会上拉债扯债的都是钟欣婷。

李雨青见势不妙，赶紧扯开话题，拿过两杯白开水，一杯递给俞思语，一杯递给钟鑫涛，笑嘻嘻说：“来来来，今天就启动封山育苗啦。”话题一下子就给扯开了。钟鑫涛蛮不乐意地嚷嚷起来：“这也太突然了嘛，元旦是节日啊，这大过节的，不让喝酒，还不让喝点可乐、雪碧或红牛饮料？”俞思语也正在兴头上，就帮腔老公，说：“是啊是啊，今天还是可以放开喝一次吧，以后就不喝了。新年元旦嘛。好吧，难得元旦！”俞思语一边说一边用笑盈盈的眼睛求公公婆婆。

钟永胜就同意了：“好吧好吧，元旦嘛。”

高红也就同意了：“好吧好吧，也不差这一天。”

来上酒！上饮料！李雨青又给俞思语递过一杯可乐，给钟鑫涛递过白酒、啤酒、红牛，钟鑫涛习惯喝“三中全会”。来来来，全家举杯——“婷婷，举杯呀！”高红还是忍不住要管教一下女儿钟欣婷。一个人再任性，也得分个时候。钟欣婷再年轻任性90后，也是结过婚离过婚生过孩子的成年人了。“婷婷，还不赶快举杯感谢一下你嫂子，要不是她，你今天就被斧头砍了！”

“好的老妈。”钟欣婷忽然甩甩头发，郑重地站起身来，大家少安毋躁，她这里还有新年献礼呢。

钟欣婷神秘兮兮地开腔了：“大家不急，让我先感谢一下嫂嫂今天的救命之恩。我同意老妈说的，要不是嫂子，钟欣婷我今天就被斧头帮砍了。”俞思语同学真不简单，庄重起来硬是像倪萍，年轻时候的倪萍啊。“哥哥钟鑫涛呢，我就一并感谢了。2015年，我祝你们备孕成功、早生贵子——只是压力不要太大了，生男生女是老天爷安排，人算不如天算，这一点老爸老妈应该是有深切体会的——本人不就是一个不准出生的二胎吗？不也是想生男结果生女了吗？所以大家都不要着急，安心等候命运的给予。”

这不，钟欣婷话中有话，扎人尖刺从话里到处冒出来。高红脸一沉，就要打断女儿。“等等！”钟欣婷说，“我的献礼这才是刚刚开始，马上大礼物来了！”

高红看钟永胜一眼，只好再次忍耐。

钟欣婷桌子一敲：“李雨青，给我一杯白酒！”全家就都“哦”了一声，都拉直了脖子看着钟欣婷。从来不喝白酒的小女子今天居然端白酒了，女中豪杰嘛！钟欣婷端起一杯白酒，身板子站得笔直，吭吭两声，说我算是搞个新年献词吧。

高红只是催促：“献吧，献吧，快献吧。”

钟永胜生怕高红惹恼了女儿这位小姑奶奶，赶紧往回找，说：“新年献词好！高大上！反正如今都不饿，不急吃，在这不平凡一年开始的第一天，婷婷献个词也蛮好的。”

“谢谢！”钟欣婷向她老爸致了个意。话题被钟欣婷成功转移到自己身上了。

钟欣婷说：“首先要感谢的，是老爸老妈。过去的2014年，是我人生大起大落、大喜大悲的一年，最后抱着儿子回到家里居住，全靠老爸老妈的大力支持、切实帮助、无私奉献、不计前嫌和宽容厚爱。以前钟欣婷不懂事，火暴急躁，对老爸老妈多有得罪，对不起你们的养育之恩。2015年了，新的一年开始了，也是孩子他妈的钟欣婷，将会知恩图报，老爸老妈对钟欣婷母子，该教育教育，该打打，该骂骂，该说说，钟欣婷不会有任何意见。请老爸老妈哥哥嫂嫂理解和原谅以前的钟欣婷，我的确嘴巴比较翻，大小姐脾气，但是毕竟血浓于水，钟欣婷从2015年开始保证懂事！”

钟欣婷一席话，讲得怪正式的，突破了钟家多年来嘻嘻哈哈、就吃论吃的吃饭习惯，全家人个个都听得有点不好意思起来。没有料到，钟欣婷还没完：

“再必须感谢的，是两个小宝宝——过去的一年，给钟家增添了无穷的幸福和快乐。没有他们就没有钟家的香火传人。2015 年希望两个宝宝健康成长。”

再等哈子：还要感谢李雨青。

再等哈子：还要感谢一下小张。

再等哈子：还要感谢一下过去的苦难——高红已经在频频皱眉，女儿的话太多了，这就蛮无聊了。钟永胜也要维护一下老婆，他插话打断了女儿，说：“婷婷你献词也太长了吧？菜要凉了。”钟欣婷笑了，笑得阴险。她得过渡一下，让全家有点心理准备。

钟欣婷说：“正是为了感谢全家所有人，下面报告两个重大喜讯——2015 年新年第一号喜讯，这是我们家的户口本。钟欣婷好不容易在派出所办妥了所有事宜，她的儿子，小宝宝董超博，改名换姓，增补到钟家户口簿上了。请大家都传递看一看瞧一瞧，董超博姓名改为：钟宇博！”

2015 年新年伊始，钟家已经有自己的嫡亲孙子了！他叫钟宇博。和姐姐钟宇涵，姓名辈分都顺排着，是不是特大喜讯啊！钟欣婷不声不响，为钟家成功打造了一个孙子。老爸老妈可以不要太急着逼哥哥嫂嫂生儿子，万一他们不成你们也不用崩溃，现在钟宇博就是你们的亲孙子，不是外孙了，这可是法律都认定的呢！

大家的神都还没有回过来。2015 年新年第二号喜讯接踵而至：钟欣婷找到工作了！钟欣婷被武汉市女子监狱正式聘为警察，当然，是辅警。不过，现在的辅警与警察一样，待遇各方面都不错。钟欣婷在多次自主创业失败以后，终于进入社会主流工作了。而且还算是接了老妈的班。

今后女狱警钟欣婷会很忙，请大家多多担待。好在钟欣婷今后不会在家发火了。她有的是地方发火、训人、耍脾气、耍威风——监狱嘛——那正好就是工作需要。钟欣婷在家里，有望做一个贤妻良母了。

“哦对了，以后再遇到放高利贷的上门逼债，请转告他们：直接去宝丰路监狱。”

钟欣婷说完，自己举杯，说我敬全家了啊。一杯茅台酒，仰起脖子就一饮而尽了。

钟永胜高红老两口，钟鑫涛俞思语小两口，站在厨房门口的老佣人李雨青，那边喂小孩子吃饭的保姆小张，一时间，全都变成木头人了。好像钟欣婷并不是在作新年献词，而是和家人在做“木头人”游戏：“我们都是木头人，拿起枪来打敌人。”

她是这个“木头人”的主持人，只要她把这句咒语一念，大家都得僵化在各自的姿态上，变成木头人。即便大家心里想要互相看一眼，都转动不了眼珠子。都木头人了嘛。钟欣婷太狠了，两件事情都做得挺狠的。小小年纪的钟欣婷，连改户口这种天大的难事，都被她做到了！天哪！简直是后生可畏，可怕！

父亲钟永胜，作为一家之主，关键时刻，挺身而出，率先打破僵局。“哈哈！”钟永胜干笑，“哈哈哈哈，有趣有趣！还是婷婷有趣啊！顽皮啊！这个新年礼物挺好！挺好挺好！来来来，婷婷都先喝了，大家碰个杯，喝喝喝——新年快乐！”

——新年快乐！附和声仅仅只是嗡嗡了一下。

“来来来，动筷子，吃饭吃饭吃饭！”

“排骨藕汤——野猪、野藕。红烧鮰子鱼——长江野生鮰子鱼。好吃，还是野生的好吃。”

可是，怎么就没有想象的那么好吃呢？钟鑫涛俞思语低下头闷吃，再也没有抬起头。钟鑫涛也讲不出笑话了。

唯有钟欣婷，吃得最香，还连连夸李雨青：“李雨青，香！”

李雨青不时瞅瞅高红，替她揪心和犯愁，有口无心地应付钟欣婷：“香就好，香就好。”

2

2015年新年第一天，元旦，钟家没有过好。钟永胜高红夫妇彻夜难眠。女儿钟欣婷太有心机了。高红知道女儿鬼心眼多，但是实在想不到她鬼心眼这么多，鬼心眼还这么大。钟永胜高红被女儿的咄咄逼人搞到有点害怕了。

钟家的万贯家财，来之不易，钟永胜高红夫妇半辈子艰苦奋斗，流血流汗甚至差点丢掉性命。本来钟永胜高红夫妇的如意算盘是：由儿子钟鑫涛继承和接管家族企业。钟鑫涛呢，将负责父母的养老送终，也将负责妹妹一辈子有吃有喝、温饱不愁。这不是一个蛮好的钟家未来？亲朋好友无论谁，都十分认可，都说合情合理。没有想到女儿钟欣婷，居然不认可。不认可且不说，还当仁不让，一副抢班夺权的姿态。这么老早，她就把她儿子董超博改叫了钟宇博，这明摆着叫板父母兄长，明摆着要求家产平分。至少是平分的意思，鬼晓得她还有什么花脚乌龟？

午饭后高红就进房间躺了，血压高，人很不舒服。是夜，高红焦躁不安，血压也下不来，就擅自改户口的事情，翻来覆去问钟永胜：钟欣婷有没有搞错？钟欣婷没有搞错？钟永胜再三分析给高红：钟欣婷没有搞错。户口簿就是可以增删的，只要手续到堂，理由充足，符合法律规定。法律就是一视同仁的，不分儿子女儿，继承权平等。高红就恼火得要死。女儿真是一盏不省油的灯啊！指不定她连平分都是不满足的，指不定是想将来让她儿子执掌家族公司的。高红又急又愁，又咒又骂，气得抹眼泪。高红这么一乱，把钟永胜也搞乱了。两口子都睡不着，就在床上声讨女儿：当初在乡下偷生这个孩子的时候，随农户家取的第一个姓名陶再桂，真是有灵，谐音就是讨债鬼！一直和父母唱反调，一直在让父母破财，婚前给她找的工作她不做，热衷于什么自主创业，社会上高利贷都敢借，扯一屁股债，都是父母还的。突然就闪婚。闪婚就闪婚吧，嫁妆给出去一大堆，她又闪离，背一小宝宝哭回娘家。钟欣婷这女孩子真是不知好歹臭不懂事！ 她这一辈子，钟家肯定是养了，保证她吃喝不愁，她还要什么呢？还早早就开始排挤兄长！钟鑫涛俞思语这一对人，枉大钟欣婷好几岁，好像还没有睡醒。俞思语更是一个迟钝又厚道的，被钟欣婷欺负到头上来，也不知道吭气。父母会让钟欣婷为所欲为吗？简直太气人了！早晓得有这一天，当初生下来就丢茅坑淹死算了，还避免了后来因违反计划生育法遭受处分。一旦想到当年为生育，夫妻所承受的双开严重处分，高红就抑制不住号啕了。钟永胜赶紧捂住高红嘴巴：钟欣婷就住在家里呢，别让她听见了！理智一点，理智一点！

到底是男人，钟永胜有泪不轻弹。不过他也没有泪。这算什么事情就有泪吗？别看高红平日再厉害，遇到这种事，还是心乱如麻，感情用事，还是得靠着钟永胜。钟永胜的理性也就凸显了，当家做主的感觉也上来了，平日被高红修理时候的窝囊气，也就趁机发泄出来了。钟永胜强势地发表了他的意见：别哭了！现在哭个屁呀！根本还不到着急的时候！咱们夫妻还没有老到做不动，公司都还是咱们自己执掌，钟欣婷还翻得了天？涛涛是儿子，当之无愧的钟家男嗣，又快到而立之年，让他在外面磨炼最多还有年把两年，就回家接手公司，先让咱俩带着涛涛玩熟生意。做生意是容易的事情？就婷婷那种小打小闹自主创业开个小门面都屡屡失败，还能够驾驭大公司？好了！够了！现在完全可以不把婷婷当回事！改户口簿就改呗，姓钟就姓钟呗，咱们钟家多一个男丁，怎么看，都是好事。2015年的头等大事，根本不变，就还是钟鑫涛俞思语得赶紧生养！这次只要生了男孩，以后就好办，老祖宗的规矩，顺理成章，中国的社会习惯，女孩子连名字都不上家谱的，何谈继承祖业？抓紧当下！钟永胜叮嘱高红：你要赶紧做的不是哭，是抓紧当下啊！全力以赴去办鑫涛生养二胎的事，别的什么都不要多想！清楚没有？高红乖乖回答：清楚了。钟永胜心里那个爽啊。他紧接着又吩咐：不等了，不排队了，明天你就去拿方子，加急给钱，社会不都有加急费这一说嘛。知道不？高红少有的温顺，说：知道了。钟永胜是公公，儿媳生养的事情，说话不方便，具体就不参与了，但是过程中出现任何问题，高红随时告诉，两人随时商量。高红继续是少有的顺服：嗯嗯。钟永胜更是豪迈起来：要银子花银子，要金子花金子。总之，咱们这个儿子，就是必须给咱们生个孙子！有了嫡亲孙子，改名换姓的孙子，自然就靠后排了，要金子花金子，秘方一定得是真的！高红已经从泼妇退化成应声虫了，不住气地跟在钟永胜后面嗯嗯。最后钟永胜用命令口吻说：睡吧！天都亮了，人总是应该睡觉的！钟永胜说完自己一摊，放松了身体，呼噜随之而起。高红也闭上了眼睛，努力睡觉，心里的眼睛却闭不上。

2015 年新年第一天，元旦，钟鑫涛俞思语也没有睡好。夜晚两人回到自己的小家金观澜公馆这边，进门也都没有说话。带孩子玩了一个下午，两人都蛮累，都歪在沙发上，刷手机上网玩游戏，就这样休息了一会儿。又打开电视，瞎看了一会儿，电视节目越来越没有意思了：不是广告就是卖东西就是唱歌选秀，电视剧吧都太雷人了，他俩智商似乎没那么低吧，就洗澡上床。两人躺床上，都睁着眼。今天午饭，钟欣婷上演一出“我们都是木头人”，现在还在脑海里翻滚。但小两口子都不知道说什么才好。本来嘛，钟鑫涛头男长子，进步快，学历高，大公司做到中层，一直都是家里的主角。2015 年，那钟鑫涛两口子更是主角。钟欣婷今天特意发难，是想要翻天的样子，真是蛮气人的。但是，钟欣婷是钟鑫涛的亲妹妹，俞思语不能在老公面前妄议。做嫂子的在老公面前妄议小姑子，此乃大忌——俞奶奶再三再四告诫过俞思语的。钟鑫涛么，在老婆面前更不能说自己亲妹妹不好，钟欣婷再不好，做哥哥的也不能够在老婆面前贬低她——这是公司那些知心姐姐再三再四教他的。于是，钟鑫涛俞思语各怀心思，久久不说话。可是实在睡不着，又忽然说上几句话，都是不咸不淡的网上八卦。很晚很晚了，睡眠它就是不肯来，这也是钟鑫涛俞思语极其少有的情况，从来都是睡不够睡不醒的一对年轻人啊！偶尔夜店喝了咖啡才会这样。今夜无人喝咖啡。长江上早班渡轮的汽笛都响了，窗帘也开始发白了。钟鑫涛俞思语小两口子不知怎么就突然激动地作出了决定：生吧生吧！抓紧生！坚决生个儿子！不就是儿子吗？不就是有了儿子就比别人气粗吗？咱们生！

一块石头落地。一块怎么样的石头？哪里来的石头？就不用说穿了。反正就是钟鑫涛俞思语同时心照不宣地，感觉一块石头落了地。可以睡觉了。俞思语本来还是蛮反感什么生子秘方的。钟鑫涛也半信半疑，更是嫌烦，据说秘方名堂很多。这一刻，都放下了，不管了，秘方就秘方，再烦琐也忍着。钟鑫涛说：太好了老婆！真是我的好老婆！钟鑫涛伸出胳膊，把俞思语揽入怀中，两人亲了个嘴，闭上了疲倦的眼皮。进入钟鑫涛怀中之前，俞思语把自己的长发一再地理了理顺，免得刺人。晚安。睡了。2015 年元旦，已经悄然过去。

次日晚上，高红就来到了江边金观澜公馆。本来是都在花桥小区大家庭一起吃的晚饭，还假装各走各的，生怕钟欣婷多心。钟鑫涛俞思语先回到金观澜，一会儿高红也来到了金观澜。母亲、儿子、媳妇，三个人，点个头，明知道要说什么，可是面对面一时间又说不出口，三个人的眼睛就都东张西望乱看。一会儿，俞思语开口了，说的是：妈喝点什么？高红不喝。吃点网红饼干？高红不吃。高红说：哎呀，你们坐下坐下行不行？行。俞思语带头立刻坐在沙发上。高红就是中意这个媳妇，不仅是自己挑选的自己喜欢，还真是因为俞思语老实厚道的性格面，昨天被小姑子大抢风头不说，还被小姑子锋芒所伤，今天一句抱怨没有，伤在哪里也不投诉给婆婆，不就是只会生女儿不会生儿子嘛，人家就是不说钟欣婷一个字。高红前后左右怎么看，就怎么中意这个憨媳妇，替她出头的心劲，自然就出来了。再把钟永胜昨夜的叮嘱吩咐一想，她的脸皮就厚实了：不就是一桩生育的事吗？高红就开门见山了。

世上无难事，只怕有心人。幸福不会从天降。如今什么不靠打造？高红做事情一向雷厉风行高效率，警察出身的人么。今天该找的人，高红都找了。该拿的东西，明天就拿得到。这位中医大师的祖传生子秘方，是已经被千千万万夫妻证明了是十拿九稳的，所以很贵很贵的啊！贵没有关系！还是要再一次警告你们的是：必须严格按方子实施，不要怕琐碎，不得偷懒将就。对你们年轻人来说，改变生活习惯，难度肯定是有的，但是！有人一个月就见效了。钟鑫涛俞思语你们就不要畏惧艰难了！备孕开始了啊！不要瞎吃瞎喝了啊！网红饼干什么的都给我丢出去！思思例假几号来？俞思语脸一红，头低下了。涛涛？钟鑫涛也一脸懵：我怎么会记得她的事？高红严训儿子：什么叫作她的事？是你们的事！从今天开始你就得记得！俞思语赶紧插嘴解救老公：22 号。高红知道了。22 号！每月 22 号！准吗？俞思语蚊子一样细声嗡嗡：基本准。高红很高兴，准就好！中医大师说了，只要女方月经准时，没有月经不调，那就是很好的受孕条件了。高红再次要儿子记住：思思 22 号月经啊！千万不要忘记！事情如果顺利，老天爷保佑，说不定这个月就能怀上。钟鑫涛俞思语态度明显比以前积极了许多，也不再有抵触情绪，不再回嘴质疑这个那个的。只是与长辈说这些，还是不好意思，还是面无表情。手指扣沙发，眼睛盯地上。高红够了。儿子媳妇态度由消极变积极了，高红就够了。高红眼睛也看别处，也错开儿子媳妇的眼神。事情说完了，走了啊。拜拜！拜拜！

钟鑫涛俞思语心里也踏实了。元旦次日，2 号夜晚睡得很好。

2015 年 1 月 3 号，钟鑫涛俞思语开始正式实施中医大师的祖传秘方：钟鑫涛的男药，24 小时这样子服药——第一次在晚上，夜里十点钟，入睡前服用；次日清晨八点，再服用一次，晚早各一次。

俞思语的女药正好相反：第一次是早八点服用，晚十点再服用一次，早晚各一次。

夫妻夜晚睡觉：头东脚西。夫妻床上位置：男左女右。饮食禁忌：烟酒茶，辛辣食物，油腻食品。不宜在服药期间同时服用其他滋补性中成药以及膏方。

行房时间与时辰，见表格。秘方又叫作送子包。送子包里配有一只自制的轮盘表格，得按月盈月亏时间和女方月经时间具体操作。

高红取来送子包，与儿子媳妇躲在金观澜，进行了认真的学习与研究。经过高红一再确认，儿子媳妇弄懂弄通了，她才不很放心地离去。钟鑫涛对高红说："哎呀，你就放心吧，放心吧。我们都是重点大学毕业的，未必这都弄不懂？"俞思语在一旁只是点头。

拜拜！拜拜！

1月22号，俞思语准时见红，第一个月，没有怀上。

3

1月份行动才开始，没怀上，不意外。凡事总有过程、有磨合期。

2月份继续。

遗憾的是，2月份太难了。2月份过年。春节，总是中国最大的节日。过大年，放长假。铁定的，大年三十，除夕夜，必须全家团聚吃年饭。

钟鑫涛俞思语在这一天得两边吃。俞家把团年饭提前到中午，俞思语钟鑫涛带着女儿钟宇涵，回到俞家吃一顿团年饭。晚饭一家三口再赶回钟家。钟家是儿子媳妇孙女，是自家人，得回家一起吃更加正规的团年饭。入夜，钟鑫涛俞思语还得赶出去参加格瑞丝的派对。

保罗格瑞丝在他们的保罗木梳品酒屋举办的新春派对。保罗格瑞丝他们每年除夕夜，邀请的中国人并不多，基本都是在汉国际友人，隆重热烈，一起守岁，通宵达旦，演唱歌手都是他们老外自己，十分地放松和狂欢。格瑞丝这么好的闺蜜，国际友人保罗也是钟家的好朋友了，俞思语钟鑫涛不可以不参加。而且档次很高啊，连续举办了几年，现在口碑在外，很多年轻人高价求购邀请函啊。

参加派对就不可能不喝点有酒精的饮料。派对不可能按时服用中医大师的药。过年就是过年，没有什么理由搪塞亲朋好友。

大年初一，各处拜年。武汉的过年，风俗习惯总还是保留着。钟宇涵小朋友，早上起床，穿得簇新，打扮漂漂亮亮，由她的父母带着，首先在家里给爷爷钟永胜拜年，给奶奶高红拜年，给姑姑钟欣婷拜年，各位长辈就一一给红包，这叫“开门大发财，元宝滚进来”。钟鑫涛俞思语带着女儿，驱车前往俞家拜年。俞家又是更为隆重的事情，尽管被称为外孙，但却是四世同堂，更加喜气。钟宇涵小朋友一进门，按老礼数，是要给俞爷爷俞奶奶下拜磕头，现在就是新风气，只口头说说就行了。两老就给红包了。

今年的新鲜事，是俞思语的父母，大变样。用钟鑫涛偷偷笑话俞思语说的：“这是我的岳父岳母吗？三观刷新哎！”俞思语说：“去！”心里却是特别高兴。此前俞思语担心的就是爷爷奶奶，生怕今年过年缺了伯伯伯母俞洋一家三口，老人心里会难受。哪里知道，俞思语父母这个春节的表现，让她不敢相信自己的眼睛。以前每年春节，都是伯伯俞非洲主持。由他预订餐馆的年夜饭、大年初一拜年、初五迎财神，等等。俞非洲去年移民美国了，春节他自己全家在美国团聚，回不来中国。

今年俞亚洲出面主办了。厅级官员俞亚洲，放下身段，作为俞家二儿子，有史以来第一次主持操办全家的团年过春节。俞亚洲妻子任菲菲也挺身而出，不顾病体，临时出院，协助丈夫操持油盐酱醋茶。他俩今年主办得蛮有亮点，办出了新意，也更加符合老人的心愿。俞亚洲请了一个厨子，来家里做团年饭。虽说现在厨艺学校毕业的年轻人，学的都是大路菜、套路菜、模式化菜，满足不了俞爷爷的传统口味，做不出沔阳年饭的菜肴，但毕竟是厨师，会做手工鱼圆。更毕竟是俞亚洲俞厅长亲自伺候副处级退休才得到正处级待遇的老爹啊！俞爷爷俞奶奶老两口子那个高兴、那个惊喜、那个自豪、那个受宠若惊，都让他们喜笑颜开，容光焕发，笑眯眯看什么都满意，哪道菜都好吃。特别是俞爷爷，还生怕儿子受累，一会儿过来递杯茶，一会儿过来要儿子歇一会儿，那神情，完全就像一个忠实和敬爱自己上司的勤务兵。俞家呈现出从来不曾有的父慈子孝图景，身在其中人人都开心。

除夕的团年饭，俞家全家十几口人，围着厨子，观看鱼圆子的制作过程：一条新鲜大青鱼，剖背打开，去鱼骨，刮鱼茸，剁成鱼参；手打，打着打着就上劲了——上劲是一个神秘奇妙的手势——上劲了就有鱼参从手的虎口，轻轻一挤，就挤出一枚圆润光滑的雪白鱼圆。紧接着，一枚一枚地、飞快地，鱼圆挤出来，漂浮在一大盆清水水面上，一只只，轻轻荡漾，像是魔术一般——好看好看好看——钟宇涵小朋友喜欢得不行，蹦蹦跳跳，老想把她的小手也伸进去挤鱼圆。俞思语也倍感新鲜和神奇，钟鑫涛也是。他俩都还没有见过这般场景呢。手工鱼圆就是特别好吃！他俩带着钟宇涵小朋友，这就很像一堂亲子教育课了。这感觉真是特别好、特别有意思，也特别有意义。钟宇涵小朋友吃了很多鱼圆。俞爷爷也吃了不少。一老一少，吃得最多、最开心。全家十几口人，频频举杯，钟鑫涛不喝酒肯定是不行的了，更加上俞思语和她父母关系有所改善，这是更要喝酒祝贺的，喝！

大年三十的这顿团年饭，俞亚洲主持任菲菲协助，前所未有的成功。俞爷爷俞奶奶脾气好得出奇，俞美洲平日的那一副苦相也换成了笑脸。俞家很多年没有这样和谐热闹了。大年初一的拜年，钟宇涵小朋友心不在焉急急匆匆地拜了自己的爷爷奶奶，就很积极地要求去太爷爷太奶奶家。俞家有许多红包。除了太爷爷太奶奶的红包之外，外公俞亚洲给了红包，外婆任菲菲也给了红包。以前他俩都是两人共同给一只红包。以前俞亚洲认为这种旧风俗不可取，太刺激孩子的金钱物质感，红包一般也就两百块钱，两张红钞票，图个好事成双的吉利。而今年红包的厚度，俞思语一看，就忍不住瞟了钟鑫涛一眼。钟鑫涛没回应，但他俩心里都有数。果然后来打开一看，俞思语父母两个人各封了两千元整的红包。都还是崭新的连号的红钞票，还有收藏价值。很显然，俞亚洲任菲菲夫妇是大费心思了。2015 年，这画风真是完全变了。

俞思语拍着胸口说："妈呀，吓坏宝宝了！"

钟宇涵也跟着妈妈的动作学，憨态可掬。钟鑫涛开玩笑："原来你父母才是真土豪啊！"

皆大欢喜。皆大欢喜。俞思语终于与父母和解了。奇怪，这么快，和解的感觉突然就被大家感觉到了。原来子女与父母，还是心连心的。俞亚洲任菲菲看在眼里，喜在心头：以往俞思语在家吃年饭，就是应个景，板凳都坐不热就要离开，刷手机、写信息、打电话、玩游戏、看电视，就是爱理不睬的。今年好啊，除夕的团年饭吃得不愿意离开。大年初一的拜年，又一起吃午饭了，钟鑫涛主动给岳父岳母敬酒，俞思语教钟宇涵小朋友给太爷爷太奶奶夹菜。看来俞思语现在才是真长大了，女儿长大了，还是懂得体恤父母的。俞亚洲看任菲菲。任菲菲看俞亚洲。两人交换了多少眼神，都是亮亮的，都是从来没有的惊喜。

前所未有。前所未有。俞家在俞亚洲的主持下，2015 年春节，迎来了一个新的春天。

俞家都知道俞思语今年要生二胎。钟俞两家要添丁加口了。俞家吃年饭也都纷纷举杯祝福钟鑫涛俞思语了，祝福他们小两口今年得个健康壮实的小宝宝。俞亚洲亲自发话：年轻人事业前途为重，不要担心你们工作被耽误，俞家现在带孩子的人多着呢！最重要的是，俞亚洲任菲菲他们省委那边的家附近，开办美国幼儿园和学校了，步行可达。这么好的教育资源，俞家肯定要为自家小宝宝努力提供。名额有限，得提前预约。任菲菲也很贤惠，说她已经在联系学校的董事长。管它呢，先预约，先拿到名额再说。钟鑫涛一感激，就只得频频举杯敬酒，并且年轻一辈要先干为敬。俞思语也喝了不少。人在这种场合这种语境，就顾不了那么许多了。秘方说不定没有那么严格呢。钟鑫涛俞思语交换的眼神里，都是同样的想法。

接下来几天，春节长假，到处玩、聚会，亲朋好友之间互相拜年。聚会拜年必有饭局，饭局必得大吃大喝。喝酒、抽烟、吃饭、打麻将必不可少。钟鑫涛公司上有领导下有同事，中间还有很多朋友，朋友的朋友，同学的同学。俞思语朋友同学也不算少。春节一年一次的大节日，都不可以得罪的。那就春节例外吧，春节就是吃喝玩乐。不然，别人还以为你们犯了什么毛病呢。

在春节长假的情况下，钟鑫涛俞思语不可能严格执行送子包医嘱。所以，2 月 21 号：俞思语来了月经。2 月份没有怀上。

4

新春来了。长江一江春水变黄，两岸植物现蕾吐绿。金观澜公馆小区院子里的小鸟，大清早就钻出窝来，振奋精神，整理羽毛，唧唧啾啾，纵情歌唱。一件不寻常的事，悄然发生。此前谁都没有料到，钟鑫涛俞思语两人也都是浑然不觉。

这一天是 3 月 5 号：农历惊蛰。两千多年前中国古代先贤研究并标注出来的物候现象，直至 2015 年，依然精准。2015 年 3 月 5 号深夜，当室内日历上的 5 号转换成 6 号的刹那间，户外高空平地一声雷，这是惊蛰的第一声初雷，紧接着，惊蛰神力显现：云层骤起风波，闪电道道密集发射，一声声雷鸣犹如野马奔腾，大地随之抖动，地热随之发生，暖意随之灌注，冬眠动物都被唤醒，干枯植物悄然复苏，所有有性繁殖的动植物生殖器，无一例外开始蠢蠢欲动，各种各样的荷尔蒙激素开始分泌，发情交配期到来，一部恢宏无比的性爱交响曲，开篇就是排山倒海的激昂快板，以人脑难以想象的磅礴气势，奏响了新春旋律。

相形之下，人间城郭不过是苍穹之下的微缩景观。武汉这个拥有两条大江、无数湖泊、高楼林立、千万人口的庞然大物，当然也不例外。惊蛰之雷在苍穹来回驰骋，阵阵翻滚，轻而易举冲击着满城酣睡的人。

而在表面形式上，人们依然是在酣睡，一如拥挤密集蚁穴的蚂蚁。最多有人翻了个身，最多有人似乎听到雷声，也只当是飘然而逝的梦的碎片，对于自己肉体深处的苏醒，人们早已与自己隔膜得浑然不觉。

浑然不觉是浑然不觉，内在苏醒的万钧之力，还是会突破重重隔膜，来到人间。大树小虫齐齐被震撼，惊蛰之时，俞思语醒了。

惊蛰来临，俞思语醒了。这或许是一个巧合，或许不是巧合。这就无法猜测和揣度了。事实就是，俞思语醒了。与所有深度熟睡的人一样，俞思语的醒，不能够算是真醒，是迷迷糊糊的那种醒。是俞思语的尿液满了，她身体的排尿机能率先醒来，起夜撒尿。3月的夜，乍暖还寒，被窝里好温和。俞思语就有点赖床，一直赖到再也赖不过去了。俞思语这才起床去卫生间，自然还是迷迷糊糊的。

撒尿的时候，更加直接的异乎寻常的事情发生了：坐在卫生间马桶上撒尿的俞思语，依然还是迷迷糊糊状态，眼睛依然没有完全睁开，全靠日常生活的习惯使然。这是一泡长长的热尿，由于故意被憋，最初瞬间尿道口有点紧，接着，就撒得酣畅淋漓了。尿到最后，一个愉悦的尿噤袭来，类似于肉体的欢呼，让俞思语浑身打了个愉快的哆嗦。就在这个哆嗦的末梢，俞思语用一团手纸去擦干尿液，触碰到了阴蒂。这次的触碰与往常不一样，她忽然觉得，体内有一种兴奋，怦然而动。俞思语根本来不及过脑子，便迅速地对自己阴蒂，进行了再次触碰。这次下手更重，是手，不是手纸了。是手指，是亲手抚摸。是俞思语的身体要求她自己的手指，爱抚她自己！是俞思语的身体要求她自己的手指，与自己最隐秘的私处，谈谈爱情！俞思语根本还是迷迷糊糊状态，只是她身体里头的另一个自己、没有社会姓名的另一个女人、一个纯粹的女人，和自己闹恋爱了！俞思语的生殖之根，就如户外新春的大树小虫一样，爆发出强烈的生命力——很快，变得肿胀肥沃，温暖湿润，生机勃勃。

异乎寻常的事情，就这样发生了。生命中从来不曾发生的事，就这样发生了。从来不曾见过的旗帜鲜明，斗志昂扬，欲罢不能。俞思语的灵魂，被她自己的肉体，彻底惊呆！

现实意识唰唰唰地疾驰而来，让俞思语刹那间清醒了许多。社会教育灌输的道德感、是非观、身心健康观等等种种观念，一起涌上来，叫停俞思语的手指。而手指，似乎偏要我行我素，俞思语再次惊呆了。心惊肉跳，血往上涌。幸亏光线暗淡，幸亏全世界都是黑暗，幸亏钟鑫涛睡得死沉死沉，幸亏女儿住在她爷爷奶奶家。天啦！幸亏没有被任何人发现。

俞思语返回床上，黑暗中脸也羞得赤红。轻手轻脚，钻进被窝，背对老公钟鑫涛，尽量挂在床的边缘。然而，钟鑫涛身体的热气，阵阵袭来。两个微胖小夫妻睡在才一米五宽的床上——金观澜建筑商为了方便看江景，主卧室就放不下一米八的床。其实尺寸都是废话，女人一想要，宇宙都变小。床在发抖，被子在发烫，四肢扭动。身体实在躺不住睡不着，一个翻身，俞思语与钟鑫涛面对面了。男人，此时此刻，是一个多么亲密无间的归属。这是俞思语的男人。平时老公老公叫习惯了，想都没有想到老公就是一个公的、雄性、雌性的一体二面，她会需要他，突然，是如此如此迫切地需要。

钟鑫涛即便睡梦中，也无时无刻不在与老婆互动。婚后的睡眠是两个人的习惯与自觉。俞思语身体扭扭的，钟鑫涛也就搂搂的了。但是！钟鑫涛的手，男人的手，也有自己的独立意志，它不会与身体一起沉睡，当它一摸到俞思语的私处水肥草美，突然，触电了！触电了！发抖了！并且立即，男人的武器，立刻亮剑，毫不犹豫，冲锋陷阵——社会姓名叫作钟鑫涛的男人，也是连眼睛都还不曾完全睁开。

可见男女都有另外一个自己，躲藏在本人身体深处，从来不睡觉，只按季节过：有情与无情两个季节。

有情季节一到，男女都很自觉。钟鑫涛扬鞭跃马，俞思语积极迎合，床铺活色生香，小两口一句语言无需，一个眼神没有，无见无想，彻底关闭视线，灵魂冲出九霄，进入忘我境界，在想象中尽情遨游，劲往一处使，汗往一处流，如有神助，冲进天堂。

所有关于性高潮的表述文字，都因为词不达意而作废。唯有性高潮本身，闪闪发光、通体透亮、光焰夺目、灿烂辉煌，成功光临了钟鑫涛俞思语的肉体一次。发射成功之后，肉体才像彗星那样，拖着一只渐渐完成了使命的尾巴，自然而然地进入尘埃，归入它的宿命。

男女重返人间，寂静美不可言。

翌日醒来，时间已经上午十点，睡过头了。大师的药也没按时吃呢？钟鑫涛俞思语都吓一大跳。看看钟，看看手机，都不敢相信自己的眼睛。当然，不相信不行。俗世就是有时间的规定。

男女都不好意思地笑了。俞思语把长发披下来，用手捧一大把，遮住脸。

男问：夜里怎么回事啊？

女答：不知道。

男问：那你好不好呢？

女答：好。你呢？

钟鑫涛忽然想要飞翔，他振臂高呼：太好了！太好了！老天爷啊！太好了！

小两口子猛然又一个拥抱，亲嘴到很久很久很久。

春天啊春天，亲爱的三月。钟鑫涛俞思语都以为这个月肯定会受孕的，他俩都有预感，这是如此绝妙的一次情爱啊。仅仅只是没有按送子包医嘱来做。

他俩这个月做早了，他俩这个月也做多了——多次想要重温绝妙美梦，多次想要3月5号凌晨的美景，再现一次、哪怕半次、哪怕一点点——没有。最美好的东西总归是转瞬即逝，仙踪难觅。

3月20号，俞思语月经来了。没怀上。

5

从头说起，头发的头。

俞思语拥有一头完美的长发，完美到各项指数都超标，的确是举世瞩目与实属罕见。钟鑫涛对少女的长发，也是情有独钟。两人在汉口西北湖边一见钟情，也多亏了俞思语那天的飘飘美发。“待我长发及腰，少年娶我可好”——就这一句诗，其实算是一句网络顺口溜，迷死人了。钟鑫涛俞思语一见钟情的前几天，正好开始在网络流行。他们俩都看到了，也都有心醉情迷之感。待到钟鑫涛一见俞思语，好一位长发及腰的美眉！

好了！够了！就想谈恋爱了！少男少女谈恋爱，还需要更多吗？

婚后。一到夜晚，清纯女神秒变贞子女鬼——这是俞思语所在的网聊长发部落的互相调侃。但，人人都以为调侃的是别人。俞思语自己从来、从来、从来都不曾意识到她自己的头发会变鬼。从来不可能意识到她的头发会有什么问题。会每到夜晚，当她入睡，头发就不再听她使唤，就是一堆乱发。乱发就是满床流窜。

钟鑫涛既然享受了美发之美，也得忍受发丝之乱了。世界上没有什么东西，只有优点，没有缺点。成也萧何，败也萧何。

入夜。上床。关灯。睡觉。俞思语往枕头上一倒，再熟睡以后忘形地翻几个身，那一头长发乱是乱，却好生了得。乱发的发梢，翻翻翘翘，钻钻营营，脱落的发丝似小蛇那样活的，四处游走，无孔不入。它们会粘上和刺痒钟鑫涛的嘴角、眼皮、鼻孔、下巴、耳洞、耳根以及任意一处，甚至大腿窝、蛋蛋、鸡鸡，等等，任意一处，无一幸免。

有时候钟鑫涛半夜下身忽然瘙痒，搔着搔着，会从自己阴毛里拉出长长、长长的一根粗壮发丝。钟鑫涛的理智告诉他，把手伸到床沿，悄悄丢到地上就是了，继续睡觉。而钟鑫涛的本能，就是睡到迷糊了的脾气，奋起反抗，手会去拨开俞思语的头发，动作很不客气、很果断。不停地弄开、拨开、抓开、甩开。一再地、一再地，身体也会往床沿挪，一点点、一点点地，尽量拉开与俞思语的距离，单单只恨床不够宽，被子也不够宽。钟鑫涛俞思语结婚了，是夫妻了，必须睡一起。人也得每天必须睡觉。这就是一个无法回避的严峻事实。

同时另一个严峻事实是，俞思语睡觉的时候头发总是乱七八糟、自由散漫，每根发丝长达70厘米左右，总数达12万根左右；还每根都又粗又硬又油又韧，直径达 90 微米，超过白种人的一倍还不止。自然，每一根发梢刺痒皮肤的能力，理论上说，的确不容小觑。钟鑫涛又习惯只穿男士背心和短裤头睡觉，遮住的地方少，赤裸的地方多。

钟鑫涛俞思语小两口，正是能睡的年纪，一旦睡死，就稀里糊涂。两个人，四只胳膊四只手，在他们婚床上空打架。舞动、相遇、撞到、躲开。睡熟忘形，再次舞动、撞到、躲开。可是，躲不开。

这几天钟鑫涛上火，嘴唇上下有几颗青春痘正欲爆出脓头，牙龈红肿，嘴角烂了。

这一夜，睡到深处，俞思语的一丝头发或者两丝，总是拧成一股，先是夹在钟鑫涛嘴角，钟鑫涛一个转身，勒紧了，有点针刺痛感，他睡梦中偏偏头，迁就了一下，肉体自己知道怎样缓解疼痛，继续睡。忽然，熟睡的俞思语一个大翻身。是那种突然的、果断又勇猛的，一个熟睡中无知无畏的大翻身。猛然一下子，绞紧了钟鑫涛嘴角的头发。钟鑫涛嘴角又是烂的，溃疡有渗出液，渗出液还是稠的，已经粘住头发，这样一个出其不意地不知轻重地一拽，割肉一般，钟鑫涛发出了一声惨叫。俞思语没有被钟鑫涛的惨叫惊醒。钟鑫涛以为很大声的惨叫其实没有发出声，就跟梦中的许多惊叫一样，只是一种精神呐喊。懵懂的钟鑫涛手指头按住嘴角，还不知道发生了什么情况。感觉一下，嘴里竟有咸腥的鲜血味。出血了！钟鑫涛大吃一惊，警觉地坐起来，专注做了一个吞咽动作，鲜血味更浓了。是的，钟鑫涛在出血！是更大的吃惊了，顾不上熟睡的俞思语了。钟鑫涛打开床头灯，一看手指头，真有血，还不算少，哎哟哎哟就真叫唤起来了。台灯一亮，光线刺醒了俞思语，她眼皮颤颤抖抖，眨眨地不肯睁开，模模糊糊看见钟鑫涛坐着，口齿不清地吱吱呀呀，意思是，你在搞什么搞？

"我出血了。"

俞思语惊醒了一点，也坐起来，到处看。

"什么？哪里？"

"嘴巴！"

"嘴巴？嘴巴里头外头？"

"不知道啊！"

俞思语赶紧查看，原来是嘴角。

钟鑫涛吃东西还是太重口味了！看看，还是上火的原因嘛！钟鑫涛说：是你头发！俞思语从钟鑫涛嘴角抽出自己的发丝。笑起来：对不起啊！俞思语忍不住笑。钟鑫涛的嘴角也太脆弱了吧。俞思语的发丝割裂了钟鑫涛的嘴角，说出去谁信？笑死人了！钟鑫涛不觉得好笑。烦了，就像弄开意外撞上脸的蜘蛛网那样，一把一把摸脸，将俞思语缠在他身上的头发丝，捋到俞思语那边，有点嫌烦和赌气的意思了。

俞思语也只是笑。不笑能够咋的？

好吧。睡觉吧，半夜三更的。两人重新睡下，一会儿也就重新进入梦乡。钟鑫涛溃疡的嘴角，凝聚起一粒粉色的滴状痂皮，是淡淡的血与浓浓的渗出液以及部分口水，封闭了毛细血管创口。

哪里料到，正睡到烂熟，俞思语的发丝，发生了再一次的割裂。刺痛惊醒，钟鑫涛大叫，再次开灯。一线血流，沿着钟鑫涛侧睡的嘴角，一直流到耳根，就像一只血盆大口。俞思语一看，也慌乱了。怎么可能？

钟鑫涛俞思语两人的胳膊，一通慌乱。睡梦初醒的不精准，导致钟鑫涛的胳膊肘子，不慎一拐，撞到俞思语鼻子。俞思语顿时鼻血涌流出来，十分澎湃。

啊啊啊——太多血了。弄床上了，赶紧起床。怎么弄？手纸塞住。塞不住，手纸已经又红了。往后仰。不行不行，鼻血咕噜咕噜都吞进去了。一吐一大口鲜血，一吐一大口鲜血。钟鑫涛慌死了。赶紧手机百度，百一百流鼻血怎么处理。却乱七八糟说法一大堆，都是网友胡乱写的：有的说仰头。有的说不可以仰头。有的说直接送医院。有的说主要得看流血程度。

钟鑫涛干脆拨通了父母电话。钟永胜一听，你这小子！现在几点？凌晨四点哎！也太没生活经验了吧？自己老婆流鼻血，把父母叫醒。高红倒是心疼儿子：别听你爸的！我来告诉你怎么办——

天亮了。这个清晨，是有使命的清晨。原本计划，一是6∶10响闹钟，测基础体温。然后做那事，一两分钟足够，射精完毕，俞思语继续平躺半个小时一个小时，或者又睡着了，都很好。钟鑫涛自己出去吃热干面蛋酒，很幸运热干面是中医大师送子包秘方上的食物。再记住：8点，吃药。

由于头发引发了一场血案，钟鑫涛俞思语都很困、很困、很困，都对闹钟置之不理，都没有做该做的事情。没在吃药的钟点吃那必须吃的药，都不顾使命在身了。

随后几天，小两口子发生了几次口角，为俞思语的头发。钟鑫涛建议俞思语换个发型。俞思语的疑问是：为什么？不喜欢了？看腻了？钟鑫涛断然否定。钟鑫涛当然还是认为俞思语头发是世界上最美的头发。

“那为什么？就因为偶尔，把你嘴角扯流血了一次？”

“本来嘛，就是扯破了嘛。”

“那是你爱吃重口味，嘴角本来就烂了。你自觉点，不吃重口味不就OK了？”

“那还是你头发太厉害了吧。”

“那你胳膊还把我鼻子碰了一大盆血，你是否应该换个胳膊？”

“你这个人，完全不讲道理！”

“你才完全不讲道理！”

4月22号，俞思语月经又来了。4月份，没怀上。那就下个月努力呗。

6

5月气候好，出差增多。钟鑫涛是公司业务骨干，升职也不算慢，被重用是大好的事情。也是没办法的事情，你得多干活。公司老总开会讲话总是说：“你们年轻人打得死老虎，要多多出差多跑跑，搞矿的，不跑怎么行！”

钟鑫涛打得死老虎吗？就他这开始脂肪淤积的小胖子？但他就是公司的年轻人，他就是得出差。

钟鑫涛出差多，也没有关系。俞思语闲着。那就计划一下，去北京怀孕吧。想想也是很浪漫的事。天安门广场清晨看升旗，回酒店实施造人计划，在首都植树造林，养育祖国花朵。挺有趣的，将来还有纪念意义。而且，也算弥补了一下蜜月没有旅行、没有玩北京。

钟鑫涛俞思语查对了一下大师表格上的日子以及排卵期，这样安排：钟鑫涛头一天先到北京，第二天有整天的重要的不得请假的会议，动不了。第二天，俞思语可以前往北京。第二天晚上，小两口聚会北京，吃点全聚德烤鸭什么的，因为正在服药备孕期间不能够泡吧，到北京不能够夜里出去泡吧，那就吃烤鸭算了。吃了烤鸭，当晚静养、修整、不做、以逸待劳。第三天清晨，实施造人计划。天安门广场看升旗，那是说笑的了，还真看不成？他们这一代年轻人，不会那么老土。

在去北京之前的两个星期，小两口子按兵不动，不得同房，养精蓄锐，以免精子量不够，影响受孕几率。

就这样，计划不错。说好了，两边父母，也都放心，别多问了。钟鑫涛出差是出差，但是俞思语灵活机动。神州大地，哪里受孕都一样。

到了那日，钟鑫涛出差了。

武汉去北京，现在都坐高铁。高铁准时、方便、舒适、快捷，一个下午就到。车上玩玩手机，打打盹，就到了，挺好的。钟鑫涛是G518，武汉站至北京西，992公里，近5小时。

钟鑫涛上车就是老一套，和每次一样。坐定之后，玩电脑，玩手机，上厕所，打瞌睡，吃一次盒饭，再加一点零食小吃——刷手机的时候习惯性往口里塞，咀嚼和吞咽，喝瓶装水。火车上的睡眠，和车厢一样，是一节一节的。在驻马店昏昏睡去，到漯河突然醒了；在郑州又昏昏睡去，到石家庄突然醒了。

怪异发生在石家庄，石家庄至北京这一段。火车在石家庄站停靠，上下乘客以后，开足马力奔向北京西站。这个停站，有人上下，钟鑫涛在睡没醒。倒是突然开车，一个启动，钟鑫涛醒了。火车的突然启动，不知道从哪个通道进入钟鑫涛身体，给钟鑫涛造成了一个悸动。

钟鑫涛醒来，嘴角挂着半干的唾沫渣子，眼睛视而不见地瞪着其他乘客。满车厢乘客，在钟鑫涛视线里等同于无物。可是可是可是，就在这些无物的背景里，却凉飕飕地浮现出来一幅超级高清的画面，有情有景有人物：这是一个半明半暗的夜晚，钟鑫涛被俞思语头发刺痒、抓挠、醒来、努力再睡、怎么都睡不着。钟鑫涛爬了起来，是慢动作。只见钟鑫涛，慢慢地，从床上，爬起来，一步一步，蹑手蹑脚，走出卧室，来到客厅——钟鑫涛本来没有觉察到自己昨夜有梦。今天毫不经意。今天就是正常出差的一天。

可是，却在火车睡眠的初醒之中，朦朦胧胧又清清晰晰，夜梦复活，钟鑫涛可以看见自己昨夜的一举一动：钟鑫涛来到客厅，俞思语在客厅墙壁上的巨幅婚纱照里，朝他发出蒙娜丽莎的微笑。奇怪的是俞思语的长发，只有半边，另外半边，已经被剃掉，头皮泛着青光。钟鑫涛大吃一惊，正待细看，俞思语又变成了秃子，嘴唇发紫，笑容变形。哦，原来是户外的激光灯，武汉的城市亮化工程正在升级，居民公寓高楼也都开始披挂花花绿绿的景观灯了，客厅落地玻璃门的帘子又忘了拉上，喜剧效果就这样产生了。喜剧效果中的秃头女子俞思语，让钟鑫涛既好笑又深受启发。秃头有秃头的明朗，长发有长发的阴森。钟鑫涛转转悠悠进入厨房，东看看西摸摸，碰到刀架，抽出一把厨房料理剪刀，又蹑手蹑脚，转回卧室，俯身细看俞思语。俞思语侧身睡着，只剩半侧脸，搁枕头上，相貌也是一种死相，眼睛紧闭，没表情，没活力，只是头发还是很多，一大堆，需要理发才好，是时候应该修剪修剪了——就在钟鑫涛动剪刀的关键时刻——和所有梦一样，具体行动总是一事无成——俞思语忽然翻身了。

俞思语翻了个身，发出一声重重的呼吸，又发出一声嘘嘘的呼吸，好像远处起风了，也好像远处有提醒——钟鑫涛一个吃惊，发现了自己提着一把剪刀。这一下子，钟鑫涛真把自己吓着了，赶紧溜出卧室，还了厨房的剪刀。记得好像，还打开冰箱，喝了几口水——这是他妈高红送来的水。说是一种碱性养生水，浸泡过能量石的。高红已经四方奔走，听过了很多备孕的专家讲座，深信“酸生女碱生男”理论，购买了专卖的饮水机和能量石。高红为监督儿子媳妇坚持应用碱性能量水，就会亲自把水制好，过几天就送一提过来。可怜天下父母心。钟鑫涛俞思语都很领情，表示他们会尽量饮用高红妈妈制作的水——这是题外话，总之钟鑫涛做梦，也都知道喝冰箱的碱性能量水。

剧情结束。好比突然停电，画面突然变黑。后面就是迷迷糊糊的记忆碎片了，好像是钟鑫涛回到床上，躺下，睡着了。

然后就是天亮了，太阳出来了。太阳底下，真相大白，没有黑暗梦境，连残片都没有。俞思语赶紧按时测量自己的基础体温。钟鑫涛一骨碌起床，忙碌清晨的洗漱、穿衣、排泄与进食，都必须一一完成。再驾车上路，还要祈祷不塞车。一切就如昨天，正常工作日到来。今天出差，收拾行李箱、资料、电脑、手机、充电器。掐着时间，赶火车。拥挤的候车室。候车室怎么会有这么多人？都出差吗？不像啊！都要东奔西忙地干吗？搞得候车室很拥挤，人撞人，看到人脸就腻味。心情都无喜悦。上车，坐下，各就各位，终于有了一点秩序，人与人之间，终于有了一点被强行规定的距离。谢天谢地！高铁开了。

出差老一套开始——没有梦。完全、丝毫、根本，就没有昨夜的梦。

然而！然而！然而！好像是为了佐证钟鑫涛在高铁石家庄段的重访梦境，俞思语微信来了：冰箱怎么是开的呀？

发来图片：敞开的冰箱门。

冰箱怎么是开的？

没有别的解释，肯定是昨夜钟鑫涛做梦了，梦游了，喝过冰箱的水，梦游人不知道关门——这也太恐怖了！好可怕！钟鑫涛梦游？他从来没有的呀！女人的完美长发太压抑男人了？笑话！

钟鑫涛回复微信：冰箱门开了有什么奇怪的，关上就是。

好在现在的火车乘客都只顾自己。身边人都在玩手机或者睡觉，对钟鑫涛蛮有催眠效果，很快就打断了钟鑫涛关于梦游的噩梦，重新进入一个昏昏沉沉的打盹。

幸喜石家庄是最后一站，北京西就要到了。有几个小孩子憋不住了，开始在走廊乱跑，吵闹哭叫，年轻妈妈紧追其后，以文明礼貌的腔调，大声呵斥教训自己的小孩子，要注意文明低声。也有年轻妈妈不管不顾的。乘客就大声责问：这是谁家小孩子在走廊撒尿啊？太不文明了！钟鑫涛打盹结束。乘务员过来了，有节奏地对乘客说：来垃圾谢谢。来垃圾谢谢。垃圾谢谢。谢谢垃圾。垃圾吗来腿抬抬。漫长的 4 小时 55 分，终于过去了。再快的交通工具，人们的适应能力比它更快，一旦适应就不觉得它快了，总还是嫌它慢。其实快慢是个心情。都只注意建设高速列车，就是没谁注意到建设良好心态，肯定心态更重要，花再多钱火车也不可能建成火箭。再说还有副作用，比如电磁波的强辐射之类，啊呀呀，不管那么多了。坐得好累，漫长的 4 小时 55 分，终于过去了。

车厢立刻人声鼎沸，人们纷纷提前拿行李，乘客们好像被催眠以后又都重新回到现实中，前后左右都有人拥挤和碰撞到钟鑫涛，令钟鑫涛视线聚焦，不再目中无物了。把火车上的怪异残梦留在火车上吧，就跟垃圾一样，丢给收垃圾的乘务员。

冷不丁的，一个清亮甜美女声响起，就在钟鑫涛脑后，明确就是对他在说话，“帅哥，帮我拿下箱子好不好？”

钟鑫涛听到就动手了，就帮脑后那个清亮甜美女声，从行李架上拿下一只旅行箱。小巧新颖的旅行箱，肯定是她的。就在转身交行李箱的时刻，怪异再次发生，钟鑫涛顷刻之间，“咕咚”一声，又跌入梦境。是的，这是大白天，钟鑫涛睁着眼睛，信不信他就是大有恍然若梦之感：就在他背后，几乎贴着他身，站着那位清亮甜美女声。由于人多拥挤，他俩面对面的距离，最多只有 18 厘米左右，钟鑫涛还得稍微后仰一点，视线才能够聚焦：她一头俏丽的短发，簇拥着一张光滑小脸蛋，头发染成时髦的酒红色，刘海齐眉，这一头俏皮的短发，显得眼睛格外黑亮有神，脖子也格外直挺优美。钟鑫涛恨不得架子上所有旅行箱都是她的。

“嗨，嗨嗨，那不是我的，我就这一只！”清亮甜美女赶紧提醒钟鑫涛。

钟鑫涛脸一红，赶紧放开了别人的行李。别人也就对钟鑫涛嗤之以鼻。清亮甜美女也就对钟鑫涛的心思洞若观火。钟鑫涛也就发现了清亮甜美女对自己的心思洞若观火。

就这一瞬间，这对素不相识的男女青年，在洞若观火这一点上，完全知根知底贴心贴肺，眼神精准对接眼神了，火花啪啪直冒，钟鑫涛都听见了啪啪的声音。清亮甜美女对钟鑫涛抿嘴一笑，眼波送了一个流盼，用唇语对他说：Thank you! 便兀自飘然出门。天啦，还是一个飙英语的，好配她那一头时尚酒红色短发！

钟鑫涛一个错愕，面红耳赤了。他这一羞涩与迟钝，就被其他乘客排挤到了一边，人人都在奋力抢先出门。待钟鑫涛终于从狭窄的火车门争抢出来，举目四顾，站台已是红尘滚滚人头涌涌，哪里还有什么酒红色短发的清亮甜美女？钟鑫涛不由自主紧追几步，又明知徒劳，就停下，落寞地呆到站台边缘去了。

钟鑫涛呆呆立在站台边缘，让急躁的乘客走完。钟鑫涛在想象中，用他娴熟的电脑技术，把刚才摄入魂魄的图片，作了一个处理：将其他闲杂人等都排除开去，框住钟鑫涛与清亮甜美女合影的局部，剪裁、放大、亮化、旋转 90 度、人物横放等于是人物躺下了、保存。那么他们两人，相当于就是睡在一起了。钟鑫涛细细端详睡在他眼前的清亮甜美女，短发，哦，如此俏丽的一头短发，谁规定的一定是黑头发好看？酒红色——上好的法国干红葡萄酒的颜色——多谢格瑞丝的“格瑞丝木梳品酒屋”、多谢保罗的言传身教让钟鑫涛学会鉴赏法国干红——何等醉人的宝石红啊——从四周，簇拥一张光滑小脸蛋，刘海齐眉，眼睛被衬托得这么亮，脖子也被衬托得这么修长，脖子优美扭动——相比之下，长发是那么芜杂，埋没了优美的颈子，看上去好像是一个没有脖子的人。

怎么钟鑫涛的心窝窝里头，还有小鹿乱撞呢？怎么猝不及防地，忽然冲出一只健壮小鹿，在他胸口撞啊撞啊，猛烈地，都隐隐作痛了。这是钟鑫涛从未出现过的症状啊，就连与俞思语一见钟情，那时刻也没有这种症状啊。

关键恨死人的是，这份奇遇，竟然发生在 4 小时 55 分的最后几秒。什么都来不及！真是揪心！真是揪心！真是揪心！

人生他妈的真是揪心！

钟鑫涛在站台边缘静静站立，心里却波浪翻卷，呼天抢地，这都算怎么回事啊？直至铁路工作人员都生疑了，十分谨慎，与钟鑫涛保持一定距离，大声喝叫：喂，你干吗的？干吗不出站？

哦，忘了！钟鑫涛赶紧出站。

钟鑫涛彻底懵圈，魂不守舍。他哪一回出差，快到目的地，都是火车还没有停稳就迫不及待打电话。约三朋，邀四友，还拖着旅行箱就直接奔餐馆。哪一次的饭局，不都是人叫人，不停地加椅子，滚雪球一般十几人了又二十人了，许多新面孔，坐下就吃，举杯就干，名片撒满桌子，兄弟们一回生二回熟，都是朋友了，有去过非洲的没有？讲讲刚果金的矿业！讲讲刚果金的矿业！钟鑫涛正处于渴望交朋交友的年纪和状态，在外面做事情，特别需要人缘人脉，多个朋友多条路，朋友越多越好，况且善于交际、天南海北都玩得开、无疑是男人特有面子的一桩事，算大本事啊！这是人生头一回，钟鑫涛人还在北京西站的站台上，就已经丧魂失魄。一个电话没打出去，打进来的，一个也不接。郁闷地来到酒店，进门，一脚踢开旅行箱，把身体单单只往大床上一倒，双手枕着后脑勺，两眼发直，直瞪天花板，嘴巴松弛，呈半开状，唾沫星子干枯在嘴角，泛白，脏兮兮，钟鑫涛自己一点没觉察。钟鑫涛有心思了。

钟鑫涛有心思了：

“嗨，嗨嗨，那不是我的，我就这一只！”

“嗨，嗨嗨，那不是我的，我就这一只！”

“嗨，嗨嗨，那不是我的，我就这一只！”

就这主旋律，发自清亮甜美女声，唱歌一样在钟鑫涛耳边余音袅袅，挥之不去。酒红色短发，就是特别俏皮，眼波流转，就是这么电闪雷鸣。钟鑫涛仰望星空——他感觉他发直的目光锐利地穿透了酒店房间多层天花板，在仰望星空，若不是星空不足以舒展他浓烈的郁闷与他浓烈的人生质问，北京的星空啊，请你告诉钟鑫涛：世界上究竟发生了什么事情？

于是北京的这个夜晚，钟鑫涛做了一件前所未有的事情。钟鑫涛冲澡很久，把自己身体洗得干干净净，溜进了酒店的大被子。大尺寸的洁白的被子，盖住了钟鑫涛的全身、钟鑫涛的想象、钟鑫涛虚构的电脑。钟鑫涛闭上眼睛，流利地操作了想象力，把那一头俏皮短发的清亮甜美女生，轻轻抱到床上，亲密躺进他怀里。钟鑫涛抚摸她的短发，爱不释手；抚摸她那修长优美的脖子，爱不释手。虚拟变成真实：火花点燃，焰火冲天而起，射出，怒放，五彩缤纷。

钟鑫涛情不自禁，纵情欢呼——钟鑫涛做了三次。

一夜三次，又爽又嗨又野之感受，前所未有，史无前例，登峰造极，无以复加，无论质还是量，都首创他雄性生理功能的最高纪录。钟鑫涛想起了在哪里看到过的一句名言，是伍迪·艾伦或者别的谁？似乎是那次出差香港，站在街边，一本杂志上翻到的。名言这么说："不要谴责手淫，那是我和我爱人之间的性。"以前没有看懂这句话，以为自己忽略过去了。上帝啊！没有忽略，今夜钟鑫涛发现这句话一直在心里。

至少有一个名人，试图帮助钟鑫涛卸下道德重负。

第二天晚上，俞思语到了。俞思语也是乘坐高铁G518，一切按计划进行。晚饭钟鑫涛带俞思语去吃了烤鸭，他昨天已经预订了。夜里，两人各自休息，很快入睡。俞思语喜欢酒店的大床，够宽，随便滚。她的发丝，扯破钟鑫涛嘴角的小概率意外事件，在酒店阔大的双人床上，几乎可以被杜绝。真好。

第三天清晨，天刚蒙蒙亮，钟鑫涛叫醒俞思语："赶紧赶紧，我们去看天安门广场升旗仪式。"俞思语愣了："还真看？"

"真看！为什么不真看？好不容易来一次北京，天气又不错，全国人民哪个不想看？好有国威好自豪啊！"

俞思语莫名其妙。她来北京，不是来怀孕的吗？今天原定计划，是按照大师秘方，早上八点之前得做那事啊。钟鑫涛竭力鼓动怂恿俞思语，说："嗨，先玩北京了再说！正好我可以挤出一天时间，咱们看完升旗再玩故宫。人生在世，吃喝玩乐。管它三七二十一。将在外君令有所不受，只要你不告诉家里就行了。咱们还年轻得很，时间大把，不在乎这一次。"

俞思语很快就被鼓动起来了，放下了受孕包袱。在大床上弹跳，欢呼雀跃：

“咱们玩北京来了——耶——！“

因为钟鑫涛已经囊中空空，他没法做那事了。做了也没用，心情也不在。

三天后，小两口一起乘坐高铁回武汉，一路相安无事。只是钟鑫涛突然无聊地放出了一个承诺，他也不知道自己为什么要放出这种无聊的承诺。

钟鑫涛：“你要是为我生个儿子，我送你一个大礼物。”

俞思语：“生得先怀。怀就不送？先送后怀。”

钟鑫涛：“好吧。我买你选，免得买了不满意白浪费。”

俞思语：“那我选了啊？”

钟鑫涛：“你只管选！”

俞思语：“要送就送削骨瘦脸。”

“噢麦尬！”钟鑫涛悔恨不已，只能自打嘴巴。

5 月 25 号，俞思语月经来了。只是推迟了几天，让钟俞两家的家长们空欢喜一场。

7

5 月没怀上。5 月还是生活不规律，钟鑫涛出差太多。那就把握好 6 月的时间。俞思语要按时地严谨地作好基础体温测量，并在图表上标出曲线，让排卵期清晰可见。贴在他们卧室的墙上，一目了然，准时在排卵期同房。其他时间严格不做，确保养精蓄锐。俞思语太马虎了，走进药铺，随便买早孕试纸。高红还是特意去买了“大卫”和“秀儿”，这两种牌子的早孕试纸口碑最好，精确度高。俞思语随便买，容易出现意念水印。误导。误事。害得婆家娘家全家跟着瞎忙。喂喂，年轻人，莫稀里糊涂的啊！拜托你们好好做事啊！

高红嘴皮子都磨破了。钟鑫涛嗯嗯嗯。俞思语也嗯嗯嗯。钟欣婷哈哈大笑，或者阴阳怪气地嘿嘿笑。

其实钟鑫涛俞思语是有苦说不出，也有话不好说，毕竟是那事。实际上他们已经认真起来了，平时基本都不敢随意同房了。很想同，也不同，尽量克制自发激情，尽量遵守大师秘方的时间和时辰。还主动增加了许多科技知识的支持，什么基础体温、排卵试纸、早孕试纸、排卵曲线。然后结合两者，在排卵期前后每隔一天同房一次，然后再保持 2 个星期乃至 3 个星期不同房，建立有规律的同房节奏。

高红送的碱性能量水，他俩也喝。小两口从网上看到的女方吃黑豆偏方，他俩也采纳了，俞思语也吃。在月经走了以后第一天开始，每天吃 47 颗黑豆，连续吃 6

天。难道这样吃黑豆不辛苦吗？俞思语还是很能吃苦的。

钟鑫涛俞思语已经做得很好了。家长就喜欢瞎操心。

5月31号这一天，就算5月份已经过去了。六一儿童节即将来临。钟鑫涛俞思语还互相预祝了六一儿童节快乐！这是有深意的祝福。

只是，生活还是生活，还有更多别的内容，也都在按部就班环环相扣地进行，钟鑫涛还是得做一些他应该做的其他事情。钟鑫涛总公司副老总来武汉了。该老总马上接管非洲刚果金矿产开发这一块，是现阶段钟鑫涛最渴望巴结的人。该老总，四川人，酷爱吃四川老油火锅。武汉就有很地道的四川老油火锅，说实话钟鑫涛也酷爱这一口。当然，肯定，钟鑫涛必须请老总吃火锅去。事先给火锅店老板打过招呼了：加料！必须得加料！价钱好说！

钟鑫涛的这种工作应酬，违反了封山育苗原则，他在家里是绝对不会说的。下午下班，还是回家点个卯，随便吃了两口东西，说晚上有资料要看，就赶紧回金观澜了。没有料到，俞思语也说一起回去，她今晚也要看点资料。

钟鑫涛无奈了。

刚刚入夜，交通高峰过去，大街上不再塞车。钟鑫涛俞思语一前一后，缓缓行驶，一如往常——往常这个时段，他们回自己小家，都会缓缓行驶。只因他俩的小车，都属于高档豪华车，摇下车窗，缓缓行驶，让车载音响摇滚轰鸣，一路博人眼球，真是好感觉。尤其钟鑫涛，一手夹香烟，一只胳膊肘架车窗窗框上，无忧无虑，满不在乎，哼哼唱唱，这画面只能是美国娱乐大片中才有的酷。俞思语亦然，画面也很不错的，年轻女子开豪车，妆容艳丽，美瞳天真，乌黑油亮的一头及腰长发，无忧无虑，满不在乎，哼哼唱唱，讲真这就是幸福。讲真俞思语还是不张扬的，她完全可以随时随地，随手自拍，随时晒出去，那些画面还不得亮瞎小伙伴们的眼睛。俞思语还算低调，只偶尔晒晒。

在现代生活中，画面真是一个好东西。

钟鑫涛俞思语的美满生活，在手机自拍功能的辅助下，得以大面积延伸。

金观澜公馆地库入口已在眼前，画风突变。眼皮子上头的美好与幸福，眨个眼睛，就变了。眼皮子的确太浅。

开车在前的钟鑫涛，没有进入金观澜地库，直接开过去了。钟鑫涛打开手机语音，在车载音乐的混响中大声告诉俞思语：你先回家，兄弟们喊我吃火锅！

俞思语大惊："还去吃火锅？"

不用说的！俞思语就知道还是那种四川老油火锅！

传统大铁锅子的那种，麻辣重口味，十几个人围着开涮。涮一涮，酒一喝，兴头就上来了，热血沸腾，敞胸露怀，推杯换盏，割头换颈：哥俩好啊，六六六啊！涮涮就吃鸭舌、黄喉、毛肚、牛鞭、猪脑花、猪大肠、猪血、雄鸡睾丸、雄鸭睾丸、猪血鸭血、鸡肠鸭肠。所有猪下水，所有鸡零狗碎、五花八门、乱七八糟的东西，都吃，都好吃，都好吃极了！因为吃出了东道，因为长期熟客，老板还会给他们加料。加料是暗语，就是罂粟壳。罂粟壳是违禁品，说穿了是毒品，越煮越香，越吃越上瘾。

钟鑫涛就酷爱这一口，谈恋爱时候一点没有表现出来。婚后也偷偷去吃，使劲遮掩，但是猛撮一顿这种老油火锅，遮掩不住。钟鑫涛只要吃了老油火锅，哪怕嚼掉一盒绿箭口香糖，都不管用。半夜人回家，一进门活像直接进来一口大锅子，每个毛孔都散发出浓烈的麻辣气味，充满房间。然后整夜床上不停地打嗝放屁，臭气熏天。然后隔一两天，钟鑫涛一准上火，嘴角烂了、牙龈肿胀、风火牙痛、扁桃腺发炎、口腔黏膜溃疡。武汉人很容易上火，武汉人也很怕上火。武汉人烧鹅都不敢吃，只敢吃鸭。历来武汉人都知道，千万不要碰“发物”。可是，武汉人当中又有一支流派：好重口味。钟鑫涛不幸就属于这种人。

俞思语属于武汉人的清流一派，吃东西喜欢原味、喜欢原味的不加糖的那种甜津津。两派冲突很严重。婚后这方面一直有争吵。只不过俞思语性格温，语言少，吵不厉害。更主要的原因是小两口都回家吃饭。家里李雨青烧菜，总归兼顾两种流派。如果餐桌上有一道麻辣红烧臭鳜鱼，就会另外有一道清蒸鳜鱼。

但是现在是 2015 年 6 月了，一年过半了，本年度头等大事是备孕怀孕。早就开始了封山育苗了，钟鑫涛俞思语都在禁口忌嘴，过于辛辣油腻，一概不食，只吃健康食品。全家都在为此辛勤劳动，包括李雨青烧菜的菜谱，都得提前一个星期拿出构思，由高红钟永胜审定。钟鑫涛怎么能够这么没心没肺？就为自己酷爱一口老油火锅？

5 月份没怀上，6 月份了还打算虚度吗？新一轮努力和新一轮期盼，已经一次又一次了，两家家长都眼巴巴瞅着，钟鑫涛就不觉得有压力吗？反正俞思语压力很大。

可是钟鑫涛北京来的老总，四川人，就是酷爱四川老油火锅。武汉就是有很地道的四川老油火锅，比北京地道得多，只因食料和花椒原料海椒之类的来源，比较顺路顺水。所以该老总早就风闻，才特别乐意来武汉的。而该老总，现在正是钟鑫涛的命中贵人。难道钟鑫涛能够不请命中贵人老总吃一顿老油火锅？对老总说我在备孕？这顿老油火锅就等于是挖金矿的工作机会啊！就是前途和命运啊！难道你不想我在刚果金一铲子挖个金矿？

俞思语不管，俞思语就不信。钟鑫涛就编吧，钟鑫涛就装吧。

俞思语一踩油门，超车，别住了钟鑫涛。

钟鑫涛差点撞到一辆飞驰而过的电动车，亏得他技术娴熟，刹车及时。急得钟鑫涛大喊一声："你疯了！干什么啊？"

俞思语说："其实就是你自己憋不住了！其实禁嘴禁得太寡淡了！其实你根本不把什么备孕放在心上！其实你肯定是上瘾了！"

四个"其实"一连串说出来，在俞思语，也是很少有的犀利了。因为，俞思语备孕有多辛苦，钟鑫涛知道吗？每天早晨测体温，标图表，每个月连续六天每天都必须吃他妈的47颗黑豆。晚饭后一个小时跳绳300下，据说能够防止宫外孕。木瓜炖雪蛤这道俞思语最爱的菜，都坚决不能吃。据说木瓜转基因，雪蛤是发物。就因为无数的据说，全家都宁可信其有，不可信其无，害得俞思语好辛苦，还几个月都没有怀上。哦，钟鑫涛倒一点禁不住嘴。还扯什么工作应酬？怎么会有这样的老公?! 就好意思吗？

什么叫作"一只大火锅，充满中国梦"，俞思语，你老公有梦想你懂不懂？

俞思语不懂！也不想懂！只想发狠和威胁！俞思语声音也大起来："钟鑫涛，我告诉你，罂粟壳就是毒品！当心被警察捂住了啊！"

钟鑫涛叫喊起来："你妈逼够了！"

再加一句："你妈逼少管闲事好不好？"

钟鑫涛恼了！他时间到了，要来不及了！只要领导必须提前迎候！俞思语他妈逼的哪里懂江湖规矩！未必就他妈的吃一口老油火锅就怀不上孕？四川人酷爱吃火锅，却是全国人口最多，多到过亿的省份之一，你他妈的知道不知道啊！钟鑫涛急速倒车。猛打方向盘。拐弯了。钟鑫涛大街小巷熟悉得很，单车道走了逆行，钟欣婷有本事消掉罚单，亲妹妹是警察了哈哈。

"你妈逼够了"——这句粗话，一剑封喉，俞思语噎住了。

钟鑫涛急眼了。这是婚后第一次，钟鑫涛这么下流地骂俞思语。俞思语目瞪口呆。就这被噎的一下子，漫漫长街都已经是别人的车，钟鑫涛已拐入街道不见踪影。请老总吃老油火锅去了，扯什么老总不老总，就是自己嘴巴图那一口快活。俞思语把驾驶室里的所有小装饰，统统扯了、打了、撕了、摔了，拳打脚踢一番。特别是钟鑫涛送的那些纯金小坠子"一路顺风"小玩意儿，丢大街上，最好让穷人捡去：去你妈的！

好吧。俞思语也不是好惹的，咱们走着瞧！晚上就把金观澜房门关死了，就是不开门。任凭钟鑫涛怎么求饶和赔礼道歉，就是不开门，也不说话。俞思语本来就是一个不多话的人，没有什么好说的了。小两口子吵架了，俞思语不吵的这种吵架，反而更容易陷入死局。钟鑫涛只得回到他父母家。车进花桥小区了，钟鑫涛一想不对，父母定会问个究竟。高红什么人？火眼金睛啊！我的妈啊！这次准是俞思语有理，钟鑫涛麻烦就大了。又要惹出父亲钟永胜的雄才大略战略思考了：什么接手家族生意的事，要提上议事日程了！家族生意再大，有多大？是父亲钟永胜自我感觉良好而已！钟鑫涛要去非洲刚果金开发矿产好不好！

钟鑫涛就掉转车头，找酒店住去了。

次日，六一儿童节。晚上，俞思语家里出了大事。

俞思语的外婆外公，参加上海协和旅行社的夕阳红旅行团游三峡。本意说是老两口辛苦了一辈子，这次一起出去，轻松轻松，好好玩玩。就是他们乘坐的这艘游轮“东方之星”，哪里会想到“东方之星”在湖北监利水域，遭遇狂风暴雨，忽然就翻船了，倾覆了。全团都是五十岁以上七老八十的老人们，400多人，都没了。出事就短短几分钟。船上应急措施都来不及施展，根本无法抢救。

俞思语的妈妈任菲菲，此时人在上海住院治病。也正是她和她的哥哥姐姐，三个子女一起买的单，热情张罗，送给父母一个礼物：游三峡。当晚九点，任菲菲还和自己父母通了一个电话。母亲问：“上海热吗？”

任菲菲说：“上海热，今天31度。你们呢？”

母亲最后一句话是：“我们到监利了，这里狂风暴雨，船在风雨中行驶呢。”

随后，手机突然没有声音了。再拨打，就不通了。母亲从此，此生，就再也不会与子女们说话了！老天爷啊！任菲菲一听到消息就昏过去了。

船一倾覆，下沉很快，全船456人，全部落水，半个小时不到，江面就没有人声了——这是事后了解到的情况。

六一晚上九点多，俞思语讲电话讲得哇哇大哭，泪流满面。钟家。俞家。所有人，都慌乱了。这可怎么得了啊！怎么会出这样的事情啊！大家都赶紧打开电视机，守在跟前，看现场救援新闻。

结果是：俞思语的外婆外公双双罹难。

任菲菲和她的哥哥姐姐，三个人在上海，捶胸顿足，死去活来，悔恨不该大力支持父母出去旅游，他们的良心备受煎熬。这怎么说得出去啊，子女亲手把父母送上了黄泉路啊！受不了啊！俞爷爷俞奶奶也深情回忆亲家，血防专家，都是很好的人，很有涵养的学者，也很风趣，他们四个人曾经一起唱过《红灯记》，亲家公亲家母在中国消灭血吸虫的伟大战役中，那是立下了丰功伟绩的，这个应该写进追悼词。思思要记住啊！到上海以后，注意看看追悼词，不要漏掉外公外婆的丰功伟绩，做人最重要的是盖棺论定！俞思语连连点头。也不与钟鑫涛说话和商量，就跟随她父亲俞亚洲，飞上海了。

也许，俞思语可以不去上海。因为其实，俞思语和母亲那边的亲戚，一直都不亲，平时少有走动，路上碰到都不会认识。外公外婆的记忆，也都停留在儿时。俞思语主要生气钟鑫涛，还是倍感自己的爸爸妈妈亲。很生气武汉老油火锅，就倍感上海那边亲。

假如钟鑫涛昨夜没有骂她“你妈逼”。

假如钟鑫涛主动陪俞思语一块儿去上海。

情况很可能不一样。

但俞思语就是这样，是个闷人，倔脾气。死活就是不睬钟鑫涛。电话也不接，一点消息都不漏。在这种非常时刻，钟鑫涛能够说什么呢？钟家哪能责怪俞思语呢？人家里发生了这种天大不幸。尽孝老人，最后一刻，去送一程，怎么都是应该的。

俞思语一去上海，就是十好几天。

6 月份，没怀上。这就不用说了。

8

夏天到了。夏天在武汉人口语中，不说夏天，都说热天。

热天了，主题是热。一下子，气温冲上去，暴热、酷热、持续热。又是两条大江千湖之省，水面湿气被毒辣的太阳蒸腾起来，上面又有一道叫作副热带高压的气流，铁板一块，偏偏压在武汉的云空。所以武汉人口语中说的武汉，其实就是读作“捂汗”。

人是多么脆弱的动物啊，只是自己不知。

自己健康的时候无知，一旦生病，就慌乱了。看病、吃药、打针，总归是这样的一套老三篇。不这样，又能怎么样？人真的是脆弱，无知还愚昧：还是可劲儿建筑那些高楼大厦啊！水泥钢筋玻璃幕墙啊！景观灯密密麻麻，热爆了居民阳台都不关啊！俞思语城市人，居住最好地段，汉口市中心，高楼林立的热带森林之中，热死了，又潮又闷，呼吸困难，跑到长江边深呼吸。俞思语哪里懂得发洪季节的江水，上游溺水淹死的动物，就漂浮在江面上，长江沿岸无数排污口的污水，污染气体都被高温蒸发出来，滚滚流动着的，是满江的瘴气。俞思语深呼吸了几次，人就不舒服了，不敢去江边了。只能关在家里吹空调。

一天到晚吹空调，俞思语很怕自己感冒。问题就是怕什么来什么：俞思语感冒了。

开始挺住，不吃药。备孕期间，特别不能够使用抗生素。大师早就有言在先，假如备孕期间吃抗生素，后果自负。一感冒，就咳嗽，咳嗽得无法睡觉、无法躺下，眼睛都爆血丝了，吐出一泡泡粉红色痰。

李雨青照顾两天，效果不佳。高红亲自上阵，照顾备孕的儿媳妇，熬姜汤，煮金银花，熬薏米粥。俞思语有了好转，高红自己却感冒了。症状一上来，就很重，本来又是高血压，人就倒下了。隔一天，又把钟永胜传染了。再隔一天，家里两个小宝宝都开始咳嗽流涕。俞思语只得赶紧撤离大家，躲到金观澜公馆他们自己的小家。小家还是热，前后左右都是几十层高楼，玻璃幕墙，白天太阳一出，反射到家里有几个太阳。夜晚景观灯居民楼都挂满了，就像挂满通红的火炉，都不敢去阳台纳凉。热死了，还是得龟缩在室内吹空调。吃饭就只好随便，多是叫外卖算了。结果，俞思语病情一个大反复。

俞思语感冒急转直下，突然发高烧，咳嗽变得肺部有啸声，痰里头血丝增多：有肺炎危险了——还是先救命吧，只好住院了。

住院当然就是挂水，挂水当然是吊抗生素，不然肺部炎症消除不了。

俞思语住院一周。钟鑫涛开始感冒。

生病就不谈了。同房绝对停止。生病的好处也不是完全没有：日常生活恢复了。为吃老油火锅的吵架生气，自动过去了。钟鑫涛俞思语小两口有一搭没一搭说话了，互相端茶递水了。互相查看图标商量下个月的备孕事宜了。都 8 月份了，时间有点促急起来。他俩得一起时刻关注女儿钟宇涵感冒好了没有。一起叫外卖，一起吃外卖。外卖不好吃，还是得吃李雨青做的饭吧。两口子哪个身体感觉好一点，哪个驾车回家，拿点饭菜过来吃。

七月流火，感冒、发烧，挂抗生素，灌得满血管都是。不怀了，不怀了，简直烦死人了。

自然，结果就是：2015 年 7 月，没怀上。

9

中医大师使用的日历，是两套：农历辅佐公历。公历的 7 月，是农历的小暑，这才真正进入三伏。热在三伏，冷在三九，老话说就是一年之中最热和最冷的那么几十天。中医大师的观念是：三伏天最适合治疗三九的痼疾。比如阴虚体寒啦，脊椎发凉酸痛啦，颈椎病啦，老寒腿啦，三伏天就贴三伏贴，拔火罐。中医大师家里，也有祖传秘方，能够用得上他们真正的秘方三伏贴，那还是真有效果，贴几天身体就会感觉通泰舒服。但是！但是！三伏天不能够服用某些中药。用中药，禁忌多。比如送子秘方的中成药，就不得继续服用。

进入 8 月份，中医大师主动打来电话，指挥高红停药。大师讲：三伏天吃药也没有用，都被汗水流走了。就算不流汗，四十多度的气温，皮肤也会主动散热，养分都会跑掉，养分一跑掉，坐胎就很不容易。

既然大师发话了，那有什么可说的，停药呗。

8 月 23 号，俞思语月经来临。没怀上。

其实钟鑫涛俞思语小两口心里还真有点不服，觉得怀孕没有大师说的这么一是一二是二，有时候，一个兴之所至做一做，说不定就意外怀孕了。这个月，小两口还是擅自同过房。在停药之前，在感冒好转之后。大热天俞思语衣衫单薄，几乎就是比基尼，腰间只挂一只超短裙，里头内裤也不穿。俞思语进门换鞋，稍微一弯腰，就向身后的钟鑫涛，撅起了半个大肥屁股。女人露肉太多了，怪不得男人冲动。钟鑫涛就没有克制住，把眼前的大肥屁股一搂，就做了一回。这样做，别有意趣，怪不得小两口子，又做了几回。他俩私下议论，感觉无须大师，说不定自己就怀上了。结果俞思语生理期如期而至，小两口也未免有点不自信了。不谈。下个月还是严格遵守大师要求吧。

10

炎热的日子，熬过去了。立秋一到，知了嗓子就嘶哑了。藏在地缝里头，树根底下的小虫虫、蛐蛐儿，后半夜里，就开口叫了。尽管大白天天气还热着，夜里的虫叫，还是带来了凉丝丝的秋意。气候适宜了，备孕须知，再一次提上议事日程。钟俞两家家长，都有点怀疑小两口没有严格遵守纪律。年纪太轻，就是容易把事不当事。其实如果当初不是钟俞两家家长心照不宣，密切配合，精心打造，加上格瑞丝穿针引线，钟鑫涛俞思语哪里还有一见钟情的可能？当今中国 14 亿人口，婚配的优质资源简直大海捞针，难道真的就凭你们瞎猫碰死老鼠碰得上？恰好正当婚龄，正当风和日丽好气候，正当好气候那一天，正好打扮入时的一对男女青年，就在浪漫的湖边，面对面碰上了，且还双方家庭条件也都匹配，钱权相宜。这怎么可能呢？哪里有这么凑巧的事？打造的呗！说穿了，现如今打造一桩优质资源的婚配，好比打造原子弹，这么说都不为过。不过这个秘密，是祖辈父辈的秘密，是绝对不可以对钟鑫涛俞思语说破的。为了儿女一辈子幸福，钟俞两家矛盾再多，关系再差，也将守口如瓶，让永远的秘密化成自然而然的年轻人一见钟情的事实。因此，还真没有办法讲清楚现如今打造的重要性，以便钟鑫涛俞思语高度提高备孕认识。怀孕这事呢，当面也还不好意思多说。毕竟怀孕涉及的是男女床笫之事，就靠电话了。

电话会议。钟俞两家家长不停地电话查问和监督。

钟家打电话，都是说这事。俞家打电话，也都是说这事。说来说去，家里其他事情都往后靠了，就是这件事最重要。

不同阶段，一个家庭里总有最重要的事。现在就是钟鑫涛俞思语的受孕，是头等大事。电话打多了，钟鑫涛俞思语应该感觉到了全家的高度重视和紧迫感。

恢复体力的季节，终于盼到。不过当心啊，还有秋老虎等在后面，要吞噬舒服的日子。人这个东西，就没有几天舒服日子的。俞思语每天穿衣吃饭都小心翼翼，加倍当心秋老虎扑倒自己。

高红最忙。恢复身体靠吃啊！高红得张罗吃的。俞思语身体太虚了，得滋补，得喝汤——武汉人的滋补，一定是喝汤。得是那种土陶的砂铫子，文火煨几小时的汤。高红问了中医大师。中医大师认为俞思语肺虚，食疗嘛，喝心肺汤最好——吃什么补什么。现在大城市，都是物流配送，动物都是按部位分割，买鸡腿都是鸡腿，买排骨都是排骨。

怎么办啊？得找人！设法弄到整副猪心肺，那样的一挂心肺，还要新鲜的，还要健康猪，高红我的姐姐，你饶了我吧，哪里谋得到？不急嘛，秋凉以后。别说秋凉，到冬至也难搞到啊！冬至杀猪的多，因为大家开始要腌腊肉了。那就冬至，冬至喝汤最好了。兄弟别叫苦，再托人，人托人吵，只要有了人，什么人间奇迹都可以做出来——钱我一点不含糊，多贵我都信你。

那么，俞思语就先喝雪梨川贝老鸭汤了，就仔鸡炖红枣了。

那么，送子包的中成药，就可以重新开始服用了。

好在俞思语性子温，也还算有耐性的年轻人，基础体温一直坚持每天测量，所以排卵期也就一直有监控。

9 月份还得办一件大事。这事吧，一直就搁在心里。所有家长们的心里，钟鑫涛俞思语心里没有。以前没有，办过了，倒心里有了。那就是驱邪祈福仪式。

俞思语这种咳嗽，还有 3 岁之前不长头发，都有点邪门。钟俞两家家长私下一轮研究，估计还是有邪气跟着俞思语。头发的事，多亏俞奶奶拥有惊人的毅力，艰苦奋斗，战胜了邪气。这肺虚、咳嗽，可能根子上还是要找到源头：沔阳那幢老宅子，据说一直都还在。居住进去的人，都不利，前前后后都生病，没人再敢买。正好现在政府需要明清老建筑，修旧还旧，恢复老街文化。这老宅子，就等着政府收购了。沔阳老人都知道当年彭厨子被杀的事，都传说就在老宅子附近。那大屋本来就是彭家的，彭厨子当然一直就在他们自己家了，当然就是冤魂鬼不散了。俞思语小时候，俞奶奶多次带她回到沔阳，都是居住在那幢老宅子里。因为那时候食品匮乏，看守老宅子的彭家亲戚，在屋后的院子里养了鸡种了菜，每天都有吃不完的新鲜鸡蛋和新鲜蔬菜。是彭家的一个寡妇带一个生白化病的儿子，住在那里，门面开一个小超市，母子俩倒是过得不错，贫贱人么，彭厨子肯定是护佑的。当地人都说，显然是彭厨子在护佑他们自己家的孤儿寡母。彭厨子本来就是彭菩萨嘛。

现在回想一下，历史上发生的事情，一定还是冤有头债有主的，俞爷爷于彭厨子的死，还是脱不了干系的。

两家家长就商量好了，决定去沔阳老宅子做一场法事，为俞思语辟邪消灾。这种事情，信则有，不信则无。总之，把礼数做到堂了，对俞思语只有好处没有坏处。

再不济，就当旅游一趟呗。

去沔阳的路上，钟鑫涛俞思语都笑笑嘻嘻的，钟欣婷更是兴高采烈，尖酸刻薄话，说个不停，不住手地与高红嬉闹，总想用指尖戳她妈的发型。因为高红这天十分隆重，特意去美发店，做出了一个古典发型。前额斜斜梳了一弯刘海，刘海上面一个陡坡上去，是耸立高高的鬅发，倒是高红发福的大脸、双层的下巴还挺压得住。为了匹配发型，高红穿了一件丝绸旗袍，旗袍绣一只飞天凤凰。高红这身，与包括俞爷爷俞奶奶在内的全车休闲衫，完全是不同时代。钟欣婷沿路取笑，说："我的妈，你好像旧社会的姨太太啊。"高红嗤之以鼻，教训女儿说："你这90后小屁孩儿，无知无识的，你几时见过旧社会？又几时见过姨太太？"钟欣婷回敬道："电影啊！看电影就好啊！下江那边的姨太太都时兴鬅发的。"高红讲："现在电影是放屁，历史是胡乱编造。哪里是什么下江时兴？那边都是楚国属地，当年穷得扎头发都用草绳子。是咱们楚国大将军一路横扫过去，大将军夫人的这发型就带了过去，人人看到人人羡慕，就流行开了，一直流行到如今，只要是正式场合，贵妇还就是适合梳这头——发胖的特别适合，咱这发型，真正咱楚国原创！"

俞思语忍不住说："妈好厉害啊！好懂历史啊！"

钟欣婷立刻转向俞思语："你更厉害，好懂拍马屁啊！"

车上男的都笑。男的就是俞爷爷、钟永胜和钟鑫涛。俞亚洲任菲菲没有到场，任菲菲还在上海住院治病。俞亚洲身为党的领导干部，信仰的是唯物主义，他肯定不可以参加。偷偷参加万一被人举报，就彻底完蛋。就当俞亚洲完全不知道家人们在搞这回事。他完全不知道，不就是了。

一旦俞思语受到攻击，俞奶奶就开腔了。她也用闲聊口气说：“这发型的确是你们年轻人不懂的，从前只有官太太才梳鬅头的，还要带许多金银玉的首饰，金金闪闪，威仪肃然，你妈很配这发型，还亏她想得周到，这才是最堂皇的穿着打扮，为的是敬重鬼神，这是给你们后辈人积福积德啊！”钟永胜哈哈笑，朝俞奶奶直伸出大拇指：“说得好！老将出马！老将出马啊！”

就这么说说笑笑，一个多小时，就到了沔阳。老宅子就在老街的市中心。

原本年轻人都没有把破旧老宅子当回事。可是当他们亲眼看到了这幢老宅子，还是大有新鲜感。尽管老宅子陈旧颓败，依然可见磅礴大气，三进三板十一柱、雕龙画凤琉璃瓦，前厅屋梁上还有燕子窝，据说现在每年春天，燕子依然都回来衔泥做窝。钟鑫涛俞思语还有钟欣婷，他们万万没有想到，从前俞奶奶家族，居然还有这么高级、这么扎实、这么有艺术性的老宅子。他们来了兴趣，前前后后，跑来跑去看了个够，玩了个够。

家长率领子女们进行了种种仪式。高红主持并示范了上香、进贡、磕头。法师作法。道士驱鬼。和尚念经。灵姑招魂。一场一场的，都来过一遍。都诚心实意地，都来过了一遍。请各路神仙都高抬贵手，保佑钟俞两家后代子嗣旺盛，孕产顺利。

经由据说已经 100 多岁的灵姑，俞奶奶与彭厨子，进行了低声细语的交谈。俞奶奶把俞思语这个孩子的由来以及前因后果，都报告了一遍，包括思思的外公外婆，也因此付出了生命代价，彭厨子您就高抬贵手，息怒吧，保佑俞思语这个好孩子，让他们小夫妻顺利怀孕。灵姑说彭厨子也想和俞爷爷说几句话。俞爷爷也就主动告知了他多年一直在为彭厨子跑平反昭雪的事。彭厨子放心，只要俞爷爷还有一口气，他就会把平反昭雪的事，坚持到底的。彭厨子自己也应该知道，俞爷爷没有杀他，俞爷爷没有开枪。彭厨子是俞爷爷的恩人啊，他怎么会开枪呢！这是他们俩心里都知道的，这是一个历史事实，铁的事实。彭厨子也一声叹息，表示理解，随即时间到了，顿时被阴间收走——灵姑说没办法，时间到了，他走了，我也看不见他了。俞爷爷一说就激动起来，他还有许多话没说完。阴阳相隔，没有办法了。

事毕，钟永胜十分严肃地，再一次要求大家对外严格保密。害人之心不可有，防人之心不可无。假如被人们举报出来，毕竟还算是封建迷信活动吧。人家不想整你还罢，想要整你，分分钟可以拿这事当把柄。不开玩笑啊！

车内气氛低沉，与来的路上气氛两样。功德是做到堂了，结果咋样呢？不敢瞎猜，不敢乱说，生怕说破了什么，就沉默了。钟鑫涛和公司的司机换了一下座位，他来开车，他想练练高速公路。方向盘前面一坐，钟鑫涛就完全可以一句话都不说了。看到这幢老宅子，钟欣婷的创业野心，又不可遏制地冒出来了。唯有她在那里自说自话，极力怂恿父母投资，让她在这里打造一个博物馆或者画廊或者书店，或者几者兼而有之的那种现代综合体。她感觉这地方对她有利，像她这种不准出生的人，又婚姻失败的人，又瘦弱又髋关节有问题的人，来这儿创业，一定会是没娘的孩子天照应。而且万一将来她儿子不好好读书呢？跟他妈一样考不上重点大学呢？让他来这儿历练，当馆长，不是挺好的嘛。她儿子这还不到1岁就这么顽皮，多动症，就不是一个课堂上坐得住的人。她儿子。她儿子。哦，忘了昨天的好消息：钟宇博小朋友能够站稳了，昨天自己站立了五分钟没扶东西！

世界上就是有这种人：哪壶不开提哪壶，净说自己有别人无的。

高红抱胳膊肘打盹。钟永胜对钟欣婷嗯嗯啊啊的，眼睛也半闭半睁地应付。

俞思语伏在奶奶怀里，装睡。俞爷爷俞奶奶都闭眼养神。

司机乖乖蜷缩在商务车的最后排，睡觉，司机是真睡，间或还飙出一两声鼾来。

现在钟俞两家的头等大事是钟鑫涛俞思语受孕生子，今天奔了大老远，也就是这么一个目的，其他人，请闲话少说。钟欣婷不懂。

该做的，都做了。心里疑惑的事，口里该进的食，中医大师的药。但是9月22号，俞思语月经还是照样准时光临。还是没怀上。

11

"金秋十月，丹桂飘香，在这美丽的收获季节，我们迎来了新的学期"——俞思语纯属无聊，想起了她在小学写的作文。

这篇作文的开头很奇怪，总是能够得到老师的高度评价，总是被运用在各种秋季举办的活动上、会议中，总是各色主持人的开场白，总是每年一进入秋季武汉满城的桂花飘香，馥郁的香气上总是附着这句由文字组成的语言——俞思语可以发誓，这的确是俞思语写的作文，是俞思语的原创，此前她真的没有在哪里读到过。

作文有没有知识产权呢？俞思语极度无聊了。俞思语备孕期间无所事事但又暗自焦急。这种日常里，她有一份闲散的纯属无聊，还有一份不着边际的可爱的乱想。

金秋十月，丹桂飘香的这一天，俞思语把该做的事情，都一一做了：该标记的图表，标记好了。该喝的碱性能量水，也喝了。该吃的"益生碱"小食，也吃了。益生碱是一种保健品，权当点心吃吃，高红买来了一大堆，俞思语不好意思不吃。

为生这个孙子，高红是两家家长中最上心、最投入、最不辞辛苦的。高红首先是被这产品的广告打动了，微信发给俞思语看：“亲，听到你家小王子的呼唤了吗？13年专注女性碱性体质备孕，科学条例祝你梦想成真！”俞思语还是暗中百度了产品商，是广州益生谷生物科技有限公司研发的。应该没有什么问题吧，反正人家也没有说是药品。开宗明义是保健品，说是有助于改善酸性体质。广告也是擦边球，又没有保证你吃了就怀小王子，只说你听到了你家小王子的呼唤没有。唉，现在做生意，都越来越聪明，都玩概念，都玩文字，都似琉璃球，四面八方滚动，就是不坐实。开始还有新鲜感，慢慢现在也觉得肉麻和无聊，只能哄骗高红那一辈的中老年人了。

俞思语不忍心说高红。高红毕竟是上辈，毕竟是婆婆，毕竟是关心媳妇。当点心吃吃，就当点心吃吃呗。希望这个月，金秋十月，丹桂飘香，在这美丽的收获季节，让我们迎来了美丽的收获吧——怀了就好了。怀了家长们都安心了，怀了全家就清静了。赶紧怀吧怀吧！

俞思语坐在阳台上，江边金观澜小家。桂花的香气，一阵阵飘进阳台，飘进家里。武汉就是桂花好。俞思语喜欢武汉的感情里包括这一点，或许她自己并不明确知道。俞思语上班的时候出差去过别的城市，别的城市桂花就是没有武汉香。金观澜公馆对面就是江滩公园，十里江滩，桂树成片，秋季一到，真真香煞人。植物香气也是有巨大能量的，不由得让俞思语脑子里想入非非，自动开始写作文，写的是老天爷啊桂花仙子嫦娥姐姐啊，请助我一臂之力！不好意思真写出来，就在脑子里，一遍又一遍虚拟地写。

手机突然响了。一看来电显示，是高红妈。俞思语立刻接听。一听，声音就不对。高红语气格外冷硬和急促，问俞思语在哪儿？

“在金观澜。”

“你有事没有？”

“没事啊，妈怎么啦？”

“没怎么！”

高红说是没什么，语气却是有什么。高红吩咐俞思语做的事情，也是有什么的感觉。

高红让俞思语赶紧驾车，到一医院来接她。不用找停车位，不停车，就在靠近天主教堂的那个后门口，马路边，高红上车。关键的关键的关键，高红严肃认真一点不开玩笑地叮嘱：“你谁都别告诉啊！任何人！思思，你得确保做到这一点，才不枉我疼你一场！听清楚了？”

俞思语赶紧回答听清楚了！其实她没有听清楚。高红突然说出这种与日常迥异的话，又是劈头盖脑的，俞思语不仅不清楚，简直完全懵圈。

高红在医院。俞思语想当然地就问："妈你生病了？"

俞思语一边穿外衣，一边接着问："妈你血压出问题了？"

"妈你还需要我带上一点什么吗？吃的？喝的？"

高红的警察脾气就出来了："我没病！这么多废话？！要你来，你来就是！废话少说！"

俞思语看了看手机。不敢相信这个手机如此气势汹汹，也不敢相信自己的眼睛和耳朵。俞思语嫁到钟家几年，基本一团和气。这还是头一次领教婆婆高红的警察脾气。高红一般是不对俞思语发脾气的，媳妇嘛，婆媳关系嘛，能够忍让都忍让了。再说高红俞思语婆媳二人，也还是比较投缘。主要是俞思语话少，心机少，没是非，脑子慢，人单纯，高红看中这个媳妇的，就是这些优点。现在这一下子，倒是把俞思语给惊到了。俞思语脑子再慢，也能够想到肯定发生了什么重大事情。高红又没病，怎么在医院？高红自己有车，有专职司机，自己也开车。钟永胜有车，也有司机，也自己会开车。他们儿子钟鑫涛有车，自己也随时可以驾车。为什么一家人当中高红偏偏要俞思语去接她？还严厉要求俞思语谁都不要告诉呢？

肯定发生了什么！金秋十月，不光是丹桂飘香，肯定还有许多糗事。俞思语的小心脏怦怦直跳，赶紧驾车去一医院。

一医院很近，从金观澜公馆驾车，踩一脚油门就到了。到了俞思语就打高红电话。果然在靠近天主教堂的那个后门口，无须停车，靠近路边就上人。

人却不只高红一个，是三个人。高红和李雨青，她俩还左右搀扶一人，看得出是一个女的，只是看不清脸。此女戴了一只大口罩，夹克衫的兜头帽子也戴得紧紧，拉得低低。俞思语看李雨青，想看出一点什么。李雨青神情凝重，只是和俞思语对了一下眼睛，任何暗示都不给她，显然李雨青只是听命于高红的。

三人默默上车，都不出声。车门一关，高红吩咐俞思语，过二桥，去武昌，东湖附近，"鸟语花香－英伦香墅"。

"'鸟语花香－英伦香墅'，好像是一生活小区？"

高红道："是的！怎么走会告诉你！哪来这么多废话！"

俞思语只得嗯嗯，遵嘱开车。车上二桥，开始塞车，慢慢动着，俞思语脑子开始转快，转着转着就异想天开了：我的妈！这可别是在搞绑架吧？犯法的事情，俞思语可不干！大是大非面前，俞思语还是很有主见，这种事情，不仅俞思语自己不想卷进去，她也不想高红做傻事。悬崖勒马回头是岸——警方通缉令上常见的词语，就浮现在俞思语眼前。

于是！

于是俞思语咬咬牙，不顾高红保持沉默的要求，开口说话了。俞思语直接就说："妈你不要做傻事啊！你别吓唬我啊！这女的谁呀？我认识吗？你把她带哪儿去呀？带去干吗呀？妈妈妈，到底怎么回事啊？"

高红气得噗了一口气，眼睛往车窗外一扭，懒得理睬俞思语。李雨青当然也不吭气。被她们俩夹在中间那女的，显然口罩里头被塞住了嘴巴，无法说话，只能喉咙里头咳咳，但也还算老实，并没有激烈反抗。

这不是一个事啊！俞思语一急，就急中生智了。俞思语威胁高红：她要停车了。假如俞思语就这样把车停在二桥中间，立马就会有警察赶来。

啧啧啧！高红又嫌憨人有憨的烦！俞思语只要绝对信任高红就好啊！这种架势还没有心领神会吗？笨死了！高红一把拉开了那女的口罩和帽子。

俞思语一看，乐了，原来是韦漪。

韦漪是格瑞丝的妹妹，丑丑的胖嘟嘟的小丫头，估计也才十五六岁，打从广西跑来武汉以后，成天在保罗木梳品酒屋进进出出，见人走过路过，都喊欢迎光临！乡野里喊人喊惯了的大喉咙，又说说笑笑，顽皮个不停，一下子大家都认识了她，倒是觉得她蛮村野可爱的。韦漪看到俞思语也乐了，一边大口喘气，一边喊："思思姐姐你也会驾车啊，我也好想学车呢！"一边又用胳膊肘拐李雨青和高红。对高红嚷嚷："阿姨你这是干吗呀？有没有搞错！是我主动找你告诉的消息呀？不是说好大家一起谈谈嘛。不就是一个生意吗？好说好商量啊！干吗搞得吓死人！我知道'鸟语花香－英伦香墅'，这不就是你们自己家金屋藏娇的一处房子吗？我也来过的哦——"恨得李雨青又把一团袜子塞进了韦漪嘴巴。高红只给了李雨青一个眼色。李雨青在高红的调教下，好像也很有警察素质了。李雨青脸色严肃地训斥韦漪："你这小东西！就会乱说，话又多，嘴贱得很！"

韦漪的话，俞思语不懂。不仅不懂，还越听越糊涂。又在驾车，还是心无旁骛比较好。反正俞思语只要清楚一点就行了：这不是绑架。

俞思语还清楚了一点，有点小小吃惊和略带不满：以前钟家谁都没有告诉过她，在东湖这边还购置了房产，"鸟语花香－英伦香墅"可是很有名的高档楼盘。俞思语还以为自己是钟家的人了呢！还以为钟家什么都不瞒她呢！

算了，不计较。只要生个男孩子，将来都是他的。

车到"鸟语花香－英伦香墅"，的确是很漂亮的高档生活小区，比汉口江边的房子，又有不同风韵，湖水有湖水的秀美和绮丽。

高红有门禁卡，一行四人，顺利上电梯，到达八楼。高红却没有钥匙，低低吼韦漪，要她老老实实，正常敲门，说有急事找姐姐。姐姐？那不就是格瑞丝吗？这又是俞思语搞不懂的了。

韦漪敲了敲门。韦漪老老实实喊："姐姐开门，有点急事！"里头有开门的动静，韦漪突然就不老实了，大喊大叫起来："高红来了！她们来了三个人！"

乱事、破事、臭事、荒诞事、糟糕透顶事——无论怎么描述都不过分的一桩故事，在这间房子里头，发生了——这是在俞思语眼里。

事实上，故事不稀奇，就是人间的一桩偷情公案。这种故事以前有过，以后、将来、未来的未来，人间还是会发生。

这套公寓，是钟永胜为格瑞丝购买的一处房产。几年来，这里就算是钟永胜格瑞丝的香巢了。最初一两年，情热意浓，他俩过来的还比较多，后来渐渐来得就少了。格瑞丝在汉口也另有自己的公寓。钟永胜以为这事办得十分绝密。哪里料到，终于还是被高红侦探到了。这处房子，当初格瑞丝精心布置，很有法国式文化氛围，窗帘布幔桌布，到处是大红香烛。客厅墙壁上挂满相框，大多数都是钟永胜格瑞丝相依相偎的合影照片，还有格瑞丝仿油画的那种半卧裸体艺术照。一进屋来，只看一眼，啥都不言而喻了。

所以高红一行四人进屋以后，钟永胜也没话可说了。钟永胜也并不慌乱，只是最初有一点尴尬，然后就对高红摊了摊手，破罐子破摔的样子，意思是终于被高红发现了。高红本来就是警察出身，还是人家老婆，老婆的嗅觉又是远远超过警察的——钟永胜知道迟早会有这么一天的。

钟永胜厚着脸皮说："坐吧。"

高红说："把那个婊子叫出来！"

"格瑞丝不在这里。"

高红飞快地在各个房间搜查一圈。主卧床铺没有凌乱或者香艳。捉奸在床的情节，当然也就没有发生。但是，恶心的事实，已经是摆在面上的了。高红想要不难受，那也还是做不到。高红对钟永胜表态了："你今天必须把那婊子交出来！不交出来后果自负！"

高红明明知道媳妇俞思语就在当面，明明知道格瑞丝是俞思语最亲密的闺蜜，明明知道俞思语家教良好平常一句粗话都没有的。但是高红不能不一口一个婊子，否则高红这口恶气就出不来。

钟永胜回答："这里没有格瑞丝。"

"那婊子在哪里？要她赶过来！"

钟永胜交不出格瑞丝。钟永胜指天发誓：格瑞丝今天是来过的，但临时接到一个紧急电话就走了。现在人家手机也不接，不信你自己打她手机。

高红暴跳如雷。高红才不会打格瑞丝手机！她从此再也不会打格瑞丝手机了！格瑞丝简直就不是个人，就在高红眼皮子底下，就在一声声高红姐姐高红姐姐叫得亲亲热热的时候，却上了她丈夫的床！真正的婊子都比格瑞丝道德品质高尚，人家婊子就是婊子，开宗明义，不像格瑞丝，又当婊子又立牌坊。

高红已经暗中侦探好久了，就等这么一天，乌龟王八一起抓。今天高红的情报十分肯定，朋友报告说是亲眼看见格瑞丝进屋的。

高红今天是要算总账的。她特意把韦漪也带过来了，高红就是要让格瑞丝自己的亲妹妹打她自己脸的，看看她受不受得了自己亲人的欺骗。屋里没有找到格瑞丝，高红不无遗憾地骂骂咧咧，从墙上拽下格瑞丝那幅半裸体画，把画像扯了出来，吐了唾沫，用脚踹了，然后专审钟永胜。

"钟永胜你不觉得你欺人太甚吗？你钟永胜就在老婆眼皮子底下搞三妻四妾，完全把老婆当个傻子！现在你老实告诉我，你为什么不离婚呢？几年来你为什么从来就不提离婚呢？你有外遇你离呀！你尊重我一点，你和我离呀！为什么不离？"

钟永胜不说话。

"为钱！是不是？你生怕破财是不是？你肯定私下还欺骗那婊子说你想离是我不同意，是不是？你妈个老逼姓钟的，你烧成灰我都能够看透你！是不是啊——你给我坦白交代——"高红尖声的吼叫，已经是非人的音调了。

钟永胜这才艰难地点了点头。

钟永胜又低声补充了一句："不管怎样我是一个最顾家的人。"

高红回敬："呸！呸呸！顾家还欺骗我？简直大言不惭！"

高红一边说一边以迅雷不及掩耳之势，朝钟永胜脸上甩了一记耳光，动作之稳准狠，钟永胜完全来不及躲闪，足以见得高红当年女警察的好功夫。

俞思语在一旁，愣呆了，目瞪口呆，眼睛睁得特别大。她既不敢相信自己的眼睛，也不敢相信自己的耳朵。她看看李雨青。李雨青倒是一点不愣，她凶神恶煞地紧紧抓住韦漪，一双眼睛爱憎分明，对钟永胜的充满鄙视和对高红的充满怜悯。日常里形象光辉的公公，居然被婆婆当着媳妇和佣人的面公然扇了耳光。公公钟永胜公司总裁的形象，顷刻间在反复教诲子女：全家团结一条心黄土变成金。说好的家丑不可外扬呢？说好的岁月静好呢？

这场激烈战斗，才刚刚开头。

紧接着高红要求钟永胜坦白和韦漪的事。

俞思语的脸忽然发烧了，她现在不敢相信的，是整个自己了。她后退了好几步，恨不能躲到落地窗帘后面去。这还是自己平日那德高望重的公公和婆婆吗？

钟永胜一脸无辜，一脸茫然。

高红叫喊："你还无辜吗？你还茫然吗？我冤枉你了吗？我冤枉你了你申诉啊！"

钟永胜咳咳两声，试图否定，说："别听这孩子胡说！都知道这小孩子喜欢胡说八道，满口谎话，就算她胡诌些什么，也无非是要讹钱而已。"

高红就抓起一只水晶烟缸，一只相框一只相框地砸。玻璃砸得碴子飞溅，把自己脸上手上都刺出了血，殷红的血，呈颗粒状的。俞思语叫了一声"妈——"她用了自己最大的力气，声音出来却像蚊子的嗡嗡，完全没有谁理会她。

高红过去一把扯掉韦漪嘴巴里头的袜子。果然韦漪不是一个好惹的，马上哇啦哇啦叫嚷开来："喂喂大叔，这我就不懂了，我们不是说好做生意的吗？我差钱，我得筹钱为我爸治腿病。我是卖处，你是买处，这是事先讲好的，不错，钱也付过了。"

钟永胜拍茶几喝止韦漪："小孩子怎么乱讲话呢！"

"不错，"韦漪说，"我一直瞒着我姐姐，你封口费也付过了。"

钟永胜大摇其头，他简直无比悲伤了。

高红说："姓钟的！你就别演戏了！把这小婊子的话听完再说。"

韦漪说："我还要讲出来是因为我怀孕了。现在，怎么办？我们得重新谈谈赔偿吧？"

高红就把今天带韦漪在医院验血的妊娠阳性化验单，往钟永胜脸上一丢。韦漪甚至还帮腔高红，说："阿姨我这里还有证据的，只要你要。韦漪人小心眼不小，每一次钟永胜做她，她都有偷拍并存档了。"

俞思语的眼珠子都要爆出眼眶了，她手指也捂住了嘴巴，这是什么事啊！信息太纷乱太意外太没有条理，她脑子一片混乱轰轰响。

今天韦漪是大赢家，她看上去是鼻梁塌陷、蝌蚪小眼、眼距过宽的弱智面容，但却是最有智慧，简直都不像小孩子做的事情，阴谋实在太成熟了，其实她承认就是网上攻略，打游戏的套路——韦漪可以把孩子生下来。也可以不生，人流掉。但是，价格都一样：一房一车一笔现款。因为，韦漪还有撒手锏：她是未成年人！她可以告强奸罪的！比起钟永胜坐牢身败名裂，一房一车一笔现款，对于钟家应该不算什么吧？

钟永胜惨了。他跌坐在沙发上，下意识不停地抖腿。他脑袋也彻底垂了下来，不住地摇头、惨笑。

韦漪照样还是大口大嘴说话，叫嚷说："喂喂，你们不要杀人灭口啊，那样太傻了，我敢跟你们来这里，我肯定有准备的。我可不像我姐姐那么蠢，白给他玩儿，还自己辛辛苦苦做生意养活自己，被玩儿这么多年就这一套房子！”——高红忍无可忍，左右开弓，扇了韦漪几个大嘴巴子，接着李雨青再一次愤怒地塞住了韦漪的嘴巴。

高红怒吼着，像发狂的母狮子，扑上去手撕钟永胜。“为什么啊？你为什么这么不要脸啊！为什么这种小猪女孩，你都要去搞啊？你是公猪啊！”高红怒吼、哭喊、撕打。钟永胜满脸仓皇，面无人色，唯有抵挡，两手护住脸，老着脸皮，死不出声。韦漪的招供，已经彻底摧毁了钟永胜。

高红要求钟永胜回答她最后一个问题！就这么一个：钟永胜既然已经有情人，为什么还要搞情人的亲妹妹？还是这种未成年的又丑得像猪的小女孩？

钟永胜死活不肯回答，只是垂着脑袋看地面。高红逼不出钟永胜的回答，突然，她自己转身冲向阳台，说：“好！好好！那我来了断！”说着就翻越栏杆，她要跳楼！紧急之间，俞思语忽然难得机敏了一回，她一个箭步上前，拦腰抱住高红。婆媳俩脚下不稳，一起滚到地上。高红终于放声痛哭。俞思语也终于放声痛哭，泣不成声道：“妈啊妈啊，你可别这样啊！千万别这样啊！”高红哭喊道：“思思啊思思啊，我哪里还有脸活啊！我这辈子是多骄傲多纯洁多高贵的一个人啊！怎么就落到这步田地啊！”俞思语紧紧抱住高红不松胳膊，朝钟永胜哭喊：“爸你就回答妈啊，都这样了，还有什么不好说的，你回答啊，你知道妈这脾气的啊。你不能够让她跳楼啊！”李雨青也呜呜哭出声了，手里还是没有忘记抓紧韦漪。

在女人们汹涌澎湃的痛心疾首的一片号啕中，钟永胜终于开了腔。他承认他就是想睡一次处女。作为男人，一辈子，没有破个处，总是不甘心，总得尝个鲜吧？

可是高红就是处女嫁给钟永胜的呀。仅仅只是高红做警察训练，强度太大了，处女膜自然破裂了。这不是职业关系吗？钟永胜悲伤地说：“职业关系不职业关系有什么关系，那也总是一个破的呀！”

钟永胜天生一张能说会道的油嘴，只要开了口，似乎就得着了理由，还更厚颜无耻了，抱屈地辩解：“男人就想破个处，中国男人哪个不想？千百年来，哪个？不想？男人就这点隐秘心愿，又不是做什么天大的坏事。就算钟永胜犯了错，也是犯了全中国男人都会犯的错啊，难道就这么不好理解吗？”

突然，剧情巨变：格瑞丝推开一扇暗门，跑出来了。

格瑞丝眼睛瞪得血红，显然已经疯掉了。她手里握着一把水果刀，直接扑上去刺杀钟永胜。毫不犹豫，一刀就往腹部插进去——可是，那是电影、电视和游戏，以格瑞丝那细细的手腕之力，水果刀根本插不进一个壮实高胖男人的厚厚衣服和厚厚脂肪。水果刀歪斜了，“当啷”一声掉在地上。行刺失败的格瑞丝，转身夺门而跑。在场所有人，面对这突发状况，都还没有反应过来，格瑞丝已经消失得无影无踪。

女人们的哭声，骤然停止。眼泪它们自己主动干涸了。几个女人面面相觑，张口结舌，除了韦漪。韦漪小眼睛骨碌骨碌转动，或许还在想着网上攻略，还有那些出奇制胜的高招。高红俞思语婆媳俩互相搀扶着，从地上站了起来。忽然间，世界如此空旷、如此寂静。

真的，这一天，俞思语简直不敢相信自己的耳朵，当然也简直不敢相信自己的眼睛，当然简直不敢相信整个她自己。

世界上的温馨美满家庭，要啥有啥的家庭，还会有这样龌龊的事情吗？为什么？

其实事实证明，高红还是一个很有克制能力的女人。当韦漪找她索赔，把证据都提供给高红的时候，高红震惊和愤怒的程度，怎么想象都不过分。高红却还是保留了一定理智，考虑也还算周全。还是给钟永胜和家庭，留了后路的。要说真正顾家的，还是高红，还是做母亲的人。这种事情，她一个人肯定搞不定。助手不可以叫儿子钟鑫涛，不可以叫女儿钟欣婷，以后子子孙孙还是要过下去的，钟永胜还是孙子辈的爷爷。也不可以叫公司的任何人，司机、秘书、好朋友，都不可以，家丑不可外扬。当然，只能叫上这个憨厚的单纯的媳妇俞思语了。李雨青，是必须的，只有她对高红忠心耿耿，多年的时间已经证明了这一点。

过了几天，高红还是忍不住，跑回母亲家，在自己老妈那儿，痛哭了一场，心里才好受了一点点。高红的妈，詹鄂湘，默默听完了女儿的哭诉。临走，詹鄂湘对女儿说：“记得我当年的话吧？你会有哭回来的那一天。”

高红认输，点头了。眼睛又红了。

已经是耄耋之年的詹鄂湘，以她年迈的智慧，对高红说了一句智慧的话，也算是最能够宽慰人的劝慰了。老妪詹鄂湘岿然不动地说：“你就当男人是条狗吧，你在家里备了世界上最好的狗粮，它出去还是要吃屎。”

高红居然“扑哧”笑出来了。

詹鄂湘接着说：“你也总不能因此就不养这条狗了吧？”

高红就看着她妈，笑不出来了。

高红思谋着，哪一天要不要告诉俞思语呢，俞思语这个媳妇真不错。关键时刻坚定不移站她一边。一贯动作迟缓的人，在救高红命的时候，反应箭一般快。俞思语这次救了高红的命，她俩的感情程度，她俩心里有数了。无论是高红，还是俞思语，她们都还不曾与自己家人紧紧拥抱。可她俩这一次、这一刻，拥抱得紧紧的，贴心贴肺。只是老妈这句至理名言，说男人真的很准啊。不过，恐怕这种至理名言俞思语知道了对钟鑫涛没有什么好处吧。钟鑫涛可是高红的儿子啊，高红总是会更心疼自己儿子。不过高红也非常相信自己儿子：钟鑫涛受了那么高的高等教育，小两口又是一见钟情郎才女貌，他是绝对不会做出任何破坏夫妻关系的蠢事的。那一刻，俞思语是真的生怕高红跳楼了。高红也是真的要跳楼。那一刻，命已经无所谓。高红死的心，真有。特别是死在钟永胜面前，真有。当年高红跳二楼，是要嫁给钟永胜。现在高红跳八楼，是要摆脱钟永胜。高红其实应该早和钟永胜离婚的。她嫁到钟家，亲眼看到钟永胜他爸，把李雨青弄在家里当办公室干事，李雨青递杯茶，老头子连茶杯带手，一起握住不放。那时候，高红就应该毅然决然离婚，离开钟家。钟永胜遗传了他父亲的下流基因，男人真他妈的不是个东西。

俞思语还年轻，不可能懂。最好不懂，最好钟鑫涛此生此世都能够忠实自己的婚姻和家庭，因为来之不易啊，是多少人的合力打造啊！尽管有些部分是绝对的秘密，公开的部分也显而易见，还是比一般人来之不易啊。一般人都是瞎猫碰死老鼠的婚配，钟鑫涛俞思语不是，他们的小家庭，两家的大家庭，都是多么般配啊。思思啊，好媳妇，争口气吧，赶快怀孕吧，生个男孩吧。让你家男人日后半点出轨的理由和借口都没有。从年轻开始就注意打造好自己的婚姻家庭，让羞辱远远离开自己。

至于钟欣婷，高红不担心她，她不会受男人欺负。她这个女儿，当儿子生的，还真是女生男相。刺棱子一个，只有她羞辱男人，没有男人羞辱她的。她的前夫，清华大学博士，还不是她的手下败将。家里防火防盗防钟欣婷，一切都必须死死瞒着她。这女孩子，野心太大，口头禅是一个都不饶恕，连自家父母兄长，都要抢班夺权的。但是小小年纪的女孩子，就一心图谋家产，也是万万要不得的。

事后，钟鑫涛自然是知道了一些情况的。只是故事版本都是节本，也都有所变动，大事化小，小事化了。总之他父亲钟永胜好像有点受骗了，在外面被女人讹了。钟鑫涛再三询问俞思语，俞思语就是不肯透露现场真相。总说没有什么可说的。不管钟鑫涛怎么问，俞思语好像对这件事情有点漫不经心。俞思语担心钟鑫涛觉得丢脸，可是钟鑫涛在俞思语面前，还是感觉非常丢脸，垂头丧气了很长时间。按中医大师的时间和排卵期的时间，到了该同房的时刻。钟鑫涛不知道为什么，突然十分紧张，下面硬不起来了。

俞思语也非常理解，也不过多劝慰。家里父母辈，出了这种事，钟鑫涛情绪肯定还是大受影响的。俞思语只有哑口无言最好。

当然，俞思语亲历了现场。她内心混乱到久久理不清头绪，也没有搞懂许多矛盾情节，更不理解其中某些逻辑。所以，还需要时间消化。也还是久久地，久久地，心情都无法平静。漫不经心，是装。就是怕钟鑫涛过分在意这件事。但也不是装，俞思语还能够怎么样？

每天全家还是一桌子吃饭，都当没有发生任何事情。照样李雨青烧饭。照样全家围桌吃饭说好吃好吃。照样钟宇涵钟宇博娇声娇气地赶着叫爷爷奶奶。钟永胜和高红也都甜甜蜜蜜地答应，抱着孙子和外孙亲个不停。格瑞丝就像空气一样，存在过，又不存在了，没人理会，再也没有人理会。

格瑞丝不知去向。随后的寻找，发现格瑞丝其实已经打点好了一切，是要离去的结局。她的两处房子，已经分别过户给弟弟韦千禧和妹妹韦漪。店铺也盘出去了。而保罗，早在九月份，就彻底离开中国，返回法国了。用钟永胜过后对高红的解释：那一天，的确是他和格瑞丝约好要谈彻底分手的。

亲爱的格瑞丝啊！

影响了俞思语人生和婚姻的格瑞丝啊！格瑞丝人走了，涟漪却在俞思语这里久久荡漾，久久荡漾。俞思语也不知道会荡漾到什么时候。

金秋十月，转眼就是月底，俞思语月经照常来临。2015 年 10 月，没怀上。

12

俞爷爷病了。

一病，就很重。老年痴呆症，病情发展很快。住院没几天，俞思语一去，俞爷爷就喊她，“小王同志是你吗？你是来看望我的吗？”

“爷爷！是我呀！思思呀！”

俞爷爷十分迷惘：“思思是谁？”又问隔壁病床的老头：“谁是思思？”

隔壁病床也是一个更老的老年痴呆患者，耳朵还聋了，就那样面无表情瞪着俞爷爷。两个人就像两只衰老又无知也无感的动物，看着就让人心难受。

俞思语当场就撑不住了，转身跑出病房。跑到楼梯间就查百度。俞亚洲赶过来，俞思语就在楼梯间对她爸爸发急，很不客气地说：“你什么儿子？怎么早不带他看病？老年痴呆是慢慢发展的呀！”

俞奶奶也赶了过来，讲了一下情况。早先俞亚洲带他父亲看过病了。由于俞爷爷记忆力明显减退、偏执和暴躁，俞奶奶就怀疑是不是老年痴呆症。俞亚洲带父亲先后看过两家三甲大医院，只是没有告诉俞思语。家里都知道钟鑫涛俞思语小两口在忙备孕啊！

每次看病，医生都是让俞爷爷画钟。据说画时钟测试，是英国首先使用的，医学界实践证实，诊断率相当准确。因为画时钟需要三种能力支持：一种是记忆，一种是执行力，一种是视觉空间能力。老年痴呆的额叶受损，正是这一块的退化，因此如果是老年痴呆，哪怕是早期，也是无法画好完整的数字指针的。

而俞爷爷，每次都完整画出了医生给予指令的时钟和指针时间。几乎比一般人，画得速度更快，更为熟练。所有医生都忽略了一点，也都没有问诊到一点，那就是俞爷爷的职业特点：俞爷爷曾经是铁路上管调度的。时间的精准，是俞爷爷的使命。那一只圆形的钟表盘，是融化在俞爷爷血液中，铭刻在他灵魂里了。他什么都可以忘记，估计就是不会忘记钟表盘。于是，就这样，误诊了。

一直等到发现俞爷爷在卫生间抓自己的大便吃，俞奶奶才知道大事不好。

发现迟了。事情总是在发现之后，才知道发现迟了。明白误诊了，也总是在被误诊之后，才明白误诊了。这有什么办法？人生就是遗憾的艺术——俞奶奶还保持着相当的幽默感。俞思语还不是很懂幽默，就那么眨巴眨巴眼睛，毫无主意地，看着俞奶奶。

钟鑫涛知道俞思语是爷爷奶奶一手抚养大的。俞爷爷一生病，备孕的事情，俞思语肯定有点分心。因此每天测量基础体温等等种种琐事，钟鑫涛也就不再盯着俞思语做了。但是，也不能停顿懈怠呀，老人生病很正常呀，钟鑫涛有点暗暗着急，一方面自己还在偷偷看男科，他不知道上个月自己为什么有两次无法勃起。钟鑫涛还年轻，他不想戴“阳痿”这顶帽子。可是俞思语很直接，她习惯使用简单便利的词语，说：“你去看一下阳痿，我正好多去照顾爷爷。”如果不是俞思语的神态那么天真无邪，钟鑫涛劈面揍她一拳的心都有。钟鑫涛陪俞思语看过爷爷几次了。钟鑫涛言下之意，还是说俞思语不要太过，老人生病很正常的。真的很正常，老病老病嘛，老了就会病嘛。

俞思语眼睛一瞪，瞪牛卵子大，生气了，斥责钟鑫涛：“什么话！我爷爷一直很健康！”

俞思语不太在意钟鑫涛的意思。自己驾车，三头两头跑医院陪爷爷。俞思语就是不服。不服她的爷爷，会认不出他的小思思来！俞思语的倔劲又上来了，她就是不服！她就是要多跑几趟，来亲近爷爷，来照顾爷爷，给他剪指甲，说小时候爷爷给她讲过的故事，唤起爷爷的记忆和感觉。俞思语不服！俞思语不信她唤不回。

俞思语唤不回了。

有时候，俞爷爷偶尔会清醒，认出了俞思语。这不是思思吗？俞思语一听，就泪流满面。俞爷爷说："还是好哭。哈哈，你从小就好哭。羞羞脸，羞羞脸。"爷孙俩就谈笑风生，一起唱革命歌曲《没有共产党就没有新中国》，爷爷却记得歌词。

然而，过一会儿，俞爷爷又糊涂了。顿时不认人了，什么歌都不唱了。身体里头有什么地方非常非常难受，只能"哎呀哎呀"叫唤。医生护士赶紧来。面对面，却千呼万唤回不来，这种感觉很恐怖。

俞思语好恐怖。

俞爷爷消瘦得很快，整个人明显缩小了一圈。两只手，就是两挂干枯的老藤。其他病和并发症也都发作了。有时候一连好几天，得挂氧气，只能躺着，最多摇起来病床，坐坐，人不能站立，一站起来，血氧饱和度就会往下掉，从90%一下子掉到80%，脑子顿时就不清楚了，说话就不能够维持字句。

爷爷清醒的时候，还是能够像干部一样讲话作报告，他也知道抓紧机会，说一些他最想说的话：我这个人，一不怕死，二不想死。现在才过上好日子，改革开放经济腾飞，祖国形势一片大好，高楼大厦电灯电话，小康社会了我真舍不得死。我工资有存款，你们要舍得给我用进口的好药。我级别不够公费使用进口胸腺素，你们给我用我自己的钱买，三天打一针。政治待遇方面，离休工资待遇是最满意的，没意见，丧葬费也不少。关键是追悼词怎么写？提法怎么提？忠诚的无产阶级革命战士，党的优秀干部，这是一定要的。亚洲美洲特别是亚洲啊，你们要给我保证，与组织上好好谈谈，组织要给我盖棺论定：我是从来没有背叛过革命，背叛过党，背叛过祖国的，我亲戚都在台湾美国，我和他们素无交往，就怕被人抓住小辫子说通敌叛国，我这人毅力非凡，坚决不交往，信都撕掉不看。现在俞非洲移民去了美国，我在考虑这算不算投敌叛国——这已经又算不上是清醒的话了。

俞亚洲俞美洲姐弟俩，都向父亲保证会与组织谈要求。但是父亲只是暂时生病而已，才85岁，坚持配合治疗就会恢复健康的。

才85岁！俞思语听得迷惘。年轻人无法理解85岁这是一个什么概念。她只知道她要多多来陪爷爷。她只知道是爷爷把她从小带大的，她不能够让别人说她没良心。她在大学入党那天，爷爷参加她的入党宣誓大会，打了领带，那是爷爷生平第一次，也是唯一一次打领带，俞思语牢牢记得那一次。因为有不少同学居然嘲笑俞思语入党或者是嫉妒，她要报答爷爷对自己的大力支持。

住院治疗效果并不佳，恢复健康似乎遥不可及。俞爷爷病情很快发展到白天睡觉，天黑醒来。刚刚入夜，病房需要安静下来了，俞爷爷开始大喊大叫起来。

"妈妈！妈妈！妈妈啊——"

“兔子。俞兔子。”爷爷使劲拨弄他自己的鼻唇沟。

“彭厨子！血盆大口！大嘴巴。割割割到这里——都是血啊！彭厨子嘴巴都是血啊！”

“是他们用刀子割的，不是我，我不知道。我进去就是血盆大口了。”

“我吓死了。彭厨子，我对不起你！我向你请罪！磕头！我给你平反昭雪！朝鲜战争解密了。彭厨子没有造谣。我没有杀彭厨子啊——我没有开枪啊——我放的空枪啊！”

俞爷爷不知道什么时候，拿到了女护工的口红，对着病房的电视机屏幕，把自己嘴巴涂得血红，沿着两侧嘴角，一直画到耳根——自己又惊恐得大哭大叫喊救命，这是彭厨子的嘴、嘴、嘴啊！

护士长就急忙跑过来了。麻利且无情地指挥护士执行医嘱。医嘱是早就写好了。不得让俞爷爷彻夜叫喊！全病房都听够了彭厨子叫喊“血盆大口”！女护工负责把俞爷爷捆绑在病床上，防止深夜俞爷爷闹，溜下床。女护工也有打盹儿的时候啊，女护工也是人啊，不能彻夜不睡啊！对不起，俞爷爷裤子必须脱掉，只戴尿不湿，免得女护工夜里替他换裤子。

俞奶奶静静站立一边，就这样看着老伴。静静地，站立一边。没有表情。

俞爷爷也并不总是认识老伴。有时候还会问俞奶奶是不是女特务。女护工就大声强调：“这是你老伴！”

女护工是俞奶奶特意挑选的。一个特别壮实的乡下进城务工妇女，有一双格外肥硕的大腿，裤子总是绷紧到爆。女护工有时候忙完，坐在病床边嗑瓜子，俞爷爷就会公然地，把手搁在女护工大腿上。谁都说不清做这个举动的俞爷爷，是清醒是糊涂还是本能。

女护工厌恶，想拨开。俞奶奶不许，说：“他都快死的人了，你还不让他舒服一点？”

女护工笑说：“奶奶啊，这可是额外服务啊。”

俞奶奶说：“我知道。加钱就是。”

俞奶奶没有丝毫表情。

这都是一些什么事啊？这就是人有病吗？这就是在治疗疾病吗？俞思语更不理解奶奶何以如此淡定。奶奶怎么不伤心？怎么不着急？怎么还允许自己丈夫摸护工大腿？难道爱情不是最自私的、也被双方要求最专一的感情吗？俞思语简直有点无法面对，总是眼睛睁老大，她不敢相信自己的耳朵，也不敢相信自己的眼睛。

俞奶奶不要俞思语来医院了，年轻人少看这些阴暗面。俞思语不听。

俞奶奶就背地里给高红打了电话，要高红想个办法让思思少来医院，爷爷这边情况看多不好。思思这孩子真孝顺，是太好了。只是老人总是要走的，自然规律。思思得抓紧备孕。思思再生一个孩子，就是对他们老人最大的孝敬。高红完全同意。钟鑫涛也很感谢奶奶。高红钟鑫涛母子马上商量，密谋了一些似乎又比较重要的事情，让俞思语来料理。

高红钟鑫涛母子一个设法，俞思语即刻就中了圈套。高红高血压犯了，审计的又来要求公司赶快做一份财务报表，俞思语去公司监督一下财务方面，好不好？这事不要告诉钟欣婷！俞思语说：好的！还是一副任重道远的样子。公司方面，高红也有吩咐，大家都对俞思语很好，又言听计从，唯唯诺诺，俞思语一下子就自信心倍增，每天跑公司。俞思语就这样，被成功牵扯住了。

俞思语也没感觉，不知道是设计。但是，没有时间了，总归没有办法老跑医院。俞思语就给爷爷做了这样一件事情：把俞爷爷一天到晚吵着要吃的菜，写了出来，配上手绘的菜肴图片，贴在病房墙上，让女护工指给爷爷看。当俞爷爷不肯吃饭的时候，女护工就对照菜单，哄俞爷爷说，你看，这个菜，就是彭厨子做的什么什么，这个菜，也是彭厨子做的什么什么，不信尝一口。

彭厨子的菜单，据说是泗阳 1950 年冬季，俞爷爷娶俞奶奶那天的婚宴酒席，因为当时状况特殊又急迫，菜单是因地制宜了，但菜肴是非常美味。菜品如是：小尖元、笋衣炒肉、红烧牛脯、黄花菜炒肉、扣酥（鱼肚档过油，再码进瓷碗，上蒸笼，蒸透，出笼就打卤浇汁，浇汁主要是香醋酱油小麻油，趁热吃）、鱼圆子（酸汤）、黑木耳笋片炒肉、红烧鸡块、甜汤（米酒桂花小汤圆）、大肉丸子、油炸枯鱼（刮过了鱼茸的大青鱼中段与头尾）。

结果病房人们都来看，还有手机拍照，发到网上。大家纷纷喝彩，说这个孙女真孝顺。俞爷爷清醒时候也很开心，又很自豪，还请医护也过来参观学习，蛮炫耀的。

俞思语知道了，更是开心。钟鑫涛当然也很开心。高红钟永胜俞亚洲任菲菲，双亲父母，都纷纷地很开心。都说看到就想吃。也都没人搭腔，说真去做菜试试。唯有俞奶奶声色不动，淡然站立一边，仿佛局外人。俞奶奶就是局外人，老年痴呆的局外人，他们这一场婚姻的局外人。她知道，她这一辈子，终于要熬出头了，俞奶奶安静地等待着。她能够做的就是最后的人道主义：尽量让自己丈夫少受罪。

金观澜公馆这边，钟鑫涛俞思语，也就还是在继续努力造人。钟鑫涛经过男科治疗，也恢复了勃起，只是还没有什么硬度，像一根弹簧。但是应该不妨碍受孕。但 11 月 20 号，俞思语月经就来了。这个月，又没怀上。

13

时间进入12月，一夜寒风，树叶纷纷黄了。再一夜寒风，黄叶纷纷掉落。

钟家俞家家长们，走在路上，踩上枯叶，嚓嚓作响，大家突然觉得，好快呀，时间都快一整年了！

不成。有问题。不对劲。这么年轻的小夫妻，哪有一整年积极努力，都还不怀孕的？如此精心尽力、如此时时刻刻，严格按照大师规定的时辰与排卵期同房，哪有一年都不怀孕的可能吗？大师的回答是：万事皆有可能。只要继续服药。据他观察，2015年，小夫妻的服药状态，并不理想。

钟俞两家家长，私下里，来来回回商议几次，决定还是要撇开中医大师，不告诉他，去看看西医，还是得看看西医。

去医院一检查：钟鑫涛有问题。

钟家不信。再去一家医院，不信。再去一家医院。三家。事不过三，算了，只能信了。

钟鑫涛的问题出在精液方面。钟鑫涛精液分析的结果是：前向精子15%，精子密度1000万。而，总精子数至少得有3900万，其中前向精子至少得达到总数的32%以上，才能够正常受孕。

西医专家不愿意尴尬病人，很客气地开玩笑说：这位钟先生啦，你那些能够向前冲锋陷阵的小蝌蚪，太少了太少了。

钟鑫涛俞思语高红都没有笑，都瞪眼看专家，专家倒尴尬了。

回家四处翻找，找出了四年前，钟鑫涛怀女儿钟宇涵之前的检查单，结果写的是：前向精子70%，精子密度4000万。

大跌眼镜！

才四年，钟鑫涛就暴跌了。还是父亲钟永胜比较懂得安慰儿子以及大家。不久拿回一张晚报，故意丢在茶几上让大家看。大标题写着：《40年来全球男子精子数量暴跌六成　武汉男子精子质量6年降低15%》。

现在媒体真是贴心，展示的数据也真是能够安慰老百姓，如此说来，全球都有问题，钟鑫涛也就不是个体了。再说，都有问题，或许也就不是什么问题了。至少钟鑫涛个人无须担责了。

没有受孕的真相大白。

好在，现在的人们生活在高科技时代，生育的问题，有N多办法，不难解决。

钟家俞家肯定还是要孙子的，人丁兴旺总归是最重要的事情。中央也已经全面放开二胎了，一点政策风险都没有了，可以理直气壮生二胎了。不急，慢慢来，钟鑫涛俞思语小两口先调理身体，建立健康的生活方式。钟鑫涛坚决戒烟戒酒、杜绝垃圾食品、尽量少吃外卖、加班不熬夜、打麻将不搞成整天不动窝、手机不放裤兜、穿宽松内裤。俞思语生活方式还比较健康，保持就好，只是可能要稍微减点肥。2015年的备孕，好吃懒做的，让她胖了不少。

开始运动——慢跑、打球、游泳，都不错哦。

2015年圣诞节就要到了。商城、广场到处都是圣诞老人。钟鑫涛俞思语带女儿钟宇涵出去玩，钟宇涵特别喜欢气氛浓浓的圣诞节。自然了，与很多小孩子一样，钟宇涵也会问父母：真的有圣诞老人吗？

俞思语不假思索回答："有啊。"

结果钟鑫涛同时回答："编的。"

"为了过节，就要编一些故事啊"——钟鑫涛认为自己的回答更加负责。

俞思语目瞪口呆了，一会儿，"噗"的一声，算了算了，说不清，不说了。

2015年最后一天，俞爷爷在医院病逝。

久病床前无孝子。大家认为俞爷爷走了，对他自己是最大的解脱。对大家也是解脱，就互相说了节哀、也好、解脱之类的话。丧事该怎么办怎么办，现在社会上都有丧葬公司，一条龙服务。追悼会追悼词，俞亚洲负责与有关方面交涉，他一位厅长，交涉到哪里哪里都还挺买账，就照网上革命老干部的悼词复制下来就成。一点都轮不到俞思语这孙子辈的人操心。只是听到"丧葬公司一条龙服务"这些话，俞思语心头一抽一抽的好生难受。以前在外面文化公司上班的情景重现。人再年轻，也有不堪往事在心头。俞奶奶却很知音，主动安慰俞思语，要她放心，别想多，他们会挑选公司的。俞思语好哭，闻声流出一行眼泪，随即自己擦掉了，花了眼妆，大熊猫一样，冲奶奶笑笑。

转眼就是2016年元旦了。俞思语想想都怕，又是任重道远的一年，谁知道将会发生什么，岁月可不管钟鑫涛俞思语压力山大，新年钟声一响，人类齐刷刷地，将他们的日历，翻开了新的一年、新的一页。

原载《北京文学》2020年第1期

我们的师傅

凡一平

我

我的师傅死了。

他死去的消息是大哥告诉我的。大哥来南宁看望住院的大嫂，只待了半天就要回去。他说韦建邦死了，明天出殡。韦建邦虽然不是我们的什么亲戚，虽然他的一生很坏，但总归是本村人，如今他走了，送一送是应该的。

大哥的话是在为他的匆忙返回说明理由，但在我听来却是一种提醒，或一种规劝。韦建邦曾经是我师傅，教我偷窃，大哥是知道的。为此大哥恨死了他，也恨死了我。直到后来我洗心革面，并成为一名作家光宗耀祖，大哥才原谅了我，也似乎原谅了韦建邦。

我该不该回去为我的师傅送葬？

大哥没有明示，就走了。他去汽车站乘车。我呆呆地在医院坐了好长一会，又在我的奔驰车里冥思苦想了许久。

然后，我给大哥打电话：等等我。

我开车回上岭。大哥坐在车上，喜滋滋的，像是捞虾的时候捕得一条大鱼回家，眉飞色舞翘腿坐在太师椅上，像个功臣。他现在就翘着腿，朝着车窗外扬眉吐气，不时看我两眼，像是满意我回去奔丧、送韦建邦上路的行为。大哥是个好虚荣和要面子的人，有我这么一个有头有脸的弟弟，去为村里一个诟病一生的逝者送别，这是慈悲为怀并且家教极好的表现。我也看了看极有成就感的大哥，说你可以在车里抽烟。大哥的一只手本来就在兜里，直接抽出来，连带着一盒烟，是我抽不惯送给他的硬中华。他把一支烟叼到了嘴上，正要点火，却放弃了。他说算了，还是不抽。

车子到了乡里，准备经过圩场，我停了下来。大哥和我都下了车，一同抽烟。

我边抽烟边向圩场走去。圩场人流稀疏，或许天色已晚的缘故，也或许不逢圩日。我站在空旷的圩场中央，像站在一个恐怖的山谷。关于我童年在圩场所做或发生的一切，像溶洞中受惊吓的蝙蝠，呼啦啦地飞出，向我扑来。

我的第一次行窃，便是在这个圩场。

那年，1972年，我八岁。

在实地实际行窃之前，师傅韦建邦对我的教导和训练，已经有一段时间了。我们从来不在师傅的家里受训，而是在山上的岩洞、悬崖，以及河边的乱石滩、沙滩，还有河中等。这些艰险的地方是我们的训练场，我们在那里摸爬滚打、攀登和奔跑，令行禁止，像一群特种兵。事实上，师傅韦建邦就是把我们当作特殊的战士来培养和训练的。为此，他专门带我们去公社看过三部电影，一部是《奇袭》，另一部是《铁道卫士》，还有一部是《渡江侦察记》。这三部反美、反特和反蒋的电影里，其中的英雄人物或正面形象，是我们学习的榜样。师傅要我们学习他们的机智和勇敢，如何达到目的或完成任务，又保全自己、再接再厉。同时，师傅强调了解反面人物的重要性，他先搬出一句“知己知彼，百战不殆”，那时我们还听不懂的古文，然后解释这句话的意思，是说如果对敌我双方的情况或底牌摸得一清二楚，打起仗来一般就不会有危险。师傅的学问和教学方法让我们佩服。后来我们知道，师傅是在宜山上的高中，那是一所著名的中学。若干年后我考取的河池师专，学校所在地便是宜山，与师傅的母校一河之隔。

我说的我们，指的是与我同一批受训的学徒，或者同学。他们是蓝上杰、韦燎、覃红色和韦卫鸾。但是我们在一起的时候，是不允许互相称名道姓的，只叫外号。师傅给我们起的外号分别是：我——老鼠，蓝上杰——黄狗，韦燎—— 野兔，覃红色——老猫，韦卫鸾——花卷。

在这些外号里面，花卷算是比较好听的，可能是韦卫鸾长得好看的原因吧，她也是我们这批学徒中唯一的女性。

经过一段时间的刻苦训练，并且通过了严格的考核，我们终于要实战了。师傅给我们的任务是：偷收购站韦有权的钱。

那天是圩日。那时的市场是七天一圩，也就是逢星期天便是圩日。星期天圩日，对还在念书的我们来说，是行窃的好日子。

那天的圩场像往常的圩日一样，热闹和有序。如果说有什么特别或不一样，就是圩场上出现了五个八到十岁的身怀绝技的儿童，这是一个训练有素的偷窃团伙，今天是他们第一次出任务，也是一次大考。而且他们是独立独行，师傅没有出马。师傅为什么没有出马？我后来想，不是因为师傅信任我们，而是为了保护我们，也为了保护他自己。师傅是个贼，他的声名十里八乡都知道的。他如果出现在圩场上，就会引起人的惶恐，就像黄鼠狼出现在鸡群里鸡一定会紧张和警惕一样。

我们在圩场的出现，果然没有引起人们的注意，像几只小黄鳝钻进了鱼塘一样。

收购站在街的西侧，在邮电所和食品站的中间。那是人流密集的区域，也是现金收支最多的地方，我如今用金融中心来形容它。我们到达收购站的时间是上午九时许，韦有权柜台上的座钟有指示。我们选择在这个时间到达，是因为这个时段人开始多，而韦有权掌握的钱还有大部分没有支付出去。这是我们的可乘之机。

在这之前一个小时，我跟踪韦有权去信用社取款。他住在公社的宿舍，这是师傅告诉我的。公社就是后来的乡府。我认得韦有权，我拿松鼠皮卖给过他。一张松鼠皮收购标价是一角钱，但他通常给我五分，最多八分。他克扣的原因不是品相不好，就是看不顺眼，总之是他说了算。我听很多人说他们卖给收购站的货物，都被韦有权克扣，没有得过全价。收购站就是韦有权一个人，他大权独揽，为所欲为，被人们背地称为南霸天。

更早的时候，我就在公社宿舍守候了。而我出门的时间还要早，鸡叫就出门了。我悄悄离开家，来到河边。师傅已经在竹排上等我们。我、黄狗、野兔、老猫和花卷到齐了，他便把我们渡过河去。我们六个人站在四根竹子连结的排筏上，光着脚。因为超重，竹排没在了水里，河水也漫过我们的脚踝。我感觉到刺骨的冷，因为这是岁末冬天。我相信其他人的感觉也和我一样。但我们都站得很稳，像已经抽穗的水稻一样。竹排渡达河对岸，师傅先上岸，然后一个一个地接我们上岸。他一句话都不说，似乎嘱咐都含在牵着我们的手里了。然后我们穿鞋。等我们穿好鞋，发现师傅已经不见了。他和竹排消失在清晨的河雾中。

岸边是公路，沿着公路往西走五公里，便是菁盛的圩场。我、黄狗、野兔、老猫和花卷离圩场还有一公里的时候，便分开了，各行其是。

盯梢是我的工作。

公社宿舍有两排平房，韦有权住在后面一排右数过来第二间。这也是师傅事先告诉我的。他虽然没来，却什么情况都懂。我爬到两排房子靠右侧的一棵树上，开始俯看。

韦有权的房门开了。他先出来刷牙，披着一件棉衣。然后他再进去，过了一会出来，还穿着那件棉衣，却比先前光鲜齐整多了。他的头发油油亮亮，全往后翻，像一边倒的草丛。他关门而不锁门，说明屋里还有人。一个带绳的包拎在他手上，随意地轻飘晃荡，说明包里现在没钱。他一边走一边吹着口哨，说明他昨晚上睡得或过得很舒服。过后我知道他有一个比他年轻二十岁的妻子。

等他走得一定远，我从树上下来，随在他身后，保持不被他发现的距离。

他走到位于街中心的信用社，进去，一定是取钱。出来的时候，他原来拎的包变成挂着了，而且还搭上了一只手，像加了一把锁。

他往收购站去。收购站已经有卖货的人在那里排队了。其中就有我们的人，他是老猫。老猫的手里拎着一个麻袋。我知道麻袋里是一条蛇。黄狗、花卷和野兔我虽然没有看见，但我知道他们就在附近，在相应的时机才会出现。

韦有权一到收购站，所有人整排地让开，给他通过。他拔出别在裤腰带的钥匙开门。开门后他一点也不着急收购，而是先检查收购站里尚未运走的动物，看看有没有死的。果然有一只死的，那是一只果子狸。他不慌不忙、不痛不痒把果子狸从笼里拿出来，放进一个桶里。然后他给活着的动物食物和水。罢了，他搓搓手，像是把气味搓掉一样。他终于坐到了柜台边，打开抽屉，把算盘拿出来摆上，把笔和笔记本摆上，还给钟上链。做完这些事情，他才把挂包从身上拿下来，放进抽屉里，目光也跟随进了抽屉，手在抽屉里还有动作，像是拉开拉链和区分大钱和零钱。

第一个收购是卖蛇的。是一条眼镜蛇，是一个五十岁左右的男人。排队的时候他就一直拿着，双手拿捏得十分老到，像是个专业捕蛇者。韦有权也像跟他很熟，看了蛇一眼，就示意他自己将蛇拿到一边的蛇笼去放。等他回来，韦有权给了他四元钱。他满意地走了。我看了看墙上眼镜蛇的收购价格，是一斤一元。那条蛇目测也是四足斤。说明韦有权也不是每个人都克扣的。

第二个收购是卖金银花的。是个老婆婆。老婆婆的金银花装在一个背篓里，满满当当的，已经晒干，我估摸有五斤左右。韦有权将金银花过秤，扣除背篓的重量，果然是五斤。但是韦有权以金银花未干为由，扣掉了一斤的水分，只付了四斤的钱。老婆婆不服，央求韦有权再给三毛钱。她举着手里的一只空瓶子，说再给我三毛钱买煤油吧。但韦有权就是不给。老婆婆只能就走了。

接着轮到老猫了。老猫摸索麻袋将蛇头摁住，然后一只手伸进袋子里，捏住蛇头，将蛇拖出来。这也是一条眼镜蛇，有两斤重，半米长。老猫一手抓蛇头，一手握蛇的尾部，像捧着一把剑，战战兢兢正要交给韦有权的时候，蛇忽然滑出老猫的手，掉落在地。

一声尖利的喊叫，在这个时候及时发出：毒蛇咬人了！

喊叫者是花卷，我知道是她。制造混乱策应老猫是她的任务。

收购站果然乱作一团，顿时像炸开的锅。人们四散躲逃，我推你，你推他，像电影里遇到轰炸的平民。

地上的蛇爬到墙根，走投无路。它昂起头，面向人，吐着蛇信子，威吓着观望它的人。

韦有权坐不住了。他站起来，离开柜台。他操起一把摄叉子，独自并且从容不迫地向蛇走去，像个孤胆英雄。他手里的摄叉子一下夹住了蛇的七寸，将蛇控制。他回身看见了当事人老猫，看着足有两斤的蛇，恶狠狠地说：一斤半。老猫没有异议。韦有权将蛇直接拿到蛇笼去放，然后返回柜台。

他拉开抽屉，准备掏钱付给老猫。发现包不在了。

但我在，花卷在，加上老猫，我们都还留在现场，像三个诚实、勇敢的孩子。

公社公安很快就来了，就一个。我们认得他，叫谭公安。谭公安原本不认得我们，但现在认得了。他问了我们的姓名，还问了我们之间是什么关系。老猫说我们是同一个村的人，那条蛇是我们三人共同捕获的，一起拿来卖，然后一起分钱。谭公安让我们把身上的东西都掏出来。我们掏出身上所有的东西，就是没有钱。韦有权又一一搜我们的身，见不到一分钱。谭公安相信我们，把我们放了。我们开始还不走，因为韦有权还没有把钱给我们。韦有权骂咧咧说他妈的，你们没看见我的钱都被偷光了吗？要钱没有，要不你们把蛇拿回去！

我们选择了把蛇拿回去。在回去的半路，老猫把蛇放生了。这条蛇没有牙齿，是师傅事先亲自拔掉的，他不想因为谋财而闹出人命。而我们选择把蛇拿回，是不想让韦有权和公安过后发现蛇的秘密或真相。

我、老猫和花卷见到师傅，黄狗和野兔已经在师傅身边了。看到黄狗和野兔，我知道韦有权的钱，已经变成了我们的钱。按照计划，我负责侦察，老猫负责演戏，花卷负责助演，黄狗负责技术，野兔负责接应。所谓的技术和接应，就是黄狗趁乱偷走了钱，再交给在外面的野兔转移。

师傅当场给我们五个人每人一元钱。

那趟偷的钱我至今不懂具体的数额，但至少上百元。我问黄狗和野兔，黄狗说我看都不看就交给了野兔。野兔说师傅教育我们不该问的不要问，你问了不该问的问题。

有一段时间我对师傅耿耿于怀，觉得他是在剥削我们，压榨我们，像资本家和地主老财。我甚至还诅咒过他死。直到若干年后我考上大学，从第一学期第一个月起，我每个月都收到十元的汇款，汇款人没有留名，但我知道是师傅寄的。在大学时期，他没有中断过汇款。我相信他给我寄，同样也会给老猫寄，给黄狗寄，给野兔寄。花卷虽然没读大学，但师傅肯定没少资助她。她是女孩，是师傅最疼的人。

“小弟，我们走吧。”大哥在说话。

大哥看见我在圩场上站得太久，又什么东西都没买，知道我只是在回忆。

我第一次行窃那天，回到家，大哥问我一天都去了哪里。我说我去赶街了。大哥从我身上搜出了一元钱，问钱是从哪来的，是不是偷的？我当然说不是。我说我和蓝上杰韦燎他们抓得一条蛇，拿到收购站去卖，分得的。大哥当时信了。但是很快，收购站的钱被偷的事情传到大哥那里，我被大哥狠狠揍了一顿，要我承认钱是我偷的，是韦建邦教唆的。我当时想打死都不能说。大哥见我被痛打都不认，才觉得冤枉了我。他大概也认为，假如收购站的钱是我偷的，我的身上不可能只有一元钱。在这一点上，师傅的确是保护了我。也保护了他自己，因为那天，师傅一天都在村里晃悠，他有足够多的收购站失窃事件不在场的人证。

陈年往事，大哥是不可能追究了，甚至都不记得了。此刻站在他身边的弟弟，已然是人五人六、社会名流，纵使有可耻的过去，那都是可以忽略和谅解的。就像韦建邦，他如今人已死，一生和一身的罪业，都可以宽恕，并将归于尘土。

我继续开车，去送别我师傅。

师傅的家在上岭村的东头，我家在西头。也就是说，红水河从上岭村流过，师傅家在下游，我家在上游。在不通桥梁之前，行人要从码头过，进出村庄，是从上游过。如今有了桥梁，建在东边，车辆进出村庄，则变成从下游走了。

临近村庄，大哥说，我们坐船过去吧，把车留在河这边。

我问为什么。

大哥说避讳。你的车是新车好车，不宜经停丧家。另外，你现在的身份，也不便过于张扬。

我接受了大哥的建议。

我坐船渡河。天色已黑，所有的景物都只是一种颜色，家乡的山峦和河流两岸的竹林，像是一幅涂上焦墨的图画。河面上是有一些波光，但不足以映照那庞大的山水。

摆渡的艄公是我小学同学，叫潘得康。他的家离我家也就是十米远。小时他去学校上学，要路过我家，而我从码头外出和回家，则必须经过他家门前。他在我们班上，是最守规矩和老实的人，却只读到小学毕业就辍学了。他要接他爸爸的班。他家祖孙三代都是艄公。摆渡是他们家的专属，甚至码头也是。码头现在叫得康码头，但原先不是，而是以得康的爷爷命名的，得康的爷爷死后，就以得康的父亲命名，现在以得康的名字命名码头，意味着得康的父亲也死了。他的父亲在他十二岁的时候就死了。他十二岁开始接班，意味着他已经当了四十三年的艄公，因为他与我同龄。得康码头原来陡峭和窄小，有一百年以上的历史了，它是由先人踏出来的，而非开凿而成。它在十年前得到修建，我是做了贡献的，或者说跟我师傅有关。

十几年前，师傅与得康忽然到南宁找到我。他们的到访就是与码头有关，具体地说就是来找钱修建码头的。得康开宗明义，说码头虽然是以我家的人命名的，但所有权属于集体，属于上岭村，也就是说属于国家。他言外之意，是国家能给钱修建码头就好了。而我是领国家工资的人，帮助找到国家的钱来修建上岭村的码头是我的责任。

关于码头的事，师傅一言不发。但他的到来和在得康身边、我身边的存在，却胜似千言万语。我从前的、偷窃的师傅，已经断了联系二十年、回村也不再见面的师傅，突然出现在我的眼前，让我十分激动和害怕。他或许是自愿来的，或许被得康“绑架”来的。得康为码头的事，为什么要带上韦建邦？说明他知道我和韦建邦曾经的师徒关系，不可能不知道。他要挟韦建邦，再用韦建邦来要挟我？

师傅已经是老人了。他那年应该已近七十岁。头发已经基本掉光，剩下没几十根，发白和细软，像荒漠中的残存的草，也维持不了多久。我招待他们吃饭的时候，发现他的牙倒是结实和齐整，咬得动我夹给他的鸡胸脯，应该是装了假牙。

我满口答应：你们放心，修建码头的钱，包在我的身上。

我找到修建码头的二十万元钱，已经是两年后。两年来，码头成为我的一块心病，为了找钱治病，我不遗余力，多方求告。终于，自治区财政厅专项拨款二十万，层层下放到市里、县里、乡里，由乡里实施修建。码头修建好了，我药到病除。

船只向对岸的码头驶去，我的同学潘得康驾轻就熟。因为我的归来，他兴奋地说个不停。他肯定知道我这次为什么回来，为谁而来。他说，你坐船过河是对的。我早已经在这里等你了。我晓得你一定回来。我说，现在有桥了，还有人坐船渡河吗？这个我以为老实的同学幽默地说，你就是。

船只靠上码头。我和大哥上岸。大哥问我要不要先回家，休息到天亮再去。

我说，我自己去就好，你休息。

师傅的家灯火通明，人声鼎沸。周边的人家也被灯火照亮，被不眠的人激活，仿佛一个夜市。

我像一名不速之客，进入灯火和人群中。我本想在房屋外边先找个角落，默默观望和缅怀我的师傅，但我肥胖的身躯和独有的光头特征，很快引起了人们的注意。一个司仪过来，引领我去上香。

我走进师傅的家。在灵堂前，我首先看见师傅的遗像，像一个粗藤盘结的树根，在等候我。我瞻仰师傅，他沧桑、黑黄、浮肿，脸上满是皱褶和斑点。这应该是他晚年的照片。师傅年轻的时候可不是这样。他英俊潇洒，红光满面，像电影里的好人。从某种意义上说，我拜他为师，是被他的相貌所吸引。他的长相和气质的确和村里人不同，他一点都不委琐，也不粗鄙，尽管他是个贼。他为什么是个贼？或者说他为什么成为贼？他的经历让我好奇，为此我接近他。我走近他之后，发现他有满肚子的故事和满身的本事。他字写得好，画画更好。总之，他令我着迷，也令蓝上杰、韦燎、覃红色和韦卫鸾着迷。严格来说，我们拜他为师，是为了成为有本领的人，而不是为了做贼。后来我们果然都不再做贼，或者说我们除了贼的本领不再使用，师傅教给我们的其他本领，我们各有专长，都用到了极致。

我接过司仪递来的香，跪拜我曾经敬爱也曾经怨恨和疏离的师傅。我一边跪拜一边默念：师傅，请走好。谢谢您，师傅。师傅，对不起。

师傅的众亲属在给我鞠躬回礼。他们守在棺材的两旁，披麻戴孝。我知道师傅没有子女，所谓的亲属，应该只是叔侄、堂、表、外甥的关系。师傅的房子，在几年前进行了重建，十八米宽三十米深、四层的楼房，在村里算是上好。师傅在人生接近终点的时候，为什么还要起新房？我想无非是为了给埋怨他一生的亲属们有个交代或回报吧。毫无疑问，师傅如今死了，他的丧事无比隆重，因为天明出殡之后，这幢房子就不再是师傅的了。他的亲属将继承或分掉他的房子。

法事已经在进行。在屋外新搭起的帐篷下，菁盛乡最著名的道公和风水师樊光良，正率领他的团队，敲锣打鼓念唱经文。他们专心投入、精神抖擞，像一支不辞辛苦、敬业为民的文艺轻骑兵。

发现我来了，樊光良离开他的团队，走过来和我打招呼。招呼过后，他仍没有归队，要继续和我说话，说话变成聊天了。樊光良是我高中同学，他的学历也止于高中，但他的道行神通，非我作家兼大学教授所能比。

老同学，你来了，就是对师傅最好的超度。樊光良说。

你凭什么认为他是我的师傅？我说。我对樊光良的指认感到吃惊，因为我上高中时已经不做贼了。

我晓得，他是你师傅。我也有师傅，这没什么。樊光良说，他摸着他的胡须，像抓着什么把柄一样。

人非圣贤孰能无过，逝者为大，这你应该懂吧？我说。我的意思是让樊光良不要纠缠我和韦建邦的师徒关系。

对的，我对你讲的就是这个意思呀。

我说，你是大师。

樊光良说，可是你比我有出息。

那可能是因为我们的师傅不一样。

你凭什么认为我们不是同一个师傅呢？樊光良说。

我吃惊，是吗？

我比你晚些年拜他为师，只是你不晓得而已。樊光良说，他点烟抽，也递给我一支。我不是你那批学徒和那个团队的。

那为什么我不知道你，你却知道我？

所以我成了道公，你成了作家和教授呀。

我心里骂了句狗日的，嘴上却说你才是人类灵魂的工程师，因为你天天和灵魂打交道。

没错，他边说边笑，我们的师傅，该为我们骄傲。

就像你那帮正在坐念唱打的徒们一样，他们也应该为你这个师傅感到骄傲。

我和樊光良表面轻松和谐其实针锋相对地聊着，反正我打算在这里一直待着，直到出殡。有樊光良在，正好可以解闷和解乏。他陪我聊个把小时，再过去念一会经，又过来和我聊，像是两边开会或应酬的领导。我说你这么不用心，不专心，不怕师傅收拾你吗？樊光良说我与师傅通灵了，照顾好你，正是他的意思呀。

我竟然莫名地感动。

半夜三更，吊唁的人大多已经散去，或已经睡着，忽然来了一个人。

她穿着黑色皮衣，挂白围巾，沉重而急速地向房屋走来，径直朝灵堂进去。我在屋外看见她朝逝者跪拜，上香、斟酒。虽然她背对我，身影也不熟悉，但我心里仍跳出一个永不能忘的名字：花卷。

等她出来，我迎上前去。她也看见了我，认出了我。

她叫我的学名：樊一平！

我说你怎么知道是我？

她说你太好认了，电视上也见过你。

我这个样子的确是不能犯罪了，因为不好逃。

那我是谁？认出来吗？

我说花卷。

她不生气，说真名呢？

韦卫鸾。

韦卫鸾

韦卫鸾是村里韦庆雷和农妹花的大女儿。她八岁的时候，下面就有四个妹妹和一个弟弟。可想而知，她家的境况会有多惨，她的日子会有多难。

我和她是小学到初中的同学。

拜韦建邦为师傅，是我拉她加入的，或者说是我引见她接触了韦建邦，拜师是她自愿的。

小学一年级暑假放假那天，我追上在赶着回家的韦卫鸾，说我带你去见一个人。韦卫鸾说不去，我要回家干活。我说那个人很好玩很好玩，他可以教我们玩。韦卫鸾说是谁呀？我说韦建邦。她一听，吓了一跳，说不不，韦建邦是坏人，我爸晓得我跟他玩，会打死我。我说我跟他玩都有半个学期了，我大哥到现在都不晓得。她不答应，继续走。她垂在背后的辫子一甩一甩的，像抽人的鞭子。我以为愿望落空了，没想到她在离我十五步的地方停下，忽然回头，说你讲的都是真的？

我领衣不蔽体的韦卫鸾去见韦建邦。我们在韦建邦家门外的时候，听见他在拉二胡。那旋律相当的特别，和我们平时听到和唱的歌曲不一样。后来我知道他那天拉的是《二泉映月》。

我和韦卫鸾顿时被音乐吸引，但为了不打扰他，我们就在门外站着听，直到音乐停止。我们进去。

韦燎、覃红色和和蓝上杰已经在房屋里了。原来刚才的曲子，是韦建邦拉给他们听的。

韦卫鸾的到来，让韦燎、覃红色和蓝上杰很惊讶，也很兴奋。他们围着韦卫鸾团团转，像是一群黑猫围着一只白猫。我很得意，因为他们想做而做不到的事情，我做到了。

韦建邦却不高兴，他训斥我：你带她来干什么？

我脑子飞转，找到一个理由，说她会唱歌。

韦建邦看着瘦不拉几的韦卫鸾，说唱一个我听听。

韦卫鸾也不怯场，唱了起来。她唱的是《红灯记》的选段《我家的表叔数不清》——我家的表叔数不清，没有大事不登门，虽说是虽说是亲眷又不相认，可他比亲眷还要亲，爹爹和奶奶齐声唤亲人，这里的奥妙我也能猜出几分，他们和爹爹都一样，都有一颗红亮的心。

韦卫鸾的嗓门把我们镇住了，我们目瞪口呆，像一群面对鲜草嘴巴却套上了笼子的羊。

韦建邦微微点了点头，说：但是需要调教。

这句话一下子把韦卫鸾控制住了。她像迷途中遇到了一个领路的人，决心跟这个人走。她眼巴巴看着韦建邦，生怕他不教她。

一个星期后，我们正式拜韦建邦为师傅。我们的初衷，是要学他身上所有的本事。

师傅说，首先我要教会你们活下去的本领和方法。

这个本领就是偷窃。

我们起初都很惶恐，是不愿意的。韦卫鸾最不愿意，她央求师傅：我可以不学这个么？

师傅说：我不养不能自食其力的人，你走吧。

韦卫鸾没有走，那时师傅刚教她学会了简谱，五线谱正开始学。她舍不得孜孜以求的音乐本领，最终留了下来。

在师傅的教导下，经过一段时间刻苦的体能和技能训练，我们学会了偷窃的本领。在实际行窃的前一天，师傅制定一条行窃的准则。

师傅说：你们要牢记一条，穷人和亲戚的东西不能偷。

师傅没有解释为什么穷人和亲戚的东西不能偷，但我们大致能懂。穷人本来就穷，东西再被偷走的话，就更难活了。亲戚的东西为什么不能偷，因为那是亲戚。

所以第一次行窃的对象，我们选择了既不是穷人也不是我们大家亲戚的收购站的韦有权。

行窃之前，一对一的时候，我问韦卫鸾，你害怕吗？

韦卫鸾上下牙齿打架，哆嗦得说不出话来。

我说到时你要喊的，你现在就开始喊。喊出来就不害怕了。

她说朝什么地方喊？朝谁喊？

我说朝着高山喊，朝着河喊，朝着我喊。

喊什么？

就按师傅吩咐的。

于是，韦卫鸾朝着高山，朝着河，朝着我，连喊了三句：毒蛇咬人了——毒蛇咬人了——毒、蛇、咬、人、了！

喊完她就哭了。

等她哭完，我说还害怕吗？

她说：万一我被抓了，你会不会救我？

我说：我拼小命都会救你。

她笑了。

首次行窃成功之后，韦卫鸾换上了一套新衣裳。我知道一定是师傅给她买的，至少是悄悄多给了她一套做衣服的钱。那时候买布还需要布票，她家有的是剩余的布票。穿上新衣裳的韦卫鸾越发好看，真正地像一朵花。她那套印花的衣裳，随着身体和岁数的发育增长，像击鼓传花一样。我后来看见她二妹穿，她三妹穿，她四妹穿。她们四姐妹，像山岗上的四棵树，所有的风都为她们吹，所有的日子都为她们破碎。后面四句，是我多年后读到的海子的诗，用来形容多年前的韦卫鸾四姐妹。我觉得海子的这几句诗，就是为她们写的。

师傅认真地教韦卫鸾音乐。到小学五年级的时候，他忽然说：我教不了你了。

韦卫鸾以为师傅不喜欢她了，伤心难过地说师傅，我什么地方做错了，我一定改。

师傅说：你想继续进步，就需要更好的老师。

韦卫鸾说：谁呀？

师傅写出来：克里斯蒂娜·迪乌特科姆；维多利亚·德·洛斯·安赫莱斯；安娜·莫芙；泽弗里德；琼·萨瑟兰。

看着一串长条的名字，我们都懵了。

师傅说：这是世界五位最著名的女高音歌唱家，她们可以做卫鸾的老师。

师傅改口不叫韦卫鸾花卷，而叫真名。

韦卫鸾说我上哪里找她们呀？就算找到她们也不肯教我呀。

师傅说：我知道在哪里能找到她们。只要找到她们，她们肯定教你。

我们用怀疑的眼光看着师傅。

师傅说：她们在菁盛中学黄盖云老师的房间里。他藏有这几位歌唱家的唱片。你们去把唱片偷来。唱机就不用偷了，我有。

我们兴高采烈自告奋勇地进行分工。花卷韦卫鸾唱主角，老猫覃红色演配角，黄狗蓝上杰负责技术开锁，野兔韦燎负责接应，我老鼠还是负责侦察。

但是花卷说：我要老鼠配合我，有他在身边，我不害怕。

于是我和老猫换了工作。

那天是星期三，老猫侦察到黄盖云老师一天都有课。我们决定那天行动。但是那天我们也有课呀，怎么办？头一天晚上，野兔给第二天的科任老师韦先下了泻药，第二天一早我们便得到了放假的通知。韦先老师是野兔的叔叔，是我们上岭小学两个教师之一。另一位老师是苏满洲老师，他上个月腿断在家休养，所有的课都由韦先老师来上。

我们潜入菁盛中学。这也将是我们下学期即将就读的学校，我们等于先来看看，熟悉环境。假如遇到有人发问，我们计划就这么搪塞。还是师傅明示，又经过老猫事先踩过点，黄盖云老师的房间很快就找到了。黄狗不到十秒钟就把房锁打开。我和花卷溜进去。

房间很小。一张床，一张桌子，一箩筐书，房间基本上就满了。桌子上有一台唱机，唱机和唱机边有唱片，唱片都是当时革命样板戏的歌曲。我们也知道我们想要的唱片不可能在这里摆放着。那么在哪里呢？

床底。只能在床底。

我钻进床底。在床底最里边，我搜出一只箱子，并把它拖出来，像老鼠拖出油瓶一样。

这是只皮箱。皮箱灰尘不是很多，说明上次打开的时间不是很长。皮箱的按锁已经坏了，一摁就开。

箱子里果然有唱片，还有书。花卷按师傅提供的名单，迫不及待找她想要的唱片，找着四张，维多利亚·德·洛斯·安赫莱斯的没有。花卷说可以了，示意我把箱子原封放回去。我没动。我被箱子里的书吸引着。《安娜·卡列尼娜》《复活》《巴黎圣母院》《包法利夫人》等等，它们像花生吸引老鼠一样，让我不舍。我看了看花卷，花卷说你想看就拿呗。我就拿了那四本书。

我们回到村里，进师傅家。师傅的唱机已经搬出来擦拭干净和弄好了。师傅放上唱片。歌声响起。我们听完克里斯蒂娜·迪乌特科姆唱，听安娜·莫芙唱，然后听泽弗里德唱，听琼·萨瑟兰唱。她们的歌词我们听不懂，但她们的唱腔圆润高亢，好听。花卷自然是听得比我们投入和着迷，过后她肯定还要反复地听。

师傅发现了我多余偷来的书，他没有怪我。他看了看封面，说：托尔斯泰、雨果、福楼拜，以后就是你老师，如果你想将来当一名作家的话。然后他还点了书里好多人物的名字和细节。说明这些书，师傅都看过。

就在那年，1975年，我们小学读完后升初中。在菁盛中学，我和韦卫鸾分在同一个班，初19班。班主任兼语文老师、音乐老师都是黄盖云。当他自我介绍报出自己大名和任课任职情况的时候，我和邻桌的韦卫鸾面面相觑，只见她目瞪口呆，我则是暗自庆幸。我觉得能做黄盖云老师的学生，真是缘分呀。韦卫鸾可能跟我想的不一样，她可能想的是做黄盖云老师的学生，却偷了他的东西，心里有愧。黄盖云老师那年三十出头这样，不是本地人，却来菁盛中学七年了。未婚。他的普通话字正腔圆，真是好呀，让我们这些讲普通话夹壮的壮族孩子听了，如果他不是老师，我们会以为是他讲的不标准。后来韦卫鸾说得一口流利的普通话，跟北京人似的。我也马马虎虎，让别人猜不出我是壮族人。这都是黄盖云老师的功劳。当然他的功劳不止这些。

语文期末考试的时候，作文题是《我的家》。交完卷的当天晚上，黄盖云老师突然通知我去他的房间。我去到他房间里的时候，发现韦卫鸾已经在那里了。她畏畏葸葸站在墙边，黄盖云也指示我站墙边，与韦卫鸾一起并列。他表情严肃，我觉得大事不妙。

他先拿出我的试卷，问我：你的作文《我的家》，第一句话，幸福的家庭都是相似的，不幸的家庭各有各的不幸。我问你，这句话是怎么得到的？怎么来的？

我一愣，知道坏了。写作的时候光顾显摆，却忘了保护自己。这句话的出处就来自《安娜·卡列尼娜》。这本书是我从黄盖云老师这里偷来的。我当时还下意识地看了看床底，而且黄盖云老师也注意到我看床底了，这简直是不打自招。

我说不记得了，但肯定不是我的话，是引用的。

引用谁的？

托尔斯泰《安娜·卡列尼娜》里面。

好了。他说。他转而拿出另一份试卷，看着韦卫鸾。

韦卫鸾，你在《我的家》作文里，写到你的母亲。你这样写：我的母亲喜欢唱山歌，她的歌声虽然没有克里斯蒂娜·迪乌特科姆嘹亮，也没有琼·萨瑟兰多情，她不懂舒伯特，也不懂施特劳斯，但是她的歌声纯朴、清甜，像我家后面的山泉。好啦，我的问题是，你是怎么知道克里斯蒂娜·迪乌特科姆？还有舒伯特？施特劳斯？

韦卫鸾已经慌乱得不行，几乎就要瘫下了。她模仿我，也看了看床底。我想这下彻底完了。

没想到黄盖云老师说好啦，我知道了。你们回去吧。

那天晚上，我辗转反侧，彻夜难眠。我想到了被示众和开除的结局。

黄盖云老师评卷和宣布分数。

我和韦卫鸾的作文是满分，并被当做范文，由各自来宣读。

我念我的作文《我的家》。当我一念“幸福的家庭都是相似的，不幸的家庭各有各的不幸”这句剽窃而来的话时，情不自禁地看着黄盖云老师，他像一座沉默、挺拔的青山，让我仰止。

轮到韦卫鸾念时。韦卫鸾看着黄盖云老师，说我不念。我想唱作文里写到的琼·萨瑟兰唱的歌，行吗？

黄盖云老师说行。

韦卫鸾说琼·萨瑟兰是澳大利亚女歌唱家，我唱的是她唱的歌剧《拉美莫尔的露契亚》选段。

然后她开始唱。她的唱词我们同学全听不懂，但是她唱得好不好，我们还是听得出来的。她很出色。那是她第一次在四十个以上的观众面前演唱。她的歌声征服了全班，并不胫而走，传遍全校。整个菁盛中学很快知道，初 19 班有一位了不起的歌唱达人，她叫韦卫鸾，上岭村人。

过后，我们把事情告诉师傅韦建邦。师傅缄默了半天，然后说：我不做你们师傅了。从今年往后，我们断绝一切来往。

我们如晴天霹雳，问为什么？

师傅说：为了你们的将来。本来，我就有这个打算，等你们初中毕业，我们就脱离师徒关系。现在，黄盖云的行为，把我的计划提前了。

我们又问为什么？

师傅说：你们以后会懂的。我只能告诉你们的是，好日子就快来了。只要和我这个师傅断绝关系，你们的好日子就来了。

好日子最先降落在韦卫鸾的生命中。

1977 年，十三岁的韦卫鸾初中毕业，被县文工团特招，成为演员。这是黄盖云老师推荐的结果。

也在那一年，黄盖云老师调去县中学。他的才华和韦卫鸾的天赋一样，最终没有被埋没在寂静寥落的乡村。

临别的时候，黄盖云老师把我单独叫到房间。他打开那只皮箱，说：这里面剩下的书，都送给你。好好读吧。

我说：老师，我错了。

他摇摇头，说：你师傅是不是韦建邦？

我说：他已经不是我师傅了。

但是将来，你们有成就的时候，希望不要忘记他。

我说：我会永远记得你，老师。

与黄盖云老师一别，我再也没有见过他。我在菁盛乡中学念高中，并在那考上大学。大学毕业，我分回菁盛乡中学当教师。一年后我调到县文化馆，当创作员。

黄盖云老师在县中学，照理，我们是可以见面或来往的。但是，我们就是没有。

这和韦卫鸾有关。

我考上大学以后，第一封信是写给韦卫鸾的。我在信里向她示爱。

但是，韦卫鸾没有回信。

一封不回，再写一封。在大学头两年里，我坚持写了十八封信。

韦卫鸾一封也没有回。

我听老猫覃红色说，她爱上了老师黄盖云。

这便是原因。

我调到县文化馆以后，与还在县文工团的韦卫鸾也只见过一面。那次见面我只说一句话，你是不是爱上了黄盖云老师？她的回答也是一句，是的。

然后我们就再也不见面了。

我和韦卫鸾的再次见面，居然是三十多年后了，在师傅韦建邦葬礼的前夕。

此时此刻，这个雍容华贵的半老徐娘，正落落大方地和我这名光头老汉闲聊。在我们相继为师傅寄托哀思之后。我们同坐在一长条椅上，靠得很近，让村里人以为我们是天生的一对，或曾经的鸳鸯。

在醒着的村人的目光中，我问韦卫鸾：你最后为什么没有嫁给黄盖云老师？

韦卫鸾说：他不要我。

为什么？

不该问的不要问，她搬出师傅曾对我们的告诫对我说，更何况现在才问这个问题，有意义吗？有意思吗？

我说有意义，但没意思。

我后来嫁到了柳州，她说，嫁给一个当官的。他的官越当越大，后来就不要我了，离了。但给了我一大笔钱，现在都还给，因为我们有一个女儿。女儿在意大利，也是学声乐的，美声。

这就有意思了。我说。你未竟的事业，后继有人了。

黄老师结婚了吗？后来。

我说这个问题怎么是你问我？应该是我问你。

韦卫鸾说，黄老师不要我，不娶我，他说那不是爱，是感恩。

我认为也是。

好吧，你说是就是。无所谓了。她仰脸看着有星星的苍穹，给我一支烟。

我给她一支烟，并为她点燃。

你怎么样？老婆退休没有？女儿像她妈漂亮，还是像你？她边吞云吐雾边对我说。

我生男生女你也清楚？

都一个村里的人嘛，她说，我回家的时候，村里人没少说你，自然知道一些啦。

我困了。我说，还打着哈欠。

我真困了。

我靠在椅子上睡。樊光良们在对面的铜锣声也阻挡不了我进入梦乡。在梦乡里，年轻貌美的韦卫鸾，她站在一朵云上，向我飘来，并为我歌唱。

我忽然醒了。睁眼一看，一拨人呼啦啦向马路那边涌去，像是来了什么大人物。天已经放亮，马路上停着一辆加长版的劳斯莱斯幻影。从车上下来四个男人。四个男人都派头十足，尤其走在前面的两个。这走在前面的两个，烧成灰我也能记得，他们是黄狗蓝上杰和野兔韦燎。

蓝上杰　韦燎

蓝上杰和韦燎，曾是我的生死兄弟，这毫无疑问、不可否认。加上老猫覃红色，我们四兄弟，智勇果敢，配合默契，像《加里森敢死队》里那伙恶贯满盈、身怀绝技、上阵杀敌、以功抵罪的囚徒。

在我们这个团伙里，黄狗蓝上杰最专业，他干的都是技术活。从别人的口袋里掏钱包、开门锁，那都不在话下，轻而易举。他的绝活是开保险柜。

我们小学四年级寒假的时候，去了一趟县城。那是我们第一次出远门，也是第一次做大生意。菁盛乡太小了，有钱人不多。隔壁金钗乡稍大一点，但一来二去，已满足不了我们的胃口。县城必然成为我们的目标，像经常考九十分的人一百分必然是他的目标一样。

都安县城无疑是我们见过的第一个城市。有好多条街，不像菁盛和金钗，只有一条街。每条街上，人头攒动、熙熙攘攘，像蜂窝一样密集和喧闹。我们像几只小蜜蜂钻进蜂窝里，却要干惊天动地的事情。

我们先在县城考察、侦查、踩点，并因地制宜计划了两天，决定对食品公司屏北店下手。

临近春节，买肉的人自然多了起来。那天我们盯上的店面卖了足有四头猪的肉，并且卖得很晚。店面工作人员有两个人，一人割肉称肉，另一人收钱。到下午五点钟的时候，收钱的说不卖了，割肉的也说不卖了。收钱的要赶在银行停止营业之前存钱，割肉的确确实实太累了。老猫和花卷这时出现了，他们手里都有肉票和钱。肉票当然是偷来的，好多。两人一前一后，磨磨蹭蹭、啰啰唆唆，开口说要五花肉，完了又改口说不要了，要拿来包粽子的猪颈肉，总之磨蹭到银行停止营业的时间为止。收钱的看时间过了，只好把钱放在了店铺的保险柜里。

店铺锁上了。两把巨大的锁，像两个老虎头挂在绷紧的锁链上，收钱的和割肉的各拿一把锁的钥匙。这都没问题。问题是进去后保险柜能开吗？黄狗是询问过师傅保险柜的知识和开保险柜的诀窍，师傅也辅导过他，但都是在口头上或纸上。真正的保险柜，黄狗是没见过呀，今天的第一次见。他能行吗？当然我们也做好了撬保险柜的准备，甚至是端走整个保险柜的准备，但这都是迫不得已的事情，是下策。

夜深人静，黄狗和我进入店铺。花卷、野兔和老猫在外面放哨，分一哨、二哨和三哨，像电影里重要战事的警备一样。面对像水缸一样大、花岗岩一样坚硬沉重的保险柜，我是头皮发麻，束手无策或袖手旁观。黄狗也琢磨或盯了半天不动。他像是努力地回忆和遵循师傅的教导，也像是思考如何灵活运用科学技术破解锁码。就在我觉得黄狗不行的时候，只见他触碰了保险柜。他屏息静气，左耳朵贴在柜面，像医生听孕妇的胎音。右手拇指和食指捏着柜面的旋钮，轻轻地来回扭动。只听一小声“嗒”响，他一扯柜门，开了。

剩下的事，就我来做了。我把柜里的钱都拿出来，装进口袋里。然后关上柜门，用布擦掉指纹和脚印。

然后我们溜之大吉，逃之夭夭。

这趟行动收获不小，足有四百六十元之多。

黄狗在这次行动中功高至伟，也令师傅刮目相看。他摸了摸黄狗的脑袋，又抚摸他的手，说你这家伙，脑瓜子活泛，耳聪目明，心灵手巧，了不得。

师傅难得表扬人，我们对黄狗羡慕得不得了。

但是师傅又说：将来，你的智慧如果用在正道上，一定非富即贵，并且福运长久。你将来赚了钱，一定要多做善事，积累功德，抵消现在的罪业。

师傅看着我们其他人，接着说：包括你们，将来都要走正道。跟着我走不远也走不久的，因为你们现在跟我走的是歪门邪道。你们是不会饿死了，但是完全有可能被打死呀。所以读书才是根本，是正道和王道。

黄狗蓝上杰领会师傅的教导最积极，也最到位。他读书用功，成绩优异。高中毕业他成为菁盛中学的高考状元，被上海财经学院录取，学的是金融专业。大学毕业他先留在上海一家大型国企，当会计师。然后，他辞职南下，去深圳创业。但发达是近几年的事情。如今的身家已过百亿。他发达后果然不忘初心和师傅教诲，行善积德。光上岭村这座桥，耗资八千万，他捐了五千万。师傅家翻建的这幢楼，想必也是蓝上杰捐助的，他有这个心，也有这个能力。他和野兔韦燎本来就是臭味相投，现在又走到一起。

野兔韦燎是我们这个团伙里反应最快的人，什么都快：学得快，跑得快，想的更快、更远。总之什么事情或任务到他那里，不可能完成的都能完成。他是我们团伙的智多星或参谋长。

去县城干大生意便是他的主意，或者说他是策划或导演。

开始我、老猫和花卷都以为不可能，简直是异想天开。黄狗不置可否，他保持中立，像是野兔与他商量过了。

我、老猫和花卷认为，一帮连县城都没去过的人，竟要到县城去大显身手，就像小学没毕业的人要跳级升高中一样，成功的把握或概率微乎其微。

况且师傅并不知道这件事情。

野兔说：第一，成功之前，绝对不能让师傅晓得我们的行动和计划，否则失败无疑。因为师傅历来把安全和保险放在第一位，他决不会允许和同意这么危险的行动计划。第二,万一行动失败，所有的罪过，我一个人扛。

有了野兔的分析和保证，我们的态度松和些了。其实，我们都很想去县城，见大世面。黄狗的中立态度有了倾向，鲜明地站在了野兔一边。

野兔又说：你们一定要一切行动听指挥，严格按照计划的步骤走，做好每个人该做的事情，就能成功。

野兔的意思，按现在影视行业的说法，就是听导演的，按剧本演，演好自己扮演的角色，影片就能成功大卖。

在那次行动中，我们都听野兔的指挥和按他的计划行事，果然成功了。

那次先斩后奏的行动，师傅表面上是对野兔进行了严厉的惩罚，罚他在一里长的河滩来回跑半天。这对长跑健将的野兔来说算得了什么呢？不过像是给一个敏捷好学的学生加几道练习题罢了。

现如今的野兔韦燎，是一名电影导演。这我肯定知道。多年前他看上我的一部小说，想拍成电影，但没钱买版权。他在北京，是通过电话跟我联络的。我说电影是你导的话，我版权送给你。然后我们还签了版权赠送的合同，是通过邮寄签的文件。后来电影拍成上映了，导演却不是他，编剧是他。我打电话给他，说你是不是把我的小说版权转卖了？他说没有，哪有。我说韦燎，别骗我，影视这行业，我虽然涉得不深，但也是略懂的。于是他在电话里跟我诉苦，说兄弟，我在北京混得不好，我想当导演，但影视界的水太深了，我没资历，更没资本，只能通过编好本子，先赚点钱，换取人气、人脉，导演我是肯定要当的，请相信我。看在之前我们是同门同学和同行的分上，这件事情，请不要声张。

我没有声张，因为我不敢。韦燎一句“同门同学和同行”，像紧箍咒，震慑了我。同门是什么？是名贼韦建邦的门徒，同学也是，是他的学生。同行是什么？就是我们都是贼，或曾经是贼。我们这几个贼，为什么那么多年没有来往，没有见面，不就是为了回避和隐瞒“同门同学和同行”这一可耻和可怕的事实吗？

况且我们还有约定。

大学录取通知书下来了。黄狗蓝上杰考上上海财经学院，老猫覃红色考上广西民族学院，野兔韦燎考上广西艺术学院（他一毕业便北漂），我考上河池师专。我们这个团伙中的四名男生，全部金榜题名，成为天之骄子。

只剩下我们五个人（没有考大学的花卷也特地来了）的庆贺聚会上，野兔说：我有个建议，或者说我们来个约定吧。第一，从今往后，我们互相之间，不能叫外号了。因为我们都不再是贼，师傅也早已和我们断绝关系，我们不再有师傅了。第二，从今往后，我们不要有过多的来往，最好是不再有来往。因为，我们都已是天之骄子，前途光明。但我们却有不光彩的过去。并且我们都清楚你、我、他，过去是什么货色。我们自己清楚就罢了，但如果我们经常聚首的话，别人就会晓得我们是一个团伙，我们的过去，就会像埋在地下的尸骨被翻出来，臭不可闻，遗臭万年。

韦燎的建议得到我们其他人的认同，成为约定。花卷后来不理会我的示爱，我认为除了她爱上黄盖云老师是一个原因，另一个原因，便是与约定有关。

我们足足将近四十年，大多能遵守约定，没有来往，没有见面。

但如今我们破坏了约定，因为师傅韦建邦的死。我们不约而同地来到师傅身边，祭祀逝去的师傅，像一坛尘封几十年的酒，被我们故意或不顾一切端出来，昭告世人和天下。曾经叱咤十里八乡的盗窃团伙，只剩下老猫覃红色暂时没来。

蓝上杰和韦燎看见我和韦卫鸾了。但是他俩顾不上与我和韦卫鸾打招呼，而是径直去拜祭师傅。他们捧着香，朝着师傅的遗像和棺材，跪下去，一叩首、二叩首、三叩首。然后他们起立，把香插在香炉里，再半跪着，分别在师傅前方的三个酒杯，斟了三道酒。这一切他们都做得中规中矩、不减不增，像是十分守道和守德的人。那两个跟随来的人，也和他俩一起、一样，看上去一个是蓝上杰的保镖，另一个是韦燎的助理。

蓝上杰和韦燎终于来到我和韦卫鸾跟前，大家互相招呼和寒暄。我原以为大家会叙旧。但是没有。谁万一或不经意提到小时候的事情，就会有另一个人打断或岔开，提及的是近来并且是光彩的事。

比如蓝上杰近些年风生水起的事业——金融投资。深圳赫赫有名的上杰金融投资集团，便是蓝上杰的王国。他当董事长就是当王。房地产、人工智能、物流、影视业等等，什么都干。他 003**3 的股票，在 2008 年我就买了，后来越跌越买，越买越跌。2015 年，在股价从 96 元跌到 7 元的时候，被我斩仓。我投入地写作挣来的血汗钱，几乎喂了股海里不知哪条鳄鱼。但这个剧痛和巨痛，我没有跟蓝上杰说，此刻我也不打算说。此刻蓝上杰就在炫耀他的股票，已经飙升到 110 元了，昨天还拉了个涨停，而且封板了，今天应该还要板一个。他的目光朝师傅的灵堂那边转移，补充说：这是师傅在保佑我，善有善报。

看着蓝上杰眉飞色舞、志得意满的样子，我把已涌到嘴边的咒骂和血水，又咽回去，像把打落的牙齿吞进肚子里。

韦燎的事业也是水涨船高。他终于当上了电影导演，刚拍完一部暂名叫《幸运的酒徒》的电影，投资全部来自蓝上杰的集团，两个亿，请的全是明星。这也就解释了韦燎为什么跟蓝上杰一道来为师傅送别。因为如今他俩是同盟，又成为一条战壕里的战友，或一根绳子上的两只蚂蚱。

这两只自以为是英雄豪杰的蚂蚱，此刻不忘调侃我和奚落我——

蓝上杰：老鼠，你现在混得还不错嘛，虽然是大学专科文凭，也当作家，又当教授了。

我说：约好不叫外号了的。你叫我老鼠，那我是不是叫你黄狗呢？

蓝上杰马上说：不叫，不叫了。樊作家樊教授，您现在写一千字多少稿费呀？上一节课领多少钱？

我说：在你眼里肯定是不多，但已足够让我过上有尊严的生活。

蓝上杰说：你还有几年退休？应该快了吧？

我说：您是组织部的人，我就告诉你。

他的意思是，等你退休了，可以聘请你到我集团公司去干，专门负责集团公司的文化建设。年薪三十万，或者你大胆和有远光的话，我送你百分之零点零一股份，年薪三十万应该不止。

我说：谢谢，就怕到时候你又改主意或变卦。所有的预定都是捉摸不定的，尤其是提前好几年预定，就像预定的婚姻或接班人，越提前越不牢靠。现在的私营企业，要么越发达，要么越没落。还是等我退休后视你集团公司的具体情况再定吧。

蓝上杰说：我的企业只会越来越好。我预定的接班人是我大儿子，是我和前妻生的，他是留美的金融管理学博士，比我强。

言外之意，你还有二儿子，甚至三儿子？

没错，和现在的妻子生的。一个五岁，一个三岁，都比较小，因为妻子年纪小嘛。

韦燎一旁补充：蓝总夫人比蓝总小二十八岁。

我说：这我就放心了。

蓝上杰把手搭在我肩上，像把一根戒尺或一颗试金石衡量我的品德一样，他语重心长地说：一平，我家族的事情，让你操心了。

韦燎延续蓝上杰的火力，接着调侃和奚落我：大作家一平，你现在的小说版权，如果我还看上的话，是不会再亏待你了。有钱！

我说：我的小说，你肯定是不会再看上了。

为什么？

我看着早晨戴着墨镜的韦燎，说：因为你看不见，发现不了呀。

他把墨镜摘下来，我看见他两眼通红，是连续通宵达旦的结果，但此时此刻，却像悲伤所致。我还是火眼金睛的，他说，小说的优劣，就像人的好坏，我仍然是看得出来。

我说：这样就对了。你不把眼镜摘下来，我还以为你瞎了。

韦燎和蓝上杰见从我这里得不到太多奚落和调侃人的快感，把目标转向了韦卫鸾。

卫鸾，亲爱的韦卫鸾同学，韦燎说，他张开双臂，我多想拥抱你呀，你曾经那么美，从你现在依然保持的肤色和气质，还可以想象你当年有多美！他突然把双臂收回来，让打算投怀送抱的韦卫鸾扑了个空。可惜现在不是拥抱的时候，也不是拥抱的地方。

韦卫鸾似乎感觉到了被要弄，但是她不生气，依然笑眯眯，低三下四地说：韦燎，你当电影导演了，可惜我老了，主角我是不敢想了，你就让我演个三号、四号，我也就心满意足了。

韦燎摆手，说：不，哪能委屈你呢？你要演我就给你演主角。

真的？

当然是真的，韦燎说，你演一个老女人，坐在轮椅上，在回忆她年轻时候苦难而甜蜜的生活和爱情。

可是我年轻回不去了呀，我这么老了，怎么化妆也像不了我年轻的时候。韦卫鸾信以为真，忧伤地说，年轻的我怎么演？

用替身呀，韦燎说。

那……我老年的戏多？还是替身的戏多？

替身的戏多，韦燎说。

多多少？

很多。老年的你只有两场戏，开头和结尾，占时一分钟。

有台词没？

没有。

那还是主角呀？

这个问题要辩证地看，替身戏再多，演的还是你呀，对不对？我也想让你演年轻时候的自己呀，可是你演得了吗？演不了了吧？谁让你老了呢？

谁让你老了呢？这句话才是韦燎最终要表达的意图。他在嘲弄、蔑视韦卫鸾年轻时候对爱情和生活的好高骛远，以及对身边伙伴们爱意的忽视。年轻貌美、心高气傲，把潜力股当垃圾，这是短视和势利。人老珠黄、无爱寡欢、悔不当初，这是因果和报应。韦燎的这句话虽言简意赅，却像一颗凶恶的子弹，射向可怜的韦卫鸾。

但韦卫鸾居然承受得了，她像沙丘或一块海绵，把冲击力吸收了。那替身能不能让我女儿来演呀？她跟我年轻的时候一模一样。她说。

这个可以有！蓝上杰抢着表态说，母亲做不到的事情，可以用女儿来弥补。

我看不下去也忍不下去了，说：蓝上杰，韦燎，你们是回来吊唁师傅的，而不是回来摆阔和挑选演员的。良善之心，天地可鉴，何况师傅在听着，也在看着呢。

这句话把蓝上杰和韦燎慑住了，像笼子罩住了两条轻佻的蛇。我了解蓝上杰和韦燎的性情，他们信天地，更信师傅。

他们忙不迭给韦卫鸾赔不是，也给我赔不是，然后面朝师傅灵寝的方向，抱拳说师傅，对不起。

太阳东升，初冬的上岭村变得明亮和暖和。留在村庄家里的村民，打算送韦建邦出殡的，正陆续过来。睡了一个晚上的我大哥，也来了。他换上了一件灰色的羽绒服，这是他衣服中最素的。他先把礼金交给司仪，再过去给韦建邦上香，才过来见我。

大哥见到了我身边的蓝上杰、韦燎和韦卫鸾，这些他弟弟小时候的伙伴或团伙成员，衣着光鲜、道貌岸然地站在他跟前，像是披了人皮的畜生。他曾经认为是这些畜生把他弟弟带坏或拖上贼船的，也变成了畜生。如今他应该不是这么看待了，因为在村庄的人们眼里和议论中，他们都比他弟弟强。稍差一点的韦卫鸾，虽然当大官的丈夫变成了前夫，但是有花不完的钱呀。最坏的人如今变成了最强最好的人，看见了吧？

大哥显然发现少了一个人，他东张西望，然后问道：覃红色呢？怎么没看见？

我们中有人回答说：他还没有到。

大哥通过手机看时间，说：还有十分钟，就要出殡了。

我们四人神情乱了起来，像是一个实体发生了动摇。

韦卫鸾说：他可能是不知道师傅去世的消息，没人通知他。

韦燎说：不会，我刚才还看见他弟弟了。

蓝上杰说：他明显是比我都忙。

我说：看来，覃红色是我们这五个人里，唯一遵守约定的人。

韦卫鸾、韦燎和蓝上杰愣怔，然后释然，像恍然觉悟或明白什么事理的样子。

我们清楚地明白，官至副厅级领导的覃红色，这个时候不来，是不会来了。

这个时候，择定的吉时已近。樊光良和他团队的法事，已达到了高潮。他们移师到了灵柩边，指挥和引导亲属们向即将出殡的亲人告别。

我、蓝上杰、韦燎、韦卫鸾，主动加入了亲属的行列里，没人拦得了我们，也没人拦我们。我们绕着灵柩走，一圈一圈又一圈。在樊光良团队凄楚吟唱的煽动下，有的人抽泣了，有的人哭了。所有的人根据与韦建邦的关系，来称呼他并祝他走好。叔叔，走好。伯父，走好。舅舅，走好。韦建邦，走好哦。

而我的称呼是：师傅。

师　傅

师傅韦建邦从一个名校的高材生变成贼的过程，对很多人是个谜。在我作为他徒弟期间，我其实很想了解，但始终无从了解或没有真实的了解，尽管他沦为贼的原因众说纷纭。有的人说韦建邦在校的时候赌博欠了一屁股债，因此走上了偷窃的道路。有的人说韦建邦的学业成绩都是靠偷题取得的，继而扩大到偷钱财。

还有的人说韦建邦的祖上就是贼，做贼是隔代传。这几种说法或版本，我知道只是猜测或传说，是不真实的。师傅一开始就教育我们不要相信运气，如果说有运气的话，那也是建立在扎实的技术和能力的基础上。师傅博古通今，他的才学方圆几十里无人能及，偷题或作弊成就不了他浑身的本领。他常挂在嘴边的一句话是：王侯将相宁有种乎？意思是说没有人天生就是帝王、元帅、丞相。他用这句话来激励我们，并延伸到省长县长也是没有种的，同样，科学家、文学家、艺术家、金融家也是没有种的。人不要在乎自己的出身和环境，只要付出努力，并善于把握时机，一定能在自己的行业或事业有大作为。根据师傅的这些言论，那几种说法或版本，肯定不是他做贼的原因或理由。

那是因为什么呢？

师傅不主动说，我们当然也是不敢问的。

我去宜山读大学，是了解师傅的机会。因为我就读的河池师专，与师傅的母校宜山高中，都是同城，且一河之隔。

那条河对岸的中学，却直到二十年后，我才走进去。

我去宜山高中讲课并参加宜山高中八十年校庆。这所古老的中学在我一踏入时便让我震撼。它古木参天、湖光山色、小桥流水、曲径通幽，更像是一个公园。这么优雅的环境怎么居然把韦建邦变成贼呢？而我为什么居然用了二十年的时间才进入这个学校？

究其原因，是我对师傅不感兴趣，或者说我正试图忘了他。

我已经以师傅韦建邦为耻。

就这么简单。

多少次，我在我的学校这边的河边散步，望着河那边岸上的学校，我的目光的确是软弱和羞耻的，因为那所学校出了个韦建邦。他是个贼，是我的贼师傅。我虽然不是贼了，但是贼的历史却难以磨灭，就像人身上深刻的伤疤。那个从那所学校出来的人，伤害或带坏了我。我之所以没有被毁掉，我的命运之所以逆转，是因为那个人良知未泯，也是我努力抗争的结果。我一定要忘掉过去，忘掉韦建邦，必须忘掉。两所学校之间的这条河，就像两个国家的界河，这边的国民和那边的国民曾经相濡以沫、情深意长，但如今已断绝往来、势不两立。因此，没有必要再过界，除非我疯了。

我之所以接受宜山高中的邀请，是因为校长廖梦宜是我大学同班同宿舍的同学，他报出的讲课费是我在别的学校讲课费的三倍。况且过了二十年，我功成名就，身上有了很多的光环。我不担心也不再惧怕可耻的伤疤被揭露，就像一辆博物馆里战果辉煌的老坦克，我不担心和害怕它漏油。

我跟校长同学说我跟你打听一个人，是上世纪五十年代末或六十年代初你校的学生。你帮我查一查，他在学校的经历和表现。他叫韦建邦。

校长同学问我，韦建邦是你什么人？

我说：他是我师傅。

什么师傅？

偷窃的师傅。

校长同学一愣，然后笑笑，像一棵铁树开花，开心地说：我一定帮你查个水落石出。

三个月后，校长同学来南宁开会。吃喝之前，他给我一份用信封装的材料，说你师傅韦建邦的奇闻轶事，或者说兴衰荣辱史，都在里面。我取出材料看起来，发现既模糊又凌乱，是一些旧档案的复印件和知情人的回忆片段。校长同学就说还是我来概括和讲述吧，都在我脑子里。

于是，校长同学讲述我师傅——

韦建邦是国立宜山高中41班的学生。这个班级序号是从1950年宜山解放后重新排序的。如果从解放前建校之初算起，肯定不止这个序数。他是1957年9月至1958年12月，在宜山高中就读。1939年生人，被学校开除时19岁。

韦建邦是怎样被学校开除的？的确是因为偷窃。

但他偷的不是钱财，偷的是人心。

具体地说他偷了一个女人的心。

这个女人叫覃天玉，是宜山高中的老师，大韦建邦六岁。

覃天玉上韦建邦这个班的语文。她上课的时候，全部的男生或部分女生几乎都无法专心听课，因为她太漂亮了。光漂亮也就算了，她还有一种特别的气质，优雅、温柔和高贵，像一朵开在高山顶上的花，让人感觉遥不可及。

总之，欣赏她的美貌和气质，以及聆听她温润、纯正的声音，是最高级的享受。至于她讲课的内容，那就无所谓了。

反正，韦建邦是彻底地迷上了她。这个来自都安县上岭村的十八岁的壮族小伙子，是对她一见钟情、不能自拔。他全然不顾自己浑身土里土气，普通话还说不好，老夹带壮音，但是他有勇气呀，还有智慧。他一开始在课堂上画她，后来背地里也能把她画出来，而且越画越好。他还给她写信，先是把信夹在作业里，后来也通过邮局寄。他的字迹隽永飘逸，文笔优美洗练，散发着王羲之、黄庭坚的韵味，以及弥漫着托尔斯泰、普希金的气息。

覃天玉对韦建邦接近疯狂的爱慕和表白，一开始是置之不理的。这位绝代佳人、名门闺秀，见过和接触的爱慕者实在是太多了，而且不乏佼佼者。韦建邦算什么呢？一个土包子，而且年纪比她小，还是她的学生。为这样的人冲动、心动，这怎么可能？一万个不可能。

但是后来，渐渐地，她发现或感觉到了他的可爱和优秀。他的画其实很不一般，他画她不仅仅是相貌逼真，而且通过神态画出了她的内心：孤独和忧郁。他的书信其实也不是模仿名家，他有自己独特的表达和思想。他的语文成绩进步迅猛，上了第一后再没有落后。他的普通话也不夹壮了。

她回信了。有了第一封，便有第二封。

然后她和他有了约会。在龙江边和北山，夜深人静和假日。

自然而然，他们的非常关系或不正常的关系，被发现了。不可能不被发现。

于是学校找他们谈话，他们认了。学校接着搜出了他们往来的信件。

严重的问题出现在信件上。

在韦建邦写给覃天玉的信中，存在着右倾思想。那是 1958 年，反右斗争如火如荼的时候。

韦建邦理所当然被开除，遣送回乡。

覃天玉被去掉教师资格，到图书馆当管理员。

韦建邦在宜山高中的经历和表现，大致就是这样。

我听了校长同学的讲述，难过了半天。覃天玉后来呢？我说。

四十岁的时候嫁给了一个丧偶的军人。

现在还在吗？

在。退休了。

意思是她在韦建邦被开除十五年后才出嫁。我推断说。

这十五年里，他们肯定是有联系。有人曾见到过他们在一起。

我明白了。

明白什么？

韦建邦为什么会做贼，我说。他被遣送回了上岭，心还在覃天玉身上。他不停地给她写信，一封信是八分钱，超重的话再加八分，挂号的话还要更多。如果跑去宜山和覃天玉相会，负担更重。这都需要钱。可是后来他连买一张邮票都困难，甚至一分钱都没有了。那年月的上岭村，劳动是工分制，缺地短粮，又没有集体经济，是不可能有现金分配的。怎么办？只好偷。韦建邦是什么时候开始做贼的？不知道。但他因为做贼被抓，村里人说，是 1966 年，是在宜山被抓的，然后被公安遣送回来。以后他再也没有被抓过，或许他金盆洗手了，也或许他成贼精或贼王了。

上述的后面一段，是我的推测和判断。我没有对校长同学说。

校长同学看着肥头大耳、红光满面的我，说：你居然也做过贼？而且贼师傅是我校培养的高材生。

都说名师出高徒，我说，但是论及智商和情商，我远远不及我师傅。

如今师傅死了，眼看就要出殡。黄土一埋，我从此便看不见师傅了。

我要求抬师傅的棺材，得到师傅亲属的同意。蓝上杰、韦燎也参与进来，站在了棺材的一头。韦卫鸾说：那我为师傅打伞吧。我们上岭的殡葬风俗，是女儿为父亲的遗像打伞。师傅没有女儿，韦卫鸾在最后一刻，做了他的女儿。

随着一声起柩的号令，棺材被抬了起来，架在了抬棺人的肩上。我在棺材中间的一边，人也不够高，其实不怎么被棺材压着，但我却感觉到师傅和我贴得最近。他无声无息与我亲近，像阳光温暖土地、肥营养禾苗。我睿智、痴情、淡泊和苦难的师傅，在他走完八十岁人生的时候，此时此刻，我才感觉感深至骨、恩重如山。

我们将师傅抬到大路。我们走在大路上。然后我们上山，把师傅埋在山上。

我们回到已经没有师傅的师傅的家。一个师傅的亲属把一幅画交给我们。画面上是我、蓝上杰、韦燎、覃红色和韦卫鸾的群像。肯定不新，但也不是太旧，是三十来年的画作。画面上是师傅强烈地与我们断绝关系后分别时的情景——

我们都回头望。

那个脸圆圆、红扑扑的矮个子少年，是我；

挥手的少年是韦燎；

戴帽的少年是覃红色；

最高个的少年是蓝上杰；

唯一的、哭鼻子的少女，是韦卫鸾。

画面上没有师傅。他隐身，在相当长的岁月里，天天看我们，想念我们。

2019 年 4 月 26 日 于南宁当然堂

原载《十月》2019 年第 4 期

卡夫卡家的访客

东　君

卡夫卡曾在他的《八本八开本笔记簿》中谈到一位来访的中国人。在这位身高一米八二的奥匈帝国作家的眼中，来访者的穿着打扮无疑有几分古怪，加之言语不通，见面之前照例会有一阵等待彼此可以适应的沉默。卡夫卡不清楚他为何会来造访，在他看来，中国人大约就像外星人一样神秘。卡夫卡的描写不免带几分夸张、幽默的成分："我站了起来，从而撑直了巨大的身躯，我这身躯在这低矮的房间里每次都不可避免地把访客吓得够戗，接着便向门口走去。果然，这个中国人一看见我，就赶紧往外溜。我仅仅追到过道里，就拽住了他，我小心翼翼地拉着他的丝绸腰带，把他拽进我的屋里来……"这件事后来又被卡夫卡铺衍成一篇短文《中国人来访》。文中他除了把中国访客（一名既瘦且小的学者）的外貌略略描述了一番，并没有告诉我们他是谁，彼此都谈了些什么。

巧的是，跟卡夫卡有过交情的威尔弗先生在他的日记里也曾就此记了一笔。那天上午，汉学家威尔弗从教堂回来，便在客厅里接待了这位游学欧洲不到一年，却喜欢到处拜访地方名流的中国学者。这番会面，是经人介绍的，彼此间的会话用的自然是中国话。我叫杨补之，那位中国学者介绍自己时，顺便递上了一份个人简历（前面还缀有若干头衔）。寒暄间，威尔弗的小儿子溜了进来，用好奇的目光打量着这位脑后拖着一根辫子的中国人，然后俯下身来，摸了摸他的白底黑面布鞋说，不是小脚。杨补之似乎猜得到这话的意思，就说，我们中国的男子是不裹脚的。威尔弗微微一笑，就把小儿子与猫一并赶到外面的小花园，把杨补之带到二楼的书房，跟他聊了开来。让威尔弗微微吃惊的是，这位中国学者居然也喝咖啡，也懂一点英文。威尔弗听说杨补之在天津做过幕僚，就告诉他，自己在那座城市做过三年的寓公，也是在那里学会了汉语、古琴、围棋、水墨画，回到欧洲后，主要从事翻译，兼及语言修辞学的研究。二人聊到中午时分，威尔弗留饭，之后，又带着杨补之去拜访一位小说家。小说家不是别人，正是弗兰兹·卡夫卡先生。我们现在通过威尔弗日记大致可以知道：威尔弗与卡夫卡同为犹太人，恰好也住在布拉格城堡附近的一条小巷；他很早就认识这位以寒鸦作为店徽的布拉格商人的儿子，并且跟他聊过中国的老子、长城和丝绸。那天，卡夫卡与中国访客交谈时，威尔弗先生就在一边充当翻译。

一百多年后，当我与威尔弗的后人见面时，他把高祖日记中的这段记载指给我看，然后就赠给我一本德文版的中国诗集。一位结伴同行的翻译家朋友随口把书名译为《俊友集》，我觉得不失雅切。曾问威尔弗的后人，原书是否还在？他说，原书是手抄本，上世纪六十年代，他父亲访华期间作为礼物送给北京一位学者，后来那位学者不能幸免地卷入一场政治风波，家里的藏书都被人一车一车拉出去烧掉了。上世纪八十年代初，他父亲以老朋友的身份再次拜会那位年事已高的学者时，顺便问起了当年馈赠的《俊友集》。学者说，那本书的命运跟别的书一样，都接受了火刑。

一百多年前，一位叫杨补之的中国学者把一部手抄本《俊友集》送给了威尔弗先生。威尔弗先生一直想着手翻译此书，其间二人曾多次通信。威尔弗是用钢笔写信，而杨补之依旧是用毛笔（威尔弗曾赠他一支钢笔，但杨补之称自己不会使用钢笔）。若干年后，威尔弗跟学生合作，把书中的全部诗作和那些发生在东半球的故事译成德文，俾得流传。至于原文如何，我们至今已经无从考证了。书中写到了九位晚明以来名不见经传的诗人，后面还附录了每个人的诗作。杨补之在跋文中说，给人写小传，循例是要写明字号、籍贯、履历（包括功名、官职）、著述之类，但在这部书中，大部分诗人都是平民出身，没有功名，也没有一官半职。杨补之又说，他读过历朝诗集、诗选数千部，很多诗人都是当过官的，好像没当过官就不算是诗人了。事实上，有些人的诗之所以传世，仅仅是有赖于这种特殊身份，与诗本身无关。与之相反的一种现象是：有些平民诗人，虽然有着可与唐人比肩的诗才，但在世的时候只是被少数人所赏识，死后身魂两丧，更是无人纪念了。杨补之要做的就是把这些人的诗作公之于世，垂之久远。这些人虽然与他不是同代人，但他说自己每每读他们的作品，就感觉是与老友晤谈。书名叫《俊友集》，就有这个意思。

两位翻译《俊友集》的德国人在后记中说，如果记忆像古希腊人所说的那样是一种“向上觉醒”，那么遗忘就意味着“向下堕落”。中国民间那些最优秀的诗人遭人遗忘之后，杨补之先生所做的事就是像从海底打捞沉船那样，搜寻整理他们的作品。

若干年后，我的翻译家朋友把德文版《俊友集》翻译成中文。翻译家朋友发现：这部书其实是由杨补之、威尔弗及其学生共同完成的。杨补之完成了编注诗歌、撰写小传的部分，威尔弗作为一名汉学家完成了点评的部分，而威尔弗的学生则在翻译的过程中又添加了一些自己的想法（比如这样一句诗“一只手和另一只手交换信物时，一颗星的移动似乎已有所暗示”，很有可能是从“物换星移”这个中国成语中衍生出来的）。但那些臆改、误读的成分反倒使这部书充满了奇趣。翻译家朋友明知书中存有谬误，仍然照译不误。因此，这是一部由理解与误解构成的书。书中录有诗七百七十七首，因为无法找到原诗比对，因此他也只能用白话文翻译出来。此处我就把这些平民诗人的行传照录如下（诗略）。

沈渔，字伯溪。家住嘉兴府石臼漾边上。三间瓦房一例白墙，有花有树环绕。除了桂花，还有两株三百年的老梅，枝干如铁，腊月著花。沈渔的书房便在梅边，因此就叫“梅边小筑”。沈渔没打过鱼，延续的是祖上那种亦耕亦读的生活方式——种田养猪之余，能吟点诗。他的诗极少用典，多用口语，偶尔也夹杂一些方言，显得活泼生辣。他最重要的一本诗集是《石臼漾集》，写事状物，口吻清淡，近于白描，但日常生活的一些琐事经他一写，就带上烟火气。在他写作状态最好的时刻，他的诗曾接近过南方几位屈指可数的前辈诗人。

沈渔饮食有度，注重养生，年过半百，看上去仍然像个三十多岁的俊朗男子。他的脸虽说很光润，但他生平最郁闷的一件事就是脸上不长胡子。因此，有位画师在他五十大寿那天给他画肖像时，特意给他添上了几笔胡须。因为高度近视，他平素几乎不出州府，至多也是绕着石臼漾走上几圈。这是他向往的一种生活：蓬蓬花树，孤鸿往来，人影在地，酒杯在手，老伴最好是别跟在后面唠叨。沈渔平常总是低着头、散着双手走路，只有别人跟他打招呼时，他才会猛地抬起头来，先是“啊”一声，继而立定，拱手相唤，无论男女贫富，他都一律磬折身子，极尽礼数。这种“相唤”的古风，之前在石臼漾一带是不曾有过的，人们觉得别致，也就学会了。每回有人在路上遇见沈渔，也都会毕恭毕敬地相唤：啊，我家先生出来散步了。

他的诗文，有大半是写石臼漾这块地方。在他眼中，天地也就石臼漾这般大。他关注的另一个地方，就是天空。他常常望着壮丽而寂寞的星空，想象无尽的宇宙。沈渔终生未离故土，也未曾登上星空半步，但他却编纂了两部与遨游有关的集子：一本是《卧游集》，里面收录了大量的山水诗；一本是《汗漫集》，收录了大量研究天文的诗文。沈渔说，天比地大，我认识了头顶这片天，也就认识了天底下的万物，又何必出远门？曾有人请沈渔出来，做一位知州的幕宾，他毫不犹豫地拒绝了。

当时被人称为“文坛祭酒”的王世贞曾委托永嘉诗人何白给沈渔带口信，邀请他去南京鸡鸣山参加一次暮春雅集，他没去。

某年冬天，华亭陈眉公写信邀请他到小昆山看梅花与鹤，他没去。

山阴张汝霖（张岱的祖父）邀请他去龙山、快园一游，他还是没去。

沈渔去得最多、最远的地方是桐乡（当然是要有人陪同）。每年三月三日，他总要坐船去那儿，参加一年一度的诗会，在曹老爷家吃一顿饭，跟他的幺妹（一个会写诗的小寡妇）聊一会儿天。那个时节，曹家庭院里的海棠生花结露，非常娇艳。沈渔来了，是一定要为海棠写一首诗的。

沈渔很少同官员来往，他的父亲早年因为卷入某起政治事件而瘐死，这就导致他后来远离官场、不谈国事的性格。曾经有几位落第秀才在他面前议论宫廷秘史，他没听上两句就拿着蒲扇走进自家后院那座鸟声和蝉声相杂的园子，解衣纳凉去了。

湖州某盐课司大使经过石臼漾，听说沈渔的诗名之后，特意登门拜访。大使坐在沈渔家的庭院里，读着沈渔的诗，读完三四首，忽然站起来，拢着袖子退到一席之外的地方，向沈渔施了一礼。在沈渔有限的读者中还有一位嘉兴府的知州。真好，真好。知州读完一卷，连连称好，然后就对身边的同事说：每每读完一篇，心底里就会兜起一股悠然气韵，像秋千在院子里轻轻摆荡。有人把这句评语带给沈渔，他也只是淡淡一笑。沈渔与知州，终生没有见过一面。

沈渔晚年的活动半径更小了，索性闭门不出。有人来访，他聊不到几句，就一言不发了；书读几页，就放下了。他刻了一方印：敬亭山下客。意思是说，他希望有一座山就像敬亭山那样，可以让他相看两不厌。但他夫人说，他有一天即便住到敬亭山下，也会厌烦的。

在此很有必要介绍一下沈太太。沈太太出自嘉兴名门，个子很小，脾气倒很大，动辄摔碗、怒吼。沈的朋友说，每回沈太太大声喝斥时，虫子就会惊惶逃蹿，老鼠三天不出洞。沈渔以惧内出名。他说，家有悍妻也并非什么坏事，这些年来，虽有内患，却无外忧。沈渔这一辈子从未被外人欺侮过倒是事实。

沈渔六十岁后戒酒，开始吃素、念经，自称“小乘客”。七十岁那年的某个春日清早，他对着一株刚刚绽放的海棠（曹老爷的幺妹去世后，曹家后人持赠一本，移至沈家后院的天井），梳理自己的一头白发时，梳齿忽然折断，他就把梳子愤然甩掉了。之后他离家出走，不知所终。有人说，那天黄昏曾看见他绕着石臼漾走了一圈，后来就不见了；也有人说，在杭州府仁和县鼓楼一隅的测字摊边见过沈渔的身影。

许问樵。杭州仁和人。沈渔的外孙。据乾嘉时期一位做历代诗人爵里名字考的学者说，许问樵的祖父是一名曾经印卖过状元考卷的商人，父亲是一名拔贡生，一辈子就靠编选应试文章为生。许问樵的诗歌启蒙者便是她的母亲，也就是沈渔的小女儿沈孺人。因为血缘与天份相近，他自幼就在沈孺人的调教下熟背外祖父的诗。青年时期，作为书法家的许问樵，曾以抄录沈渔的诗作为日常消遣。因此，后人难免会误将沈渔的诗混进他的诗集，或是误将他的诗混进沈渔的诗集。

许问樵早年过着悠闲自在的生活：炖黄芪，读六朝诗，沉迷女色；而写诗对他来说不过是弹琴、种花之余的一种消遣。从他早期的诗来看，没有什么可以称道的地方，诗风偏于纤丽，略有一些六朝习气。读这样的诗，人们会以为他长得很瘦弱，其实不然，他的块头很大，一张脸，也大，也圆，高鼻深目，留着一部浓密的络腮胡。不消说，这是南人北相，有人说他有胡人血统，但他拿出家谱，证明自己是纯种汉人。

许问樵说，他生来就是为了留下几首可以让人传诵的诗。这口吻既谦卑又不乏傲慢。父亲临终前，希望他能参加乡试，进入仕途，因此，他就在丁忧过后如期参加了一场秋闱，结果落榜，郁闷了很长时间；母亲去世前，同样希望他能早日完成父亲的遗愿。他在二十八岁那年再次参加科考，再次落榜。三年后，又到了秋闱时节，庭前一株金桂的香气依旧像往年那样淡淡地散开来，但他再也不想去省城跑一趟了。更多的时候，他就待在家里，专事诗歌创作——手在空中比画，口中念念有词，家里人都说他疯掉了；别人跟他说话，他的目光总是飘到别处，像是在梦游。曾有人劝他写点小说之类的什么，他断然拒绝。有一回，一位小说家拿来一部新出的书赠他。他问小说家，你一天大概可以写多少字。小说家说，千字以上。小说家问他一天能写多少字时，他沉默了半晌，然后吐出了一个数字：顶多也就十来个字。小说家突然发出了一阵怪笑。小说家走后，他翻了几页书，就扔到一边。他对身边的人说，那人的小说是汗水写成的，而我的诗是用血写成的。凡是用血写的，必会让人流泪。

许问樵曾追随仁和李之藻的弟子周赫德学习意大利文与英文，研究天文历算，也曾整理过仁和杨廷筠的诗文集，他在二十六岁那年归信基督教，洗名保禄。其间，他跟一位英国传教士有过短暂的交往，除了《圣经》，他还读过乔叟、斯宾塞的诗。他的诗也曾受过西诗影响，但同时代的人认为这些诗俚俗无文，简直不值得一提。那时候，有位算命先生说他眉心那个位置渐渐失去了光泽，而他的运气也正在一点点变差。他有一首叙事长诗，模仿《约伯记》的笔法，以自嘲的口吻列举了十条倒霉运的事：出门访友，半路上下起了瓢泼大雨，染了不轻的风寒；在河边赏月，一不小心掉进水中，险些淹死；进京赶考，遇上不讲理的兵痞；睡眠好起来了，恶梦却跑了出来；本来打算蓄须明志，结果胡子却被烛火烧掉了；打了个呵欠，结果闪了腰；因为没有给鹅群让路，一只公鹅便飞扑过来，将他击倒在地，不仅啄他胸口，还用翅膀扇他头脸……这些事，大都是在他进京寻访一位英国传教士的途中发生的。

许问樵北上的时间应该是在崇祯十五年，离崇祯皇帝跑到煤山上吊还差两年。渡过黄河，进入北方一座城市之后，他才获知，蓟州已经失守，进京的道路也已经被一支来历不明的军队堵死。进不去，退不得，他只能留在这座黄河边的城市，伺机而动。过了中秋，那支部队被拉到洛阳打仗去了，还有一部分散兵游勇依旧留在这里待命，因为粮饷不够，他们就以围城的名义奸杀掳掠。许问樵跟城里那些来不及出逃的平民一样，只能在这场旷日持久的围城战役中东躲西藏，忍饥挨饿。那些冒死冲出城门的平民，都无一例外地被砍掉脑袋，扔进结冰的护城河。冬天雾重，太阳跟月亮一样晦黯，每个活人的面孔跟死人一样苍白。“在那个冬日的北风里，没有一棵树是安宁的。”他在诗中这样描述道。天气一天比一天冷，城里的人饿得没法子，就开始吃人，兄弟相残、易子而食的事时有发生。许问樵在海边吃过鲸鱼肉，在山里吃过虎肉，这些肉即便是带腥味的，他还是可以囫囵吞下。吃人肉这种事，他原本只是在史书上见过，这回算是亲眼目睹了：那些身上歇卧着几枚冻蝇的尸体，刚被人从这一头拖了去，那一头已经冒起了烟火；至于那些尚存一口活气的人，只要闻到烤肉的气味，就会疯狂地扑上去（即便是头戴方巾、读过圣贤书的人也不例外）。他们吃人肉的理由是：人死了，身上的肉跟猪肉狗肉就没有什么区别了。许问樵每每看见有人大口啖肉，就会闭起眼睛来，不忍直视。起初他想到的是围困在陈蔡之间苦苦支撑了七个昼夜的孔夫子，后来想到的是在旷野里坚持四十个昼夜的耶稣。可是，孔夫子身边好歹还有几个替他找吃食的弟子，耶稣背后还有一个无所不能的上帝，而他身边或身后却是什么人都没有。他知道神迹是不会出现了。横亘在眼前的，只有一个死字。让他害怕的，不是死，而是死后的尸首要么被恶鸟啄掉，要么变成活人的吃食。想到这一节，他便拖着浮肿的双腿一迳往地僻人稀的地方走去。他去的是城西的乱葬岗，风吹过杂木林，发出一阵阵悲鸣。他披着一条破败的毛毯，背靠着一株枯树坐下来，身体一点点往下沉，仿佛随时都会融入那片冻土。太阳悬在空中，也是有气无力的样子。他垂着头颓昏昏欲睡时，感觉有什么干硬物什直往嘴里塞。他一边嚼着，一边微微抬起眼皮，看见前面坐着一个青头黄面的和尚，就问，这是什么？和尚说，是鸟肉。许问樵说，不对，是人肉。和尚冷冷一笑说，这世道，只有鸟吃人，没有人吃鸟。许问樵干呕了几声。和尚问，味道如何？许问樵说，酸的。和尚点点头说，你就当作吃石榴吧。和尚说完，坐在一株罗汉松下，旁若无人地就着冰雪，吞下几片乌黑的肉干。四周一片寂静，即便有人，也似鬼魂出没。日头尚未西斜，林子里早已暗了下来。和尚留下一些吃食，就打算去别处。许问樵问他法号，和尚苦笑一声说：我说出法号，怕是要玷污佛祖的名声。不过，施主，我现在可以如实告诉你，之前你吃的不是人肉，而是乌鸦肉。饶是这样，我还是触犯了戒律。在和尚的指点下，许问樵躲到林子深处的一座草寮里，就是靠那几块乌鸦肉捱到了围城的士兵全部撤离那一天。之后，他立誓要做的一件事就是效仿《圣经》里那位流泪的先知耶利米，把围城一月之久发生的惨烈故事写成一首长诗。这首诗是在半年后完成的（后来又改了多遍）。在开篇部分，他发出了质疑神的声音：任是万仞山，神从天上看来也不过是一抹灰影；任是烽火连天，神从天上看来也不过是一缕轻烟。所以，你日夜祈祷有什么用？你的声音不会进入神的耳朵。在结尾部分他又发出了这样的哀叹：神让我经历这场劫难，难道仅仅是为了让我留下这样一首可以向后人哭诉的诗？

围城过后，难民潮和传染病几乎是同时出现。沿途可闻的，无非是乞讨和哭泣的声音。许问樵不敢也不愿滞留，抱着一条破败的毛毯就沿着黄河向南走去。那时已近三月，但在许问樵的诗中，到处都弥漫着阴冷的空气，一年到头仿佛都是冬天，一天到晚仿佛都是夜晚。这一路上，他就以诗记录旅途的见闻。他写深山古道的旅人、乡野小店的米酒、杂草丛中的残碑、依旧挂着上吊绳的枯树、荒冷的农田、废铜烂铁般的马骨，以及种种微不足道的历劫之物。

从许问樵的纪事诗来看，他这一路南行，曾绕道经过聊城，因为前方有战事，他又改道，打算走水路。暴雨过后，一条浑浊的大河横在眼前。一问，才知道，河对岸就是东阿县，有陈思王曹植的墓地与读书处，当即就想顺道去拜谒一下。在曹植墓前，他读到一位东阿诗人在粉墙上留下的一首诗，手痒，就和了一首题在粉壁上。有人见了，偷偷叫来了周边几位读书人。他们把他团团围住，问他姓氏。他一一作答。站在前头的老先生说，阁下的诗才，不亚于我们东阿的范先生。在众人的引荐下，他见到了那位范先生。二人谈诗，从午后一直谈到日头西没。范先生讲一口地道的冀鲁官话，听来并不怎么隔。当晚，范先生就在家中置酒款待。许问樵为此写了一组诗作为回赠。其中有一首，写的是当晚的宴饮，但字里行间却透着一种身在异乡的寂寥之感：说的是酒过三巡，几位自称某园、某斋的本地诗人操着老土话在聊着什么，他渐渐觉得无趣，便问，你们都在说什么？我一点儿都听不懂。坐在对面的诗人提高了嗓门，重复了一句。许问樵说，你提高嗓门我仍然不明白你在说什么。范先生便用冀鲁官话跟座中的人说，你们隔着一张桌子说自家话就仿佛隔着一条宽广的济河。诗写的是一问一答，也没说些什么重要的事，却好像在那一瞬间把什么东西说了出来。

东阿范先生跟许问樵聊得投机，就请他留下来，在自家的书塾当先生。许问樵一时间不知道自己该何去何从，也就留下来，暂且以教书打发时间。跟别的先生不同的是，他时常给学童分几颗花生米，然后教他们背自己的诗。这个时期，他写了一组学童杂事诗。写诗如话家常，有点像竹枝词。

他上课时，还时不时地带上一壶酒。讲到兴致盎然的时分，他就啜一口酒，继而吸一口气，发出一声赞叹，却不晓得是说酒好，还是诗好。课间，有学生问他作诗法，他便放下酒杯，说，你不问我，我心底里还知道作诗法；你一问，呵呵，我不知道该怎么说了。学生懵住了，退下，打闹去了。许问樵又继续喝酒。

中秋临近，许问樵在课堂上一口气讲解了十几篇思乡诗，学童们都盼着早早放学，他却坐在那里，一边兀自念着，一边喝酒。那天，他多喝了几杯，晃荡着回到住地，就在昏暗的油灯下写下了几行诗。大概意思是说：自己漂泊在外已有一年半载，妻儿杳无音讯。望着薄暮的流水和淡蓝的远山，心里满是惆怅。那一刻，目光随鸟飞远，翻过一层又一层白云和群山，依稀看到家门口那株老松，看到松下那张餐桌，和围在一起吃晚饭的家人，狗呀鸡呀，就围着低矮的茅屋散步。夜深独坐，他总是害怕天亮，但天色到底还是亮了。雄鸡的啼鸣在他听来也像是鸦啼……诗在转合处故意使用一个拗折的音节，传递出一种异乡泊宿带来的愁苦。范先生在餐桌前读到这首诗时，禁不住敲箸吟诵起来。诵毕，盘子表面竟出现了几道深浅不一的裂痕。

中秋过后，许问樵就辞别范先生，打算回老家了。从北方到南方，道路曲折而悠远，他整整走了两个多月。战争过后，眼前所见的尽是一派荒败、凄惨的景象。遍地残雪在太阳底下慢慢融化，雪泥间露出的斑驳尸骨被恶鸟一口一口地啄着。那一年的梅花，竟在驿道边开得特别艳。走到金陵一座水陆相伴的小县城，桃花已经开了。在去往码头的路上，他听得人群里忽然蹦出一两声乡音，便循声过去，看到一个少妇一颠一颠地跑到一间小铺的屋檐下，把雨伞与钉鞋递到一个青衣男子手中，并说了几句道别的话。青衣男子换上雨天穿的钉鞋，就朝码头那个方向走去。他有意识地追了上去，从他身边经过时点了一下头，说一句“去码头啊”就不再作声。那人听出了他的口音，神色微微有些诧异，但没再说话，只是撑着伞低头赶路。他们在雨雾中并肩走了一段路，不交一言；到了码头，又对望一眼，微微一笑，仿佛已经成了朋友。船误点了，迟迟没来。他们坐在一座等待客船的茶寮中，从天气聊了开来。一问，便坐实了他也是仁和人的猜测。再问，关系拉得更近了。他们的老家仅隔一条大河，彼此都听过名字，却没有往来，如今在异地初遇，竟也像是故人重逢。这条水路不算长，他们谈些老家的掌故，以打发篷底下的无聊时光。舍舟登岸之后，天就放晴了，河风一吹，纷红骇绿骤然奔至眼底。许问樵说，毕竟是南方，每向前走一步，春天就更深一分了。老乡也来了雅兴，随口作了一首打油诗，在许问樵听来诗不怎么样，但也算应景。那人叫贾兰坡，才学不高，但见多识广，能说会道，这番是要赴长兴做教谕的。中午这一顿饭，他要请许问樵。进了饭馆，他就问，有忌口的？许问樵说，除了人肉，什么都吃。贾兰坡像作打油诗一般，随口点了几道家乡风味的菜。吃饭时，许问樵谈到了那几道菜的地道做法。贾兰坡说，毕竟是读书人家出来的，虽然不太讲究吃什么，但对吃法是有讲究的。饭后，许问樵问他接下来要去哪里，贾兰坡说，前方刚打完仗，态势还不够明朗，在小镇上先宿几天再作盘算。许问樵正好也有这想法，索性就留了下来。二人找好了客栈，卸下行李，就沿着潆回城下的溪流去镇上转悠了一圈。那天阳光很好，他们就坐在老城外的一座溪桥边，一边聊天，一边搓身上的污垢。桥下的河埠头上传来的笃的笃的捣衣声。贾兰坡问，为何不把衣裳拿去洗洗？许问樵说，回家再洗吧。贾兰坡说，我们还不晓得什么时候可以回家呢。许问樵说，等过些天，老家那边的匪乱平息之后，大概可以回家了吧。贾兰坡叹息了一声。许问樵坐在桥栏杆上，双脚悬垂，望着流水也叹息了一声说，留不住，归不得，真是没法子了。这些琐事，许问樵都写进了几首纪事诗的小序里。

前方战事平息之后，许问樵突然病倒，不能成行。因此，他就打算在太湖边的一座县城住下来，慢慢调治。在贾兰坡（时任教谕）的介绍下，他认识了几位诗人。当地有个绸缎铺老板听说他有真才实学，就延请他到自己府上，教几个顽劣小儿读点书。眼看生活有了着落，他就把家眷接过来一起住。见面之前，他洗了头，剪了指甲，还修了胡子，揽镜自照，除了鬓边添了几茎白发，面容消瘦了一些，大致没什么走样。相比之下，妻子在短短一年多时间里竟苍老了许多，大女儿也变得让他有些不敢相认了，小女儿不知道受了什么惊吓，神情总是那么恍惚，像一只刚刚落地的麻雀。一家人坐在昏暗的灯光下，不知道该说些什么，许问樵的表情是淡漠的，仿佛连大笑或痛哭的能力都丧失了。他每晚从绸缎商的府上回来之后，就很少说话了。他总是把自己派定在某个阴暗的角落，一头扎进自己的世界，偶尔还会自说自话，但更多的时候他就像一团沉默的影子。大女儿喊他一声“阿爹吃饭”，他也没应。喊他多遍，他才回过神来，用惊愕的眼神看着一家人，仿佛他们是刚刚认识的。有一天深夜，妻子醒来，见他在灯下坐着，正用失神的眼睛注视着自己，突然发出了一声惊叫。他问妻子为什么这样惊叫。妻子只是用被子捂住头脸，久久没有说话。妻子与女儿无法忍受一个形同死人的人，过了一个多月，她们就哭着回仁和老家去了。

崇祯皇帝自缢身亡的消息传来后，许问樵生了一场病，从此身体一天天衰弱下去，早晚不离汤药。崇祯离世后的第四个年头，有人从京城悄悄带来了崇祯皇帝上吊的那棵歪脖子槐树的树枝，许问樵见了，写下了一首悼诗。当晚，他就开始咳嗽、咯血，直到后来，连起床走几步的力气都没了。贾兰坡请来一位老郎中给他把脉，老郎中除了摇头，没说一句话。许问樵说，看来我是逃不过这一劫了。他这样说着，眼睛里流露出微微吃惊的神色。他接着转头对贾兰坡说，虽说人人都难免一死，但在这个年纪死去，还是让我略觉意外，我还有一些诗存放在脑子里，已经来不及写出来了。那阵子，朋友来看望，许问樵总是悄悄转过身去，面对着墙，静静地躺着。朋友走后，他才开口跟贾兰坡说话。声音干涩，若断若续。大意是说：死是一件让人感到羞愧的事，因此他希望这事不要惊动诸位，以便让自己可以安静地离开这个世界。

许问樵的一生大致可以分为三个时期：第一个时期是居家读书；第二个时期是外出游历；第三个时期是隐居小城，直至病逝。从他的作品来看，三个时期的风格变化也是有迹可寻的。唯一不变的，是他那种伤时忧国的情怀：三十岁之前，他写了不少政治讽刺诗痛骂皇帝昏庸、官员腐败、百姓愚昧；三十岁之后，他又写了一首长诗痛悼崇祯皇帝。国家是亡了，读书种子不能灭。所以，书还是要教下去的，牢骚还是要继续发的。那年头，读书人身上要是没有一点遗民的血性恐怕是会被人瞧不起的。一位后来蓄了辫子的朋友谈到许问樵时说，许天生左撇子，面有异相，性情狷介，在明时反明，在清时反清。那人还讲了这么一件事：有一回，他与许坐船荡湖。许喝了点酒，就开始逆风划船。那人因此感叹说：许面对天下大势，也是如此；一辈子划倒风船，还有什么好结果？清军入关之后，许问樵脱巾散发，把所有的衣裳由右衽改为左衽（也就是把左襟掩覆到右襟里面去，以示反清），且以白色细布带打了个死结（这是死者的穿法，以示阴阳有别），从此不再洗澡、洗头，自称“死人”。他死时，穿的还是那件前朝的衣裳，双手放在那个死结上，仿佛不允许任何人解开。

许问樵的气节还受到了不少读书人的敬重。他去世后，几位诗友分别写了怀念文章。有人说他的眼睛是蓝色的，也有人说是棕色的；有人说他长着络腮胡，也有人说是山羊胡。当然，他们谈得更多的是他的诗。他留下两本厚厚的诗稿，共十卷。这部诗稿的命运和诗人的命运一样坎坷，它在两百多年间，多次易手。我们知道，一部书通常要遭遇这样的敌人：虫鼠、兵燹、风雨。这部诗稿，被虫鼠啃啮之后，经一位藏书家修补，复归完整，在扉页记上了一笔；之后在一次兵荒马乱中被人拾得，当作佛经送给寺庙，一位老和尚读了，又记上一笔；寺庙荒落，日晒雨淋，很多经书都漫漶不清了，唯独这两册，被一个路过的秀才发现时完好无损；但这秀才偏偏又有一个悍妻，发起狠来，就把他的书当柴烧掉。这秀才当年从悍妻手中夺下这部书时，有一部分已被撕毁，扔进灶孔。秀才后来在一篇跋文不无沉痛地写下这样一句话：娶一悍妻，亦是藏书一厄。

跋文中还记叙了这样一件值得一提的事：许问樵临终那一刻，风雨大作，有个诗人破门而入，在他床前抱头痛哭。许问樵问那人，你是谁？那人说，我叫李寒，跟你是老乡，但我们从未见过面。多年前，我在朋友家读到了你的诗，我就对朋友说，你是孟东野转世，我这辈子虽然见不上孟东野，却能见得到你。于是，我到处打听你的下落。有一次，我来到你家，又听说你出远门了。这回听说你病得快不行了，我就跑过来看看你。许问樵说，来得好，来得好，好收我这一身烂骨头回仁和了。言毕，阖目，脸带微笑。移帐之时，有人从他的枕头底下发现一把锋利的斧头。

李寒，字寄梅。杭州仁和人。他出生那天正好是日食，家人都觉得这是不祥之兆。果然，他出生第二年，父亲就在赶考途中暴毙。家道败落，读不起书，他就常常在书铺里蹭书看，一站就是半天。好在书铺老板也是读书人，见他小小年纪就这样痴迷读书，便常常借书给他。李寒在乡间一家书塾读过几年书，因为体质不好，后来就辍学了。有一次，他在田间一边放牛，一边读书，同村的老先生见了，便说他虎头燕颔，有封侯之相。李寒十八岁应童子试，而且接连通过县、府、道考试。在二十岁至三十岁之间，他参加过每隔三年举办一次的乡试，但都落榜。经人举荐，他做过驿吏、幕宾、塾师。四十岁那年，他中了举人。以他孝廉的身份，原本可以出来做个地方官吏，可惜的是，在放榜后巡抚主持的鹿鸣宴上，他竟喝酒失态，断送了仕途。之后他就一直住在乡间，过着清贫的生活，幸得几位乡绅的赏识，时不时地给他些钱物接济。可是有一回，他喝了酒，竟毫不客气对他们说，诗是穷人手头玩玩的东西，你们富人家却拿它来装点门面，不觉得无聊么？朋友们都说，李寒这人真是不懂世故的。除了几本书，李寒家中似乎也没什么像样的物事。有书斋，名“尘不到斋”。风一大，壁间灰尘就簌簌滚落，在阳光里飘荡（他曾在一首诗中说，妻子的抱怨就像这些灰尘一样令人讨厌）。他诗中用得最多的一个字就是“愁”字。生活中让他发愁的事实在是太多了。愁柴米油盐，愁酒钱，愁房租，愁春花秋月，愁儿女。

李寒长着一口龅牙，很少露齿微笑，也很少说话。但他酒后话特别多，口音浊重，别人听不懂，他就很着急；他越急，吐词越含混，听起来仿佛只是一连串咕噜咕噜声。故而，人们就奉送他一个绰号：咕噜。也有人说，他的诗跟他的口音一样难懂。甚至有人以揶揄的口吻称他那些乐府杂歌为“咕噜体”。

当时，与李寒同城的一位书家以“丑书”闻名，而李寒的诗也被人称为“丑诗”。世称“二丑”。李寒的诗“丑”在哪里？一是他喜欢写丑恶的事物，二是喜欢用一些看起来不雅的词语，三是不讲究古法。人家写笔墨纸砚，他偏偏写柴米酱醋；人家写风花雪月，他偏偏写锅碗瓢盆；人家写梅兰竹菊，他偏偏写歪瓜裂枣，甚至写菜叶上一条小小的蠕动的青虫。

李寒嗜酒，每饮必醉，每醉必吼，每次吼人的时候，大伙都不欢而散。次数多了，也不免得罪一些人，以致互怼、交恶（有人回到家中就扔掉他赠送的诗词字画什么的），那些朋友与他短则三月不说话，长则终生避之如鬼。李寒这一生许多事，多半误在酒上。他进京赶考，家人嘱他不要喝酒，他也满口答应了。可是，一出家门，他就忘了。朋友结伴同行，岂能不喝？旅途寂寞，岂能不喝？天气晴暖，山水宜人，岂能不喝？下雨天，坐在檐下感觉清苦，岂能不喝？不喝酒只有一个理由，但喝酒有许多个理由。所以，有了一回，就有二回、三回。到了京畿，他在一家小店住下。首要的事就是喝酒。喝完酒，他就对店主说，我要在你家墙壁上题诗，可否？店主说，不可。李寒说，你知道我是谁？我叫李寒，我是来京城赶考的，未来问鼎前三甲的人中定有我的名字，那时候，我名动京城，你求我写几个字都没机会了。店主说，我不识字，也不求当官的赐字。你死了这条心吧。李寒说，我现在喝了酒，手痒，不题不行。店主说，这年头，我什么人没见识过，可就是没见过你这种人。李寒说，待我金榜题名，我这题诗就值钱了，你这家小店以后就能开成大店。店主居然也是一根筋，摇头不止。两个“一根筋”碰面，麻烦的事情就来了。李寒刚写下一行字，店住就抄起一把菜刀，剁掉了他的两根手指。李寒酒醒之后，痛悔不已。眼看会试就快到了，自己却落得个伤残，也只好掩面回家了。

李寒手头但凡有点闲钱，就买醉乞眠，或是买舟去周边的村镇访友。从众多的诗中可以看得出，他的确是个性情中人。他在一首追忆亡友的诗中曾这样写道：从前我想请你喝酒，手头却没有钱；现在我手头有了喝酒的钱，你却不在了。有个朋友死了，他跑过去，恸哭一场。有人问他，你为什么哭得这么伤心？他说，我既是为死去的朋友哭，也是为自己哭。他有一组自寿诗，是采用对话形式写成的。与诗人对话的，不是人，也不是鬼神，而是骷髅、蛆虫、草木。

他写畸零人、失意者，也写病鸟、涸辙之鱼、茅坑里逐臭的苍蝇、坠入网罗的白鹭。他在晚年的一首诗中大发感慨：孟郊诗名大震，很大程度上是因为后来（五十多岁）考中进士。之前那些悲叹穷苦的诗好是好的，却也不过是为“春风得意马蹄疾，一日看尽长安花”这句名诗托了个底，试想，孟郊若是像我这样一辈子穷困潦倒蹭蹬不遇，他的诗还能流传下去？

李寒晚年得了痛风，却仍然在写诗、喝酒。酒越喝越甜，诗越写越苦。苦到他自己在深夜默诵时“舌头会微微发麻”。他一辈子都在抵制文字中可能出现的玩乐感，他要的就是这种苦味。

他儿子说，你现在不愁吃穿了，为什么还要苦苦地写诗？

他说，我写诗不为什么。

既然不为什么，那你为什么不在白天太阳底下写，却偏偏挨到深更半夜就着油灯写？

我在白天是一个不中用的糟老头，但我在夜晚就是一个国王。我的笔就是我的利剑，我用它统治一切。我的纸就是我的国土，所有的文字都是我的子民。

那时候，他的牙齿都快掉光了，但说这话时语调依旧铿锵有力。

他为诗而生，却因酒而死。临终前，他把儿子叫到床前，交给他几摞诗稿。儿子问，还有别的什么嘱托？他说，冬天莫骑驴。儿子问为什么？他说，天冷。

陆饭菊，字几望。他出生于雁荡山麓一个人少而树多、半夜时分可以听到山乐官（一种怪鸟）啼叫的村庄。他在家中排行老五，上面两个哥哥，早夭；两个姐姐远适异乡，一个死于肺痨，一个跳井而死；还有一个妹妹，在家照顾生病的二老，一直未嫁。陆饭菊性格内向，平素就在朝南的阁楼里读书、写字。有回下楼，看到阳光下自己消瘦的影子，竟吓了一跳。父母怕儿子终日独处脑子会出问题，就劝他出去见见世面。那年秋末，他来到县城生活。除了季节的更替带来的寒意让他稍感不适之外，他对这块地方颇有好感。一天，陆饭菊得了偏头痛，躺在床上读着一本刚从一位朋友家中借来的书。这是一本诗集，作者李寒，他从未听过。读了几页，他就坐了起来；再读，他就下了床，走到屋外的阳光里。他绕着院子走几圈，头痛病竟在不知不觉间消失了。一阵微风让他慢慢静定下来，一如从前。这一晚，他梦见一人走进房间，在桌前坐下，濡墨铺纸，写下了几行字。然后，那人把笔交到他手中，转身融入窗外的月色。陆饭菊追到窗口喊道，敢问阁下大名？空中掷下一个声音：我叫李寒，杭州仁和人氏。梦醒，陆饭菊披衣坐起来，挑灯再读李寒诗集。一个诗人在深夜写下的诗，被另一个诗人在深夜读着，其间不知相隔多少个黑夜。但在那一刻，两个无论在时间上还是空间上都相隔甚远的诗人的心忽然打通了。李寒教会他的，是怎样避开那种过于优雅的、带点小趣味的文字，是怎样在写作中显露内心的真诚。以后他每每写完一首诗，就会下意识地跟李寒某一首诗作比较。在一次诗会上，陆的才华受到了一位山长的赏识，因此就进了一家书院教书。上完课后，他也很少跟人往来。若是有人把目光投在他身上，他就会悄然转身，走到一个孤寂的角落。他暗恋过一位同事的妹妹，却一直不敢表露。他给这位同事写了一首唱和诗，在诗中他渴望有一座属于自己的房子，房子里有一盏灯，灯边有一个等待他的女子（因为生活中缺少家的温暖，他常常会在诗中写到灯火）。同事读出了字里面的深意，暗中牵线，把妹妹介绍给了他。婚后，小两口时常坐在灯下，隔着一张小小的餐桌，谈论久远的事。这样的生活简单而安宁，正是陆饭菊早年所渴慕的。二十七岁那年，陆妻难产而死，胎儿也未能幸免。他后来在悼亡诗中说，那一天，他度过了这一生中最难捱的黑夜。从此，一个黑夜接着一个黑夜，他感觉自己仿佛从未遇见过白天。在诗的后面部分，他告诉自己：她不过是梦里相逢的一个女子，那座县城也不过是梦中的一个地方。就是从那一年开始，他患上了一种奇怪的梦游症。有一回，他险些用绳子勒死母亲。邻居们在暗地里称他为“鹤神”。鹤是带仙气的，神是高高在上的，但鹤与神两个字组合在一起就不对了，那是凶神的意思。

二十九岁那年，陆饭菊进京赶考。这一回，他是决意要离开这块伤心之地。启程那天，内弟赶来，说是代死去的姐姐送他一程。内弟把他送到温台边界的一座驿站时，陆饭菊掏出纸笔，给他写了一首诗，并在小序中不无感慨地写道：这一世念念不忘的女人，要待来世再见；这一片今朝别过的青山，昨暮还见过，想来真是教人伤感啊。

陆在京城一家虽说简陋、却也干净的客栈入住后，就开始失眠了，整夜未合眼，加上水土不服带来的胃痛，使得他整个人瘦了一圈。提着一个篮子进考场那天，他是恍惚的。坐在号舍中，面对考题，他竟想不起四书五经中那些原本背得滚瓜烂熟的词句。嘴里嚼着的茶叶并没有让他打起精神，考到最后一场，睡意突然袭来，他就趴在桌子上睡了起来。不多久，他就站了起来，把松开的腰带系好，昏昏沉沉走出了考场。外面吹着热风，他走到一家小饭馆，坐了下来，要了一碗米饭，一碟梅干菜（这是他每日必点的饭菜）。那一刻，他的胃口出奇的好。连吃三碗饭后，他又站了起来，双手空空地荡了出去。有人抓住了他的袖子，继而是衣领。猝然而至的寂静之后，是一记清脆的耳光。陆饭菊站在街头，人直了，目光也直了。又一阵热风吹来，他蹲了下去，突然抱头痛哭起来。这是他在一首题为《七耻》的叙事诗中提及的一件事。

尽管帝国的都城无可例外地待之以冰冷与傲慢，但他还是选择留下来。为生活所迫，他曾不顾斯文，追逐着肥马后面的尘土推销一种专治跌打损伤的祖传金创药。此间，一位骑马上班的小官吏听出陆饭菊吆喝的口音，便跳下马来，与他闲聊，一聊才知道是同乡。那人叫方廉，也写诗，巧的是，他从同乡那里听过陆饭菊的诗名。方廉了解到他的窘境后，就介绍他住到同乡会馆。下班之后，方常常多绕一段路去看望陆。方依旧滔滔不绝，陆依旧沉默寡言。有时候即便无话可说，方也能谈谈天气。天冷的时候，方送陆棉袄一袭、暖耳一对，陆就以诗作为回赠。有一天，方带来一页字迹潦草的诗稿给陆看。陆看了半晌，问，这是谁写的？方答，是你昨夜醉后所书，但我不明白你的诗究竟是什么意思。陆说，我也说不出个意思来，我的诗有两个作者，一个是醉后之我，一个是醒时之我。醉后所作的诗，醒眼人也不太明白。

因为居无定所，长时期处于一种晃荡不安的状态中，陆的性格变得十分敏感、脆弱。喝了酒，总要哭一场，有时是为死去的亲人或朋友而哭，有时不为什么而哭。有些朋友甚至说他是为哭而哭。陆后来离开京城的原因，说法有二。一说：与其苦闷的精神状态有关。另一种说法是：陆、方交恶，直接导致他不想久留。在陆的一位朋友所写的诗话中讲述了这么一件事：某回，陆饭菊发现方廉的诗集里居然夹杂着自己的十几首诗，当时没人把这一抄袭事件当回事，陆无处申诉，也就闷在肚子里，任它烂掉了。在一个暮春的清早，他悄无声息地离开了京城。

陆饭菊离开京城，辗转来到黄河中游东岸的一座古城，参加了一场比拼才华与酒量的诗会。其间，他与几位诗人走访了几座古庙，拜谒了几位古代诗人的墓地。有人当场赋诗，有人接着和韵，极是热闹。唯独陆饭菊一言不发，也没见他写出什么诗来。眼前的北方平原广袤、沉寂，看不见村舍流水；一起风，黄土便卷裹着蓬草飘飞起来，弥漫天空；彼时在风中伸出双臂，仿佛都能变成翅膀，带着人扑楞楞飞走。及至天黑，整个夜空笼罩在平原之上，中高周垂，他再次惊叹于北斗星的蓦然垂临。

次日清早，他把自己深夜所作的诗贴在门口。有人经过，凑近读了，都发出啧啧赞叹。有两位青年诗人敲门进去，在他面前，口齿不清地谈起诗来。青年诗人甲评价说，这一组诗虽说是与古人唱和，句句中节，但又与古人全然不一样。青年诗人乙再一次把陆的诗低声朗读了一遍，然后谈了自己的感受。读你的诗，我有一种安静的感觉，他说，从那些文字里我似乎读到了一种夜气。陆饭菊点点头说，你说得没错，我原本就喜欢在夜间写诗。两位青年诗人又问，夜晚与白天写诗有什么区别？陆饭菊说，鬼神都是在夜里出没的，我进入忘我之境时，鬼神就来找我，我感觉自己只是把他们说的那些话记录下来。

喝茶闲聊间，两位青年诗人读到了陆饭菊在京城所写的一组还乡诗，竟都流下了热泪。这组诗写他如何与父亲站在田头捆稻草，如何坐在灯下让母亲拔除白发，如何与昔日的朋友围炉饮酒，而事实上，这些事在现实生活中压根就没发生过——他自从二十九岁出门远行，就再也没有回过故乡。他曾经把这组诗寄给一位老家的朋友，算是代替他还乡了。

一番长谈之后，两位青年诗人想要拜陆为师，但他拒绝了。他是这样对他们说的：诗不能教。有天分的人，一教就坏；没天分的人，教了也不管用。

短短几天里，陆饭菊在两位青年诗人的陪同下游玩了一些临水近山的地方。一路上，他们总会时不时地向他请教作诗的技法，他都会一一作答，毫无保留。青年诗人甲说，先生虽然说诗不能教，但今天分明是教了我们许多知识。是的，陆饭菊说，我教的只是知识，不是诗。青年诗人乙问，作诗难道不需要知识？陆饭菊说，诗就是诗，知识就是知识。这么一说，他们又变糊涂了。那阵子，陆的游兴与诗兴都很足，酒后灯下所写的诗第二天就被两位青年诗人抢先拜读，之后很快就在某个小圈子里传开，继而又被人拿到宴饮间吟诵。陆的诗名传到本城一位诗坛耆宿的耳中。此人闭门三年，一直在家读书、打坐。他在不经意间读到了陆的诗，很是惊讶，当即就让门生去寻访陆饭菊，邀请他到自己的别业小住几天。彼时，陆已应朋友之邀，打算去西北做幕宾。在幽暗的晨光中，两个青年诗人站在板桥头，目送他远行。他回头的一瞬间，两人突然弯下腰，毕恭毕敬地鞠了一躬。

陆饭菊在几座西北城市过了十五年的游幕生活，他的一部分诗记录了那些年的生活状况和游踪。他离故乡愈远，思乡怀旧的诗写得愈多。他的足迹抵达过遥远的陇西，见到陇头一段流水，即思南归。在一个叫平凉的小城，他曾用一首诗换取了一匹马。他就是骑着这匹马，跟随着一支商队一路向南，回到中原。

胯下的座骑在西北还是健壮的，到了中原，风吹雨淋之后，毛色骨相都显露出一副衰朽情状。他不忍心再骑，一路上与马同行，无聊时跟马说些话，念几首诗给它听。途经官道，遇见一位穿蓝袍的老人，背佝偻，负橐，拄竹杖，步履迟缓。两人对望了一眼，擦肩而过。陆饭菊走了一段路，突然停下，回过头来，对穿蓝袍的老人说，如果嫌背后布袋子重，可以搁到我这马背上。穿蓝袍的老人瞥了一眼马，问，先生为何不骑？陆饭菊说，这年头，给人当牛做马的，也不容易，你瞧它，一副快要散掉骨架的模样，谁还忍心骑上去？不过，背点东西应该没什么问题的。穿蓝袍的老人说，我年轻时爱马，是爱它的神骏，现如今连他衰老孱弱的模样都爱。你待马如此，更不用说待人。如果你不嫌弃，就跟随我去八百里外一座县城赴任。闲聊中，他才知道，那人原是龙游人，名叫虞丘独明，虞丘是复姓，人称虞丘先生。虞丘先生五十多岁老眼都昏花了才考中进士，皇帝见过了，风光的场面也算经历过了，却怎么也高兴不起来。当同朝为官的人都削尖了脑袋往上爬时，他却寻思着如何远离党争，做个清净散人。饶是这样，他还是卷入了一场政治风波。那一阵子，皇帝碰巧身上出疹子，情绪不佳，就把一众官员统统贬到边远地方。虞丘先生也懒得为自己申辩，索性从了圣意。说到这里，他对天长叹一声说，与其听着五更鼓上朝点卯，还不如贬到一个叫长兴的地方当个逍遥自在的县官，再干几年，好歹也可以把这一身骸骨带回家了。这次赴任，虞丘先生原本有一个随行的奴仆，谁知途中得了肺痨，不治而死。他预感自己早晚也会被那只该死的痨虫吃掉，因此，埋了仆人之后，就顺便给自己写了一篇墓志铭。听了这一番话，陆饭菊又禁不住潸然泪下。

那天风雪大作，他们途经一座破败的寺庙。陆饭菊坐在排班列坐的罗汉间，用茅草盖住破败的衣裳，但冷风还是往身体里灌。他能听到自己全身瑟瑟发抖的声音。这时候，虞丘先生抱着一堆木柴从外间进来，木柴堆放在殿堂中央，用火镰点燃。陆饭菊醒来的时候，天已大亮，一阵风吹来，夹带着一股淡淡的清香。出门，走进浩大的阳光。虞丘先生正坐在梅树下，一边晒太阳，一边捉身上的跳蚤。陆饭菊返回中堂，从火堆边掇来一根木炭，走到中庭，写下了一首四行诗。虞丘先生眯起眼睛，不住地点头称好。因为诗，他们结成了忘年交。

就这样，陆饭菊跟随虞丘先生，白天赶路，晚上歇息。因为是冬天，风长日短，一天走不了多少路。走到一座驿站时，那匹老马忽然并拢双脚，伏在地上，再也拉不起来。傍晚时分，老马总算断了气，另一匹在苦驿当差的马走到近旁，长鸣数声，徘徊不去。陆饭菊雇来几名壮汉，一道把老马拉到土丘下，挖坑埋了。事毕，虞丘先生忽然对陆饭菊说，我恐怕也要不久于人世了。陆饭菊说，你好好的，怎么说出这等不吉利的话？虞丘先生说，我身上原本养着几只跳蚤，现在跳蚤离开了我，就是不祥的预兆。陆饭菊把虞丘的话记了下来，写成了一首诗，但没有交给他看。第二天，他们继续赶路。傍晚时分，虞丘先生走到一棵树下，突然坐了下来，对陆饭菊说，我走不动了，你可以带着我的官印，代替我走下去。话刚说完，虞丘的头就歪在一边。转眼间天色暗了下来，夜晚的官道，灯火稀疏，屋舍寂寞。此老已脱尘去俗，免受了皮相之苦。陆饭菊把他埋了，把褡裢里所剩不多的干粮也吃掉了。

他把虞丘先生的印信送到长兴时，前任县令还没离职，正等着交割。县令给陆饭菊设宴接风时，见他谈吐不凡，就有意留他做幕宾。那阵子，县令正等着调令，也得了自在。清闲的时候，他就约上陆饭菊一道游山玩水饮酒作诗。有一天，陆饭菊与县令在酒楼饮酒时，忽然听到窗外垂柳下系着的一匹马发出一阵嘶鸣，便起了远行之意，当即放下酒杯，向县令表明了自己的想法。县令惜才，就说，既然是刚才这一声马鸣让你起了去意，我就吩咐手下把那匹马牵到别处去。又，陆与县令在湖畔散步，看到夕阳中横泊着一条船，再次提出要辞别，县令二话不说，就让手下把船缆解掉，放到下游去了。又，陆与县令登山时，忽然看到一团白云从山顶涌出，目光开始变得有些迷惘。他说，我的脑子里也有这样一片云，总是飘来飘去的。县令叹了口气说，云在天上，我没法子用手推开，看来你是决意要走了。翌日，县令用自己的马车把陆饭菊送到了十里外的驿站，还赠以干粮和银子。临行前，县令握着陆的手说，但愿我辞官之后，能与你在雁荡山下做个邻居，你做你的柴桑翁，我做我的灌园叟。

陆像一个苦行僧一般，背着铺盖，在异乡的路上不停地奔走。没有人知道他为何会一直不停地奔走。他有一首诗，写的是夸父追日（诗略）。这首诗充满了奇思异想，他认为夸父明知太阳是永远追不到的，但他很享受这个追寻的过程。陆饭菊每每走过一个地方，就会留下几首诗。如果说，他早期的诗像夕阳下舔着伤口的狼，那么，晚期的诗则如月光下徜徉的狐狸。春夏之交，苦雨连旬，陆饭菊应诗友之约取道彭城，一位盐商朋友替他交付了十天膳宿费，因此他便在彭城客舍滞留下来。其间除了一首咏栀子花的诗，他再也没有写过只言片语。然后就卧床不起了，说是听雨听出了病。十天过后，盐商朋友没有再来续费。店主见他一脸病容，担心他会死在客栈，带来晦气，因此就有了逐客的意思。之后有位诗友过来探望，就把他接到一座废弃的祠堂里，暂且住下来。那座老祠堂墙壁倾圮，瓦片零落，因为日晒雨淋，每一根柱子看上去都像是掉光了叶子的枯木。那位朋友也是穷得响丁当，没有更多的钱物可以接济。平日里，他吃的是野果，喝的是半天河水（空树穴中的水）；没有床，就拆下门板作床；没有枕头，他就从一堵旧墙那边抱回几块古砖，用破布卷裹了作枕头。有好些天，朋友都没来。跳蚤倒是来了几只。

有人来看望陆饭菊。陆饭菊正在身上摸索着什么。那人问，你在找什么？陆饭菊说，我在找一只跳蚤。那人说，客人来了，跳蚤大概是受了惊，急急回避了吧。陆饭菊说，不是的，我身上原来有好几只跳蚤的，现在它们忽然不见了，想必是我这身上的血已经发臭了，连跳蚤也不愿意喝了。过几天，那人再来探望，他动了动手指，让那人坐在一边，隔了半晌，说了几句含糊不清的话，大意是说他太累了，需要更多的睡眠。到了黄昏时分，屋内的光线一点点黯淡下去，上天就将赐予他长眠——在漫长的睡眠到来之前，陆背诵了一首早年在陇西写的诗。他坚信这首诗是可以传世的，就像张若虚的《春江花月夜》。

杜若，字芳洲。山阴人。他的父亲杜绚是县衙门正身书吏，后来经人举荐，在乡试中担任誊录手，写一手标准的馆阁体。他用两种颜色的笔养活了全家人：一种是朱笔，用来抄试卷；一种是黑笔，帮一些官员或乡绅抄写诗文。他帮一位老乡绅抄写一位布衣诗人的诗集时，觉得诗好，就另抄一册，给儿子当日课。这部诗集的作者就是陆饭菊。杜若自幼熟读陆饭菊的诗，几乎可以成诵。

杜的朋友说他长相似长嘴鹳，但他偏偏给自己取了一个“山阴野鹤”的雅号。他爱面子，衣裳若不光鲜，决不出门。他体质较弱，时常会出现头晕、心悸、呼吸困难的症状。据说他每逢天黑就不敢独处，有人站在边上或背后他就写不了字，风一大就流泪，天冷就闭门不出。他长年吃素，所以知晓许多菜名；长年吃药，所以知晓许多药名。他总是担心自己会猝然死去。他的不安缘于敏感的天性，跟外界关联不大。

他还有一个小毛病：写诗的时候，喜欢咬指甲。不太熟悉的朋友见了，都十分纳闷。有人很委婉地劝道，都这么大了还咬指甲，实在不怎么雅。他的一位同窗兼诗友帮他解释说，他这习惯是打小就有，也许是断奶太晚所致。但也有人倾向于认为：他小时候，母亲早故，父亲对他十分严厉，以致他无论做什么事都容易紧张、焦虑，咬指甲可能是为了平复情绪。

行止异常的人，诗也有异于常人。杜若喜欢写一些标新立异的诗，仿佛恨不得每一句都要跟别人玩得不一样。别人喜欢写整整齐齐的七言或五言诗，他却喜欢写参差不齐的句子，而且有时候还不怎么讲究押韵。他的朋友看了，有人说，这哪儿是诗？也有人说，诗也有几分像诗，却不知道叫它作什么。他还喜欢玩文字游戏。有些诗写成一个圆形，有些诗写成宝塔形，有些诗一反从右到左竖着写的书写方式，居然是从左到右横着写。

他参加过一回乡试。这件事对他来说是一场痛苦的经历。贡院中大约有六七千间号舍，每人一间。他的运气欠佳，分到的号舍居然靠近巷道尽头的粪桶（也就是考生所说的“臭号”）。他被臭气所熏，哪里还有心思写东西？更可恶的是，有些考生如厕之后，竟忘了掩上盖子，臭气直冲鼻子，他无法忍受，只得捏着鼻子去粪桶那边，取盖时，他竟看到有蛆虫累累然蠕动。随即放下盖子，又捏着鼻子急匆匆离开了。他出来后对人说，那些赶考的读书人都像是这粪桶里的蛆虫，他不想做这样的蛆虫。因此，就有人认为，杜若的功名是被几条小小的蛆虫断送的。

有位京城的诗人听说杜若每每展读自己的诗作之前，都会用天落水洗净双手，就很自得，随即写了一首诗予以宣扬，但杜的另一位朋友证实：杜洗手，是在读诗之后，因为他有洁癖。在读诗之前洗手还是之后洗手，自然有很大的区别。但那位京城的诗人宁可相信前面的说法。事实上，杜若对待文字也有洁癖。三十岁前，因为“看着不好意思”，他把之前所有的诗稿都投进惜字炉。有几个朋友曾读过他早年的诗作，都还记得其中一些佳句，因此，即便烧毁了，若干诗作或诗句还是得以流传。

杜若早年喜欢写日常生活中一些细小的事物，因此就赢得一个“细杜”的雅号。比如有一组诗，写的是一根根纤细的头发：母亲的白发、少年的黑发、少女的长发、童子的黄毛。有一回，他的一位忘年交老而无须，自觉脸上无光，于是就向一位美髯公借了十根长须。有人为此写了一篇化须疏，而他写了一篇化须诗。三十五岁之后，他的诗风大变，他总是喜欢把实景往虚处写。比如，把堤岸上的杨柳写作绿烟，把桃花写作红雨，把远山写作横在眼前的一段烟云。有人认为这跟他患有糖尿病以致眼睛恶化有关。

杜若二十九岁那年出过一本印数不多的诗集，叫《与古为徒集》，里面的诗，要么是与古人唱和，要么是与古人对话。他的诗里面没有提到一个同时代的人。他甚至近乎决绝地对他的读者说，同时代的人和未来的人如何看待他的诗，对他来说并不重要。杜若还有一本诗话，解读百首唐宋以来二十位无名氏的诗。书中有考证，有注释，每首诗后还有一段“雪斋曰”。后人怀疑，这些诗都是他本人伪托古人所作。他为什么要这么做？他的朋友有不同猜测：一是，他自视很高，不愿意与今人为伍；二是，他自知布衣出身，没有功名，在这个势利眼的时代，即便是珍珠也很容易被人当作鱼目丢弃，因此这些诗作只有借重于古人才能得以保存、流传；三是借古人抬高自己的身价。一位诗歌山头的领袖读了杜若的诗，面色铁青，没有说一句话，只是来回踱着步。那一晚，他烧掉了自己一本即将付印的诗集。他后来是这样评价杜若的诗：百年间推为第一。

杜若在三十七岁那年，夜间听得一只鸟一直在屋顶哀鸣，他不能确定这是一只什么鸟，但他已经嗅出一种不祥的气息。第二天，不祥之事果然到来，他的一条左腿突然动弹不得，然后是左臂。他多次跟前来探望的朋友谈起那只怪鸟，但谁也说不出怪鸟的名字来。杜若在弥留之际，换上了一身光洁的衣裳，等待朋友过来跟他见最后一面（有些朋友都已经为他准备好了诔文或悼诗，只欠一死）。真是悲哀呀，他感叹，我的寿命只有白居易的一半，所幸的是，我比李贺多活了十年。他这样说着，从枕底摸出一本诗集手稿，嘱托朋友，务必在他死后烧掉。他的理由是：他的诗就像他的梦，只有一个作者，一个读者。现在梦做完了，作者和读者都要离开了。这是杜若第二次打算烧掉自己的诗集，第一次是在三十岁之前。之后，他又指着床旁的桌子，没再说话。桌子上有一张纸，上面写着他的遗嘱，交待家人（当时不在榻前），务必在他及身之后，将家中所有的诗文集、日记等一并扔进棺材，不留片纸。

杜若死后，朋友凑了些份子买了一口棺材，将他运回老家，埋在后山的竹林里。他的一部分诗稿被生前知交李岱偷偷带走，秘不示人。过了十年，李岱在京城见到了一位担任过主考官、并且在退休后仍然可以领取半俸的老诗人，李岱把杜若的诗稿呈上，请他作序。老诗人读了几首，眉毛一扬，问：杜若出自名门世家？李岱说，不是。又问，杜若考取过什么功名？答，没有。又问，做过什么官？答，不曾。老诗人叹了口气，后来就没再说什么。这序等了半年，也没见动静。再过三年，李岱出钱刊印了四卷《杜若诗集》。李岱说，这本诗集是杜若晚期的作品，没有他早年的诗好。也就是说，那些在三十岁之前烧毁的诗要比这些幸得保存的诗更好。他给杜若编注诗集时，讲述了这样一段话。不久之后，李岱死于贫病。死后几天遗体被人发现，草草殓葬。

杜若死后二十年，有位晚辈诗人经过杜若墓，写诗感叹，说彼时已近清明，竹子初长成，给人一种修洁的感觉。又说，那些竹子，就像是一种骨头，在清风的吹拂中生长着。这位晚辈诗人就是司徒照。

司徒照，字我鉴。他出生的时间恰好是杜若去世那年，两人虽然不是同代，却是同乡。因此有人说，上天把杜若收去了，却让司徒照降生人间，填补缺憾。

司徒照自小熟背四书五经，邻里都说他将来可以做“状元郎”，但每逢秋闱考试，他都没有如期参加。事实上，他对应试的八股文之类似乎也不怎么反感。闲时，他也能写一篇八股文玩玩。圈子里的人读了，都赞叹有加，却不明白他为何不参加科考。他有一个不成其为理由的理由：人生太无聊，总要找点什么来消磨，玩玩八股文，也是打发无聊的一种方式。

司徒照家里藏有高祖在前朝当大官时所持的朝笏，他父亲每每看到儿子吊儿郎当的模样，就会取出朝笏，说几句劝勉的话。他父亲说，你的诗作得再好，没有一官半职，人家也不看重。你翻开那些唐人的诗集看看，人家一说“拾遗”，就知道是指大杜，一说“司勋”，就知道是指小杜。司徒照的父亲说完这些话后，照例会把朝笏供奉在祖宗牌位中间，让儿子磕三个响头。这块看起来并不怎么起眼的狭长板子一度激励过司徒照，但他对科考却始终怀有一种莫名的恐惧。为此，他父亲仿造考场的式样在家中造了一座号舍，高六尺、宽三尺、深四尺。离地一尺搁一块板，离地二尺再搁一块板；白天的时候，上下两块板可作桌椅；晚上，上层的板移至下层，并作床铺。司徒照住惯了芦帘纸帐构筑的温柔乡，也有意要让自己适应一下这狭窄、沉闷的空间。那一年秋闱之前，他做过一个梦，梦见报录人骑着一匹白马带着泥金帖子来到他跟前。

司徒照觉得这是个好兆头，于是带着书童，兴冲冲进了省城。刚进号舍，不知怎的，突然昏厥过去，随即被人抬了出去。从此他就不再踏进考场半步。这件事是他的同窗说的，那人还讲了另外一个故事：说是某座草庵的一个小尼姑突然思春，就去山那边找一个平素相熟的沙弥，二人交合时，小尼姑突然昏厥过去，从此，她就断了找和尚的念头。这两件事，虽然性质不同，却被人传为笑谈。因为这玩笑，司徒照与那位同窗断了来往。后来，有人把这事写进诗里，司徒照与那位写诗的人从此交恶。

司徒照二十岁之前就出过一本诗集《耕山集》，二十五岁出第二本诗集《钓湖集》。三十岁以后，他的诗风发生了惊人的变化。有人认为这跟他二十五岁至三十岁之间频频外出游历有关。他登过泰山，游过黄河，结交过一些大碗喝酒的北方诗人，不知不觉地，他的性格由内向、拘谨而变得粗砺、放浪。因此，他的诗风由婉约而豪放也就可想而知。长达五年的壮游结束之后，他就很少出远门了。吃罢饭后，他常常会摸着饱含诗意或不合时宜的肚子，在南方的庭院里散步。跟他来往最多的一位朋友北斋先生曾在一首诗中以一种不无打趣的口吻回忆道，司徒照虽然是一位乡绅，吃相却不怎么雅。他喝汤时，总会发出很大的声响，汤汁挂在胡须上，直往下滴，居然也不擦拭。有好几回，北斋先生实在看不下去，就劝他喝汤时要注意自己的形象，司徒照兀自喝汤，没作理会。

司徒照的朋友对他有两种截然相反的评价：一种是说他温和、谦逊，待人礼数周全，有君子之风；一种是说他眼高于顶，诡诞无礼，完全是自大狂作派。但有一点必须承认：他不仅是一个被低估的诗人，还是一个了不起的书画家。司徒照外出访友，无须带笔。文友知道他来了，早已备好文房四宝（可能的话，还会给他配备一个磨墨的书僮）。司徒照说，他喜欢用别人提供的纸笔，因为手下带点生涩感，常常会有出其不意的笔墨效果。与书画相比，司徒照更看重自己的诗，而且在这方面也下了更多的苦功。他认为书画名声是别人抬起来的，诗名却是自己苦苦挣得的，因此他很在意别人对他诗歌所作的评价。他在生前对自己的评价是：诗第一，书第二，画第三。不过，世人对他的评价恰恰是相反的。

司徒照喜欢用诗与画记录自己的日常生活。比如他画有十幅册页，每幅图中均有自己的题诗，分别是：访友、听泉、濯足、调鹤、焚香、坐禅、煮茗、抚琴、读书、斗酒。他是一个苦吟派诗人。他常常对人说，我忙活一整天，也许只是为了几个恰当的字。为了那几个恰当的字，他常常嗒然若失地坐在书桌前，用弯曲的手指敲打着桌板，敲着敲着，诗的节奏就带出来了。

司徒照曾经以诗的形式写了几首诗论。他提出过这样一种诗观：奇妙的想法往往诞生于混沌，思想过于清晰，神来之笔反倒出不来。因此，他喜欢生点病，甚至在私下里这样跟朋友说，病后的慵懒能生出清妙的思想。住在偏僻的地方，难免会有偏执的想法。这种偏执的想法使他对自己的作品表现出异乎寻常的自信；另一方面，他又完整地保存了自己身上那种与生俱来的天真。他的天真与自信给他的诗带来了一种前所未有的语言奇观。他是这样对那些登门求教的青年诗人说的：我说过的话一千年前就有人说过了，但一千年前没有我，所以，我还是要说。通常情况下，朋友来了，他喜欢把抄好的诗一排溜摆开，让他们一一品赏。他要让每个人朗诵一遍，并且会很审慎地告诉他们：这首诗可以流传三百年，那首诗可以流传八百年。因此，有人称他是一个用诗歌与时间搏斗的人。朋友们如果很长时间没来造访，他就会把近作誊写十余份，带在身上，见人就分赠。兴致高时，他还会骑着驴或是坐着船把诗稿一一送到朋友家，有人说他得好诗如中举子，这一番分明是来报喜的。

司徒照渴望自己能活到八十岁，每天对着夕阳梳理一头白发。但他不到五十岁就患了一种奇怪的病。平常大门不出，性情越发古怪。大热天画冰天雪地，孤独时画童子五六人，冠者六七人。随着时间的流逝与流风的变迁，司徒照的书画渐渐淡出了人们的视野，他的诗却被乾隆年间扬州一班会画画的文人所追捧。司徒照很少在画上落款，他的名字时常隐藏在树叶间、仕女的飘带皱褶间。有一幅画，由德清曹菘所藏。在画中，四季瓜果长在同一座园子里，篱门这一边有人泣而返，那一边有人咏而归。一片飘落的树叶间有他的签名；画的右上角，有曹菘的题诗。

曹菘，字握瑜。德清人。读曹菘的晚期诗作，让人感觉他定然是这样一位高人：深居简出，少食寡欲，鞋子上有尘土决不入门，屋子里不焚香决不读书。而事实上，曹菘的前半生是以猥琐、恶俗闻名的。与他同时代的一位乡党在日记中曾描述过他的若干行迹，从头到尾几乎没有一句好话。曹菘“少时习弓马、尚游侠，后又折节读书”，他真正写诗大约就在十五岁左右。十九岁那年，他经由一位乡绅保举，通过童生试。之后他一直抱着科举入仕的念头，期待着有一天能够脱下粗布衣裳，换上一身体面的官服。不过，他的运气实在欠佳，一次次参加会试，一次次落榜。这也是他与妻子（那位曾经保举过他的乡绅的女儿）离异的一个原因。科场失意并没有让他放弃对功名的追逐，他凭借自己的才华时常出入豪门或公庭，巴结显贵，写了大量毫无价值的应酬诗。他跑到京城，仅仅是为了在某场庆典中一睹皇帝的风采。遗憾的是，龙辇从眼前缓缓驶过时，他什么也没看到，只能屈膝承受一片灰土。不过，他在京城混了些日子，就通过一位朋友，认识了一位在朝当官的老乡，有一阵子他就住在老乡家中，教他家的两个小孩读四书五经。那一年暮春，老乡做寿，很多人都送来贵重的礼物，唯独曹菘双手空空地过来，对老乡说，人人都送你看得见的好东西，我就送你一件看不见的好东西。老乡问，是什么东西？曹松带着老乡来到南轩，打开一扇窗户，一股清风徐徐吹来。曹菘说，这一阵南风，是南极仙翁送来的礼物。老乡听了，连夸曹菘机智。但他在背后曾对人说，曹菘如果能改掉空谈的毛病，他倒是可以考虑请他做幕宾的。

曹菘年轻时代还写过不少艳诗。他的朋友、东嘉三先生之一的谢厚堂证实了这一点。谢在一首忆旧游的诗中带着近乎挖苦的口吻说，曹有一双修长的手，用来写诗与摸女人，他写过的诗与摸过的女人一样多。另一位跟曹交往十分密切的朋友林蛰庐也曾这样描述道：曹早年是一个猎艳高手，站在高处，冷冷地打量一眼，锁定目标，即刻出击；或是，玩味一番之后，猝然一击，一击必中。曹菘曾根据古法炮制过一种春方，也曾从一名道士那里学会采补术。这使他在风月场中游刃有余。曹菘好色的名声和诗名甚至传到了千里外一位诗友的耳中。他在赶考途中顺道拜访诗友时，那人已经为他准备了一副纸笔和一个横陈在床上温柔以待的女人。跟所有的诗人一样，曹菘是一个格格不入的人。他说过一些不着调的话，干过一些不着调的事，尤其是在酒后。因此，他的朋友跟他日渐疏远。事实上，曹菘是一个很看重朋友情分的人。有一年，跟他有过诗词唱和的三位朋友，分别在春、夏间病逝，他就给其中一位最穷的亡友家中送去一笔钱。每回他的内心被死亡的阴影笼罩时，他就会找一家妓院，藉由一个女人的身体消除自己的恐惧。然而，恐惧并未消失，只是以另一种形式伴随他。曹菘也写过一些躲在青楼消磨岁月的诗，诗中时常流露出对朝露般的生命的哀叹。四十岁那年，曹菘抱着一把三弦流浪到苏州，继续在呕哑嘲哳的弹唱中度日。某个春天的夜晚，他在信中对南方的朋友说：那地方，虽然破败了些，但春色三分还是有的。沿河一条花柳巷，车马络绎不绝，二分尘土固然是少不了的，但一分流水还是有的。那阵子，曹菘就寄居在京城一条与娼妓杂处的陋巷。但曹菘是顶爱面子的，出门时总要换上光鲜衣裳，回到住地就穿回那件已磨得掉线的布袄。生活拮据时，他也顾不得斯文，替人捉刀几首官场应酬诗，或是替考生抄些可以夹带的蝇头小卷。另一方面，他仍然渴望自己有朝一日能进入这个国家的精英阶层，曾屡次向朝中几位以诗闻名的官员献诗，但这一招似乎并不管用。

曹菘四十七岁那年终于中榜，但不幸的是，那一年发生了科举舞弊案。有人在京官出入的地方广发匿名帖，举报了一批作弊考生的名单，曹菘也名列其中。事件调查结果是：正主考官革职，副主考解任，作弊考生十九名终生不得参加考试，有一部分人发配到边疆。某个夜晚，有几个军役深夜闯进客栈抓人时，曹菘刚好在朋友家喝酒。他见情势不妙，连留在客栈的行李都不去取就跑掉了。他在一个树影参差、白骨累累的乱葬岗躲了一夜，第二天一大早就混在人群里出了城。

除了诗，曹菘还能写点小说。三十岁那年，他写了一本奇书，里面记录的全是梦里发生的事。因为有一部分写的是春梦，因此被官方列为禁书。五十九岁那年，他写了一篇志怪小说《掌中缘》，文词华丽、幽艳，笔法上又近于唐传奇。小说写的是一个阅卷官在午后读卷，感觉身心疲惫，就起身打开窗户，一道光斜照过来，眼前忽然跳出一个灰点。细视，竟是一名豆粒般大的小孩子，雌雄莫辨。过了些日，豆粒抽长出绿芽般的身体，已初具少女的模样。过了些日，她渐渐变大，有姣好的面容，雪白的肌肤，风一吹，衣袂就飘动起来，娉娉袅袅，不可方物。他想伸手去捉，触摸到的却只是一个幻影。这个掌中的少女总是在日影来临时出现；一旦日影飞逝，她就消失。及至傍晚，阅卷官把手掌置于灯下，她居然没有显形。第二天一早，他又在日光下遇见了她，只能看，不可亵玩；有时听到人声，她就倏地一惊，遁入虚空。阅卷官后来总算弄明白了：那个少女的身体是由薄而透明的阳光和灰尘合成的。之后，阅卷官跟随少女游历了很多地方，经历了很多世事。随着时间的流逝，少女变成了少妇，红颜老去，黑发变白，渐渐地，又变成了一个弯腰驼背的老妪，最后伏在他掌中化成一缕青烟。而他发现：自己也不过是尘土间行走的一个影子。念及此，阅卷官辞掉了官职，入山访道去了。

据曹菘自述，写这篇小说，与他患飞蚊症有关。起初，他的眼前只有一两只飞蚊，写完这篇小说之后，飞蚊越来越多，已经变成了夏日黄昏的蠛蠓。他在痛苦中写下了一首题为《蠛蠓》的诗，大意是说，自己早年花天酒地，现在终得报应：酒坛子里的一层白霜已经变成蠛蠓，飞入他的眼睛。有人认为他所写的蠛蠓，是套用了“瓮里醯鸡”的典故，表示自己孤陋寡闻。事实上，他所写的蠛蠓就是指眼睛里那些群飞乱舞的虫子，没有任何隐喻的成分。曹菘的一只眼睛失明、另一只眼睛视物模糊之后，从一名胡商手中购得了一副白铜牛角眼镜，勉强可以用独眼看点书，写点字。他晚年的诗作与早期那种风流倜傥的诗风判然有别，甚至有人这样假设：如果他晚年没有得眼病，他至多也就是写点王次回那样的香艳诗。由于用眼过度，他的另一只眼睛也开始恶化，但他依旧不愿意放弃诗歌创作。他描述听觉世界里的事物，几乎达到了一种无以复加的精细程度。在一首诗中他讲述过这样一种奇妙的经历：当他拈着胡子苦吟之际，两个杯子碰撞的声音，突然让他找到了一个恰如其分的韵脚字。此外，风吹枯枝的声音、晚钟的声音、市井的声音、猫狗的声音、纸鸢在空中呼啦作响的声音、雨夜隔壁移床的声音、清早布鞋踏过青石板的声音……无不进入他的诗歌，变成他个人的独特声音。

曹菘年轻时爱女人，晚年爱钱（主要是用来治病）。在他眼中，只有钱是实在的，其他都是空的。后来连钱都厌憎了，他就知道自己在这世上已经活不了多长了。

老了，老了，曹菘说，我已经老得连自己都厌恶了。

那时，他写了一组自挽诗，在诗中历数自己早年的斑斑劣迹：包括偷书、诱奸、玩弄妇人、骗财、作假证、捉刀、行贿等。

曹菘一直在疾病带来的羞辱中度过余生：因为视力不济、膝盖受伤，他只能躲在家里。但腰椎脊椎严重变形，导致他又不能久坐。立也不是，坐也不是，躺卧也不是。那年春天，雨下得特别缠绵。曹菘躺在床上，翻来覆去。他说，雨在慢慢地下，我也要慢慢地死。

他的朋友却说，他不是在等死，而是在等待着一个名叫何田田的女子寄来的信……

何田田，名莲，自幼家贫，被人从浙江桐庐卖到苏州一家妓院，学习琴棋诗书画。那家妓院的前身是前朝皇帝的行宫，所以当地人就把它称为旧院，与旧院隔河相对的，是贡院，地方生员来这里参加考试，都要绕行一圈，到这家妓院逛逛，少不了写几首吊古的诗。作为旧院的头牌，一名身份特殊的性工作者，何田田成为每个男人的梦中情人，以致见过她的人都不免沉醉于她那晚霞般温柔的酡颜；而那些闻过她体香的男人都说，她身上有一种淡淡的栀子花的清香，他们说这是暮春的味道。有一位诗人来到旧院，只是在一场以打茶围为主要娱乐形式的沙龙活动中与何田田聊了几句，回来后就写了一首名动一时的诗，大意是说他在旧院看何田田红唇啜白酒，不觉间心神荡漾，多吃了几杯酒，之后不胜酒力，斜倚在椅子上，做了一个短暂的春梦，梦见何田田就是前朝皇帝的爱妃。醒来后，发现自己仍然坐在椅子上，何田田已经离席，其他人也寻欢作乐去了，一阵夜风吹来，珠帘叮咚作响，满屋子水光荡漾，有人告诉他这里就是前朝皇帝的卧室。此诗在文人圈里传诵开来，何田田也就被人称为“田妃”。

何田田很少出来会客，每次会客必是盛装。发髻的样式每周一变，衣裳每夜一变，头上的珠钿与衣裳上的环佩都是前朝的样式。据说她的眉毛描得细弯长柔，特别好看，连一些良家妇女都争相效仿，坊间称之“田妃眉”；她那唇间的一点红，又称“无边春”。

何田田与曹菘是诗友。曹第一次读到何的诗，就准备为她献出自己的双膝。当他以四行诗代替双膝向何田田示爱时，她竟被寥寥二十八字打动了（“一束小风吹进伊的笑容里去了”）。他们之间有过肉体与精神的双重交流。在何田田的诗中能找到曹菘的影子，反之亦然。曹菘有一首诗是写何田田某件挂在珊瑚钩上的衣裳，如何随风舞动。虽然通篇没有一字写人，却在隐约间写出了何田田的曼妙身姿。在何田田笔下，曹菘并非一个翩翩佳公子的形象，而是一个爱说大话、有点小聪明、秃脑门却自以为有智慧的男人。有一阵子，她与曹菘交恶。曹菘对的她评价只有四个字：刻薄、浅薄。因刻薄而浅薄，因浅薄而刻薄。

何田田身边并不缺男人。每逢花事繁盛的季节，她就会跟几个姐妹联袂外出踏青，有时还会约上几个看起来不无体面的男人。那些男人通常会把携妓冶游视为一件很风光的事写进诗里（倘使他们喜欢写点诗的话），但在何田田眼里，他们只不过是一些可以增添她身价的追随者（他们也确乎是以帮她提行李为荣，以跑腿为乐）。有时候，诗人们会把她擦汗的手巾偷偷藏起来，把留在手巾上的汗渍嗅了又嗅，据说这样会给他们带来灵感。她每回出游，都会写一首纪游诗。其中有一首，说的是某个春天的黄昏，她穿过树林，忽然听到有人呼唤自己的乳名，那一刻，她回过头来，并没有看到什么身影，但她还是忍不住对身边的人说，转身间不经意看到的月色原来是那么美。诸如此类的描述，在何田田的集子里极少见，她的诗，还是以描述卧室场景居多。何田田三十岁那年得了咳血病，身体异常脆弱，一阵突如其来的南风仿佛也会给她带来伤害。那时，作为一名女诗人，她的感觉变得越来越纤细，时常在不经意的一瞬间表现出感官的隐秘悸动。她还有一组仿《子夜歌》的五言诗，描述的是娼妓的日常生活：她从来没有从正面描述过一个男子，最多也只是写一个背影极清瘦的男子坐在竹簟上，轻轻地晃动一个女人的肩膀，然后就把视角移至窗外，描述一棵被风吹着的小树……她总是带着挑剔的口吻说，这些男人真是没法看的，男女间的事也是很无趣的。不过，她喜欢隔着木板墙听声辨形——在一个男女声音相杂的雨夜，她可以通过他们之间的对话，想象着那些男人的面相。通过这些声音描摹出来的男人，自然就没什么可憎的面目，他们知书达礼，临走前通常还会向女方客客气气道一声谢。大家都知道自己是过客，就此别过，也就别过了，但在雨夜里听到这样的话，仍然会有一丝暖意。她写这样的诗，多多少少还是夹带了一些感伤、落寞的气息。在她为数不少的诗作中，有一首自叙身世，写得尤为大胆、新异：她把男人比作朝南生长的树枝，即便花都谢了，来年还可以再发；而女人就是北风中摇落的花，落了地就不能再返回枝头。更难能可贵的是，她在诗中主张男女平等、开办女校、科举考试向女性开放等等。

何田田进入中年之后，像大部分女人一样，腰部以下的肉开始增多。曾经迷恋过她的男人一个个离她远去，不再有富家子弟送她金陵的香粉、扬州的胭脂，也不再有诗人赞叹说“她走过的地方尘土也生香”。那个时期，她的诗反复吟咏的是被遗弃的秋天的扇子和带着寒意的铜镜。不过，她手头好歹还有些积蓄，因此就在太湖边买了一座老房子，远离那种游宴的生活。她有一首自题写真的诗，描述的是晚年孤独无依、卖画糊口的生活。有位香粉制造商在地摊上见到她的花鸟画，就托人跟她联系，打算订购一批。但她那时因为痛风，手臂犹如经霜的柳条，连笔都握不住了。她存世的画只有一幅，题为《空》。纸的左下角画了一只鸟。有人说，这只鸟是白鹤，也有人说是白鹭。但她的朋友说，鹭飞翔时双腿是向后伸直的，鹤的双腿则是垂挂下来的。因此，她画的应该是身体绷紧的那种白鹭——冲和之中又不乏一种激荡之美，显然是她（作为一名女史）的自况。

值得一提的是，何田田晚年与曹菘恢复旧谊，彼此之间虽然没有见面，却有书信往来，信中多以“女弟”自称，可以看得出她在曹菘面前持有一种谦卑的姿态。曹比何大十七岁，彼时饱受痛风、消渴、腰椎变形、鹤膝风、白内障等疾病的折磨，连握笔都有些困难。六十八岁那年，他的双眼已经看不清东西，无法写字，就以诗代信，嘱人记录，寄给何田田。诗中述说自己进入晚境之后，身体如何在秋风中衰败，内心如何在春天的雨夜变得凄迷。何田田以诗作复，对老朋友说，他的心境与一个年老色衰的女子料必是一样的，对她来说，此刻的世界无路可通，却有待追忆。如她所言，她那些最好的诗大都是在平静的追忆中完成的。

何田田卒年五十四岁，葬在太湖畔的一株古树下，据说“新月开始生明之日，有白鸟夜啼，天明方去”。何田田死后二十年，老人们依旧会谈起她当年踏过红氍毹时的回眸一笑，谈起她那些流传青楼的诗篇。又过了三十年，一个叫徐青衫的诗人在一位朋友家中发现了曹菘的诗文手稿，里面还羼杂了何田田的部分诗稿与信札。应朋友之嘱，他把曹、何的诗编成一部合集，共五卷。曹菘在世的时候，毁多于誉；去世三十多年后，誉多于毁。他的身后名声，在很大程度上得力于徐青衫的发现和传播，当时，在坊间流传最广的要数曹菘的一部奇书《掌中缘》。徐青衫在一篇近乎煽情的序文中认为，读者可以从这部书中找到姑苏名妓何田田的影子。不过，他又接着解释说：这个吮过并咬过他手指的女人，让他又爱又恨，终身摆脱不得，因此，在他的诗或小说中出现也就不足为怪了。

徐青衫，明州慈溪人。生卒年与生平事略均不详，死后的事倒可以一说。徐在临终前曾说过这样一句话：我要让后人记住我的诗，忘掉我的名字和身世。他一生写了一千余首诗，很少示人，死后不久家中发生一场火灾，将他所有的诗稿都化成了烟灰。徐的诗一度在朋友间口耳相传，就此保存了七八首。有位邻县的青年诗人读了他的诗，就坐船去一个偏僻的山村拜访他的家人。那人问他家人，手头是否还有徐青衫的遗稿，他们都茫然地摇着头。有人告诉那人，徐母住到尼姑庵去了，可以向她打听。青年诗人又出村行五里路拜访了徐母。彼时，徐母已年近八旬。她坐在蒲团上，闭目开耳，听青年诗人谈论儿子的诗，忽然流下眼泪。徐母说，我的字是我儿子教的，他有好诗也会念给我听，我因此记住了几十首。现在，我就背给你听吧。徐母花了一个下午的时间，断断续续背了六十余首诗。青年诗人就此一一记录下来。他回到家中，把徐诗整理成一本薄薄的集子，还请当地一位著名的山长写了一篇短序。书成，他带着四五位诗人再次去尼姑庵拜访徐母时，庵主说老人已经圆寂。徐青衫的诗虽然存世不多，但毕竟是留了下来，且远远长于他的寿命。时间已显明了这一点。

下面这一段话据传是卡夫卡写给威尔弗的信中说的：这世上也许还有一些类似的书，它们就搁在某个不为人所知的角落，任由时间的灰尘层层覆盖，不曾被任何一只手碰触。而这本在中国备受冷落最终漂流到欧洲的诗集（指《俊友集》），有幸以德文的形式呈现在读者面前，不能不说是一个奇迹。这样一座由火热的情感与冰冷的智慧砌成的神秘建筑，可以让我们在门外流连，领略若干世纪的异国孤独。

我翻读《卡夫卡全集》（包括书信集），没有发现卡夫卡致威尔弗的书信。另据威尔弗先生的后人说，这封信的原件已经丢失，上面这一段话仅仅是在威尔弗先生接受访谈时被他引用过。

这位叫杨补之的中国学者有没有读过卡夫卡的小说？威尔弗先生的日记中并未说明。可以肯定的是，杨略懂一点英文，但对德文一窍不通。他对卡夫卡所知甚少，正如卡夫卡对他谈论的那些中国诗人也很陌生。他来见卡夫卡的目的就是为了向西方人传播那些中国诗人的作品。威尔弗在译后记中这样写道：“杨把那些诗交给我时，用诚笃的口吻说，这些人虽然寂寂无名，但他们的才华足以与唐朝诗人相匹，他们的诗作不应该随同他们湮没无闻，有感于此，他打算把这部诗选带到西洋，让更多的人了解他们，记住他们。”那么，卡夫卡后来有没有阅读过此书？威尔弗先生在日记中有这样记载：卡夫卡先生翻了翻这部书的译稿，就以诚恳的口吻说，尽管我对中国诗歌所知甚少，但我感觉这会是一本很有意思的诗选。话说回来，先生，我不敢说我能帮得上什么忙，因为我只是一个写小说的。一九二四年六月四日清早，威尔弗先生在布拉格某条大街上遇见了卡夫卡的好友勃罗德，得知卡夫卡先生已于昨日病逝，临终前曾嘱托勃罗德务必烧毁自己所有的日记、信件和手稿。威尔弗先生在当天的日记中这样写道：类似的事，一位中国诗人也曾干过。

原载《山花》2019 年第 4 期

依旧百乐汀

林　希

中国人都知道，天津人赶时髦。赶巴黎、赶纽约，赶不上，够不着。天津人赶时髦就是赶上海。上海有嘛，天津有嘛，上海有高跟鞋，天津也有高跟鞋，上海有西服领带，天津也有西服领带。上海西餐有红房子，天津更有正宗西餐老字号起士林。上海有跑马厅，天津也有跑马场，就因为有了跑马场，天津还有一条马路叫马场道。上海有大世界，天津虽然没有大世界，只是整个一个天津卫，就是一个大世界，绝对不能让上海人小看了天津人，天津比上海花哨多了。

所以天津就有了像上海百乐门的大舞厅，只是，天津的不叫百乐门，改了一个字叫百乐汀。百乐汀绝对不比百乐门逊色，也是大洋楼，前厅活赛皇宫。腰里不揣个十万八万，手上没戴二两重的钻石戒指，男士胳膊没挽着绝色美女，女士身后没有跟着保镖，绝对不敢往里面迈步。

天津有这么一个高级娱乐场所干什么呀？伺候洋人。洋人涌入中国，兵分两路，一路奔向上海，另一路直奔天津。洋人来了，洋派的生活也来了，洋人的生活设施也越来越讲究，特别是俄国人，第一批大老俄来中国，带来了洋鼓洋号洋琴。每到礼拜天，大老俄家家户户摆大席，吃着喝着还得有人伺候，几十人的大场面，弹琴的弹琴，招来中国人围在墙外朝里面看。最好看的是，洋爷们儿搂着洋娘们儿一对对在草地上转着圈儿地扭，看得中国爷们儿不敢直腰。

天津百乐汀在英租界西头，隔着大马路，对面是万国公墓。在祖宗坟头旁边跳舞，蛮夷之邦。老祖宗冥寝之处，不肖子孙搂着娘们儿又唱又跳，还喝酒，欺侮老祖宗实在动不了了。

百乐汀黄昏六时开始上客，门外停着小汽车，车门拉开，洋爷们儿、洋太太们气宇轩昂地走下车来，头上包着大布围子的大胡子印度门童迎上去，平伸着一只胳膊引他们走进早就从里面拉开的大门。也没有人伸手要票，更不查任何证件，走进去了，大门关上，印度门童冲着大门深深地鞠一个大躬，匆匆跑下来，下一位爷又来了。类如今天的私人会所，全都是会员制，还得有人引荐，入会费多少，没有人打听，没有那份钱的没有必要打听，有那份钱的也不在乎那点钱。

来百乐汀消遣，规矩非常重要，男士要穿燕尾服，女士要穿晚礼服。读中学的时候，高年级的同学带我去看过。百乐汀再好玩，光是洋人也玩不起来。再说，有志气的中国人也咽不下这口恶气，这里是中国地界，煮咖啡的是中国水，舞厅里摆的是中国花，前厅、大厅伺候的是中国人，凭什么不让中国人进？

先是吃洋饭的买办陪着洋人进来了，渐渐吃洋饭的买办带着他家的少爷一起进来了；老买办得了半身不遂，来不了了，凭着身份，儿子来了，带着情人也来了。没过多少时间，天津百乐汀里的中国人，和金发碧眼的洋人男女一样多了。

百乐汀生意火了。

在百乐汀众多的常客中，有三位中国花花公子，每天必到，风雨无阻，场场不漏，每人每天消费一瓶十八年皇家苏格兰威士忌，从开门一直坐到打烊，不叫舞女，不吹口哨，不吊膀子，不起哄，三个人就是安安静静地坐着，人们称这三位怪人是“百乐汀三剑客”——彼德张、约翰陈、乔治孙。

彼德张，小白脸，瘦高个儿。约翰陈，比彼德张小三个月，瓜子脸，大眼睛，有点小胡须。乔治孙先生，绅士派，不苟言笑，一副金丝边眼镜，面色严肃。后来，三剑客下海，成了百乐汀乐手，彼德张弹钢琴，约翰陈吹萨克斯风，乔治孙敲爵士鼓。

三剑客，百乐汀的三根顶梁柱。他们下海之前，百乐汀里没有三剑客的身影，不够派，没有气氛；三剑客下海之后，三剑客一天不来，百乐汀就得歇业。

三剑客，非凡人也，天津卫有名的三位公子哥儿。弹钢琴的彼德张，是源隆张家的大少爷；吹萨克斯的约翰陈，是当年曹锟大总统幕僚陈大人的大公子；敲爵士鼓的乔治孙，是两广总督的外孙。够分儿了吧？不光是够分儿，还有名牌大学的大学问。彼德张学人类学，约翰陈学社会学，乔治孙学心理学。后来这三门学问衰微了。人类学远不如猴子变人通俗易懂，社会学绝对没有阶级斗争理论完整，心理学后来合并到医学院，乔治孙转到公共卫生系去了。

三位公子哥儿对于可悲不可悲并不在乎，也没在读书上浪费过精力，大学四年，他们在百乐汀泡了四十九个月（有一年闰月）。他们进百乐汀只为听爵士乐，听得入了迷。待到百乐汀打烊、客人散去，三人取出一瓶皇家威士忌，请三位百乐汀洋乐手喝酒，趁着洋乐手喝酒，三位公子哥儿把人家的乐器拿过来，玩上一曲。

玩，只是玩，他们从来没想过下海做乐手，洋人说的“乐手”，明说了，就是洋吹鼓手，属于摆不上台面的五子行业，凭他们的身家，再出三辈吃饭虫，也不至于沦落到去干引车卖浆的勾当。

但万事不是都有个出乎常理吗？正在天津极盛兴旺的黄金时刻，突然卢沟桥一声炮响，日本鬼子进了天津。日本人占领天津没有百乐汀的事，商女不知亡国恨，天津商界的男人，谁来了和谁做生意，做生意就赚钱，国难之时，正是闷声发大财的好时机，无论什么天灾人祸、瘟疫战乱，天津卫大街永远淌黄金。

只是，百乐汀好景不长，中国军队节节败退，日本侵略者的胃口越来越大，竟然向全世界宣战，1942年制造了珍珠港事件，要和美国人玩拳脚。天津俗语，“屁眼拔火罐，做死（屎）”。太平洋战争爆发，日本占领区内，英美侨民集中被送往山东潍坊集中营，这一下，百乐汀伤筋动骨了。

美英侨民走了没关系，中国新一茬暴发户起来，百乐汀依然人满为患。只是洋乐手也被关进集中营去了，没有乐手百乐汀如何开张呀？百乐汀老板赶紧租汽车拜访三位公子，求爷爷，求奶奶，进得门来，跪在地上就磕头，三位公子绝对不肯应允百乐汀老板的诚挚恳求。但是一口拒绝吧，驳了老朋友的面子，这许多年，这位老板对他们照顾得不算不周到，每天下午六点，老板早早地立在百乐汀门外，恭候三位公子光临，远远地看见他们的身影，老板匆匆跑在前面，早早地将舞厅大门推开。待他们走进百乐汀，老板更是一步一步引领他们往舞厅走，直到送进舞厅，老板才深深鞠躬行礼，再问有什么吩咐，三位公子挥挥手，老板这才回身往舞厅门外跑，再去迎候下一位爷。

这点情意够意思了吧。

只是，三位公子说了：“我们三个人，吊儿郎当惯了，你让我们每天下午六点准时到百乐汀演奏，对不起，一天两天，也就认了，每天如此，谁有那么大的精神？今天犯懒，回笼觉睡过了，明天别扭，看着谁都不顺眼。不到场吧，误了你的生意；到场吧，看着谁都有气，一句话不合，打起来了。你说怪谁？”

“唉呀唉呀，三位公子，嘛话也别说了，就算三位救我一条性命，我上有二老双亲，下有妻子儿女，百乐汀若是关了门，我这一大家子跳大河呀？从小到大，在我亲爹亲娘面前我都没下过跪，三位不答应去百乐汀，我一直跪到死，三位公子在上，人命关天，不能见死不救呀！”

“唉，算了，我们可只是玩，懂吗？”

“懂！懂！玩，就是玩，不是下海。”

如此这般，锦衣玉食的三位公子，瞬间变成了业余洋吹鼓手。不过，业余和职业还是有天壤之别的。职业吹鼓手，走进舞厅，先举目扫视看看今天来了多少人，舞池里多少人在跳舞，吧台前多少人在喝酒，舞池四周多少人闲坐，估计今天老板会有多少收入，自己晚上能拿到多少钱。操起乐器，先想着坐在吧台前的爷们儿爱听什么曲子，跳舞的爷们儿又爱听什么曲子，先捡大家都爱听的曲子演奏，看着看着，舞客们的兴头不高了，立即出个怪调，刺激刺激人们的神经。职业乐手，非常简单，心里只想一个字：钱，自己一点不投入，就是哄着爷们儿玩。

三位公子和他们不一样，三位公子走进百乐汀，眼皮儿不撩，坐下，先吮一口咖啡，点上一支雪茄，吸一口，放在一旁，深呼吸，不知为什么还要搓搓手，看着吧台四周的爷们儿似是等得不耐烦了，先吹几个音符，随便在钢琴溜溜手指，打爵士鼓的把木槌在手指间飞快地转几十个圈儿。彼德张和乔治孙再看看玩萨克斯的约翰陈，陈公子有点兴致了，乔治孙抡起手槌，空中一挥，“嚓”一声巨响，约翰陈站起身来，挺直胸膛，将乐器直指天花板，一个长音，一口气，憋个大红脸，足足三十五秒，满百乐汀男男女女都屏着呼吸，一动不动地静等第二个音符。然而有女士轻轻地出了声音，似是已经憋不住了，第二个音符还没有出来。稍事停顿，约翰陈先生摇了摇肩膀，操起萨克斯，轻轻飘飘，第二个音符才缓缓地出来，全百乐汀男女一起深深地呼出一口长气，早就没有一点精神的人们马上活了过来，端起咖啡杯，一饮而尽。再待约翰陈晃晃手中的乐器，萨克斯吹奏起轻松的旋律，舞客们渐渐打起精神，下舞池的下舞池，喝酒的喝酒，品咖啡的品咖啡，气氛挑动起来，快乐和幸福自天而降。此时此际，对于三位公子来说，一切早已不复存在，什么舞客、老板、咖啡、美酒，早被他们抛到九霄云外去了。

果然，百乐汀的生意更火了，最最重要的是，中国爷们儿已经接受了本土爵士乐乐手，洋吹鼓手一文不值了。不就是件乐器嘛，你们会玩，怎么中国人就玩不转呢，洋人会的，我们一定能会，洋人不会的，我们自己也能鼓捣会。

放下百乐汀，专说约翰陈。

前面说了，约翰陈先生 1948 年在大学读书。1949 年天津解放，约翰陈先生大学毕业，按照知识分子政策，受到了高度重视，被分配去一所中学教书，而且待遇不低，六百斤小米，团级干部待遇，不错了。

教英语课，约翰陈先生不当一回事。只是学校老师坐班制，有课没课得在学校里待一整天，晚上放学，还有各种会议。最让约翰陈先生忍无可忍的事情是，去学校上班不准带萨克斯，弄得他牙痒痒。而且教育局规定，学生只能学习，钢琴、手风琴、爵士鼓、萨克斯属于资产阶级乐器，连让学生知道都不允许。

约翰陈先生的萨克斯，意大利名牌精制，乐器主体虽然也是黄铜质地，但通身漆金，纯银吹嘴，纯银弯脖，漆金的音节盖。他老爹把一幢洋楼卖了，才求人从意大利买来了这样一件宝贝，和约翰陈谈判的条件是娶媳妇的事不管了。

手握萨克斯，约翰陈先生立刻就步入了他的天堂，世间一切的烦恼都洗涤干净，什么家事国事天下事，都和约翰陈先生没有半毛钱关系了，至于风声雨声读书声，都被萨克斯的乐声淹没了，只有在这时候，约翰陈先生觉得自己是个人。

约翰陈不安心在中学教英语，他的好朋友彼德张特意将他请到家里，开启一瓶威士忌，切了一块芝士。什么年代，居然还能买到芝士。但天津不是小上海吗？上海清理旧社会遗毒比天津彻底，原来供洋人享乐的东西，一夜之间就销声匿迹了；天津动作慢，一直到公私合营的年代，资本家们还有地方聚首，伺候资产阶级们吃喝的地方还在经营。彼德张先生那次就买了一整块芝士，一个压扁了的大皮球，放在家里慢慢享用。

今天把约翰陈请到家里，彼德张拿出家里的珍藏，多日不见，哥俩儿谈谈心。

“约翰，咱哥俩儿自幼一起读书，又是大学同学，更一起在百乐汀玩了十几年，也算是手足兄弟了。咱不是青帮洪门，没喝过血酒，没抽过死签儿，但咱兄弟趣味相投，比亲兄弟还要亲呀。”

“哥，有嘛话你就说吧。”约翰陈知道今天彼德张找到自己，一定有至关重要的话要说。

“没嘛正经事，一不劝你娶妻成家，二不想和你合伙做生意。我就是想告诉你，这年月有个正当工作不容易呀，何况还是中学老师，已经够体面的了。”

没等彼德张往下说，扑簌扑簌，约翰陈的眼泪涌出来了。

“哥，萨克斯。”约翰陈已经抽鼻子了。

“忘了吧。新时代新生活，文艺为工农兵服务，工农兵不喜欢萨克斯、爵士鼓。换个乐器，拉胡琴、吹唢呐，咱又不会，知识分子，要跟上时代脚步呀。”

约翰陈挽起袖子抹抹鼻涕，耸了耸肩膀。

“约翰，哥哥说知心话，以咱们这样的阶级，党待咱们不薄。百乐汀的日子一去不返了，跟上新时代，不要为旧时代殉葬。哥哥我可不是对你做思想工作，哥哥对你说的是真心话，再还舍不得萨克斯，你可要吃亏了……”说着，彼德张给约翰陈加了一点威士忌，送过去酒杯，才抬手，彼德张一不小心，酒杯掉地上了。

“哗”，一只名贵雕花水晶酒杯，摔得粉粉碎。

彼德张看见约翰陈的身子歪在椅子上，一喘一喘，他已经哭得窒息了。

百乐汀关门之后，乔治孙被分配到炼钢厂工作，一个打爵士鼓、玩爵士乐的人去炼钢厂做什么工作呀，正好有一个关键岗位——传达室。

传达室就是天堂呀，三班倒，夜班舒舒服服地睡大觉；早班，下午没事，满天津卫转；只有中班要盯到晚上，可是第二天几乎全天在家里坐着。

约翰陈没有那么幸运，中学辞职后没有找到合适的工作。好在约翰陈不指望工资吃饭，从家里提拉个物件出去，拿到当铺，就够吃几个月的。

"约翰，在家里也是闲着，跟我出来玩玩吧。"乔治孙找到约翰陈，拉他出去玩玩。炼钢厂搞文娱活动，每周六举办舞会，舞会要有音乐，炼钢厂有拉胡琴的，还有吹唢呐的。这些乐器和跳舞不搭界。洋乐器，炼钢厂里没人拿得起来，如此乔治孙想到约翰陈。

"出去散散心吧，没有报酬，夏天有清凉饮料。"

"好，我去，"约翰陈正在家里憋得难受，痛痛快快答应了，"我不喝清凉饮料，糖精配的，我自带白开水。"

约翰陈又操起萨克斯来了。钢厂舞会从晚七点开始，约翰陈准时来到钢厂大礼堂，走上舞台，看着青年男女走进礼堂。炼钢厂大多是男性青年，工会想出办法，正好炼钢厂附近是第二棉纺厂，棉纺厂女工愿意和钢厂工人搞对象，钢铁工人最光荣。

工会文娱委员拍拍手，示意舞会开始，约翰陈将萨克斯放到唇边，憋足一口气，吹了一个长音，立即，大礼堂安静下来，哟，今天洋派了。

萨克斯伴舞和二胡、唢呐伴舞，感觉是绝对不一样的。萨克斯音色优美，每一曲都极是动听，即使不跳舞，只站在大礼堂墙边看年轻人跳舞，听音乐，也是极大的享受。何况约翰陈先生的萨克斯绝对是专业水平，没有听过"百代"公司老唱片的年轻人，一下子就被这动听的旋律迷住了。

礼堂中央，对对青年男女在舞池里旋转，灯光柔和，乐曲优美，环境舒适，气氛安详，一片轻柔的氛围，使每天守在炼钢炉旁的他们，发现了自己另一面的人生。

看着炼钢厂、纺织厂青年男女一对对在自己萨克斯乐曲伴奏下翩翩起舞，约翰陈如醉如痴。双手抱着萨克斯的他，忽而将身子弯得活赛一只大虾，忽而又脑袋瓜子摇得晃来晃去，又突然一口气活活憋得大白脸变成紫茄子，突然一个强音迸出来，全礼堂男女一声呐喊，约翰陈先生眼睛睁开，眨眨眼，发现自己还生活在20

世纪中叶一个叫天津的城市里，而且还是刚刚吃了一碗清水面，走进炼钢厂礼堂之前，还点着一支大前门香烟。

约翰陈旁边的乔治孙，随着乐曲敲击小鼓，为约翰陈拍击节奏，虽然不是爵士鼓，乔治孙也将一面小鼓敲击得变化万千，为约翰陈的萨克斯制造出跳跃的欢快气氛。

周末舞会，热闹非凡。炼钢厂舞会当然比不了百乐汀，但新时代的年轻人，比旧时代舞客的气质绝不逊色。旧时代工人，一身的机器油味，天津人说是“老油包”，皮肤粗糙，大黑脸，个个赛张飞，说话大声，骂骂咧咧。新时代新一代工人，文艺范儿，再加上过去斯文人家的孩子参加工作也分配到工厂，劳动人的概念变化了。

何况，喜欢跳舞的都是年轻人，衣着整齐，手表眼镜，头发梳得油光光。纱厂女工参加钢厂舞会，更要打扮得漂漂亮亮，胭脂口红，描眉画脸儿，耳环项链，花围巾，花衣服，连衣裙，个个花枝招展。男青年仪态大方，女青年如花似玉，而且没有旧时百乐汀轻浮舞女身上的那股媚态，领舞的神态严肃，伴舞的自尊自爱，构成了新时代的美丽图画。

人气炽热，炼钢厂的周末舞会越来越火爆。到星期六，炼钢厂大礼堂打扫得干干净净，更有人高高地悬挂起彩色串灯，原来在礼堂中央摆着的大长椅拉到了礼堂四周，一支舞曲结束，年轻人退出舞池，坐下来休息一会儿。甚至还引来了不跳舞的老工人和家属，只坐在旁边看年轻人跳舞，就和看舞台表演一样。

约翰陈只管吹他的萨克斯。

一支舞曲结束，约翰陈背后传过来脚步声，明明有人向他走过来。

“先生，请吹一曲《我的肯塔基故乡》。”

约翰陈一愣，炼钢厂里还有人知道这支歌？来不及思忖，约翰陈操起乐器，先试试音，今天的声音更为轻柔，可能是外面下雨，舞厅里空气湿度高，萨克斯的声音更显深沉柔美。只一个音符，连约翰陈自己都被感动了，此时不是什么人要听《我的肯塔基故乡》，而是约翰陈自己一时晕眩，还没开始演奏，他已经陶醉在即将飘起的乐曲声中了。一个长长的低音，舞厅里立即充满着悠悠的气氛，约翰陈迷醉了，他忽而随着乐曲耸耸肩膀，忽而弯下身子把一个长音吹到令人窒息，吹到动情处，约翰陈已经随着音乐走进了梦幻的境界。

阳光明媚照耀肯塔基故乡，在夏天黑人们欢畅，
玉米熟了，草原到处花儿香，枝头小鸟终日歌唱。

那儿童们在田舍游玩，多快乐，多欢欣舒畅，
不幸的命运却来敲门拜托。

啊，再见吧，我亲爱的故乡！
你别哭吧，姑娘，今天别再悲伤。
让我们为亲爱的故乡歌唱，
为那遥远的故乡歌唱。

一曲《我的肯塔基故乡》结束，约翰陈深深地转着身子向众人鞠了一个大躬，挟着他的萨克斯，默默地走出了炼钢厂大礼堂。外面下起了小雨，湿漉漉的雨丝打在脸上，吞噬了他的泪水。约翰陈哭了，也许是雨水太冷，他打了一个寒颤。没有抬头看路边的夜色，也不知道小雨是什么时候停下来的，自行车停住，到家了。

约翰陈不知道家门是如何打开的，一步闯进屋来，扑通一下，倒在床上，几乎哭出了声音。抽动了几下肩膀，约翰陈稍稍安静了下来，哭声止住，耳际回响起《我的肯塔基故乡》的美丽旋律，手指随着乐曲一个音符一个音符地按着床单，在自己手指的动作中，约翰陈渐渐地睡着了。

梦中，约翰陈沉浸在《我的肯塔基故乡》乐曲中，他已经不是在欣赏，而是随着乐曲唱了起来，自然，约翰陈用英语唱着，歌中美丽的诗句，将他带进了美丽的幻境。

睡梦中的约翰陈，不再是乐手约翰陈，不再是富家子弟陈少爷，倒在他身边的萨克斯，不再是包金的黄铜乐器，不再是纯金的弯脖和音符盖，而那首歌，更不仅仅飘飞在约翰陈的梦中，一切都融进了约翰陈的血脉，幻化成他的生命。

约翰陈，也许就永远这样睡下去了。

“喂，醒醒。”

一声粗壮的呼喊，背上一记重重的推搡，约翰陈猛然跳下床来，惊愕中大声喊叫：“谁！”

约翰陈笔直地立在地上，赛似士兵听到紧急集合命令，用力地眨眨迷迷糊糊的眼睛，使劲地想闹明白此时此际自己到底是在梦中，还是从梦中活了过来。

“乔治孙。”终于约翰陈活过来了。

“还睡？”乔治孙愣愣地对约翰陈说。

经乔治孙提醒，约翰陈看看桌上的马蹄表，正午三点。

“哦，这一觉睡了十二个小时。”约翰陈耸耸肩膀，不知道如何回答乔治孙的询问。

“走！”乔治孙给约翰陈披上衣服，拉着他就往外面走。

“干嘛去？”

“喝酒去。”

“我，我，我，今天，手头儿有点紧。”约翰陈突然想起，前些天刚刚把老爹留下的一件观音瓶卖到委托行，换来的钱早就花光了。

“不要你掏钱，”

“你请客？”

“你就跟着走吧。”

“去哪儿喝酒也得带钱呀。”约翰陈居然还懂得一点人间道理。

“今天喝酒不要钱。”

“共产主义啦？”约翰陈迷迷怔怔地开了一个革命小玩笑。

“远着呢，”乔治孙回答说，“彼德张娶媳妇儿。”

“啊？”约翰陈越发不相信自己已经睡醒过来了。

“你说什么？”约翰陈惊奇地问着。

“这还有开玩笑的吗？”乔治孙极是严肃地向约翰陈说。

“他娶媳妇儿？”约翰陈还是不相信乔治孙的消息。

“快三十了，他怎么就不可以娶媳妇儿呢？”乔治孙向约翰陈反问着。

“唉呀，唉呀，他走这条道了。”约翰陈感叹地自言自语着。

“不能走这条路吗？”乔治孙引用了当年一篇流行小说的名句。

“唉！”约翰陈只是深深地摇了摇头。

约翰陈、乔治孙、彼德张三个人从小一起玩爵士乐，至今十多年，彼此情如手足，你中有我，我中有你，十多年形影不离，三个人好像是一个人。如是，他们三个人之间无话不可说，谁也没有秘密，找老爹要了多少钱，对老娘说了什么谎话，偷偷看了什么画报，和什么人出去被人骗走了二百大洋。他们之间，也谈人间烟火，也骂娘，也出过坏主意，只是他们三个人这十多年，从来没说过娶媳妇的事。对于他们三个人来说，媳妇就是音乐，音乐就是媳妇，“媳妇”和“音乐”就是一个概念。

然而，彼德张真的要娶媳妇了，而且就在今天，就在今天下午。

“可是，好朋友娶媳妇，大喜，人家请你去喝酒，你不能空着双手去呀。哎呀，你看看，我家里还有什么，这些年，从学校辞职一直没有收入。就是靠卖家里的东西吃饭，前几天刚刚卖了一件康熙年间的青花瓷瓶，委托行才给了十八元，扣了百分之七委托费，只剩下十六元七角四分。够花几天呀。”

“走吧，走吧，人家彼德张也不稀罕你随那四块钱的份子。咱有厚礼。”

“你带着了？”

“我有吉他，你带上萨克斯，婚礼上演奏一曲门德尔松。如今谁家娶媳妇能有这样的表演，千金难求呀。”

“那就，那就去了。”

彼德张的婚礼算不上多么热闹，四五十人，彼德张的父母亲友，新娘子一大家子，还有新娘子的朋友，介绍说新娘子是小学老师，自然有许多小知识分子类型的姐妹。

新时代，婚礼没有什么排场，新娘子是由她的好姐妹簇拥着乘18路无轨电车来的，一大群如花似玉的漂亮姑娘一股脑地拥上电车，车上的老太太们爱说闲话，结婚呀，恭喜恭喜，新娘子多俊呀，小姐妹更是一个比一个漂亮，哪个是新娘子呀？头上别一朵小红花的是新娘子，还用问？

到了地方，等在门外的人们一声喊叫：“新娘子到！”一阵鞭炮，新娘子又在朋友们的簇拥下走进房门，双方家长见面，互相致贺，举行仪式，先向伟大领袖画像鞠躬，向双方父母鞠躬，新郎新娘相互鞠躬。一片喝彩，彩色纸花儿漫天飞扬。咬苹果，新娘子躲躲闪闪，众人推推搡搡，越闹越热闹，小小一间新房里，喜庆气氛几乎要爆炸了。

忽然，就是忽然，就在闹闹哄哄的小洞房里，不知道从什么地方飘来一个长长的音符，开始十分细微，似是有点羞涩，正在嘻笑喊叫中的年轻人，一下被细细的声响惊呆了，正在蒙眬的人们寻找这个声响的时候，这个声响渐渐地展开，在小小的洞房里恣意回荡，声音越来越强。嘻笑的人们脸上的笑容凝固在嘴角上，喊叫的人们嘴巴半张着，一双双眼睛呆呆地锁定在挂着纸花的屋顶上。突然间洞房里一切的欢声笑语都被这一缕音乐驱散了，所有的人一起屏住呼吸，静等着下一个音符的出现。

约翰陈弓着身子，似是向什么人深深地鞠躬，双手抱着他的乐器萨克斯，倒也看不出用什么力气，优美动听的乐声就从萨克斯里飘了出来。一曲萨克斯演奏结束，他缓缓地放下乐器，吸了一口长气，伸直身子，微微地睁开眼睛，眼前一片蒙眬。他看看众人，众人也看看他，有人说了一声，哎呀，天不早了。

一阵骚动，满屋人同时抬起胳膊看着手表，真是不早了，大家各自翻找自己的衣服，纷纷向新娘新郎道别，一片欢声笑语中，走出了喜气洋洋的小洞房。闹洞房的热闹，终于结束了，约翰陈随着众人走到室外，一阵清风吹过来，打了一个寒颤，抬头看看天上的星星，看看前面的道路，直到此时他才清醒过来。

“哦，今天，彼德张娶媳妇。”

“扑哧”一声，约翰陈先生突然笑了，这世界真是奇妙，萨克斯之外，居然还有一种东西叫作“媳妇”？而且，约翰陈娶媳妇的事，早就办完了，当年他老爹给他买萨克斯乐器，就说好娶媳妇的事不管了。

“陈老师”，突然背后传来娇娇的女性呼唤声。

约翰陈没有回头。自己倒是当过教师，可是离开学校已经好多年了，多少年从来没有学生和他联系过，夜半三更人烟稀少的马路上，怎么会有人出来唤什么陈老师。

约翰陈还是低头蹬他的自行车。

“陈老师——”还是那个声音，又是一声“老师”。

约翰陈不得不慢下来，向身边张望，这时他才发现就在自己身旁，一位女士蹬着自行车和自己并肩行在一起。

不等约翰陈询问这位女士何以称自己是陈老师，那位女士倒先说起话了，“今天您的萨克斯演奏得比在炼钢厂还要好。”

约翰陈一愣，“怎么，你到炼钢厂去过？”

“我在小学教书，我的一位同学在纱厂工会工作，她带我参加过炼钢厂的周末舞会。”

“哦，你喜欢吗？”

“当然喜欢，年轻人嘛，谁不喜欢热闹。”

“有时间到炼钢厂跳舞去吧。”

“我不会跳舞，我喜欢听音乐。”

“喜欢听萨克斯？”

“什么音乐都喜欢，一听音乐，就把一切烦恼都忘记了。”

“好极了，好极了，欢迎你到炼钢厂来参加舞会，哦，是听音乐。”

约翰陈本来还想说些什么。只是突然一个念头冒上来：“您也是参加婚礼的？”

女士微微一笑：“你没注意，我是新娘身边的伴娘呀。”

哦，好像有这回事，大家正起哄要新郎新娘咬什么东西，一位姑娘站出来劝解，为了救场，约翰陈才吹起了他的萨克斯。约翰陈还想回忆点什么事情，只听这位伴娘突然说道，我到家了。没有等约翰陈说一声再见，小伴娘转一下车把，蹬着自行车消失在路边的黑暗中了。约翰陈又是摇了摇头，看看无边的黑暗，努力想寻找人影车影，只是路灯太暗，什么也没有看到，再摇摇头，自己蹬起自行车，离开了。

回到家里，拉开电灯，约翰陈很累，甩掉鞋子，衣服都没脱，倒在床上，糊里糊涂地睡了，自然又是梦到了他的萨克斯。

又到了星期六，约翰陈按时来到炼钢厂，看见彼德张，开了个小玩笑，等到乔治孙到了，三个人一起走进大礼堂，走进了灯火通明的大舞厅。今天约翰陈有点反常，多少年的习惯，只要一操起他的萨克斯，一双眼睛立即就眯成了一条细线，再待萨克斯吹起来，眼睛早死死地闭上了。

只是今天，直到约翰陈吹起了他的萨克斯，他的一双眼睛还微微地睁开着，不光是睁着一双眼睛，他还悄悄地四处张望，好像是寻找什么人，又像是丢了什么东西，有点走神儿。

这点小变化被学过心理学的乔治孙发现了，他走到约翰陈身边，悄悄地用膝盖顶了约翰陈一下，“想谁了？”

约翰陈虚眯着眼睛，还是向人群中张望，跳舞的青年男女转来转去，遮住了他的视线，只听见一阵欢呼声，时间到了。三个人抱着自己的乐器，走出炼钢厂大门，彼德张向那两位挥挥手，自己蹬起自行车走了。

一连四五个星期，约翰陈在炼钢厂大礼堂里演奏萨克斯的时候总是心不在焉，乔治孙那里的小鼓已经打得乱了节奏，约翰陈还举着他的萨克斯在那里愣神，乔治孙看看约翰陈，小声地向彼德张说“想媳妇了”。彼德张摇摇头，小声咳嗽一下，这才提醒约翰陈该演奏了。心不在焉是没有用的，他要找的那个身影，一直没有出现，渐渐地冷静下来，强迫自己把那个身影忘掉。

约翰陈倒也没有失去什么，心里反而更安静了，每到星期六，早早地吃一口东西，蹬上自行车，头也不抬就往炼钢厂跑。跑到炼钢厂，钻进大礼堂，也不看看今天来了多少人，只等乔治孙的吉他声一起，立即操起萨克斯吹起来，头一个必定是长音，一口气吹十几秒，吹着吹着，忘掉人间烟火。冬去春来，日子就这样过着，没有任何变化，既没有高兴的事，也没有任何倒霉的感觉。

这一天，又是星期六，又是吃了一口东西，又是蹬上自行车，又是跑到炼钢厂，又是钻进大礼堂，不对，今天大礼堂里冷冷清清。

眨眨眼睛，四处看看，怪了，大礼堂里局面变了。几年时间，每到星期六，大礼堂早早地就把大长板凳拉到四周，空出中间一个大平地，年轻人拥进来，在礼堂中间跳舞。今天不对，一排排大长椅子还在礼堂中间摆着，礼堂四周空空荡荡，不见一个人影。

今天舞会不办了？

约翰陈正胡思乱想，无意间向礼堂里面走了一步，“嘶啦”一声，他的衣服被大椅子角挂住了。直到此时约翰陈也还没闹明白大礼堂发生了什么变化，他想把大椅子拉开，伸手抓住大椅子背，没拉动，低头再看，大椅子四个角，每个角的椅子腿都被螺丝钉钉在地面上了。

“怎么一回事，不让跳了？”

“走吧。”约翰陈还想发火，背后被乔治孙拉了一把，好言相劝，“这儿不是你耍大少爷脾气的地方。”

炼钢厂周末舞会没有了，工人们也一定早得到通知，今天没有一个人往大礼堂来。约翰陈还不死心地向四周看看，乔治孙、彼德张硬拉着约翰陈走出了大礼堂。

“你呀，你呀，嘛也不知道，早听到风言风语，说是炼钢厂，周末舞会可热闹呢，还有人吹洋喇叭，厂里的年轻人每到星期六早早地就洗澡理发，穿上新衣服，一个个打扮得可漂亮了，什么模样的都有，还有烫卷发擦头油的呢。”

乔治孙陪着约翰陈往厂外走，路上对约翰陈说着。

“打扮漂亮碍着谁啦？”约翰陈气呼呼地向彼德张、乔治孙问着。

“斗争啦！”乔治孙对约翰陈说着。

“斗争有我什么事？”约翰陈还是向乔治孙问着。

“阶级斗争，你是什么阶级？”乔治孙向约翰陈反问道。

“我也有阶级？”约翰陈愣头愣脑地向乔治孙问着。

“你手里拿的嘛？”

“萨克斯。”

“那就是阶级，资产阶级。”

“萨克斯有了阶级？”

“行了行了，嘛也别说了。”乔治孙也没办法说明白，“反正我对你这么说吧，炼钢厂加强思想教育，有人提出周末舞会宣传资产阶级生活方式。可是明文禁止，又怕年轻人反对，所以，工会决定装修大礼堂，把大椅子固定在礼堂中间，明白了吗？今天你就好好回家睡觉去吧。”

乔治孙用力一推，将约翰陈推进他家大门去了。

“这玩艺儿是资产阶级？”约翰陈索性停下脚步，愣愣地瞅着乔治孙，举着手里的萨克斯，向乔治孙问道："它是资本家？它开工厂，它剥削我？你知道什么是资产阶级吗？资产阶级就是剥削你的剩余价值。你不懂，我读过《资本论》，你研究史前文明，那时候没有资产阶级。"

"行了行了，我不和你争，反正炼钢厂的舞会停了，你的萨克斯也没地方吹了，我的吉他在家里小声地弹吧。拜拜吧，咱们改日见。"说着，乔治孙推着自行车走了，走了没多远，他突然转过头向约翰陈喊着说："明天到街道去一趟，我听说街道正登记无业人口，找个管饭的地方是正事。"也不管约翰陈听见没听见，一阵风，乔治孙没影儿了。

疲惫不堪回到家来，约翰陈鞋子都没脱，一屁股坐在床上，心里空荡荡。似是地球不转了，脑袋瓜子里什么也没有，是喜？是忧？他自己一点也不知道。

没有演奏萨克斯的地方了，没有人听他的演奏了，脑海里忽然浮现出当年百乐汀的景象，一阵一阵的音乐，一波一波的舞客，一股一股的酒香，怎么就没有了呢，怎么就消失了呢？想着想着，约翰陈眼前一片模糊。

屋里亮了。

约翰陈在小屋里闷睡到第三天，肚子饿了，四肢疼痛，伸伸四肢，不能再躺了。拉开窗帘，天又快黑了。这天怎么老是黑的呢？哦，白天睡觉来着。披上衣服往外走，哪里去，不知道，反正就是出去吧。

多年的生活习惯，约翰陈走出房门，走出一大段路，才发现手里拿着一件东西，沉甸甸，低头一看，自己吃了一惊。萨克斯。唉，拿着这件东西做什么呀，炼钢厂的舞会不让办了，阶级斗争了，萨克斯没有用武之地。

想了想，想将这把萨克斯送回去，已经走出很远很远了，索性继续走吧。走着走着，听见流水声，是海河。好地方呀，河边有大椅子，坐下来歇歇脚。

于是，就坐在了大椅子上，伸伸腿，非常舒服，吸一口气，一股凉意渗入心间，舒服，比在家里躺着舒服多了。闭一会儿眼睛，约翰陈竟然举起了萨克斯，而且放到了嘴边。

既然萨克斯已经举了起来，那就吹吧，好在河边没人，想怎么吹就怎么吹，想吹什么就吹什么。当然还是《我的肯塔基故乡》。偏偏今天多云，天空厚厚的阴云，笼罩着潮湿的河岸，萨克斯声音更加浑厚，也更加悠扬。他忘记了这里是什么地方，更忘记了现在是什么时间，他只是吹着吹着，倒是感觉到风声越来越大，风力也越来越猛，河边的人声也越来越微弱，除了约翰陈自己的萨克斯乐声，周围几乎没有一丝声音。

到底也要喘喘气，约翰陈停了下来，放下手中的萨克斯，身子向后倚倚。哦，时间不早了，好像也该回家了。睁开眼睛向四周望望，天真的黑了，原来河边上闲坐的老人，不知道什么时候散去了，天时不早，圆圆的月亮，已经高悬在头顶上了。

回家吧，回家吧，约翰陈懒懒地站起身子，怪了，一个身影出现在距离自己不远的地方。他四周看看，确实河边早就没有人影了，就在河岸半高的围墙上，还有一个人奄拉着双腿坐着。看看，年纪不大，不像是等什么人的样子，也不东瞧西看，莫非是自己的萨克斯把他吸引来了？事不关己，约翰陈没有心思询问这位年轻人，拿好萨克斯起身往回家的路走去。

“吹得多好呀。”

约翰陈侧目，年轻人，很年轻，十八九岁吧。

“多好的一支歌呀！”

年轻人看看约翰陈手上的乐器，又向约翰陈看了一眼，似是自言自语地说着。

“你喜欢这支歌？”约翰陈无心地问着。

“《我的肯塔基故乡》。”停了一会儿，年轻人又像是自言自语地说着，“我可以唱给你听一下吗？”约翰陈呆了，没想到，这样的时代，这样的年轻人，居然要给自己唱这样的一支歌，而且他还说要用英语唱这支歌。

约翰陈没有表示同意，也没有鼓励，只是停下脚步，站在年轻人的对面。

“你喜欢这支歌？”约翰陈向年轻人问着。

年轻人开始小声地唱了起来，像是怕被路人听见，声音极轻极轻。

“你的发音是美式英语。”约翰陈向年轻人说着。

“您听出来了？”年轻人依然似是自言自语。

“现在中学教伦敦英语。”

年轻人似是笑了笑，歌声停下，年轻人抬头看了看约翰陈。

“母亲在世时定下规矩，进了家门，必须说英语，美式英语。”

随便换一个人，听说有的人家孩子进了家门，必须说美式英语，一定要说这户人家是汉奸。对于约翰陈来说，却一点也不觉奇怪。他年轻时在汇文中学读书，汇文中学是一所教会学校，每个星期一，学生进校，校长站在校门口，检查学生仪容，然后嘱咐一句：“说英语！”从此时开始，直到放学，学生离开学校，任何人再说一句中国话，罚做二十个俯卧撑，所以三年毕业，英语成了学生的第二母语。

没时间和年轻人聊天，约翰陈推着自行车就要走开。

他回头向年轻人说：“你也该回家了吧。”

“我姐姐去学校给学生补习功课，十一点结束，我要去接她。”

“哦哦，”约翰陈信口答应着，自己蹬上自行车走了。

约翰陈蹬车走到自家楼外，锁好自行车，走上楼梯。才掏出钥匙要开门，突然两个陌生人向自己靠过来。

“回来啦？”

“问我？”约翰陈向四周看看，不知道这二位要和谁说话。

“你不是陈同志嘛，我们等你好长时间了。”

“等我？”约翰陈疑惑地问着。

“我们屋里谈吧。”陌生人居然还要进屋。

“有必要吗？”约翰陈还要问，就在约翰陈开门的一瞬间，两位陌生人已经先约翰陈一步，走进房间来了。

“既然进来了，那就请坐吧。”

约翰陈脱去外衣，甩着衣服把屋里仅有的两把椅子掸了掸，没有再客气，自己先坐到床头上了。

来人落座之后，看看约翰陈，客客气气地自我介绍说：“我们是居委会的，这位是于主任。”

好在约翰陈不怕查，一张床，一只饭碗，一把暖水瓶，几件衣服，两双鞋子，其中那双皮鞋，已经好多年没穿了，自从百乐汀停业之后，再没有穿过皮鞋。

于主任对约翰陈先生说：“居委会对于陈同志的情况非常清楚，原来陈同志是中学老师，很得学生们的拥戴，学校领导对于陈同志的工作也很满意，只是后来陈同志一定要离开学校，回家吹音乐，这就闹出了自动离职的问题。陈同志也知道，现在无论什么工作，都是革命工作，自动脱离，就是脱离革命岗位，这在战争年代可是严重问题了。现在没有那么严重了，虽说是脱离革命岗位，也不会追究什么责任。只是呢，国家规定，自动离职的人，无论你有多大的能耐，也不再安排工作。为什么？因为自动离职后，档案一律封存，陈同志应该知道，没有档案的人，任何单位也不敢要呀。说句不中听的话吧，就算你有历史问题，只要档案里有结论，安排不了好工作，至少清洁队呀什么的，还是可以安排的。可是，陈同志呢，连清洁队都不敢收。”

约翰陈已经是满头大汗了，真是没有想到，好端端一个人，不缺胳膊不少腿，原来竟然没有人要了。可是怎么办呢，约翰陈还想听个结果。

“居委会可是下了大功夫，不能让一个人给社会添负担呀。终于找到一处不要档案的地方了，说出来陈同志可别恼怒。”

“说吧，于主任你就说吧，你说什么我也不恼怒，不就是淘大粪吗，淘大粪不也是革命工作吗？”

“南郊区，距离市区，骑自行车要一个多小时，有郊区‘大公共’。也是八小时工作制。计件工资，一个月干好了，能挣三十二块钱。”

约翰陈先生想了想，觉得这也倒是一个机会，日子一天比一天艰难，没有固定收入，谁总养活你呀。

“我去了。”当机立断，约翰陈先生屈尊认下了这档子活。

“好吧，这里是居委会的介绍信，明天你就去，也不是报到，也不必带什么户口本，反正就是干一天，算你一天的工钱。”

“去哪里？”

“八里台郊区长途汽车站，两角钱车票，头一站，王顶堤，下一站小海地，三四站，终点站，南郊区，你看看往哪儿走的人多，你就跟着人流走，不用打听，你看着大家都到了，你再往里走，有人递给你一个牌子，你接过来，举着牌子往里走，有一间土坯房……”

“这是什么地方呀？”

“南大窑。砖厂，摔砖的地方，邻里间不是常有人家搭个厨房呀什么的吗，买砖，明白吗，就去南大窑砖厂。”

“让我去打砖？”

“不是打砖，是摔砖，当然不会让陈同志摔砖去的。不是说的有间土坯房吗，你进到土坯房里，交上居委会的介绍信，说好了，分派你做记工员。”

南大窑砖厂，说是厂，没有厂房，没有围墙，就是一片空地。地面上摆着上百个摔砖的木床，很厚很厚的木头，两头支着更坚固、石灰砌成的支脚，二百磅炸药炸不飞的支架。走进砖厂的人拿到一个牌子，牌子上有一个号，凭这个号，记工员领你走到一个摔砖床前，这里就是你今天摔砖的地方了。按一下开关，皮带运输机开始转动，和好的泥巴立即送过来，很快，摔砖的工人拾起一块泥巴，高高举过头顶，狠狠地往砖坯盒里摔下去，“啪”地一声，飞快将砖坯盒子提起来，皮带运输机将摔出形的砖坯送出去，第二堆泥巴又送上来了。

一块砖，三厘二，三块砖，一分钱。

砖厂，一个世人无法想象的地方，约翰陈享受知识分子待遇，被委以重任，耳朵上别着半截铅笔，拿一本记工册，走出砖厂办公室，一下成管理人员了。就在约翰陈在办公室里和负责人说话的五分钟时间里，砖厂里每一张“床”后面都站了人，皮带运输机转起来，泥巴送到“床”前，“啪啪”的声音传出来，汇合成一股巨浪，震得约翰陈向后退了一步，他明白了，这里和萨克斯没有一毛钱关系。一眼望出去，远远地看到一团浓浓的黑雾罩在城市市区的上空，抬头看看，这里倒蓝天明丽。也好，呼吸几天新鲜空气吧。

才走了几步，鞋子太重了，重得抬不起脚，低头再看，鞋底儿粘上了厚厚的黄泥，再往旁边看，摔砖的工人们个个赤着脚，原来这里的人是不穿鞋子的。皮带运输机“咕噜噜”地响着，“床”上的工人舞动双臂，只看见成型的砖坯“哗哗”地流下来，很快电瓶车开过来，把上千块砖坯拉走。用力将陷在泥巴里的鞋子拔出来，约翰陈立即往下一个“床”边跑，摔砖工人出砖飞快，跑慢了，误了记数，第一句“操你妈”，第二下，一块砖坯扔过来，能把你砸个半死。

约翰陈跑着，没有抬头的时间，只低着头看摔砖工人的身影，大木“床”下，两条腿，几乎没有一丝布，说是光腚，太难听，摔砖作业很累，没有时间跑厕所，就立着身子方便，“床”下面，湿湿的一片烂泥。

南大窑砖厂汇集着失良的社会人等，其中最多的是刑满释放人员。一般人家，孩子不努力读书，家长吓唬孩子，不好好读书，看我不把你送南大窑去，再淘气的孩子也乖了。

约翰陈一心一意工作，不和任何人说话，连眼皮儿也不抬。跟着皮带运输机跑了半天，他已经累得气喘吁吁。摔砖的人，一天要摔五千块砖，自己围着砖厂跑上两圈，就累倒了，和劳动人民的距离太远了。

才跑到中午，约翰陈先生已经累得抬不起腿了，咬紧牙关，看看“床”上摔砖的人，有老有少，一个个还精神着呢。他鼓起精神，自己好歹比摔砖工人轻松多了，努力努力，做一个劳动人，自食其力，就是光荣。

终于，放工铃声响过了，人们风一般冲到一排水龙头下面，“哗哗”的水声响起，上百个全身泥巴的汉子挤在水龙头下面，叫着、喊着，争着洗头洗身子。头一批从水龙头下面跑出来的人，趿拉着破鞋向厂外跑去，呼喊着“等等等等”，头一班汽车还没有开走，又是一阵大骂。郊区长途汽车站，没有站标，半截死树就是停车地点，砖厂下班，上千人涌到汽车站，人声鼎沸，活赛似一群败兵眼巴巴地等着有人来收编。

唉，都是走投无路的人。约翰陈忽然有了自豪感，自己不也是脱离革命岗位吗，到底大学毕业另有政策，也是安排工作，来砖厂当了“干部”。约翰陈在水龙头下面冲过身子，穿好衣服，从砖厂走出来，第二班汽车已经开走了，好在半小时一趟，也没有别的事，等着吧。

“陈，陈，陈……”

约翰陈脊梁一阵发冷，不敢抬头，不相信在这里还有人知道自己姓陈。幸好，长途汽车开过来了，车门打开，约翰陈一步登上汽车，心中庆幸那个喊“陈”的人没有抓住自己。

只是，背后有人向自己靠近过来，已经挤到自己身后，感觉到了呼吸的热度。“陈老师。”背后传来一声轻轻的呼唤。

就在这个远离市区几十里的郊区，就在砖厂一群满身泥巴的工人之间，忽然一个人在自己身后呼唤陈老师。

约翰陈向远处躲了躲，刚才在办公室交介绍信的时候，领导交代过，到了工地，不要和任何人交谈，别问从哪里来，别问家里有什么人，靠什么生活，最最简单，就是别说话。这里，好人少，坏人多，下班路上不要和任何人同行。

也许，自己曾经在中学教过几天书，说不定哪个学生惹了什么祸，判了几年，放出来，还是走投无路，到砖厂摔砖来了。

只是，背后的人还是轻声地唤着：“陈老师，陈老师。”

世上，好人的声音和恶人的声音是可以分辨出来的，恶人说话，重音在第一个字，平常人说话声音平和。

“陈老师。”

语音轻柔，年纪不大，刚刚过了变声期的男青年。

约翰陈终于回过头来，向背后的人望望，不认识。

“陈老师。”年轻人立在约翰陈身后，一双善良的眼睛望着他。

“你和我说话？”约翰陈奇怪地问着。他看看背后的年轻人，绝对不像是砖厂里那些失足青年，面色平和，皮肤白皙，穿着很是规矩。砖厂里的年轻人，披着上衣，就是穿在身上，腰间也会系一根小绳，面部表情即使是努力装作善良，眼睛里也时时露着凶光。

匆匆的判断，约翰陈对背后的年轻人放心了，至少他不像是要劫工资。

年轻人也看出约翰陈对自己的信任，“您不介意吧。”

约翰陈没有立即回答，只是，实在想不起来在什么地方见到过这个青年。

“你怎么知道我姓陈？”约翰陈问了一句。

“我，我，我听过您演奏萨克斯。”年轻人轻声地回答。

“在百乐汀演奏萨克斯至少是七八年前的事情了，你才多大呀，莫非你老爹抱着你去过百乐汀？就是去过，你也不会知道我手里的那件乐器是萨克斯呀。”

“我真的听过您演奏萨克斯。”年轻人再三向约翰陈解释，“您记得一天晚上，在河边，您都准备回去了，我等着接姐姐回家……”

“你在，这里？”约翰陈结结巴巴地问了一句，在他的印象里，那天晚上，河边和他搭讪的年轻人斯斯文文，绝对不会在这里摔砖。

“是是是。”年轻人猜到了约翰陈心里的怀疑，抢先向约翰陈解释。

“哦哦，我也是，也是，居委会说每个人都要为人民服务，就、就介绍我到这里来了。”约翰陈先说明自己来这里的来龙去脉。

“我也是，也是。”年轻人更是要说明自己绝不是刑满释放人员。

“没有正式工作？”约翰陈问。

“嗨，别提了。”年轻人叹气，“一言难尽呀。”

“一言难尽的事情多了，那就不要说它了。”约翰陈劝解地说着。

“本来，”年轻人偏要把一言难尽的事情说清楚，“本来我是汇文中学的学生，高中毕业，参加高考，成绩优秀，考上了中国最高学府，哈尔滨一处军工大学，高兴吧。可是，入学三个月之后，我突然接到一张转学通知书，通知我立即转学到食品工业学院去读书，我找到学校领导询问，没有任何理由，学院回答说，因为你不适合在这里读书。陈先生，你明白了吗？”

说到此时，年轻人已经极是激动，声音里充满着愤怒。天色渐黑，约翰陈看不清年轻人的面孔，但声音中已经感觉到年轻人的委屈。说着说着，年轻人的声音已经哽咽了。

“我找到校长，校长也是表示同情。只是，同情是没有用处的，我必须立即办理手续离开军工大学。后来呢，我也是血气方刚，不让我进军工大学，明年我再考。唉，谁想到呀，第二年考期到了，没办法报名，上一年落榜的学生，需要学校开证明，我找到军工大学，人家说证明已经开过了。眼睁睁失去了报考机会，待在家里，成了社会青年。待在家里也没那么轻松，街道天天有事，夏天防洪修河堤，义务劳动，自己带大饼，累不累无所谓，鞋毁了，就算姐姐给买，我也不好意思呀。还要吃饭，姐姐固然养活我，我天生好强，走，不还有一个南大窑吗，我去，别人干得了，我就干得了。”

说着说着，年轻人哽咽了，再也说不下去了，约翰陈抚着年轻人的肩膀不知道说什么好。有了空座，两人一起坐下，最后一班车，车里只有十几个人，南大窑没有什么好说的话，同是天涯沦落人呀，认了吧。

第二天，约翰陈到砖厂记工，绕了好几圈，没发现年轻人的身影，今天没来，也许命运出现转机，有好地方去了。天道不可能一成不变，年纪轻轻的就注定要在南大窑摔一辈子砖，不应该。可怜的是那把萨克斯，全身已经积上一层尘土，呆呆地斜靠着墙、半立在桌子上，无精打采，真想找个地方挖个坑把它埋掉，入土为安吧。一场萨克斯美梦就如此断绝了。

一日，约翰陈收到一封信，看着信封，是彼得张的笔迹。

约翰吾弟如晤：

几年不见，甚为想念，转眼之间，已是数年。想吾兄弟，志趣相投，真诚相见，多年情谊，永驻心间，中秋将近，蟹肥鱼鲜，何不相聚为欢。内子理家有术，且于烹饪技艺小有心得，日前购得几种食材，小试身手，愿与兄弟共品。且家中尚有一瓶金奖白兰地，虽无苏格兰白兰地之醇香，倒也聊胜于无，望吾弟不吝盛情，能屈尊亲临寒舍一叙，当是三生之幸也。当日菜品如次：香爆鳝鱼丝，清炒响螺片，小笼牛肉，红烧裙边，最后，清蒸河蟹，尽数饱尝，一笑一笑。

去，到底看看他老兄何以如此高兴。约翰陈买了一袋苹果，来到彼德张家里，敲开房门，嫂夫人迎出来，哟呀，哟呀，你怎么这些年也不来一趟呢，你哥哥可想你了。

应声，彼德张从里面跑出来，拉着约翰陈的手，像在动物园看熊猫似的端详约翰陈，看得他直愣愣地不知道怎么好。彼德张拉住约翰陈的手，走进内室，“单位分配的，皮革厂效益好，福利也高，我当上劳动模范，奖励了一套住房，住进新房，就想起老朋友了，快来快来，坐下喝茶。”

二人坐定，约翰陈颇有歉意地解释说，彼德兄举办家宴，一定是有什么喜事，本来我应该带上礼物的，仓促，实在来不及了，看在多年兄弟的面上，老兄不要见怪。

“说到喜事呢，倒也要告诉兄弟。”

“什么喜事，哥哥的喜事就是大家的喜事。快说快说。”

“我改名字了。”

约翰陈似是抽了一下肩膀，改名字？

“现在我叫张红旗了。以后不许叫我彼德张了。”

“好好好，张红旗同志。”

“咦，怎么他还不来？”

“谁呀？”

“我能只请你一个人吗？”

“哦，乔治孙。”

“唉，别提了，这两年，乔治孙好像得了什么病，不说话，不出门，就是一个人待着，随便找个人就拉着人家下围棋，居委会对他很是照顾，安排他在街道看自行车。唉，每月三十二块钱，不错的啦，我在皮革厂当会计才六十二块钱。只是，他活得不开心，人不像人，鬼不像鬼，瘦得皮包骨，天天谁也不理，哪儿也不去。当年你从学校辞职，他不还劝过你吗，如今他倒钻进死胡同了。”

两人出门想去迎乔治孙，一路上注意对面走过来的人，一直走到乔治孙家住的小区，才看见一片旧房，乔治孙就是在这里看自行车的。自行车房外墙根处，面对面坐着两个人，似是在下棋，一堆砖头堆起来的一处四方高台，正好放下一副棋盘，对面坐着的两个人，精神集中地摆棋子，走近些，认出了乔治孙。

乔治孙举着一枚棋子，头也不回地向后面的人说道：“我可不客气了。”

“乔治，我是约翰陈呀。”约翰陈眼里涌出了泪珠，向前走了一步站到乔治孙对面。

“唉，不对不对，这不自己把自己堵死了吗。”乔治孙毫无感觉，还举着棋子，不知道应该放在什么地方。

倒是和乔治孙下棋的人，看见了这一幕情景，一下推乱了棋盘，站起身来，“我说孙大爷，老朋友来了，你倒说句人话呀，哟呀，二位朋友，傻了，傻了，天天拉着我陪他下棋，你有事都不行，怪可怜的，没个亲人，二位带他走动走动吧。岁数不大，五十还没过，就是自己想不开，你们老朋友说说话吧。”

下棋的对手走了，两人坐到乔治孙对面，他没有一点反应，只是呆呆地看着眼前的棋盘，催促彼德张（现在是张红旗了）和约翰陈摆棋子。

“乔治孙，你看看我们是谁？”彼德张温声细语地向乔治孙说。

乔治孙没有反应，抬眼看看对面的两个人，还是催促他们摆棋子。

“大孙。”彼德张想起了他们读书时乔治孙的绰号，想唤醒他的记忆，只是，乔治孙有点烦，“不就是下棋吗，说那些老事干嘛呀。”

“你记得百乐汀吗？嗒嗒嗒。”约翰陈学着舞步的节奏哼起了舞曲。

“摆、摆。”乔治孙冷冷地还是催促二人摆棋子。

两人只是呆呆地坐在乔治孙的对面，希望他能够回忆起面前这两个人不是他的棋友，是他昔日的好朋友。

过了一会儿，乔治孙也觉得坐在对面的这两个人，有点面熟，用力地想了想，突然伸出一根手指，指着彼德张说：“你，你，陈陈陈。”

彼德张一笑，把他的手指转向约翰陈：“他是陈，陈，约翰陈。”

“不好，不好，洋奴，洋奴，我、我是孙爱国。孙爱国。”乔治孙告诉他的朋友，他已经改名叫孙爱国了。

彼德张立即抓住他的肩膀说：“走，吃饭去。”

“不去，不去。”乔治孙挣扎着说。

“到我家去吃饭。”彼德张用力地说。

“不去不去，谁家也不去，我、我、我是劳动人民。”话没说完，乔治孙已经站起身，匆匆地走开了。

彼德张想追上去，只是乔治孙已经走得很远很远，追不上了。

突然，约翰陈在乔治孙的身后大声用英语唱起了《我的肯塔基故乡》，前面步履匆匆的乔治孙突然停住了脚步，似是用心听着，呆呆站了一会儿，也许想起了什么，也许他在思忖自己是不是在梦中。约翰陈看见，乔治孙的肩膀似是抽动了一下，然后又挽起袖子在鼻子上用力地揉着，明明是在擦拭眼角。

南大窑砖厂体制改革，收归国营，归属于建筑材料公司（简称建材公司），约翰陈留下当了生产计划科调度员，终于有了在编的工作单位了，最重要的是有了固定的工资收入。

第一个月拿到工资，五十六元，约翰陈一口气跑出建材公司南大窑分公司大院，路上买了一瓶西凤酒，又买了一只白斩鸡，蹬着自行车径直跑到彼德张（现在是张红旗）的家，一头撞进屋来，什么话也没说，拉着彼德张就往楼下跑，“走，看乔治孙去。”

存车处换了人。

邻居说，半个月前，一个从外国回来的人说是孙大爷的叔叔，办了手续把孙大爷接到外国看病去了。

彼德张、约翰陈这才舒出一口长气。现在国外可以来人接走亲戚了。

北京有一条叫秀水街的地方，一夜之间，出现了许多酒吧、咖啡座，还有音乐和摇滚。

星期六，约翰陈逛街，不知不觉间，走到了火车站，看见火车站人山人海，好像听见有人说现在真方便，开往北京的火车一小时一趟，脑袋瓜子一热，一步迈进车站，北京，四元钱。

在北京转了大半天，时近黄昏，竟然走到了秀水街，果然酒吧、咖啡座接壤毗邻，随便先在外面听听里面的音乐，有点意思，居然听到爵士乐，迈步走进一家酒吧。

不多时乐声响起，一阵爵士乐，一位乐手，拿着萨克斯，站了出来。点了一杯威士忌，约翰陈安静坐着，慢慢地品着美酒，细细地听着音乐。酒还是老酒，许多年过去，天下都变得不认识了，只有这洋酒，还是不变的老味儿。

可是，这萨克斯的味道怎么变了呢？

约翰陈皱了一下眉头，等一个变调的音符过去，约翰陈才舒展开眉头，又慢慢地品他的美酒。

又是一个音符错了，错得让约翰陈打了一个激灵，活赛似米饭里咬着了一粒小石头，拧紧眉头，摇摇脑袋瓜子，抬眼看看乐手，年轻人。打扮得怪怪的，披肩的长发，花衬衣，一双青布鞋，牛仔裤，膝盖破一个大窟窿。唉呀。约翰陈先生抽出一张面巾纸，擦擦汗珠，恶凶凶地瞅了乐手一眼，不像话，我们当年玩爵士乐的时候规规矩矩，西服领带，再随便也要扎一个蝴蝶结。

一连三个多月，每到星期六，约翰陈一定到北京来，更要到这处有演奏萨克斯的酒吧来。

一天晚上，天时不早，约翰陈起身往外走，迎面走过来一个人，伸开胳膊拦住了他。

“先生留步。”

“我？”约翰陈不解地向对面走过来的人问。

“打扰打扰，”对面走过来的人倒是极客气，又是抱拳，又是作揖，连连向约翰陈施礼，“敝人是这小店的经理，想向先生请教一点艺术上的事情。”

“我？”

“正是正是，我已经注意先生许多次了，发现先生一定是一位音乐名家。”

“不行，不行，我得赶火车回天津。”

“不忙，不忙，先生若是不急于返回天津，今晚，算我打扰，请您到后面小坐一叙。如果时间太晚，我已经在宾馆给先生预订了房间，明天早晨我送先生回天津，保证不会耽误您的工作。”

后面，好大的客厅，二人落座，服务小姐送上咖啡，这杯咖啡果然和外面卖的不同。

正宗的巴西咖啡，约翰陈想起了他的百乐汀。像是自言自语，约翰陈念叨出了三个字：百乐汀。

“什么地方？”酒吧老板非常敏感，忙着追问。

“哦哦，原来我们玩爵士乐的一家舞厅。那里的咖啡就是这个味道。”

“还有吗？”

“早就没有了。”

秀水街的百乐汀重新装修隆重开业，几天时间就门庭若市车马喧，附近几家酒吧、咖啡座却门前冷落车马稀了。老板们纷纷跑到百乐汀酒吧探求秘密，这一来，他们倒成了百乐汀的客人了。

百乐汀没有什么秘密，就是乐手换了，只三个人，一位中年萨克斯乐手带着两个年轻人演奏的爵士乐乐曲，让每一位客人听得如醉如痴。

不到三个月，约翰陈得势了，定制了五六套西装，买了几十条领带，买了意大利名牌皮靴。不是他忽发少年之心。干这行的规矩，每天演奏都得换一套新装，表示对客人的尊重；客人也要每天穿新装，表示对乐手的尊重；至于女士，每天都要换戴新首饰，还戴昨天那副耳环，就是骂人了。

约翰陈买了汽车，接张红旗一家来北京玩，一阵风就到了百乐汀。百乐汀门前，老板正在垂手恭候，几个人说说笑笑走进大厅，安安静静的气氛让张红旗看着吃惊了。

看看一张张小桌边坐着的客人，有中国人，也有外国人，人人文质彬彬，安安静静，服务生也极有修养，果然此百乐汀非彼百乐汀了。

坐了一会儿，张太太对约翰陈说，你哥哥这些年做重活，手腕不灵活了，若是还能打爵士鼓，你们两个老搭档，一定更好。

张红旗点点头，叹息一声，一生就盼个好年头，好年头到了，人也老了。

从此，约翰陈隔三岔五就带张红旗和张太太来北京到百乐汀坐坐。这星期约翰陈有点事，没回天津，正想着下星期带张红旗和张太太再来北京，去牛街吃点老味道，一抬头，看见张太太在百乐汀坐着呢，和张太太一起坐在小桌旁的，还有两个人。

张太太带来了两位朋友。一位中年女士，坐着轮椅，面容消瘦，后面一个男人推着轮椅。

张太太将那位中年女士拉到约翰陈面前，“这不是我结婚那天的伴娘吗？”

女士更是大方地提醒约翰陈说，“那天晚上还是您骑自行车送我回家的呢。”

约翰陈信口答应着，天知道他想起来没有。

“这是我弟弟。”坐在轮椅上的伴娘指着背后的男人说。

“陈老师忘了，那天晚上，我等着接姐姐回家，在河边，您一个人演奏。”

“哦哦，你用英语唱《我的肯塔基故乡》。”

“哟呀哟呀，您的记忆力真好。”

“俞伯牙是忘不了钟子期的。”

“你你你，好像是那个没有读大学的……”

“别提了。父亲原来在外贸系统，单位派他去美国工作，母亲去世，他成立了新家，继母是美国人，领导知道了，调他回国，他不肯，于是除名，成了可耻的叛国分子。可耻就可耻吧，我不能在军工大学读书了，姐姐也不能做灵魂工程师了，于是姐姐被下放到纺纱厂，纺织厂的工作太累，姐姐得了风湿病。后来，老爸亲情未泯，渐渐和我们取得联系，先是将姐姐接出去治病。姐姐康复，放心不下我，一定要回来，继母也想看看中国，回来之后父亲带她全国旅游，吃遍南北大餐，最后住在北京。一天晚上父亲带她到咖啡屋闲坐，听到一位乐手演奏萨克斯，没想到，萨克斯的乐曲打动了她，她不回去了，在北京买房，申请定居资格。这样，我们一家人团聚了。现在父亲帮助我开办了一家公司，做服装进口生意。”

“哦哦，对不起，演奏的时间到了。”说着，约翰陈拿起萨克斯奔乐池走去，走到大厅中心，约翰陈抬头，向远处的姐弟二人打着招呼。

“幸会，幸会。”

金色的萨克斯，天堂地狱带着他绕来绕去，一会儿是花花公子约翰陈，一会儿是南大窑砖厂记工员约翰陈，一会儿又是百乐汀酒吧萨克斯乐手约翰陈。

原载《上海文学》2019 年第 7 期

雾夜坦途

刘荣书

像我们这种开出租的人，一般都喜欢跑远一点的路。窝在县城，把整个县城跑遍，打表收费也超不过十块。况且乘客大多熟门熟路，你走偏一点，人家都会跟你较真儿。跑市里可不一样，即便“拼车”，能拉四位乘客，每位收费四十，一趟一百六；来回脚，便是三百二。

我却轻易不敢跑市里。那天下午之所以去市里，是因有一位熟客事先包车。他是一位老板，从外地出差回来，坐晚八点的火车抵达唐山。我接上他，到家也不会超过十点，时间恰好。空车去市里接站，又拉了三位散客，凭空多挣一百二，算是这一天的额外收入。

别人会问，一辆车能拉四位乘客，你为啥只拉三位？这正是我轻易不敢跑市里的原因。

平心而论，生活待我不薄。能成为一名出租车司机，便是一种幸运的征兆。在哪儿都一样，当一名出租车司机的先决条件，先要有驾驶证、资格证、上岗证。车辆倒好说，随便买一辆车，只要符合当地运管部门的要求就够了。最难办的，当属那一套营运手续。不是你买了车，说跑出租就能跑出租。不经允许，便是“黑出租”。有时较起真儿来，黑出租等于过街老鼠，人人喊打。那种被人瞧不起的滋味，我可是尝过……即便在我们这座偏远小城，出租车的数量也已达到饱和。要想增加一个名额，何其难也。我之所以幸运，是因为原来的车主，在外找到一个更好的发财机会，才肯将这辆手续齐全的出租车，出手转让给了我。为此花掉家里的全部积蓄，又从亲戚手里借了一大笔钱。我那身居乡下的老父亲，更是倾尽所有，才勉强凑够。我却足以感到幸运了——因为出租车刚到手不久，运管部门虽增加了几辆车的名额，却采用了竞拍的形式，一下将出租车手续的价位，提升了六位数。

我是一名幸运的出租车司机。我开着自己的车，像一个在自己牧场上放牧的人，心里别提多踏实了。正如我对老婆所言，开自己的出租车，等于有了一台吸钱的机器，只要肯舍得出力，别人腰包里的钱，迟早会跑到咱的腰包里来。

就真的是这样——几年下来，我仰仗着它，还了一半的外债，供儿子上了大学，还在城西新开发的一处楼盘，预交了一处楼房的首付。别人会问，外债还不完，你还有钱缴首付？其实剩下的外债，都是“软饥荒”，是借一个亲戚的。预交楼房的首付，也是那位亲戚提醒我，他说你儿子都上大学了，转眼就该结婚买房，趁着楼价稳定，还是先下手为强吧。不然等楼价涨上来，你非但买不起，到时候又该向别人借钱了……正如亲戚所料，首付刚缴三个月，房价就“呼呼”往上涨。你看，作为一名出租车司机，我是何其幸运！

过日子，我有一套很实际的打算。接下来，我需仰仗这辆出租车，赚到还房贷的钱、儿子的学费和生活费、给父亲养老送终的钱。怎么着，等儿子结婚成家以后，也得给自己和老婆攒点养老钱吧——我们劳苦人的命，其实也就这点念想了。

孰料天有不测风云，我父亲得了病。听医生讲，这种叫作“帕金森综合症”的怪病，若病情严重，有可能会瘫痪在床。我妈早几年过世，我上面只有一个姐姐，如今远嫁外地，也是做了奶奶的人。大家活得不易，没人能够帮我。我把父亲接来身边，也算了却一桩心愿。以前我总劝他过来和我同住，他却总是拒绝。他一人在老家，除了种地，莳弄菜园，还养了一只羊。每年粮食打下来，能卖俩钱；菜自己吃不完，拿到附近集市去卖，还能攒下一些零用钱；那只羊，则被他当宠物养着……他一辈子要强，一辈子想活得体面，这下倒好，啥都顾不上了，啥都由不得他了。

过了没多久，病情果然加重。记忆力减退，除了认得我，就连他最喜欢的孙子有时也认不得；四肢无力，用勺子吃一口稀饭，没人帮他，也甭想吃到嘴里。这还不算最糟糕的——后来他连上厕所都不利索了。有时坐着坐着，便会尿了裤子。每当尿了裤子，我的父亲便会像个孩子般哭泣。我给他换裤子，他用手掐我，表情夸张，却使不上劲儿。我开玩笑说，爸呵，裤子又不是我尿的，你掐我干嘛啊！他便再次哭起来，边哭边说，儿啊，我活够了。

我不能留在家里专门伺候他，我得出去挣钱养家呀。即便我老婆，也是不能。她在县医院当清洁工，临时工身份。丢了这份工作，饭碗不保。况且说了，做儿媳的照顾公公，有着诸多不便。即便我老婆同意，我父亲也不会答应。请一个保姆？我和我老婆两个人，每月只挣这么多，若能请得起保姆，哪有我自己照顾的尽心呐。

过日子可不就这样——老天爷偏心眼儿，有时塞你颗糖豆吃，有时就会发给你一副烂牌。你不能说不玩就不玩了吧？不玩下去哪能成呢，大不了别人赢大头，咱们不赢，少亏点就当赚了。况且还有那句老话在：天无绝人之路。当我把自己的想法告诉老婆，她瞪大眼睛问，这能行吗？我说，能行，咋就不行！

自此，我的出租车里，便多了一位特殊乘客，那便是我的父亲。有时我同他开玩笑说，爸呵，你可是得了大便宜，每天坐出租车，不用花一分钱的出租车费。他难为情地笑。我说，算了，你也别不好意思。坐儿子的车，硬气着呢，让你白坐。只是拉上客人的时候，你别老是跟我嚷着要“解手”，就当付了我的出租车费吧。

每天的情形大致就是这样：我要五点钟起床，做饭的间隙，伺候父亲洗漱；吃完了饭，帮父亲上厕所，通常六点半，最晚七点，我们父子俩便开车上路。我父亲坐出租车后排，多了这样一位固定乘客，也不全都是坏处。好处通常是，能揽到更多跑市里的活儿。除那些坐长途客车去市里的人，总会有赶火车或图便利的散客拼车去市里。如果不算绕远，可以想坐哪儿就给送哪儿，比坐长途客车方便多了。我的出租车上多了这么一位固定乘客，虽少挣一个人的份子钱，也算有利有弊：只需拼乘三位客人，总能比别人及时出发。

最初我还是不敢跑市里。

市里离县城并不太远，跑完“唐港高速”，仅需三十分钟。但从城东跑到火车站（大多数拼车的乘客，要去火车站赶火车），要穿过整条“南新大道”，还需要三十分钟。有时堵车，时间就更没个准儿。接下来还要拼返程的客人，一趟折腾下来，有时要三个小时、五个小时，半天也说不定。时间这么久，我怕父亲吃不消。他若撑不住，总不能拉上他就跑回来吧，那样一分钱赚不到，等于我们爷俩免费旅游。乐呵倒乐呵了，总这样也不是个办法。

起初我们只在县城附近拉零活。十分钟或二十分钟，一单生意就做成了。若遇父亲内急，我可以从容应对。我们跑出租的人，胃大多不好，都是饥一顿饱一顿造成的。年深日久，也会形成自己的饮食习惯。早午饭要节制，你不能吃得贼饱，拉上客人，中途停车，跟人家解释：对不起，哥们去蹲会儿“大号”。即便喝水，也不会狂饮一气，要一小口一小口地喝。我父亲是个病人，这样要求他勉为其难。但他虽是个病人，饭量却一如往常地大。早起喝两碗粥，外加一个鸡蛋。他是个病人，我还需格外对他关照，时常问他渴不渴，饿不饿？早起从家里带出来的一保温杯热水，他一个人差不多就喝完了；每天临近中午，我还要刻意地不去招揽生意，就近找一家小吃店，一碗馄饨，由他一人吃完；一屉包子，他吃一半，实在吃不下，这才会留给我吃。

记得带父亲跑出租，拉到的第一位客人，是一位四十多岁的女乘客。她去乡下走亲戚。车还没出了县城，我父亲便在后面闹腾起来。女乘客不时回头看他，对我小声嘀咕道：这老头咋了？这么大年纪，也没个正形，坐没坐相，靠没靠相。我无言以对，急得满头大汗。那段时间，我已谙熟父亲内急时的反应，他的表达出了问题，又或许觉得怯不开面子，每遇内急，只会像个吃奶的孩子，嘴里发出“吭哧吭哧”的声音。我不再和那女乘客搭讪，而是拐向临近的一间公厕。县城一共有二十多间公厕，每一处位置我都记得清楚。那位女乘客说，我去油盘庄，你带我在县城兜啥圈子？车费事先讲好了的，你兜圈子也没用，一分也不会多给你。我尴尬地笑，只待将车停在公厕门口，将父亲拽扶下来，这才对她解释：不好意思，你多等会儿，这位乘客想上厕所。

我父亲行动不便，像一个沉重的纸人，需我从后面将他扶住，才能迈开双腿。若遇台阶，我更要扶稳了他，弯腰扳起他的右腿，送上一级台阶，再直腰，从后面推他一把（有时着急，干脆将他拦腰抱住，直接拖进厕所）……如此往复，其实是想让他平时多走几步路，免得丧失走路的功能。若坐车时间较长，我还会抽空给他按摩。所幸很多次内急都是小便，我只需帮他解开裤带，便能解决问题。若是大便，可就麻烦了。后来我自己做了一个简易马桶，相当于一个凳子，放在后备箱里。不管小便大便，都带着，父亲能安稳地蹲“大号”，我也能顺便“解个手”。

待我扶着父亲回到出租车上，那位等得心焦的女乘客问：先前说这人是顺路搭车的，你咋对他这么好？

是的，刚开始的时候，我不好意思同人讲，坐在后座的这老头是我父亲，我只说他是一位事先上车的乘客。即便少收点乘车费，不也要顾及面子嘛。但父亲这次临时内急，一下便戳穿了我的谎言。也让我懂得，好面子没一点用。我顾不得尴尬，只好对她如实道来。不想女乘客非但不怪，还将砍掉的车费钱，如数给了我。她说，你是个孝子，跑出租不容易。以后用车，我直接打你电话好了。

她是一个好人。像这样的好人，为数不少。但一些不太够意思的乘客，也不能说人家是坏人。又有一次，我父亲内急，等我扶他从厕所出来，那个等在车里的乘客，早就不见了踪影，连一分钱的车费也没给我留下。除了这样的乘客，我还会时常碰到些爱端架子的乘客。拉开车门，见我父亲坐在车里，转瞬便撂下脸来，问：我自己包的车，咋还捎带了别人？我同他解释，这不是别人，这是我爸。我的意思是说，因患病不得不陪我出行的这个老头，和出租车是一个整体。你要坐我的出租车，必须要接纳他。况且他从不多言多语，只会听别人讲话，或呆呆看窗外的风景。但人家才不理会，下了车，还是会少付一些车费，扬长而去。

却有更多的乘客，因为我父亲，对我施予了格外的关照。时间允许，他们宁肯多等一会儿，也会成全了我的生意。见到我父亲，老友般打声招呼。临下车，他们会将出租车费交到我父亲手上，而不是交到我这个出租车司机手上。他们这样做，只为博他一笑。他们还会开玩笑说，我爸是我的秘书，专门替我收钱的；又说我爸是我的老板，老板管财务天经地义。还有一位姑娘，有一次见我父亲睡了，头窝得难受，她便悄悄扶正他的睡姿，掏出纸巾，擦去他嘴角的口水。

就是从那一次（因为上厕所，乘客悄悄溜掉的那一次），我父亲感到羞愧的同时，也很气愤。他渐渐懂得了节制，早起只吃一个鸡蛋，便会摇头。一屉包子只吃两个，剩下的全都留给我吃。从家里带出来的一壶水，一天下来还会剩下半壶。每次临出发前，我都会问他：爸，要不要解手？他便伸手拍拍前面的驾驶座，像个皇帝，御驾亲征，指挥我去打一场漂亮的胜仗。

他变得开朗多了，不再对我念叨：儿啊，我活够了。有时为抢一单生意，表现的比我还要着急。有时生意不好，他便会垂头丧气。而每次揽到一单跑市里的活儿，他都会比较开心。大概厌倦了周边的风景；又或许，他深知跑一趟市里，抵得上在县城跑一天的收入。

天色尚早，我们便把客人顺利送达目的地，而后在车站附近，吃了点东西，上了趟厕所，只等那位老板乘坐的火车准时到站，我们便能顺利返程。

晚上七点半，我给老板打电话，他没接。想必在火车上睡着了，或是在忙别的事。八点差一刻，他这才将电话打过来，抱歉地说，中午和客户喝酒，喝多了，在酒店睡过了头，错过登车时间。我那朋友比我还能喝，吹牛皮认识火车站的人，给人家打电话，让火车等他半个小时，被人家臭骂了一顿。没办法，只能等明天回去喽……他又说，没事哈，你放心好了，车费我照付，你只管空车回家就是了。

我当然信得过他，也不必担心车费的问题，毕竟我们打过不止一次交道。空车返回，自然心有不甘，随便捎上一两位乘客，也算白赚。待我醒过神来，朝车站广场寻看，这才发现，一场突如其来的大雾，不觉间已降临在了这座城市。

应该是这一年的第一场雾。因城市灯光稠密，驱车走完市里的那一段路，并不觉得雾有多大，影绰绰还能见街上的行人。待驶出市区，这才发现雾壅塞了道路。高速路封了。只能选择另外一条“下道”。穿过市郊的“荷花坑”一带，因路灯稀疏，行车已觉不便。好在有行车在前，跟紧了它，也能应对自如。以往夜里出行，也曾遇到过雾天，慢慢总结出一条经验：最好找一辆同方向行驶的车，跟在它后面，保持安全距离。因为在这样的天气里，行车如同行船，顺风顺水，才好事半功倍。况且前有车，后有辙，不会直接面对了危险。你要知道，雾夜行车，即便前面的一星微光，也会成了你的救命稻草。

我便是采取这样一种策略，慢慢驰出市区。可等过了“钱营”，却差点跟错方向。前面那辆车向北，应该是快到家了，或是去往“古冶”方向。而我却要径直向东，过“钱营”，过“青坨营”“扒齿港”“官寨”，方能回到我寄身的县城。此时前方不见一星光亮，只有大雾，在夜色掩护下，暗沉沉泼涌而来。望望车后，雾与夜狼狈为奸，绝了我的退路，仿佛将我孤零零一个人，放逐在一座荒凉的岛上。

我的父亲睡着了。侧歪着头，坐在副驾驶位置。我同他嘀咕一句，别急呀，要晚点到家了……其实也是在安慰自己。听不到他的回应。起初我并不慌乱。先下车，用仿造“鹿皮”擦了前窗，又擦后视镜。这才上得车来。我的这辆“桑塔纳”，车灯效果不错。开远光灯，能射穿十多米的距离。我打开远光灯，这才发现根本不起作用。只见那两束车灯，刚刚拔剑出鞘，便在雾气面前败下阵来。雾像一堵高墙，看上去绵软，实则坚硬。况且这白瘆瘆的雾墙，仿佛具有吸食光源的能力，大部分光源都被它吸走，甚而连眼前的路面也难以看清。无奈只能换成“近光”，这才能看清前面不足两米间距的路。

这是一段没有斑马线、虚线、行车线的县级公路。路只是路，灰突突地在雾气里翻腾，没有任何醒目标志，路面便成了一锅滚沸的水，考验着我的眼力。将头深深抵在挡风玻璃前，用不了多一会，便觉得头晕眼花。说是开车，车速慢的好似蜗牛，简直抵不上步行。即便行车缓慢，忽觉车身一震，知道还是出了点状况。

我下车查看。发现车的左前轮顶在马路牙子上。我往东行，靠右行驶，这便说明已完全偏离正常的行驶路线。马路宽不过十米，我从右侧直接开到左侧，竟无半点察觉，可见雾气之深浓，算是伸手才见五指。左右寻看，根本无法确定方位。借着车灯的光晕，我摸到路边，身子撞在一棵树上。端详半天，发现是一棵杨树。我呆呆倚靠着树干张望，想到杨树以外的地方，应该是排水沟，收割过后的田野，或许隔不多远，还会有一个庄子，却不闻半点人声……太静了。竖起耳朵，恍然听到一阵窸窣声，像是下起了微雨。却是雾水在周围暗暗地凝聚。雾吞噬了一切。即便泊在身旁的出租车，也成了一只温良家禽，承受着大雾无情的戏谑。

重新坐回到车里，我这才感到害怕起来。虽清楚地知道，从此地算起，离家不会超过百里，正常行驶，半个小时也就到了。但身处这大雾的围困，我便生出离家万里的感觉。我实在无法描述这大雾，因是深夜，不见天日，那雾气的湿重，又怎可用“遮天蔽日”来形容。雾不知出处，更不见来路，隐身在草丛中，悬浮在树枝上；如潮暗涌，不知埋伏了多少刀兵；河水仿佛也被施咒，化身成无数雾状颗粒，在天地间撒豆成兵。

说起“撒豆成兵”，我倒知道这句成语的出处。因为曾听父亲讲过，这是出自《十样锦》的第二折——变昼为夜，撒豆成兵。我那做过几年乡村教师的父亲，还说这所谓的“撒豆成兵”，不是将黄豆或谷物变身为士兵，而是以谷物作法，告祭天地，画符召请地府阴兵现身世间。阴魂喜食豆腐，而豆腐瘫软如泥，无法承载天地的灵气，便退而求其次，以豆子代之……但我不禁要暗自发问：这不过是如常的良夜，春夏刚过，寒冬未至，人们都已进入了梦乡，又有哪一个居心叵测的人，要在这云淡风轻的世间，布一场无常的战事？

面对这样的质询，我的父亲自然置身事外。我小的时候，他常会像个说书人，唇舌鼓动，疯魔般哄我唱念：既有这剪草为马、撒豆成兵的本事，何忧大事不成！后来不需他的解释，我便知道这是《平妖传》的第三十一回……当我想起父亲的这一句唱念，再看车窗外的大雾，如巨石，似暗网；高墙垒筑，安扎营盘。要将孤零零的行人如我，犯人般囚禁起来。撕不透扯不开，我便只能坐以待毙。我又想起另一段父亲最拿手的唱念，是《封神演义》的第 83 回：面如赤枣络腮胡，撒豆成兵盖世无……闻仲与姜尚大战岐山，商朝军队得到申公豹相助，西周军队渐渐不敌。关键时刻，需要那姜尚，得燃灯道人相助，撒豆成兵，反败为胜。

我却清楚，即便有“撒豆成兵”的传奇，那也不可能会是我的救兵。此刻在这混沌的雾夜里，仿佛隐伏着数匹怪兽，张着血盆大口，随时会要了我的性命……我也曾喜欢过无常的天气。呆在家里，看窗外的细雨和落雪，心里便会感到一种难得的安宁。我曾听父亲讲过，下雨天下雪天，那是老天爷看劳苦人可怜，故意给咱放几天假哩……但那毕竟是小的时候，不会被生计所困。待到成年，待到我要像个战士，每天为生计劳神奔命，我便异常厌烦这天气的无常；我不愿见那些在雨中仓皇奔走的人，不愿见那些在雪中弯腰赶路的人，觉得自己和他们一样，迟早要遭逢一场无常命运的围堵。

一切皆是命定。这离奇的大雾，终是将我困住。深陷这样的困局，自然不会有人前来搭救。即便待我恩重如山的父亲，此刻仍旧荒芜地睡着。我不敢将他惊动，唯恐醒来，又会给我添乱。我也曾想过将车泊在一个安全地带，打开双闪，在车上将就一晚。等大雾消退，再驱车回家。但在这条县级公路上，找不到一处应急停车的地带。贸然停车，预示着数倍的危险。况且从早上出来到现在，十几个小时过去，我那拖着病体的老父亲，他也肯定会吃不消……我闭上眼睛，佯作镇定。手机这会儿忽然响了，是老婆打来的一个电话。

她说，刚下班，有雾，你到哪儿了？

我问，家里也下雾了？大吗？

不算太大，但你得小心点儿，她忧心地说。

没事儿，这边雾也不算大，过会儿肯定就能到家了。

都十点多了，你啥时候能到家呀？

你别管了……火车晚点，客人误了时间也没办法。早点休息吧，别再打电话，不然一会儿开车，没法接你的电话，你又该担心了，还是先挂了吧。

挂断电话，撳燃马达，我只能义无反顾，再次慢慢行进在这夜雾重重的路上。

所谓水生烟，烟凝雾，直到驶上一座大桥，这才知道已过了“钱营”地界。这条划分县界的大河，常年蓄积河水，也难怪方才经过的这一段路，雾气会如此湿重。想必过了河，雾气定会淡些。虽有，也不至于肆虐成阻。若再小些，我便能从容应对，不消两个小时，也能顺利到家……想到这里，我略感轻松。或因身心的疲惫，又或许将近一个小时的车程下来，不遇行人车辆，开车便少了些谨慎。当时我并不清楚是靠路的右侧行驶，还是行驶在路的中间，总之驶下桥头的那一瞬，猛然间意识到出了大事。

——好像撞到人了，也可能是一只野物。

我汗毛奓立，觉得撞到人的可能性较大。因为恍惚间，好像有一只手从雾中伸出来，鬼魅般摆动，令我措手不及。猛打一下方向盘，虽及时躲开，却听到车身右侧，发出一记沉闷的“啪嗒”声。若非车速缓慢，躲开的及时，这个唐突撞上来的家伙，有可能会直接丧命于车轮之下。

我惊出一声冷汗。迅速下车，往回寻看，却什么也没发现。正自惶惑，忽听雾气中传来一个声音：师傅，你是回滦南的吗？

是一个人。从路畔的浅沟中爬上来，伸出一只手，扯住我的裤脚，吓了我一跳。慌忙跳开。又上前几步，拽起了他。心有忐忑，却要先发制人：你这人咋回事！抽冷子冒出来，撞没撞到你？真要撞到了，撞了也活该！

他身子摇晃，暗黑中看不清面容。扑打着身上的灰土，期期艾艾地对我说：没事，师傅，没你的事……都怪我，光顾了看路，也没看到有车从后面过来。唯恐开过去，这才……师傅，你是回滦南的吧！

我没好气地说，回滦南倒是回滦南，这么大的雾，也不知道啥时候能到滦南。

他随口改了称呼：叔啊！（说得是我们本地土话。“叔”发“shou”的音）你把我带上吧！说罢，唯恐我丢下他似的，慌里慌张，朝出租车走去。

借着车灯的映照，我这才看清他个子瘦高，像是一个20出头的孩子。穿一件红色运动衣，更像是校服。背一只双肩包，完全一个学生模样。他仓皇拉开副驾驶的车门，见有人坐在里面，愣了一下，又闪身走到后面，拉开车门，仓皇爬了进去。

我踌躇片刻，觉得这孩子好不奇怪。捎不捎他，还没给他明确答复，他竟会这样自作主张；况且这深更半夜，他咋会出现在这里？好人坏人，总该容我验证一番。我上了车，打开车顶灯，扭头看他。见他表情局促，不安中又带着深深的疲惫——果然就是个孩子！瘦削脸颊，细长眼睛，唇上生着软软的胡髭。我随即心软下来，又觉得刚刚撞了他，有些过意不去，便好心对他说，动动胳膊腿，看有没有事！

他不动。只忧心看着车窗外的大雾，嘴里一个劲儿催促：没事……叔，有事也不会怪你。你快开车吧，把我捎回家就成。你是开出租的，我付你车费也成。

我吁了口气，踩一脚“离合”，将车慢慢开动起来。却又忍不住问他：你家哪儿的？

马城的。

这么晚了，雾这么大，你咋跑这儿来了？是想走路回家？

他“嗯”一声，不想多言。我继续打问，他沉吟片刻，这才磨磨叽叽讲了起来。

他说他在承德上大学。坐晚七点的火车回到唐山，因家中有事，打了一辆出租车。刚驶出市区，便起了雾。紧赶慢赶，还是被挡在了高速路口之外，无奈只能走“下道”。走不多远，雾却越来越大，司机和他讨价还价，敲竹杠似的，本来一百五的车费，又追加一百，他也答应。不料刚过钱营，雾更大，实在难走。司机说，我得回市里，不能送你了。他不答应，非要让出租车履行承诺。司机指两条路由他选择：要么跟他回市里，免了出租车费；要么立即下车，想回家自己走路回去。他硬着头皮，赖在车上不动。直到司机将车调转方向，他这才不得不下来。

我听清因由，不禁训斥他道：市里的那些出租车司机，操蛋是操蛋点，通常我们拉客，都要受他们摆布，有时把散客兑给我们，还要雁过拔毛。有时碰到一两个客人，他们觉得跑一趟不划算，要么加价，要么把你扔半道上……可今晚这么大的雾，也难怪人家。即便他能把你送到县城，回不了市里，要在旅店住一晚，你说他亏不亏？

他不语。

我说，你这孩子，不多言不多语，忒任性！家里有多急的事，也不该急着回去……幸亏遇到了我，不然走到天亮你也到不了县城，从县城再到马城，多远的路？况且你一个人赶夜路，多危险！方才真要把你撞个好歹，谁也发现不了，你爹妈会担心死的。

他抽噎一声，黯然说，叔，不是我任性，是家里真的有事……

天大的事，也没“平安”事大。

他呆了片刻，长长的抽噎变为饮泣，说，叔，真的不是我任性……今天上午我正上课，家里忽然打来一个电话……告诉我，我爸……他死了，等我回去下葬呢。

我吃了一惊。眼睛盯着前方，无法回头看那哭泣的孩子，心里感到阵阵难受。

我无法想象，一个刚刚成年的孩子，接到他父亲的死讯，坐火车从承德赶回来，却遭遇了这样一场大雾。他独自一人，行走在雾夜里，上不着天下不着地，没人前来搭救，该是多么恓惶，多么的无助。

我沉吟半晌，心疼地问：自个儿在这雾里摸黑走，害怕了吧？

他哽咽道：叔啊，怕倒是不怕，就是不知道自己走到哪儿了，离家还有多远，越走心里越没底，也碰不到一个人能问问路，碰不到一辆车能捎上我……我一边走，一边接家里的电话。我妈问我到哪儿了，我怕她担心，又不敢告诉她。走了两个多小时，后来手机没电了，真的是有点绝望了……

我说，孩子，你别哭了，也别绝望。你这不碰上我了嘛，我是来帮你的。说完这句话，我忽地想起那句“撒豆成兵”，想到：我可不就成了这孩子搬来的救兵！

他仍是哭。他的哭声终是让我明白，一个刚刚失去父亲的孩子，其实是在表达着他的哀恸。他边哭边说，我爸身板不好，供我上学不容易……其实我能上更好一点的大学。上承德的大学，白瞎了不少分数。只为少花点学费，毕业后能当个医生。等以后工作了，也好给我爸治病……我爸心疼我，有病不舍得吃药，上个月还给我发了五百块钱的红包，让我买双旅游鞋。可现在他死了，再也不能跟我说句话了……

他的诉说，顿然使我落下泪来。借由他的哭泣，我忽地想起那么多难堪的往事。终究明白，像我们这种劳苦的人，必是要在这相同的境遇中相遇。可是老天爷呀，你为何要让一个孩子遭这样的罪！既已让他的父亲死去，便不该在他回家奔丧的路上，布设这样一场大雾的困局；让他小小年纪，便要遭逢一场无常命运的围堵。

我说，孩子，你别哭了……你看看我旁边这个人，知道他是谁吗？

他不哭了，哽咽着发问：这是谁呀？

我说，这是我爸。去年病了，生活不能自理。我没办法，只能带他出来跑出租。我有一个儿子，比你大不了两岁，正上大四，也总想买一双名牌旅游鞋。你们年轻人，谁不想有一双好看的旅游鞋呢。可他始终不好意思跟我开口；去年暑假，他们一帮要好的同学想结伴出去旅游，也没好意思跟我开口，最终也没能去成……

他不哭了，发着愣，说，叔，你活得也不容易。

我的父亲此时醒了，愣怔发问。我停车，敷衍他几句。问他饿不，是否口渴？找来找去，发现从家里带出来的食物和水，一点没剩。坐在后座上的孩子，此时打开旅行包，说他这里有面包和水，是临上火车时同学买给他的。为调节气氛，我打趣般问他，是女同学买了送你的吧？他嗫嚅一声，脸上现出一丝羞怯神色。我拍拍他的肩膀。照顾父亲吃了几口面包，喝了些水，忽然想起什么，提醒他：快用我的手机，给你妈打个电话吧，省得她在家里担心。

他拨通电话。语音平静，诉说了方才这一路上的遭遇，大概觉得委屈，又险些哽咽起来。当说到遇见一辆出租车，碰到一个好人时，语调又变得欣悦多了。

我在一旁插话：告诉你妈，甭担心。等到了县城，不管多晚，我都会把你送到家里。

他关了手机，对我说，家里的亲戚，开着三马子，从家里出来，正一边走一边找我呢。

等再次上路，我便把父亲挪到了后座，好让他躺下来休息。让那孩子坐到副驾驶位置，一是能跟我说说话，另外也能帮我看看路。

雾并非如我此前想象的那样，过了河便会淡去。从青坨营到扒齿港这一路，雾气非但没有减退，反而愈发深浓。此时已近午夜。我再次将车从路的右侧，开到路的左侧，没有一点察觉。不由同那孩子打趣道：这都没你走路快了吧？

他认真地说，不，叔，能跟你搭上伴，我心里就踏实多了。

我的话，恰好将他提醒。他出主意说，叔，不如这样，我下车为你引路，趟着马路牙子走，你就不至于从左拐到右，又从右拐到左了，这样能走快点。

不由分说，他便下了车。

车灯照在他的身上，将一件红色运动衣，浸染得像一面旗帜。他走在车灯的光照里，不时扭头冲我挥手，指挥着我的前行。便见他稚嫩的脸上，除了忧郁，还有一种决绝。除去这件红色运动衣，穿在他脚上的一双白色旅游鞋，也成了两点最为醒目的标志。谁承想在这雾夜里，它们竟会有了降妖除魔的能力，此前萎靡不振的车灯，仿佛得了神助，两相辉映，恰似杀入铁桶阵的奇兵……这双旅游鞋，想必是那已逝的父亲，买给他儿子的吧？它们上下踩踏，使那混沌如垢的雾气，纷纷朝两厢避让。这孩子走一会儿，还要跑上一会儿。跑起来的时候，看不清他瘦高的身影，只见两抹虚白，在浓雾里闪转腾挪，如入无人之境……我忽地意识到——我又哪里是这孩子的救兵！分明是上天派来这孩子，前来将我搭救。我们两人合在一处，方能逃出这大雾的围堵。

我那浑噩沉睡的父亲，此时也不知怎么就醒了。趴在后面，嘴里"喔喔"叫着，拍着椅背，好像在为我们呐喊助威。

过了扒齿港，雾果然淡了些。不用在前引路，我便喊他上车。过了官寨，有路灯接驾相迎，行车速度更是风驰电掣。只待近了县城，我忽地发现，前方左侧的一条岔路上，两辆"三马子"缓缓驶来。通常这种农用车，车灯都经过了改装，车灯雪亮。更为醒目的是，挂在左侧反光镜旁的白色布缕，随着车行速度，缓缓拂动。我清楚地知道，在我们这一带的乡下，每有逝去的人，前去帮忙的车辆，必是要以“男左女右”的形式，在车前系一块“孝布”——算是对死者表达的一种敬重，也更像一张“逢山开路，遇水搭桥”的通行证。

停车一问，果然是来接那孩子回家的亲戚。

第二年，我父亲离世。老婆因病被医院辞退。儿子大学毕业，至今也没找到一份像样的工作。至于我，仍在开出租。虽有这样或那样的不如意，我却仍旧觉得，日子还算过得去。

偶尔我会想起那个雾夜里邂逅的孩子。不知他可否像我一样，前路都是坦途。因为我是一名出租车司机——道路于我，终将都是坦途。

原载《人民文学》2019 年 11 期

猪嗷嗷叫

李司平

一

猪走路的时候一点都不好看，尤其下坡的时候，像醉汉划拳。

身负重任，猪从北方的养殖场一路扭着屁股来到了南方高原的村庄。为什么我要说它扭着屁股呢？因为它是头母猪，托付终身于村民发顺，负责繁衍。这里的“繁衍”包含着另外一层意思，坚决杜绝好吃懒做之人在脱贫和返贫之间不停地循环。这是一个修补短板难以突破的怪圈，一贯如此的事在人为，无论好事与坏事。

年久失修的土坯墙上搭着同样岌岌可危的房梁和破瓦，房檐之下是发顺乱糟糟的家。客台的一侧拢着火塘，火塘中杵着几根尚未干透的柴火棒子，不见明火，冒着浓烟熏着吊在火塘上面无物可装的几个编织袋。每个可视的角落结着蜘蛛网，蜘蛛网一层层堆积起来，挂满了火塘升起的烟尘以及蚊虫的尸体。这是一个破败的农家，或者它就不曾兴盛过。

自古破檐之下鲜有自视清洁之人，所以刚从宿醉中挺过来的发顺以及他邀来的酒友惺忪着眼，老岩打着哈欠，二黑朝着院子远远啐出一口痰，被狗吃掉。三人乃臭味相投同病相怜从而惺惺相惜的好友，唯一不同的是发顺在前些年忽悠回来一个少言寡语的媳妇，叫玉旺。少言寡语一定程度上我们习惯将其归类为痴傻。发顺喊：“憨婆娘！”别人也跟着喊：“发顺家的！”一样的后缀，“憨婆娘！”

至少发顺还有一个女人可供他呼来喝去，所以发顺更加神气一些。有理的，无理的，他都要呼来喝去。甚至于，昨夜三人大醉之后，发顺揪醒睡梦中的玉旺，为老岩和二黑表演打婆娘这个节目。绝非周瑜与黄盖，玉旺的一贯示弱和一贯隐忍，不断加重着发顺的这股男子本位的戾气。

“我婆娘！水腌菜好了没有？”发顺在客台上喝着，前一句喝给二黑和老岩听，是炫耀；后一句喝给村里人听，所以声音很大，因为村子很小。发顺的唯一长处，贫穷得善于自欺欺人并苦中作乐，基于一无所有，这算是一种乐观。

“好！”玉旺的声音从偏房传出来。玉旺的眼角还余留着昨夜发顺“表演节目”

的青痕，此时玉旺正伸手朝着一个缺边少角的坛子深处抠。劣质的坛子里盛着大部分发霉的腌菜，所以希望在深处。

当然，今天发顺家有点人样的还有被请来杀猪的黑顺。黑顺是个小老头，焦瘦，干巴。因为没有一处是大的，黑顺在火塘边咕噜噜抽水烟筒的时候，三分之二的脸皮要用来蒙住烟筒口。普遍认为，黑顺是个没有原则的杀猪匠，将杀猪视为他的一种复仇。黑顺号称是方圆十里唯一的也是最精巧的杀猪匠。

以村庄为中心的方圆十里，都是山。

二

猪还小，长了架子还没开始结膘。

猪圈失修漏雨，在雨季积蓄的泥塘入冬还未干涸。猪喜群居，落单的猪娃不好喂养。简易而又枯腐的猪圈栏才打开过半，里头的单猪便迫不及待冲出，从人的胯下钻出，从另外一个人的胯下钻出。还未结膘的猪最灵活，紧实的皮子下没有多余的脂肪累赘，前蹄粗短有力，后腿细长有力。这是起初自然给予猪觅食和逃生的造化。这只落单还未肥化的猪最大程度保持了本能，这是优势。

磨刀霍霍，还要猪活着，这是故事安排。

当然，为了敬神，准备了香纸，啧啧，充满了仪式感地宰杀一头猪。这里，是万物有灵的南高原。另外，还准备了茶叶、糯米和酒水。玉旺寡言但不呆巴，不忘习俗，要为一头猪超度亡魂。杀猪的人要下地，死了的猪要升天。

虎视眈眈，这里的“虎视眈眈”是相对的。发顺一干人虎视眈眈盯着出圈的猪，院里的猪也虎视眈眈盯着围着它的一干人。人与猪的对峙，人为了吃肉，以便下酒，猪也察觉到不怀好意的人。人走近，猪退。人再走近，猪再后退。猪屁股擦到墙根的时候已退无可退，所以猪哼哼，从低沉转向慌张的激昂。单枪匹马的猪，人多势众的人，局势足够明朗。

杀心已定的糙汉眼中的猪，只不过是暂时会挣扎几下的肉。

发顺张着蛇皮袋，准备套住猪头。

二黑备着结好扣子的绳索。

老岩在大醉中夸下海口，从黑顺手中夺权。持着尖刀，今天他做凶手。

被夺权之后的黑顺站在一边，口授着杀猪的经验。不过，似乎现在没人听他的。

所以猪哼哼。有时候猪哼哼比人哼哼好听，比如现在，猪哼哼得就比较有内涵。这说明一个重要的问题，此猪非彼猪，因为它还未见刀，眼却先红。红眼之兽并非善类，绝非漫不经心听天由命之辈。当然，这句话是从人那儿得来的经验，人本兽类，人如此，猪尤如此。

所以猪哼哼，低着头寻着地，两只前蹄刨着光滑的水泥地。发顺张好蛇皮口袋顺势往猪头套去，猪一惊，后撤两步，发顺首套猪头的动作落空，收不住力的发顺往地面上摔了个嘴啃泥："奶奶个奶嘴！"顺便吮了吮嘴唇擦破流出的血，往墙角远远地啐出一口带血的痰，爬起来往掌心啐两口唾沫，搓了搓拍拍屁股。后退两步的猪摇摇晃晃的屁股抵近二黑，二黑顺势一把揪住猪的尾巴，往上提。猪尾巴被往上提，后腿悬空使不上力气，所以猪嗷嗷，前蹄往前刨。二黑跟着猪屁股后边提着猪尾巴跑："快点来帮忙，别看猪小，特别有力道！"

老岩放下尖刀，揪住猪耳朵。

发顺顺势捉住猪的右前蹄，想用绳索将右蹄和左蹄捆牢。

黑顺站在案桌上吆喝："推过来，推猪过来，我抓住猪鬃把它提上来！"黑顺口中所谓的"提"不过是基于他半生屠猪所积攒下来的一刀毙命人人皆知的口碑。也正因为这样，没人质疑，包括揪耳和提尾巴往上拽的。

这是一场人多势众的必胜之仗，所以猪嗷嗷，声音有些嘶哑和绝望。人往案桌挤，猪往案桌边上靠。

推至案桌下的猪嗷嗷，众人齐心协力："一……二……"

绝不是黑顺的功劳，猪被抬上一米多高的案桌之上侧躺着，二黑放下紧揪的猪尾，双手钳住猪朝上的右腿，用力别着。黑顺向下一压，用身子按住猪的腹背："老岩，你掐准猪大腿的酸筋，让它使不上力气。发顺，你别提猪耳朵了，快去拿绳子来捆住猪嘴。"被众人控制在案板上的猪还在案板上嗷嗷乱叫，悬空在案板之外的猪头在剧烈地摇晃，沾满腥气白沫子的猪嘴在咧着嘶号。每一声悠长嘶号声的起来到落下，都伴着以身压猪的黑顺在猪腹背处上下起伏："老岩你快拿刀……发顺赶紧捆住猪嘴，然后提着猪耳朵！"

所以猪的嘶号持续不了多长时间就变成了憋而不通畅的呜呜声，因为它的嘴很快就被发顺捆牢扎紧。

完全受制待宰的猪此时唯一能用作防卫的部位只剩下眼睛。它侧躺着，朝上的眼睛恶狠狠地看着在它身上忙得团团转的人。从猪的视角里，最先看见捆嘴巴的发顺这会儿紧紧扯着它的耳朵，手指紧紧地扣着耳朵上钉着的蓝色号牌；余光向后方扫见俯在它身上焦瘦的黑顺。它还感觉到后腿受制，无奈猪脖子上只有一条筋，无法大幅度转过头来看见别住猪后腿的二黑。

你见过绝望吗？关于一头猪。

案桌上的猪突然停止了激烈挣扎，鼻子出声，呜呜着。

黑顺："都好好摁紧啰！这畜生开始蓄力了！"

黑顺："尖刀已经够锋利了，老岩你快点……"

如果这会儿再从猪的视角看，那个持着尖刀走近的猥琐男人就是老岩。老岩终于得偿所愿，昨夜醉酒之后夸下杀猪的海口今日得以实现。没酒壮胆，酒醒的老岩可没有那么勇敢，颤颤巍巍持着尖刀，无从下手。

黑顺："狗鸡巴日呢！愣着干吗！快点过来捅，我们摁不住了。"

老岩："要从哪里杀进去吗？没杀过。"

随着案桌上的猪又开始发力，别着猪后腿的二黑有些别不住了："没有杀过猪，昨晚上灌了几口麻栗果（自烤酒），你吹什么牛 ×！快点来杀进去！"趴在猪腹背的黑顺在猪的喘息声中起伏："从脖子往左下方深深地戳进去，干穿它的心。狗鸡巴日呢，干穿它的心！"

战战兢兢持着尖刀的老岩右手放低刀尖，伸出左手试探性地指了指猪脖子的部位："要从这里扎进去？"

"是嘞！是嘞！猪嗓进，扎猪心。要扎猪心，要从猪嗓进！"

"使大点劲，千万杀准一点，不然血喷你一脸。"黑顺匍匐在猪身上传授着杀猪的经验，猪又开始挣扎，他有些不耐烦。

找准了一刀致命的部位，老岩右手握紧刀把，蓄力准备往里面捅。发顺揪紧耳朵好让老岩的左手端起猪头。发顺媳妇也端着接猪血的盆，盆里放了少许的水和盐巴。尖刀在猪脖子处比画寻找最佳的下刀口，最终抵在猪正嗓处。"那我就杀进去了！"老岩在地上搓了搓破拖鞋的底，双脚踩实，握紧刀把，抵进。

猪也感受到了尖刀一点点地正往肉里扎，它开始拼命挣扎。呜呜呜，嘴被捆牢，头端在老岩左手上。"那我杀进去了！"托在手上的猪头挣扎得越来越厉害。

"废话多！你倒是快杀呀，按不住了！"二黑别住猪后腿的手有些疲软。猪在发力做最后的奋力一搏。

发顺："杀准点，我家没存款。"（有经验的杀猪匠能一次性放空猪心室的血。而心室的血放不空，按南高原传统吉利的说法，血越多，主人的存款越多。）

"等等，先用刀背敲三下前蹄再杀进去。"黑顺急忙阻止着，还有工序没做完。

蓄力待杀的老岩收回力气，照做。黑顺的话是不可违抗的权威，至少在杀猪上，是这样的。案桌上的猪挣扎得越来越激烈，这是垂死的挣扎。焦瘦的黑顺几乎全身的重量都压在猪的身上。

老岩第一敲，猪看见尖利的屠刀，挣扎。

老岩第二敲，猪看见老岩紧握的刀把，是放血槽，全力挣扎。

老岩的第三敲，还没来得及落下，猪还在奋力挣扎。

是的，最终第三下没落下，因为腐朽失修的案桌率先散架。案板和猪，以及伏在猪上的黑顺的重量率先落在二黑的脚背上。

的确有些意料之外。“嘭……啊……”这是案板落在二黑脚背上以及二黑吃痛的声音，前者带着腐气，后者带着劣气。

二黑受痛而放开别住的猪后腿。这是猪的机会，猪健壮有力的后腿接地从而受力弹地而起。“嗷嗷嗷！”“啊啊啊！”猪在嗷，人在啊，惊慌失措，人比猪还要惊慌。因为压在猪背上的黑顺跟着案板落下，又被惊慌的猪驮起。黑顺在猪背上，越惊慌，他反而越抓紧猪鬃。因身载负荷，猪急切想要甩脱，所以猪嗷嗷，挣断了前蹄的捆绑，弹地而起后又跃身疾行。疾行的距离很短，止于院墙。猪急停，黑顺这把老骨头在惯性和重力的双重作用下，摔在地上。“嘭！”尘土飞扬，像极了一口痰落在尘土上。

猪嗷嗷，红着眼，在院墙下梗着脖子，呼呼喘气刨着蹄。

“哎哟哟，哎哟哟！”蜷在地上的黑顺揉搓着纤细干巴的小脚杆，“哎哟哟，手疼！”转而又拍了拍头顶上的尘土，“哎哟哟，好像是屁股疼，不，腰杆也疼。”

黑顺的这种疼法多少有些不够具体。锈迹斑斑的老部件坠落而抖落下来些许锈迹，只不过锈迹之中包裹的是一副老骨头；或者这种疼法在于一个精于一刀毙命的老屠夫在案桌上放跑了一头猪，这种疼法叫做失魂，也可以叫做一个屠夫的晚节不保。

“哎哟哟，哎哟哟！”黑顺仍旧蜷在地上，想等人来将他搀扶起来。他将这个视作台阶，杀猪匠最后的稻草。尽管他完全可以自己起来，尽管不会有人去扶他。

受伤最严重的是二黑，百斤的重量砸在脚背上。不过他的疼痛不像黑顺那样广泛，就是单纯的脚受伤了，脚疼，特别疼。他抱着开始发肿的脚一点点挪坐在客台上，两只手紧紧捏住脚杆子，不让血液往患处淌。这种砸伤，起初的疼痛在于麻木，是疼过极限以后的一种自我保护。发顺一言不发，咬着牙。发顺媳妇想去管他，又不敢。

自家杀猪，不但猪没杀死，还伤了人。发顺自然火冒三丈：“老子今天一斧头劈死你个畜生！”疾步进屋寻找斧头。可是家里没有斧头，转而找榔头，可是也没有榔头。匹夫之怒是最为廉价的，发顺即匹夫，对现实最无力的那种，所以他掀翻了屋内的桌子。

发顺媳妇走进去收拾残局，发顺骂骂咧咧又走出屋来。

“黑顺大爹你有经验，接下来咋整？猪都放脱了。”发顺阿谀。

此时的猪在院墙角，喘息着红着眼瞪着人，一并还有鸡飞、狗吠。是在跟人示威，或者在想亡命之法，反正红眼的猪即是兽类，不再是家畜。

“现在可不好办了，案桌散了，按猪的人也受伤了。”被玉旺搀扶起来的黑顺坐在客台上嘟囔。

“都怪老岩，都说要用刀背敲三下猪蹄才可以杀进去。年轻的后生啊，气盛！”这是黑顺即时总结出来的失败原因，第一是推卸，第二还是推卸。他是方圆十里最好的杀猪匠。

老岩蹲着一言不发。他没想到一头猪求生的时候所爆发出来的力量是那么猛烈。他一言不发，蹲着，像个过失杀人的悔罪者。尽管他杀的是猪，尽管他杀的猪现在还活蹦乱跳的。

发顺急速升起的怒气也急速地退去，显然，他不具备积蓄怒气转化为勇气的能力，不得不再次走到黑顺跟前阿谀：“黑顺大爹，你经验丰富，你肯定有办法把这畜生杀掉！”

“办法也不是没有，就是腰杆有些疼！”黑顺唏嘘着，用有点疼的手掌扶着全无大碍的瘦腰杆。

“黑顺大爹，这样吧！先把猪杀了，你提着猪腰子回去补一补腰杆。”发顺赔着笑脸。

“杀是可以杀，就是没人按猪。匹子猪架子大，瘦肉多，力气最大。”黑顺关于猪腰子的目的达成，但是还另有盘算。

“猪下水你提着回去吧！我家不吃那臭玩意儿！”发顺再说。

“要不，在村里再请几个人帮忙按猪吧？”玉旺怯怯说道。

“边去，男人的事女人别插嘴。”发顺瞪了玉旺一眼，“多请一个人来按猪，就得多一张嘴。”玉旺还悸于发顺的余威，退去。发顺的盘算丝毫不顾及一旁的二黑和老岩这两张他盘算在内的嘴。二黑和老岩心不在焉，反正认了真理，今天待在发顺家有肉吃。

“要不直接用榔头砸吧！就像杀牛一样，先砸晕了再杀。”老岩回过神来。

“或者，干脆在猪身上泼水，然后拉电线电死它。”坐在客台上的二黑稍有恢复，“对，用电，直接电死这狗日的畜生。”二黑欲报砸脚之仇。

虽然同样是要猪的命，不过现在讨论出来的方式已变成了几个人对一头猪的行刑。一旁默不作声的玉旺悄悄收起准备好的香纸和茶米。

“那就直接电吧！省事。”黑顺决定。

“那就直接电吧！电死它。”发顺附和着黑顺。实际上，发顺家也找不出一把斧头或者榔头。

杀猪的过程中歇了半个小时，现在又继续。二黑的脚受伤了，没法参加杀猪了。疼得没有人样，因而没有坐相地瘫在客台上，脚背发肿，不过没有伤及骨头，在玉旺打来半盏劣质白酒之后，自顾自地开始揉脚。老岩打趣：“二黑，不杀猪你还待在这儿干吗？回去吧！”

二黑咧着嘴：“我要等着吃肉。”再补充，“我要吃猪鸡巴！”

发顺：“杀母猪，吃个鸡巴！”

这次是黑顺拿刀，老岩提溜着水桶握着瓢准备往猪身上浇水。发顺扯来电线，零火分开各自拴在长杆子上。

院墙角的猪继续与人对峙，从案板上侥幸逃生的猪草木皆兵。三人走近，猪先是后退，然后向前冲向三人。猪向前冲，人往一侧避让。老岩瓢里的水泼过来，猪向前一跃。水再泼来，猪嗷嗷着再次朝着人这边冲过来。一桶水泼完，战意十足的猪也被全身浇湿。

“发顺，快电它，快电死狗日的！”挥着空瓢的老岩喊。

发顺持着两根拴了电线的杆子朝满是防备的猪身边试探：“那我电了！黑顺大爹准备杀！”

左手零线，右手火线，杆子朝着湿漉漉的猪身上一次一次地试探。猪还在跃跑，最终被三人围在角落。接下来就是零线和火线相碰产生的电流在猪的身上贯穿，猪就晕了。黑顺的尖刀再杀进去，猪就彻底死透了。当然，这只是预想。

即使猪再一次身处绝境，但猪还得活着。这也是故事安排。据村子的扶贫干部李发康回忆，这一年村子杀猪，真的有一头猪在零线火线之下顺利完成逃亡。所以，我讲的，还真的是真事。

零线和火线即将在湿漉漉的猪身上相碰的时候，门口来人了。来人正是扶贫驻村干部李发康，发顺家是他的重点挂钩对象。“砰砰砰！”李发康的敲门声急促，一边敲门还一边叫喊。不过猪嗷嗷，听不清李发康的叫喊。

“玉旺你聋了？还不快去开门！憨婆娘！”发顺举起长杆对玉旺喊，然后又放低杆子往猪身上伸。零线碰到猪的时候猪又冲向人，火线放空。

玉旺打开大门的时候，三人还继续在狭小的院子里赶着饱含斗志的猪。大门彻底打开的时候，三人还没能把猪电翻。不过大门打开倒是一个亡命的大好时机，猪又开始奋力冲锋。首先朝着黑顺的方向，这次猪奔得更快，黑顺来不及避让，疾奔的猪钻胯而过。黑顺这把老骨头再次驮在猪背上，再次被带出，“砰！”又摔下。

人咿咿呀呀，猪嗷嗷哇哇，冲过黑顺裆的猪往敞开的大门冲去。猪来势汹汹，李发康还在门中。“书记吆住它！”话还没说全，猪便从李发康的胯下钻过，跑出发顺家。李发康个子高大，所以猪没有将他带翻。猪从李发康的背后跑出，李发康继续往发顺家院子里走：“发顺你这是干啥呢？这猪还杀不得啊！杀不得。”李发康来的本意就是阻止发顺杀猪的，此时猪已跑远。

“我的年猪啊！跑了。”发顺一怔，将手中拴着电线的杆子撂在湿漉漉的地上，往门口跑，追猪，冷下准备对他严厉说教的李发康在院子里黑着脸。发顺撂下杆子跑没问题，可是穿着一双破拖鞋在泼水的老岩却中了招，噼噼啪啪在湿漉漉的地上触电战栗，晕厥。所幸电路短路电闸自动关闭，捡回一命。老岩触电晕厥的过程很短，在李发康回过神之前就已经结束。李发康愕然，发顺家的院子乱作一团。这里的“乱”包括瘫在客台上抱脚的二黑，被猪掀翻在地还没爬起来的黑顺，在地上触电昏厥的老岩和一地弯曲打结的电线，以及早些时候散落一地的案板和桌子腿。这里比乱还乱的场景，已经上升为一个程度，是一种心境。

以辣居多的五味杂陈在此刻被打翻一地，火从即刻起，李发康却也无处发：“狗日的发顺，发顺！”这是李发康参加扶贫工作首次对贫困户骂“狗日的”，虽然也可以将这个“狗日的”看作无实义的语气词。不过李发康有这个权利骂发顺，李发康是发顺的堂家亲哥。

“发顺，发顺，狗日的发顺！”李发康在找狗日的发顺，可是发顺此时不在院子里。无人回应。此乱的始作俑者和助推者——发顺和他的猪，已经跑出家去。猪嗷嗷亡命，发顺突突跟在后边追。

三

村子很小，猪跑起来的样子一点都不好看。

可两种情形加在一起，就成了全村的一道风景。像是一场闹剧，哦，不！是一场啼笑皆非的喜剧。

“看，奔跑中的猪和发顺是多么滑稽可笑。”作为观众的村民中有人道出实情。

可不会有人向发顺伸出援手，绝不会有。发顺十几岁开始至今，不知从何处学来的好吃懒做以及小偷小摸早已耗尽了村里人乡情的最后耐性。偷东家的鸡鸭，摸西家的鱼塘，欺负北家的孩子，放火烧南家的菜园子，药死这家的狗，掐死那家的猫。勿以恶小而为之，发顺用了三十多年时间将这种小恶做绝，做到极致，所以发顺是将众怒犯到极致的人。帮他很容易，不帮他也很容易，人之常情。村子很小，村民也很少，这是种团结一致的对外。很显然，发顺被见外了。

猪跑起来的时候，四只三寸金莲的蹄子前跃后刨，其间伴随着一个抖动的过程。肥猪抖膘，而瘦猪抖着松垮垮的肚皮和耳朵。从发顺家死里逃生的猪蹿上村庄土道，嗷嗷嗷向西亡命，发顺跟在后边气喘吁吁地追。亡命的路线途经村庄绝大部分人家的门口，村民纷纷掩住大门，顺着门缝往外瞧。猪在前面跑，跟在后面的发顺有些跌跌撞撞，边追边喷着唾沫星子："杂种，杂种！"

骂猪，也像在骂人。可是猪不回头，嗷嗷嗷向前跑。

发顺力不从心地追，边跑边嚷："杂种，憨杂种！"

村民的门缝中有人嘲笑："哈哈，发顺家的猪疯了！"不过发顺听不到。此时这条村庄土道上充斥着猪的嗷嗷声，发顺的叫骂声，以及猪亡命过程中所卷起的尘土，还有少量的猪粪。

不一会儿，猪亡命奔西的路跑到了尽头。村西边是个截断的土崖，懂得逃生的猪不笨，所以它掉头往回跑，可往回跑的路被从后追来的发顺截住。

人与猪在土道上对峙。"哟哟哟！你倒是再跑啊！你个杂种。"截住猪的发顺嚷嚷着，灰头土脸，气喘吁吁。猪嗷嗷，向着土道的侧边往回冲，被发顺一脚蹬在拱嘴上堵回。猪嗷嗷，后退一截与发顺保持安全距离，前蹄刨地："嗷嗷嗷！"挑战发顺最后一点耐性。唾沫星子飞溅着，发顺臭骂的语言和唾沫星子一样散乱以及不卫生。发顺沉不住气了，弯腰抓起路边的石头和土块朝着猪所在的方向砸："杂种，老子今天把你砸死在这里！"大石头搬不动，小石头砸不准，土块一扔就碎，发顺徒劳无功累得够呛。作为一个人，在一头猪这儿屡屡挫败，用气急败坏形容发顺的现状再好不过。现在的情形似乎比自家院里还要糟糕，一人一猪的狭路相逢，猪是无畏的勇者。"莫非，这猪成精了？还是疯了？"发顺打量着猪，胆怯起来，想求得支援。

"老岩、二黑、玉旺，都死哪儿去了！还不快来跟我一起把这杂种撵回去！"村子不大，但是发顺的叫喊声很大，往外喷着沫子。即使发顺不叫，玉旺、老岩以及李发康也正在赶来的路上。

"这几个杂种怎么还不来帮我！"发顺再一次叫骂，在叫骂声传出的同时发顺手中的一块石头冲向猪。叫骂声传进了猪耳，石头在猪的一侧空空落下。事与愿违，这反而又使得原本紧张的猪再次受到了惊吓。所以猪再次梗起头来朝着发顺截住的方向冲锋，受惊的猪此时多了一股子莽撞，像炮弹一样向着发顺射过来，无畏前方有什么阻挡。

“啊！”吃痛声先于叫骂声脱口而出。发顺被射过来的猪迎头一撞，再被猪拱嘴向上一挑。砰！没有任何悬念，发顺被掀翻在地上。

“猪真的疯了，疯了！”发顺痛喊。撞翻发顺的猪没有停留，径直往回跑。发顺也迅速爬起，顾不上拍一拍身上的尘土，竭力跟在猪后边追。得快点结束这一场人与猪的追逐啦，这场闹剧吸引了几乎全村人成为观众。隔岸观火的快感在于能看到发顺这块共同心病灰头土脸。

“猪疯了！肯定是。”人们议论，“还没有见过猪疯了呢！”“那你今天好好看看。”猪还在前头嗷嗷疯跑，发顺跟着追。

“猪疯了？不会吧！”正在赶来的玉旺、黑顺和李发康一行人听到发顺的叫喊，加快脚步。

嗷嗷亡命的猪再次奔回村中央，这里是个十字路口，猪停了片刻。南边路玉旺一行人已经赶来堵上，西边有气急败坏的发顺追上来。猪要立即做出逃亡方向的决断，因为李发康和黑顺正悄悄往另外两个放空的路口上堵过去。

南边路口只剩玉旺一人，玉旺结结巴巴吆猪：“哟哟，啰啰，来来！啰啰，哟哟，来来来！”这种百试百灵的吆猪号子在今天宣布失效。地上无食，人慌张，这头猪在生死边缘安装了逃亡之心。

猪扭头，朝着北边的路口又开始奔袭。

堵向北边路口的人正是已经被猪掀翻两次的黑顺，黑顺自然清楚此猪的厉害，不敢再靠近像炮弹般射过来的猪。李发康喊：“堵住它，堵住它！”黑顺战战兢兢靠在一侧的墙上：“让它跑，让它跑，跑死它！”追猪的发顺也赶到这里：“喂！狗日的黑顺，堵住它！”再次强力补充，“喂！狗日的堵住它，那边是林子，猪蹿进去了就难撵了。”

形势所迫，黑顺无奈，伸手追向刚擦肩而过向北奔出两三米的猪。之后，是黑顺揪住了猪尾巴，然后猪再次将干巴的黑顺在地上拖行。尾巴负载黑顺的猪奔跑受限，停了下来。猪掉过头来看向揪着尾巴的黑顺，黑顺也看着猪。又是人与猪的对峙，黑顺率先败下阵来，黑顺松开手里揪住的尾巴，双腿微软向下屈：“这猪的眼神怎么那么像一个红眼愤怒的人？”黑顺这么想的时候，猪嗷嗷张大拱嘴向着黑顺扑过来。“啊啊啊，妈咿呀！”黑顺即将成为历史上第一个葬身猪口之人，而且黑顺是个杀猪匠。可是没这样，扑上来的猪嘴并没有在黑顺身上咬合。嗷嗷扑过来的猪喷了黑顺一头一脸的腥臭沫子，黑顺蔫了，猪继续向北亡命。

李发康赶来，拉起黑顺：“猪，猪呢？”

黑顺心有余悸：“成精了，跑了。”李发康紧追上去。

发顺也到达："狗日的，我的猪呢？"

黑顺拉了个呻吟的长调："成精了！"

发顺紧跟着李发康追了上去。心有余悸的黑顺继续留在路口，两条干巴纤细的小腿打着颤，瘫坐着嘟囔："再也不碰这猪了！给十副腰子也不干。"玉旺欲要扶起瘫坐地上的黑顺，黑顺有气无力，"让我缓一缓！"

"你家那猪成精了，你信吗？"黑顺自言自语或者问玉旺。

"信！"玉旺回答。

"听过牛马成灵，麂子马鹿成仙，大象狗熊成圣，猫狗成神，就从没听过猪也成精的！"黑顺疑惑或者自言自语。

"猪仙人！"玉旺自言自语。

村子北边是森林，森林的最外围是退耕还林后村民栽下的松树林，往深处走，就是自然林。植被茂盛的自然林在缴枪禁猎禁伐之后，村民也只有在雨季采集山货的时候才会涉足这里。此时猪已经逃出村子蹿进了树林。李发康这个不擅运动的干部在松林里跑岔了气，叉着腰呼呼大喘。发顺很快就在松树林中追上李发康，发顺丧气，灰头土脸，人也在林中呼呼大喘，喘得差不多了，憋着的话从嘴里涌出来："书记，你说这叫花子猪咋这么能跑啊？太野了，杀都杀不了，按不住。"

李发康仍大口喘着："匹子猪嘛！架子又大，皮肉又紧。"

李发康回过神来："不是，你要杀猪？狗日的，你要杀猪？谁给你的胆子，你要杀猪？"

李发康厉声，发顺即软，嗫嚅道："这不是马上就要过年了嘛！杀头猪吃肉解馋，下下酒什么的。"

李发康怒："什么？狗日的，我问你为什么要杀猪？你为什么要杀了它当年猪？"

李发康再怒："狗日的发顺，老子辛辛苦苦申请来的扶贫项目，给你们建档立卡户发母猪种，是让你们养母猪生猪崽过好日子的！狗日的，还想杀年猪，母猪种什么价格你没个 × 数吗？"

"公猪母猪还有什么种猪还不是一样，都是猪嘛。"发顺唯唯诺诺地辩驳。

李发康有些怒不可遏地将发顺一把推倒，又毫无间隙地揪着发顺脏兮兮的衣领提起来，口对着口，喷着唾沫："狗日的，不要说话，听我说。"李发康叫停发顺的反驳，喘息还没有缓过来。

林外有人言："发顺今天给李发康吃火药了。"林外有人，可谁也不敢进林中，林中是一摊浑水。

谁也记不清林中传出多少句"狗日的"，而"狗日的"均出自李发康之口。当

“狗日的”不再传出来，就无趣，林外的人各自散去。林中，在怒火三丈的李发康臭骂之下的发顺本来就灰头土脸，而现在更灰溜溜地夹着尾巴。待到对方差不多平息下来之后，发顺丧着脸说：“李书记，那要咋办啊！猪都进林子了。”李发康在发顺一激之下，火又起来：“咋办？凉拌啊！趁这几天杀年猪，把你狗日的油炸了！”

“进林子去把猪找到，撵回来！”李发康平复怒气后，好像又习惯了发顺这种无赖式的漫不经心。

猪穿过松林的痕迹还在，人顺着痕迹穿过松林，往更加茂密的自然林深处钻。植被茂密的自然林里，人很快就失去了猪亡命的痕迹。南方高原的原始森林里，头上是遮天蔽日的巨大树冠，底下是低矮而茂盛的灌木。无迹可循后，找猪的人自然也无处可找，无计可施。

起伏的群山和茂密的森林，人此时所在的位置是山谷，山谷擅回音。

发顺耳朵最尖：“李书记你听，有猪嗷嗷叫！”李发康细听，果然有猪在嗷嗷叫。

“猪在哪里嗷嗷叫？”

“我也不知道，猪在哪里嗷嗷叫！”

“猪真的在嗷嗷叫。”

“我也知道猪在嗷嗷叫！”

闻其声，而不见其影，这是一个有方向而没有去向的僵局。

猪确定是在嗷嗷叫，可是人不知道往哪个方向去找。猪真的在嗷嗷叫，回声好的山谷，猪嗷嗷的叫声来自四面八方。

四

猪嗷嗷叫的声音真的一点都不好听。尤其在阒无人迹的寂静山中，你能听到自己的心怦怦跳，嗷嗷的猪叫仿佛在为你的心跳敲着锣打着鼓。

找猪的人在林中漫无目标地游走，听得见猪叫，但都知道觅音寻猪这个办法不可靠。无从下手、无计可施的康在前面走，此时灰溜溜的发顺是他的随从。不断传来的嗷嗷叫声加重着人各自的烦躁，就丢猪这一事件而言，人各有烦恼。发顺短浅，但也知道自家丢了一头猪，不是死了，是跑丢了。李发康深远，他更加知道此猪对于扶贫攻坚工作的重要，丢猪事小，领导下来视察时没有猪，事大。他早有听闻，县里的领导过不了多久就要下来实地考察验收扶贫工作的进展和成果。

上天予人饥馑，我们有教育、政策和国家。李发康看看身后灰溜溜的发顺，心中存疑，是不是有些揠苗助长了？想了想，即刻否定。发顺是短板，短得像一艘随时可以沉没的破船，不过终还是要将其补回来。顿生同情，李发康觉得自己和发顺同病相怜。一个是破船，一个是补船的，二者兼备，破船也要扬帆。

山里的天黑得早，找猪的人决定返回村庄，再从长计议。

"唉！"人长叹，从林中往回赶。

返程，发顺和李发康相互确认不是幻听，林子深处嗷嗷的猪叫声又传来，不过人已经听得厌烦。他们并不指望从声音中分析出什么，比如，蹿进森林深处的猪，上半天还是案板上待宰的家畜，下半天就在林中率领着一整个野猪群嗷嗷叫。

暮色在山中迅速笼罩，基本上等同于太阳从山尖埋头山根的速度。势单力薄的人们不敢在山中逗留，那些昼伏夜出的生物的任何响动都会被人误以为鬼在风中叫。

入夜，发顺家中，火塘旁。虽猪已亡命山野，肉荤也没能碰上，老岩和二黑依然赖在发顺家中不肯走。这里的"赖"，指的是老岩和二黑这两个"一人吃饱全家不饿"的孤家寡人，要把晚饭的希望寄托在玉旺这个善良的女人身上。一天中被同一只猪掀翻三次的杀猪匠黑顺也没走，本着"出门不走空"的原则，他等着吃顿饭。一张瘦小干巴的老脸蒙在水烟筒口咕噜噜地抽着。

发顺心中有火，但也得强压着。李发康和他一并坐在火塘边上，相互冷着脸。25瓦的白炽灯昏黄，沾满了黑乎乎的苍蝇粪便更加昏黄，灯头以上的电线挂满了残破的蜘蛛网。火塘里偶尔冒出的浓烟熏得人睁不开眼。灯黄火亮，每一个人的脸都很黑。来者即是客，况且还有李发康。发顺理所应当表现出主人的热情与担当，但他冷冷地有气无力："婆娘，整点饭吃嘛！都干巴巴地坐着，饿着。"

李发康冷着脸，不过仍故作客套："不用了，不用了！我坐会儿，回家吃去。"在山中追了半天猪，李发康饿了。

黑黢黢的铁锅架在同样黑黢黢的铁三脚架上，玉旺往锅里加水。发顺抱着二郎腿组织着希望对答如流的语言，因为他知道今晚必有一顿李发康的所谓"说服与教育"。尽管李发康数次的"说服与教育"都没能将他说服。发顺不是顽固分子，只不过是劣质的狗皮膏药，越扯越粘，发不出任何功效。一旁的李发康却组织不出任何用来教育发顺的语言，苦口婆心地说服嘱咐是吆猪的号子。脱贫攻坚的口号喊大了，发顺听腻了。政策讲细了，又有些繁琐晦涩了。发顺这个重点扶贫挂钩对象早已耗尽了李发康的耐心。爱谁谁了！烂泥糊不上墙，但要扶的对象是个人，烂泥一样散漫的人。说不扶，但不可不扶，他是驻村干部。只希望发顺这块狗皮膏药在越扯越粘的时候，再给他一股劲，粘在墙上。

"发顺，猪跑了，咋办啊？你说说你怎么打算的？"李发康放下紧绷着的脸。

发顺："不知道！发康哥，我也不知道咋办！"

李发康："停停停，别叫我哥。我担待不起。"

发顺："跑了，就跑了罢！那畜生没准过几天就死在山上了！"

发顺绝对是李发康的冤家，再一次精准地刺激到李发康，李发康强压怒火："去找找吧！明天去山上找找吧！找到了就撵回来继续养。"

发顺："书记，说真的，别找了！丢了就丢了，我不心疼。"

李发康又怒了："狗日的，你不心疼，我心疼，老子千辛万苦找来的扶贫项目，你们说杀就杀？谁给的胆子？"

发顺："猪是国家的，哥……不……书记，你别生气，气大伤身。"

李发康大怒，前俯后仰，差点没一头栽到火塘上。右手高高抬起，却无桌子可拍，往下"啪"一声拍在左手上："狗日的发顺，明天去把猪给我找回来，过些天县委领导要下来检查工作，别给老子出岔子。"

发顺蔫了下去不敢再搭话，李发康把矛头对准了黑顺、老岩和二黑："你们仨明天也跟着去找。"

黑顺一听便不干了，水烟筒里伸出嘴巴："凭啥呀？他家的猪跑了凭啥我也要去找啊？我只是个杀猪的。"

"你不来杀，猪会跑了吗？明天去找猪，不然明年的低保别想要了！"李发康严词驳斥，加以"低保"这个并不存在的威胁。低保是黑顺的命根。

老岩和二黑倒是漫不经心的，他们此时只关心锅里已经滚开的面条，不断往火塘里添柴火。今天院里杀猪，明天山上找猪，日子对于二人而言今天和明天只不过是换种方式虚度。老岩和二黑也是建档立卡户，只不过考虑他们都是孤家寡人，所以没给他俩发母猪种。

有人统计，这个世上，坏消息的传播速度和广度是好消息的一百倍。议论纷纷是一种乐趣，隔岸观火也是。丢猪的次日，那只亡命山野之猪被重新定义名字——"建档立卡猪"。猪只是一个广泛的概念，而加了"建档立卡"这个前缀后，一头猪的身份就有了精确的辨识。方圆十里朝着方圆十里之外集体讶然："昨天有胆大的人杀建档立卡猪啦！""发顺家把建档立卡猪杀了！"甚至以讹传讹："建档立卡猪把人杀了。"这只建档立卡猪被众人议论纷纷的时候，发顺和李发康一行找猪的人已经在山中。他们还不知道乡野之间从芝麻到西瓜的议论，在山中寻摸着到达猪最后失去踪迹的位置。

"这么大的山里找一头猪，怎么找啊？"才走了小半天的山路，黑顺这个小老头就累得不行。

"怎么找？用眼睛、鼻子、耳朵、嘴巴找！"喘得最厉害的李发康上气不接下气驳道，尽管他也没有任何办法。上山之前又接到县委的电话，县委领导下来检查工作的日子提前了很多天，绝不能出任何岔子，这是死命令。

“你去这边，你去那边，你去那边。”气喘吁吁的李发康不耐烦地挥手随意指点了几个方向，几人分头行动。

还是那千篇一律百试百灵的吆猪号子：“哟哟，啰啰，来来！啰啰，哟哟，来来来！”尽管这号子已对此猪不奏效，几人仍旧噘着嘴撇着声朝着各个方向走开。

一天下来还是寻不见猪的踪迹，几人累得够呛。第一天潦草返程，路上，身后的丛林深处又传出嗷嗷的猪叫。

发顺：“你们听见猪叫了吗？”

李发康：“记下位置，明天再找。”

黑顺：“不对，你们听，不止一头猪在叫。”

接下来的几日，几人顺着声音继续往深处找。唯一的发现就是在路上不停地有猪遗留下来的粪便，可以肯定，不止一头猪。不过仍没有寻见猪的身影。

黑顺有扰乱军心之嫌：“别找啦！都是野猪的粪，可能那头家猪已经被野猪咬死了！”李发康狠瞪了他一眼，黑顺不敢再言，尽管李发康也这么认为。

几人已经受够了找猪的生活，生活绝不止找猪这件事，可是目前找猪是重中之重的大事。李发康的烦恼是其他人不能理解的。领导下来的日子越来越近，可是这猪迟迟不见踪影。这时李发康又接到县委的电话通知：“县委领导以及部分市委领导将于三天后到村实地检查扶贫攻坚工作的进展和成果。”放下电话的李发康心急火燎，领导要来了，可是重点挂钩扶贫对象的猪却跑了。对于他这种扎根基层的干部而言，这绝对是一件大事，事关他在领导眼中的形象，而这猪，就是他的工作态度。可再看看几个一同找猪的人，发顺倚在树根上没个正形，黑顺瘫坐在地上抽烟，老岩和二黑略好，在前头开路，不过心不在焉。

气不打一处来，虽然李发康也毫无办法。李发康再次把火撒向几人：“你们四个狗日的，如果你们不杀猪，今天老子也不会在这里找猪！狗日的！”李发康真不该骂“狗日的”，他是干部。不过自从建档立卡猪亡命山野后，“狗日的”就成了他的口头禅。发顺、老岩、二黑和黑顺真是“狗日的”，所以李发康骂“狗日的”，目的在于将自己和他们区别开来。

越找，几人越垂头丧气。越是垂头丧气的时候，林中就有嗷嗷的猪叫声传出来。这是对这几个将败之人的挑衅，李发康骂着“狗日的”，指挥：“顺着声音分头找，找到以后包抄。”这是既定的一成不变的战术，每听到猪嗷嗷叫，几人就循着声音往林中深处奔跑，每一次都徒劳放空。如此这般，打了鸡血奔跑的人，被失望之棒当头一喝。重复性的徒劳无功掏空的是心力。闻其声不见其影，是心力的煎熬。宁信山中有鬼，不信山中有猪，终耗尽几人找猪的最后一丝愿望。累死啦！包括李发康在内。

歇一会儿吧！都找了几天了。几人没有坐姿，没有睡姿，瘫在地上。李发康也这样，找猪的几人都一样，一样的愁眉不展，一样的气喘吁吁，一样的灰头土脸。

黑顺这个小老头最先受不住了：“李书记！我真的受不了了！再折腾的话，我这把老骨头就要扔在山上了。”黑顺说的是实话，老，是经不住消耗的，“书记，低保我不要了，猪我也不找了！”这是黑顺最后的妥协。

李发康气喘吁吁，不想搭话。

老岩和二黑异口同声：“不找了，不找了，爱怎样就怎样吧！”他们也受不了了，宣布罢工不干。

李发康长叹：“其实最不想找的是我，只是这建档立卡猪丢不得啊！过几天领导就要下来检查工作了，猪丢了应付不了！”李发康对几人讲出心声。

几人讶然，沉默。

三分钟后，发顺：“书记，原来是这样啊！不找猪了，应付检查的事情重新想办法……”发顺在李发康耳边私语。

似乎有了台阶，李发康妥协：“那好吧！你负责这事，我回去取钱给你！”

李发康：“不找了，不找了，猪都丢了好几天了，没准饿死在山上了！”

再返程，身后的林子深处仍然有嗷嗷的猪叫声传出来。几人累了，烦了，恼了，他们就听不见了。

五

猪是没有表情的，千篇一律的耳朵和拱嘴，熟悉到陌生的老嘴老脸，使得普遍人观念里所有的猪都只有一个共同的名字——还是猪。

物竞天择是一种富有进步性的规律。人于猪而言，人的能动性略强于猪，所以猪就成了被人驯养的家畜。一贯如此的漫不经心和自我满足的怡然自得是一种要命的毛病。猪嗷嗷叫的原因不外乎饿了、发情了、又饿了、要死了这几种。因而，不到饭点村庄响起来的嗷嗷猪叫声属于外来户。发顺赶着一头猪回来的时候，距离他上次追着猪贯穿村庄已经过去数日。

再次回到最开始对猪的描述：猪不大，长了架子还没有结膘。猪走路的时候一点都不好看，尤其下坡的时候，像醉汉划拳……猪在前面走，发顺挥着一根紫茎藤兰的秆秆跟在后面，嫁鸡随鸡的玉旺跟在发顺后面。像鬼子进村，前头的猪是太君。更像溃军过境，发顺家两口子一次比一次更加灰头土脸。此猪显然已经驯服过度，和后边跟着的人一样，气喘吁吁。

穿村而过的土道上，发顺欲弄出一些响动出来，所以他挥下一鞭抽在猪屁股上。

猪嗷嗷，向前一段小跑。发顺再抽，猪嗷嗷。

“够啦！”玉旺阻止。发顺再抽，猪再嗷嗷。

显然，让猪嗷嗷叫着穿过村子是发顺想要达到的效果，因为李发康骑着摩托车在后边跟着，这也是李发康想要的效果。

村子中央，老岩、二黑和黑顺三人在懒洋洋晒着太阳。远远看到发顺赶着猪回来，三人远远地就想撤走。几日前发顺的猪对于三人而言是肉荤，现在就是祸水。对发顺和他的猪敬而远之，是最明智之举，也才像三人应有的做法。

“你们仨别走，给老子站着！”发顺远远地喊住三人，赶着嗷嗷叫的猪过来。

黑顺：“回家收衣服，要下雨了！”晴空万里，构不成逃开的理由，发顺和他的猪已经来到跟前。

发顺：“猪已经找到了！”找到猪的消息并不是讲给三人听的，所以发顺大声阔嗓地将消息在村中炸开。

老岩和二黑异口同声：“哇呀呀！在哪里找到这畜生的？”

发顺：“在后山的野芭蕉林里面找到这畜生的！”声音继续炸。

老岩：“过几天再杀的时候，一定要多请几个人来。”

发顺拍了一下老岩的头：“杀个屁！建档立卡猪是留着怀崽下猪的，建档立卡猪是国家为了扶持建档立卡户脱贫的重要举措……”发顺的声音继续在村中炸开，像复读机，不，像村中宣扬政策的高音喇叭。是发顺突然觉悟了吗？李发康跟在后头。

黑顺：“莫扯卵子！白猪进了一趟山就变成花腰猪了？”黑顺看出端倪，黑顺是杀猪的。

发顺：“莫废话！老子撵猪过去再掀翻你！”黑顺不会质疑发顺真会这么做，欲言又止，闭口逃开。

亡命山野的猪找回来的消息传达完毕，发顺和玉旺赶着猪回家。留下三人懒洋洋地继续晒太阳继续懒洋洋地侃：“黑顺，这猪真的不是跑进林子里的那只？”“肯定不是嘛！品种都不同！”“那发顺哪来的钱买猪？他这是要干啥？”

李发康骑着摩托从三人身边疾驰而过，给三人扑了一脸尘土，三人的议论止于中途，低声谩骂：“妈的！骑个摩托了不起！”李发康骑着摩托车拐了个弯进了发顺家。

发顺家再次传出猪嗷嗷叫声，发顺揪着猪耳朵，李发康拿着打孔器，二人在院子里又跟猪搅作一团。此猪换彼猪的主意出自发顺，而成自李发康，假戏做成真戏。借来的打孔器要在赶回来的猪耳朵上打孔，戴上建档立卡猪特有的标识耳牌。而这标识耳牌是杀建档立卡猪的时候，发顺从猪耳朵上扯下来扔在院子里的。打孔戴牌比杀猪容易，二人很快就在猪耳朵叶上装上标识牌，把猪放回猪圈里。

李发康嘱咐："明天领导下来检查工作你知道怎么说吧？不要大口马牙地乱嚼。"

李发康威逼或是利诱："这次检查应付了，这猪你继续养，给你了。出了岔子谁都不好受！"

失而复得的发顺自然高兴，咧着嘴龇着牙："李书记你放心吧！你交代的话我都快背得了！支持扶贫干部工作是贫困户的义务和责任，坚决摘掉贫困帽子是每个建档立卡户应持有的想法和态度……"

"莫要在这给我耍贫嘴，明天去领导面前耍去。"说完，李发康跨上摩托车离开，为明天迎检做其他准备。此猪换彼猪的确是个好办法，李发康悬着的心得以放下。

绝无鸠占鹊巢之嫌，此猪本就是为了填补空窝而来。猪圈里刚进新家的猪卸下一路奔走的躁动后，在猪圈一角挪了一个窝躺下。耳朵叶子上刚打下的孔流的血止住了，耳朵叶没过多的神经，微疼。只不过耳朵叶上戴了一块身份标识牌，耳朵扑棱扇乎着。猪有灵敏的嗅觉，毕竟标识牌是别的猪的，还有别的猪的气味。

看着李发康走远，发顺把视线转到玉旺身上来。猪失而复得确实能让发顺欣喜。发顺拉过玉旺的手，久违地，玉旺猛地缩回，发顺继续拉过来："媳妇啊！特困户的帽子好啊！上头照顾咱照顾得这么周到。"发顺点了根烟叼着，摇晃着小脑袋盘算着，"这顶帽子可千万别被摘掉。"

玉旺并不懂发顺口中所谓的帽子，"咿呀"着从发顺手中挣逃。又有猪可喂了，玉旺要去砍芭蕉，喂猪。

六

大概很少有人会观察到，猪最优美的举止是进食。

拱嘴寻着地，呼哧呼哧大口进食。无论是在猪食槽中还是就地而食，猪都能保证吃个精光。灵活有力的舌头伸出，舌苔上众多的凸起不放过任何食物的残渣，一一舔舐干净。这里的"美"，指一点都不浪费，也指猪圆滚滚的肚皮的美。

迎检当天清晨，发顺想起李发康的嘱咐："多喂猪一些芭蕉，少喂谷糠！"最大程度地呈现猪圆滚滚的肚皮，也是一种政绩。

发顺向喂猪的玉旺歧义转达：“多喂些芭蕉，多喂些谷糠。”

玉旺弱弱地嘟囔：“谷糠吃多了撑！”不过嘟囔不是话。

发顺无暇细听：“废话多，破事多！李书记叫怎么做，我们就怎么做！”

玉旺低下头继续咔咔剁芭蕉。

村子远，山路弯。零落不整的石块和星罗棋布的坑坑洼洼，以及大面积积蓄的尘土。轿车行驶在山路上的样子像猪走路，犹犹豫豫、前俯后仰、左摇右摆。前一辆车卷起尘土，后一辆钻进尘土，最后一辆被覆满尘土。

可算是即将抵达，车在山路上蹦跶。蹦跶最高的是李发康，他骑摩托车在前头带路。跟在后边蹦跶的是轿车，村民没有级别概念，只觉车上坐着的都是大官。

随着“咣当”一声后，首车停在村口，“咣当”两声后，两辆跟车停在路边。路面上同一块凸起的石头使三车无一幸免。村子，已经到达。先头赶到的李发康把摩托车停在路边，挥手示意停车。车子所到扬起的尘土，有的已经落下，有的正在落下，路面是一层厚厚的尘土。车门打开，几双油光锃亮的皮鞋插进尘土中。走一步吧！尘土立即覆住皮鞋的光泽。

李发康和村民小组长刘四咧着嘴挥手相迎，一旁散落着的还有老岩、二黑、黑顺和发顺，五个人的迎接队伍是李发康能组织和拿得出手的最高迎接礼遇。尽管一再重申不搞排场，不过这也算不上排场，顶多是人气。

三辆车共下来六人，不包括车上的司机。走在最前面黑瘦干练的干部是县扶贫办主任唐松，唐松两侧各拥一人，左边是副县长王东，右边是乡长兰正义。王东挺着肚子背着手，兰正义弓着身子跟唐松介绍情况。还有其余三人，李发康没见过。县里的？市里的？管他哪里的！

兰正义：“主任，到了，这个村子就是我县我乡最偏远的贫困村了！”

唐松有着从任何角度切入工作的本领：“一路上见识了！挺远挺偏的。不过越是这样的村庄越是不能放松我们的工作。”

“是是是，主任说得对！”通常而言，这是主任每一句话结束之后异口同声的回音。

兰正义引荐一旁随从的李发康：“唐主任，这就是这个村子的扶贫驻村干部李发康。”

唐松伸手向李发康，李发康欣喜相迎，结结巴巴：“主任好，主任好！”

唐松点点头表示会意：“辛苦你了，小李！”

李发康阿谀：“不辛苦，不辛苦，都是在为老百姓做事情，服务。”

唐松很受用，仔细再瞅李发康几眼："我想起来了，五月份有一批用来给贫困户脱贫的母猪种就是你找我签发的！"

"对对对！主任那么忙还记得这种小事。"李发康继续阿谀，激动万分。

唐松："母猪种都给贫困户发下去了没？今天咱们就去看看这些猪的长势如何！"

李发康："发下去了，长得挺好的，贫困户们也很高兴。"

"那个什么，王县长你带着兰正义到村子里四处转转，访问各个农户都缺什么，需要什么，政府能做什么。让小李给我们四个介绍情况就行。"唐松亲自点将，"小李，你今天就带着我和这三位市里的专家四处看看！"

"好好好！"李发康回应着。原来其余三位李发康不认识的人是市里来的专家，李发康心里一个激灵。好糊弄的是专家，不好糊弄的也是专家，这是一次带着照妖镜的检查。

村子很小，很适合检查工作。有什么突出的工作成果很容易看见，有什么工作中的不足和缺憾也会暴露无遗。为了避免后者的出现，李发康还在临检之前跟各家各户打过招呼，甚至给发顺家重新买了猪来李代桃僵。现在还把发顺、老岩、二黑、黑顺几个扶贫工作的重点难点作为随从带在身边，一方面防止几人乱说话，另一方面就是几人始终还是李发康心头的重中之患。走访各家各户是工作方式，进村入户访问谈心是工作方法。李发康的准备工作做得充实，所以一路上带着唐松入户调查之时，唐松看到的是他想看到的，听到的是他想听到的。看到的和听到的都是唐松希望李发康交上的令他满意的答卷。

唐松勉励："小李，做得很好！就需要你这样能吃苦能做事的干部，很好，给你一个口头表扬，继续努力。"

李发康官套："唐主任过奖了，我只是做了自己应该做的！"

唐松："刚刚还说到五月份我给你签发过一批母猪种的，转悠了一圈还没看到。你带着我们去看看。"

李发康继续："主任真的有心了，心系下属和老百姓，我这就带你去看看。这批猪分给了八户困难户，都养得挺好的，老百姓用心，猪长势都不错，再过几个月发情就可以配种怀崽了。"村总共八户发母猪种的农户，七户集中在村东边，和发顺家隔得远远的。李发康引着唐松一行往村东边走，尽最大可能避开发顺家这个隐患。发顺、老岩、黑顺和二黑几人蓬头垢面地跟在一行人的最后边。唐松疑惑，指了指几人："小李，这几个老乡不必跟着，让他们回去吧！"李发康自有好听的解释："主任，这是发顺，这是老岩，他们都是村里脱贫攻坚的重点挂钩对象，让他们跟着学习学习，接受教育。"

发顺收到李发康的眼色："是的，是的，我们是跟着学习的。"

唐松拍了拍李发康的肩膀以示器重："哈哈！这村有你这样的驻村干部是福分，我县有你这样的干部我放心。"李发康激动万分："还得跟唐主任学习！"唐松："相互学习，我多向你学习！"

见此，发顺揪了揪一旁的二黑和老岩的衣角："向领导们学习！"几个参差不齐的口号在李发康又一个眼色中响起。排场让唐松有些激动，挥手叫停："不搞形式主义，不搞这些虚的。相互学习，领导干部多向人民群众学习，为人民服务。"

继续走，到农户家中去，各家各户都提前做好了热烈欢迎的准备。糖果瓜子和茶水充足："领导您到家里坐会儿！"同时也准备好了对答如流的台词，"米饭管饱，不存在饥荒。猪肉吃腻，偶尔杀鸡。屋子修整，不漏雨也不进风。"再汇报猪的长势，"母猪种好养，不挑食，长肉快。"最后是感谢，"感谢党和国家的政策，市上县上乡上，然后是李发康……"如此对答如流而大同小异的客套寒暄，首先让市里三位畜牧专家听腻了："那就带着我们去看看猪吧！""再把猪拉出来，遛一遛，看一看。"

好吧，猪被从猪圈里放了出来，在院子里嗷嗷叫。三位畜牧专家掏出手机："猪耳朵揪过来，扫一扫。"建档立卡猪耳朵上戴着的标识牌上有条码，扫一扫，猪源、品种、用途一应俱全。

先后进了七户农户家，重复地访问和重复大同小异的回答，这绝对不是此行想要的。也重复性地扫了七头猪耳朵上的条码，数据规范记录上表。三位专家也及时做出反馈："养得好，喂得也好，不过要注意配种受孕的时候不能喂得太胖。"见专家都连连称好，唐松再拍拍李发康的肩连连称赞："好，好，小李干得不错。"顺便给予鼓励性质的暗示，"等扶贫工作结束，人事不再冻结，县里会考虑给你换一个大舞台！""谢谢主任，谢谢！"李发康心中狂喜。唐松幽默："别谢我，你要谢就谢这些猪，养得多好啊！"

李发康见检查总算是比较圆满地对付过去了，暗自庆幸。可三位畜牧专家却说："主任，记录上显示这村有八头建档立卡猪，再看完最后一头，今天的工作就圆满结束了！"

唐松："哦，还有一头。那小李再带我们去看看。"

提起最后一头猪，暗自庆幸中的李发康汗毛又起，此猪已亡命山野。带着三个畜牧专家去看一头赝品，李发康心发慌，底气全无，想法儿拖延："主任，那个，那个现在都快到饭点了，要不咱们先吃饭吧！"

唐松："饭就不在村里吃了，有规定。看完最后一头猪我们就回乡上吃工作餐。"

李发康仍在想方设法:“哦！是啊！都到饭点了，你们都还饿着。要不我把那家的户主给你喊来当面汇报。”慌乱中故作镇定，“来来，发顺！你来跟主任说说你家猪的长势咋样。”

又该发顺表演了，结结巴巴地把台词背上:“我家的猪吃得好，睡得好，长得……也好，关键是政府发的猪品种好。感谢政府，感谢政策……”

唐松打断:“那个小李，你再带我们去他家看看，大家都辛苦了。再辛苦也要把工作落到实处。”

发顺还在背，虽然没人听。李发康揪了揪发顺的衣角:“快别汇报了，去你家。”李发康睖了发顺一眼，心又悬了起来，希望可以糊弄过去吧！希望专家眼瞎了。

唐松看出李发康不对劲:“怎么，小李，有什么困难吗？”

李发康现在已是惊弓之鸟:“没没没，只是发顺家有些远。”

一行人往发顺家赶，这次是发顺在前，他是户主，在前带路，村道中穿行。还未到发顺家，先听到有哭声，一行人脚步加快。一贯没心没肺的老岩和二黑赶上前头的发顺:“怎么了？你婆娘哭哇哇的，你家死人了？”发顺黑着脸驳:“你家才死人了，你全家都死了！”

李发康也冷着脸:“别废话，回去就知道了。”转回头冷脸转热，“唐主任，就到了，就到了。”

发顺家为了迎检而拾掇一番后，破败之中竟能见一丝整洁。院子里悬晒着床黑黢黢的棉絮，棉絮下边是一农家妇女抱头瘫地而悲泣，呜呜然，咿咿呀，此人正是发顺婆娘玉旺。有客登门，而家中有人在哭号，发顺自然不开心。发顺黑着脸上前伸出脚尖碰了碰在地上哭号的玉旺:“咋个了嘛？你哭什么？”发顺语气加重，喝令，“咋个了嘛？不准哭！”弯腰钳起玉旺。

玉旺露出哭脸，抽噎着:“猪，猪……那猪……不动了……死了……”

“啊！死婆娘，好好的猪怎么就死了？”发顺气愤，用力摇晃着抽泣的玉旺。

玉旺继续抽噎，有些颤抖:“不动了……就……死了……”

发顺愤而挥手欲打:“死婆娘，喂个猪都干不好。”手挥在半空被李发康制止，“发顺，你要干什么？莫犯浑。”

作为旁观者的唐松几人在边上看着院里搅作一团，唐松厉声:“小李，怎么回事？”

李发康吞吞吐吐:“她说，她家的猪……死了。”

唐松的脸转黑:“什么时候，怎么死的？猪在哪？让专家看看怎么死的！”唐松示意一旁的专家去看看情况。

几人径直走向猪圈，留着发顺和玉旺两口子坐在客台上，发顺挠着头，玉旺继续抽噎。比房屋还要破败的猪圈里，猪躺在角落里。畜牧专家进猪圈当即断言："这猪还没死嘛！"专家用手捅了捅猪，猪哼哼，"猪还没死嘛！"躺在地上的猪无视一旁的人，顶着圆滚滚的肚皮，睡着，不动，像死了。专家转身看向猪圈内的猪食槽干干净净："今天都给猪喂了什么？"发顺在院子里有气无力地回答："就是芭蕉和谷糠嘛！""那应该没事，就是这猪吃撑了！""早上喂了多少猪食？"发顺回答："喂了不少呢，这猪能吃得很。"

猪没死，只是吃撑了不想动。猪圈外的李发康长舒一口气，教育发顺："以后一定要注意了，引以为戒，科学饲养。"

畜牧专家继续在猪身上比画打量："不对，这猪有问题。"

李发康一惊："有什么不对的，你扫一扫耳朵上的标识牌嘛，会有什么问题嘛！"

猪圈里的畜牧专家被李发康一驳："标识牌是对的，可这猪不对。品种不对，而且这头小母猪被劁过，根本不是母猪种。"

李发康一副宁死不屈："怎么可能嘛！会不会是……搞错了。"

专家有理有据："劁猪的刀口都还在，况且这猪是小耳种，跟建档立卡猪不是一个品种。"

被专家当场戳穿，李发康支支吾吾，无语应答。一直在旁观的唐松感觉被糊弄了，而且是不能罔视的糊弄，厉声喝道："李发康，你给我过来。怎么回事？"

"就是这猪，不是那个猪。"前言不搭后语。

"到底这猪是什么猪？"

"唐主任，就是这猪，它不是原来的猪。"

"那原来的猪呢？"

"原来的猪原来也在这圈里……后来不在了……这猪才来了。"

"原来的猪哪儿去了？"

"原来的猪丢了，找不到了！"助攻，发顺瘫在客台上说。

"好好的猪怎么就丢了呢！"

"就是我们杀猪，猪挣逃，猪跑我们追，我们追猪跑，然后就丢了。"再助攻，发顺瘫在客台上。

"啊，你们杀猪，你们竟然杀这猪？"唐松吃惊，"那猪呢，猪在哪里？"

"猪在山上。"

"猪怎么会在山上呢？"

"因为猪跑到了山上。"

唐松和李发康院中的对话，加之发顺的助攻，一场杀猪、追猪、此猪换彼猪的闹剧呈现在人们面前。此时另一行人马，副县长王东和乡长兰正义闻声赶来。进门，唐松对李发康的批评教育立即转向了一脸疑惑的乡长兰正义身上："小兰，这种弄虚作假的面子工程一定要严厉批评及时处理，该处分的处分，不能手软。"一脸疑惑的兰正义受到迎头叱责更加疑惑："唐主任，怎么了？出什么问题了吗？"唐松冷着脸厉声："怎么回事？你问问这个好干部李发康吧！"李发康在一旁低着头。

唐松转身对低着头灰溜溜的李发康拍拍肩："李发康同志，好自为之。"

"王县长，看来这个脱贫攻坚的工作形势严峻得很啊！走，回县里。"

村口的车子再次启动，在山路上蹦跶而回。乡长兰正义的车还留守，兰正义还要留下来处理问题，问题即指李发康。

还是发顺家中的院子，发顺冷着脸，李发康黑着脸，兰正义的脸更黑。玉旺不再抽泣，因为所有的人都黑着脸。老岩和二黑潜伏在门外，对于他们而言，门内任何事都是热闹。

兰正义："发康，说说吧！怎么回事？"

李发康："我也没办法啊！建档立卡猪丢了，为了迎检我才换猪的。"

兰正义："好端端的猪怎么就丢了呢？"

李发康："发顺他们杀猪，猪挣脱了，跑进了山里。"

发顺抬起头："这个我可以证明，猪是我们杀的，跟发康没有关系。"

兰正义勃然大怒："闭嘴，没问你！"

发顺吃瘪，低下头继续挠头发，灰溜溜夹着尾巴。

兰正义："发康，那说说接下来你打算怎么办啊！"

李发康支支吾吾地憋出："我也不知道。"

兰正义："你这也算情有可原，关键是这事情办出马脚了。不处理你是不行了，惊动唐主任了。这样，处理你的事过几天再说，先把猪找回来。"

李发康委屈巴巴："这猪贼得很，找过了，找不到。"

兰正义："猪找回来，是工作的失误；猪找不回来，就是工作的错误。你自己看着办。"

停在村口的最后一辆车也启动蹦跶着开走了，村子恢复如常。换个方式形容吧：刚刚打完一场必败之仗的溃兵收获更大的败果，进而使得自身陷入更加窘迫的局面。李发康和发顺坐在院子石头上，现在的李发康跟发顺一样了，一样的灰头土脸，一样的右手挠着头，左手掐着烟屁股。

猪还没死就意味着玉旺又有事可做了，她正在院角咔咔剁着芭蕉。

老岩和二黑适时摸了进来。绝大部分时候，发顺、老岩和二黑是一体的，都是热闹的一部分。

猪回来，是失误；猪不回来，是错误。这句话是两个极端的结合，朝着李发康重压而下。李发康深知失误和错误的最终定性，有什么本质的差别。

“要不，明天我们再去山上找找那猪！”李发康说，语气略软，带着恳求。

“找什么找，猪不是在猪圈里吗？”丢了一头猪又重新得到一头猪，发顺自然没有什么损失，他盘算着，发硬地拒绝着。

尽管气大伤身不好，不过发顺总能屡次成功挑起李发康的火。不要试图去点燃任何人心中的火把，引火自焚的人不在少数。李发康迅速被激起怒气，朝着发顺咆哮：“憨杂种，要不是你们造作，会有现在这么多事吗？”发顺被李发康揪着衣领提起来，再推倒在地继续咆哮，“憨杂种，一群憨杂种！社会好，政策好，好好过日子还不好？”

遇硬则软，发顺被推倒在地后就索性不起来，这是他的自保方式，任由李发康燃着怒火咆哮发泄。而一旁附和的老岩和二黑显得更为明智，躲着，不敢上前沾染怒火。不料李发康放过赖在地上的发顺，转而捏着拳头走向两人。两人赔着笑脸：“李书记别这样，别这样！”两人砢碜地后退，“别这样，这样不好，不好。”李发康继续逼近，两人退到墙根再无退处的时候妥协，“好好好，我们错了，错了！明天继续上山找猪，找猪！”

李发康得到想要的回答，随之软了下来：“不好意思，不该跟你们动粗的！”

“没有，没有。”两人继续赔着笑脸，顺便拉起赖在地上的发顺。一对三的男人之间的对局以李发康完胜宣告结束。玉旺还在院角剁芭蕉，咔咔咔的。

七

入夜，发顺家的人各自散去。

一天之中逐级传递的怒气还没有消除，从县扶贫办主任唐松到乡长兰正义，从兰正义到驻村干部李发康，再从李发康到发顺。这种逐级传递的怒气在传递过程中不断得到积累和加重，发顺承受着这股巨大的怒气。不过发顺并不是开阔之人，他消受不了。

所以，玉旺成为这股怒气的最终承受者。

两个人的落魄家庭，发顺充当着暴君。暴君必有暴行，首先发顺得先喝点酒，酒劲上头就趁着酒兴挑玉旺的毛病，以便为想要实施的暴行寻找合理的依据。一曰批评教育和指正，二曰拳头之下长记性。而玉旺最大的毛病在于一贯的示弱和一贯的隐忍，所以整日咔咔剁芭蕉喂猪成了发顺挑出的毛病。

“憨婆娘，大事不做，整日只会剁芭蕉喂猪！”发顺挑起。

剁芭蕉的玉旺受骂，无言之杠，往下剁的力度加大，嗒嗒嗒。今夜，发顺家又不得安宁。

最先传出发顺酒后没有条理污浊的叫骂声，叫骂声一直持续，越来越大。其间伴随着锅碗瓢盆落地，玻璃器皿破碎的声音，玉旺隐忍不回应，发顺独角戏唱罢。紧接着就是拳头击打肉体的闷声，头颅撞击门板的砰砰声，且越来越大声，越来越凶狠。

邻里以及全村今夜又跟着不得安宁：“发顺又发酒疯打婆娘了！”“发顺疯了，打得这么厉害，会不会打死人？”暴行愈演愈烈，从未有过的激烈，因为能清楚地听到玉旺绝望的惨叫和求饶声：“不要打了……啊……不要打了……”邻里乃至全村不由得为玉旺揪心：“去看看吧！劝劝，不然发顺这畜生真把媳妇打死。”也有异议：“别人家的家事别去掺和，别去粘到发顺。”

坐等，观望，持续的惨叫和求饶。

“嘭！啊！砰！”驻村未离开的李发康闻声而来，暴行止于李发康破门而入。嘭！一脚踢开门。啊！一脚踢在发顺屁股。砰！发顺在地上狗啃。发顺借着酒劲弹地而起欲反击，再次被李发康一脚蹬倒，在地上借酒耍起赖：“管得真宽，管教自己婆娘也要掺和。”砰，又成功获取李发康一脚：“你婆娘不是人啊！怎么经得住这么打！”李发康朝着地上的发顺咆哮，“老子是干部，但也是你哥！”

李发康蹲下一把揪起发顺的头发，厉声斥责：“你看看，你婆娘被你打成什么样子了，狗杂种！”

房间角落，玉旺倚着墙柱，脸肿着，眼青着，流着鼻血用袖子揩着。哭失了声，瑟瑟发抖抽噎着。地上散落着实施暴行的衣架、扫把和柴火棒子。

李发康指着墙角的玉旺：“打女人，一个大男人。滚过来！道歉。”

发顺赖在地上：“怎么可能跟一个女人道歉！”不容置疑，发顺话还没说完又再次获得李发康以暴制暴的一击。李发康揪着发顺的头发在地上拖行，拖到玉旺跟前，厉令：“道歉。”

发顺不得不屈服，嘴角流血，面部狰狞，朝着玉旺大声喊：“对不起，以后我不打你了！”这不算道歉，抽噎中的玉旺再次被狰狞的发顺刺激，浑身战栗，双手无力地向前挥舞：“啊……啊……别过来，别打我……”

清官难断家务事，而现在李发康管了，以最直接的以暴制暴的方式。平息好这场别人家的暴乱以后，李发康还要去村民小组长家，明天要组织全村的劳力上山找猪。

“发顺，你再打婆娘，我把你手脚卸下来。”李发康临走之前警告。发顺失了神，蔫在一边抽着烟不做回应，算是一种妥协。玉旺在另一边继续抽泣，李发康的眼睛扫过来时，她干巴地咧嘴表示感谢。

“玉旺，这狗杂种以后还打你，你告诉我，过不下去就离婚！”听到李发康建议离婚，发顺瞪了李发康一眼。

绝不试图去赞美，只需要真实的描述。单纯地描述一个场景，从发顺家出来，李发康接着奔赴下一家，从一件事奔赴另一件与上一件毫无关联的事。着重于时间，深夜，狗都不吠的深夜。基层干部扮演着一个类似于父母的角色，喋喋不休、殚精竭虑、苦口婆心以换来民众早就该具备的觉悟。基层干部的工作类似于在琐碎的河流中浮沉，这种琐碎的处理，要么细致入微，要么身败名裂。

次日，天还未亮。发顺的疯叫声又将整个村子喊得不得安宁。这种疯喊还不同以往，是沿着村道疯跑的疯喊。仔细一听发顺疯喊的内容：

“哇呀呀！李发康，我婆娘跑啦！不见啦！”

“哇呀呀，李发康，你个狗杂种，你促我婆娘跟我离婚！”

“李发康，你个憨杂种！”

发顺的疯喊一直持续到天亮，重复性地奔走叫喊以致全村的人起来知道的第一件事情是这样的：驻村干部李发康建议玉旺和发顺离婚，从而导致了玉旺现在不知所终。

在“宁拆十座庙，不毁一桩婚”的传统真理面前，村民一致认为发顺打婆娘是自家的小事小恶，而李发康一举则是大恶。这是大多数人的认为，可暂且成为正确。

疯喊到天明的发顺终在喊累的时候静了下来，木讷，两眼无神。现在他终于是一个人了，他从未想过会是一个人。不过他还想推脱责任或者是博取更多的同情，有气无力地嘟囔着：“狗日的李发康！”

老岩劝解：“发顺，怎么了？”

发顺捏着烟屁股：“狗日的李发康促玉旺和我离婚，玉旺就跑丢了。”

老岩：“那你婆娘到底跑哪里了？”

发顺：“昨晚那疯婆娘揩干净鼻血就往外跑，跑进了林子里，跑得太疯，我追不上她。”

二黑附和：“嗯，真的狗日的李发康。”

再次将行动轨迹倒叙到起初找猪的林子来，还是一样的场景描写：村北边是森林，最外围是退耕还林后村民种下的松林，往深处走，是人迹罕至的自然林。为什么要旧景重提呢？因为据发顺的描述，昨晚玉旺就是趁着月色跑向这个方向的，并最终音讯全无。

外围的松林中，大规模的人群聚集。昨夜发顺家的叫喊，成为今早众人的谈资。议论纷纷的众人最终统一意见："玉旺失踪的原因可归结为，李发康这个外人擅自插手发顺家的家事。"

乡长兰正义一大早便闻讯赶来，贫困村特困户丢了，这是天大的事。此时兰正义正训斥着奔忙一夜的李发康："猪的问题还没解决好，现在你又弄丢了个人！太丢人了！"

李发康："发顺都快把他婆娘打死了，所以我就……"

兰正义："自己的事情都还没处理好，还有心思管别人的家事。"

旁观李发康被训斥的发顺这会儿又有了力气，恨恨地："兰乡长，就是他要管我教育我自己的婆娘，我婆娘才丢的。他还促我婆娘跟我离婚……"

兰正义："发顺，你给老子闭嘴。"

太阳出来，林子中的浓雾散开。村庄里的能动劳力组成的搜索队伍进入森林，本来是要找猪，现在还要找人。因为要找人，惊动了兰正义，兰正义带来乡派出所的全体警员和消防人员。当然，还有一只警犬，以及若干只村民家中品种不纯的撵山犬。

"找猪和找人两件事碰在一起，开干！"兰正义一声令下。

山大了，再多的人也自然就少了。本来计划的地毯式搜索不奏效，所有参与此次搜寻的人员在林中铺撒开来，往森林深处找。边走边喊，这边的人喊着玉旺，那边的人学着猪叫。

"玉旺这个小女子怎么这么能跑呢！这么多人找都还找不到。"

"都快找了一天了，怎么还找不到？"

发顺、老岩和二黑又聚在一起，跟在队伍的最后面，他们三人又一样了，漫不经心。

"发顺，婆娘跑丢了，你怎么一点都不心焦？"

发顺："死了最好，这疯婆娘！"

"发顺，我劝你还是好好找找，没了婆娘怎么过日子？"

发顺："那疯婆娘是李发康弄丢的，他要负责。"发顺将责任推脱得一干二净。此时李发康正带着人在林子深处找，听不到。

"发顺，你是个畜生。"

进山搜寻的队伍在山中一直搜寻到傍晚依旧是毫无头绪，唯一的收获便只是越往深处走，地上散落的猪粪越多。村民跟兰正义打趣："兰乡长，派出所该发枪了，不然这野猪又要下山祸害人了。”兰正义：“莫要扯卵，找人要紧。”“不过要说玉旺这小女子进山也应该走不了多远，怎么就找不到呢？”警犬在嗅了玉旺的衣服气味汪汪撒出数里后，也在山中丧失了气味的方向，众人不禁为玉旺的安危担忧起来。

村民甲：“林子里有豺狗和豹子！”

村民乙：“林子里有吃人的狗熊！”

村民丙：“林子里还有大黑野猪，也吃人！”

村民甲乙丙代表群众的声音，纷纷猜测玉旺的“死因”。因为找了一天了，丝毫不见玉旺的踪迹。

兰正义中断众议论：“干部留下连夜找，村民回家，今晚找不到，明天接着找。”

村民回村，山中入夜。兰正义、李发康等一众干部继续留守山中，人命关天。消防和民警打着大电筒在前，兰正义和李发康打着小手电跟在后面。山中夜里幽冷，林中的每一丝响动都会被放大得诡异。

“嗷嗷嗷！”猪叫声在夜里响起。

“你们听，猪在嗷嗷叫！”

“果然有猪在嗷嗷叫！”

众人闻声，手电筒齐刷刷朝着嗷嗷叫声的地方照，众人朝着手电筒照到的地方奔跑。估摸半小时后，离嗷嗷的叫声越来越近。手电筒所照的灌木丛中因为反射亮起数十双小灯泡：“是野猪，很多的野猪！”有人惊喊。嗯，是的！灌木丛中亮起的小灯泡正是野猪群的眼睛反射着手电筒。与野猪在夜里不期而遇，众人愕然。野猪在夜里被强光所照，怔住三秒。待野猪回过神来嗷嗷往漆黑中逃的时候，众人还在愕然中。

“还愣着干吗？追上去。”李发康喊，众人打着手电筒追上去。

森林，尤其是夜里的森林，那绝对是属于野物的领地。野猪群往山顶上蹿，众人跟在后头追。野猪群至山顶，野猪群向下翻下了山梁子后不见了踪影。兰正义和李发康跟在最后，气喘吁吁跟上来。

兰正义：“大半夜的跟着野猪瞎追什么？万一野猪转过头来咬人怎么整！”

李发康喘着粗气：“你看见了没？野猪群里夹着一头白猪！”

兰正义：“乱逼麻麻的！谁顾得上去看黑的白的？”

李发康喊住一个民警问：“那你看见了没，有一头白猪？”

民警：“没有，光看猪眼睛了！”

“你……唉……”李发康问不出个结果。

“野猪群里夹进了家猪，家猪还不得被咬死！”

李发康把手电夹在腋下，双手揉了揉眼睛："应该没看错啊！我就看见一头白猪夹在黑野猪中间。"李发康再揉揉眼睛，一拍脑门，"我敢肯定有一头白猪夹在里面！"李发康自我拍板，确定看见一头白猪，此猪极有可能就是发顺家跑丢的那头建档立卡猪。

"那猪呢？"兰正义打断李发康。其实众人与野猪群只不过在慌乱中照过一面而已。

山中搜寻人员夜遇野猪群的消息成为第二天早上人们的谈资，大家议论纷纷后一致得出结论：发顺跑丢的媳妇玉旺有极大的可能已经死在了山上，根据玉旺踪迹全无以及野猪成群的事实可以正面得出悲惨的推测，玉旺死了，肉已经被野猪吃了，骨头也被嚼碎。同时也得出一致的同情和愤慨：把发顺这个畜生也丢到山上让野猪嚼碎，李发康这个多管闲事的间接杀人犯也丢到山里。

发顺在玉旺走丢次日，又伙同着老岩、二黑，呼呼大醉，仿佛丢了的不是他的媳妇。发顺呼呼大醉时坚持的醉话是："玉旺，是李发康弄丢的！必须由李发康负责。"

李发康领着人在山中继续找，他走在最前面，背后是千夫所指。

一天一夜的山中引吭，留守山中一天一夜的搜寻人员累得够呛。兰正义糊弄个理由一大早就回了乡上，其余搜寻人员散在地上，横着，倚着，侧躺着。玉旺山中走失，谁都没法安宁。

随着玉旺走丢的时间拖长，这支搜寻队伍的规模不断扩大。第二天，相邻几个村的劳力加入进来。第三天，县上派来一支专业的消防队。地毯式的搜寻在玉旺走失后第三天正式形成，林中已撒出去千余人。可是在千余双眼睛之下，丝毫不见任何一丝有关玉旺的踪迹。县上每天的指示大同小异——设法减小这事的影响。但是这事没法不大，这种类似于人间蒸发的音讯全无让这场千余人找一人的事件无边扩大。一直寂静冷清的山林在大规模的人群介入之后变得热闹又沸腾。

不断加长的失踪时间消耗着李发康的耐性，在山中坚持三天三夜的李发康灰心丧气，心里打着鼓，脑子发着木。眼前一黑，累晕之前仍然不屈从："活要见人，死要见尸！"如果搜寻的第一天是人和猪一起找，第二天就是单纯找人，第三天第四天就是活要见人死要见尸。而第五天，千余人期望着在林中张大鼻孔单纯地寻找一具发臭的遗体，以终结这件费时费力的搜寻。可是没有，什么都没有。

当人们认为的玉旺的"死讯"满天飞的时候，发顺不得不接受玉旺已死的现实。酒越喝越发酸，接受死讯就意味着不得不悲伤，发顺不敢再扯着嗓子喊一个死人疯婆娘了。

所以发顺从村子一路哭喊着上山去："狗日的李发康，你还我玉旺。"

发顺的这种哭喊来得快，去得也快。就像是刻意走走过场，在散落着千余人的林中哭号一气后，被老岩和二黑钳下山去。把悲伤哭喊出来不一定有缓释功能，不过能博取同情，这是发顺的目的。晕倒被抬走的李发康自然而然成为发顺这个可怜之人可怜可恨的制造者，这是一致认为的，不可说服。

无所谓始，也无所谓终。发顺、老岩、二黑三人又继续成为一体，喝上了酒。

老岩："给玉旺立个牌位供一下吧？"

发顺又开始醉话："不弄，浪费香火。明天去告狗日的李发康。"

二黑："嗯嗯，人命，赔死狗日的李发康。"

八

玉旺走丢的第十天。

县扶贫办主任唐松的办公室热闹非凡，名为接待失踪者家属，实则是发顺率领着老岩和二黑在这里赖作一团。发顺的小盘算，以一条人命为筹码，肯定能在这里吃到一些甜头。唐松冷着脸，寻找着解决之法。办公室的皮沙发上，二黑穿着脏兮兮的袜子蹲在上面，老岩靠着。抽烟，吐痰。发顺跷着二郎腿，假装丧妻之痛。对，是假装。

发顺："唐主任，都是李发康弄的鬼，我要一个说法，我家媳妇死得不明不白。"

唐松冷着脸："你媳妇不都还没死吗？"

发顺："那么多人找了十天都找不到，跟死了有什么区别？"

发顺继续一脸哭相："唐主任，建档立卡猪是李发康发到我家的，换猪迎检的猪也是李发康买的，我那可怜的媳妇也是因为李发康才弄丢的……"

二黑和老岩附和："是啊，是啊，我们可以作证，都是因为狗日的李发康。"

唐松好言细语："我们县里会仔细研究这个事情，尽快给你们一个满意的答复。"

发顺耍赖："我们好不容易来一次县里，今天必须要一个说法，不然就不走了！"

唐松无奈，也只得继续见证三人的无耻："那说说吧！你们的意见。"

发顺愤愤："李发康促我媳妇和我离婚，我媳妇才跑丢的，一定要处理他。而且李发康买到我家迎接检查的猪，我希望政府可以帮我变成钱……以后……政府再有什么发猪崽发鸡儿的，直接帮我变成钱发给我……还有就是……我媳妇死了，政府方面多少给点赔偿……"

唐松一听发顺一口气说出一系列无理的要求，冷着的脸转黑。"啪！"一拍桌子："死了婆娘还狂了小鬼？李发康的事情我们县里会处理，你们的意见我们也会开会讨论。现在，请你们出去，我们要开会了！"唐松对三人下逐客令，不过三人丝毫不见要走的意思。唐松无奈，打通乡长兰正义的电话愤愤道："兰正义，快来把发顺他们带回去。"转而对坐在沙发上的三人说道，"你们喜欢待就待着吧！我要开会去了。"

"唐主任，唐主任！"三人看着唐松的背影。

二黑："发顺，你狗日的不会说话！"

发顺："要怎么说，我说的都是实话嘛！"

老岩："本来可以弄点补偿款的，现在完蛋了。"

三人又开始百无聊赖没有结果的内斗。

玉旺走丢后的搜寻工作在搜寻十二天无果后宣告结束，玉旺成为失踪人口。李发康是躺在病床上被当作问题处理的，扶贫的母猪丢了，是工作的错误。处理基层问题的时候用不当的手段造成严重的后果，这是严重的工作错误。数错加在一起，李发康成为特别严重的、可以作为其他干部引以为戒的反面典型。革去公职——当李发康听到县上给自己的处理意见的时候，瞬间释然："唉！"长舒一口气，"就这样吧！"其间，发顺率领老岩和二黑的三人无赖队伍从乡上到县上再到市上，闹遍了所有他们认为可以管到这件事情的部门。以至于从乡上到县上再到市上的各个部门都一致认为——此人无赖，避之不及。

卸去公职之后的李发康倍感轻松，他要离开这个地方。插手别人的家事从而导致别人媳妇跑丢了，他已背负着千夫所指的罪名。解释不清，不可说服。当李发康身无一物坐上离开的客车的时候，那个消失数月音讯全无的玉旺从山里回来了。

嗯，没说错！那个跑进山林里失踪数月的玉旺，那个千余人搜寻而不见的玉旺回来了。一同和玉旺回来的还有那头所谓的建档立卡母猪种以及母猪身后跟着的一群小猪崽。母猪嗷嗷嗷，小猪呀呀呀，被玉旺赶着穿村而过。这一天，村里的人打开大门，玉旺和猪回来，像战士凯旋。

"玉旺不是死在山上了吗？怎么回来了？"

"怎么还赶着猪回来了？还有一群小猪崽子。"

"那群小猪崽是小野猪呢！"

"肯定是小野猪，大概是那母猪跑到山上跟野公猪配的种！"

"不是，玉旺不是死了吗？怎么又回来了？"问题又回到原点。

玉旺和猪继续在村中穿行，一路走，背后跟着的人越来越多，都想看一看这个失踪在林中数月的女人。

玉旺赶着猪回到家中的时候，发顺刚打包好行李，他准备到省里去上访。大门开，见玉旺进门，发顺一愣，接着一惊："啊！你他妈不是死了吗？"赶进院子里的猪嗷嗷，见玉旺不回话，发顺大声吼道，"你他妈不是死了吗？怎么回来了，没死成？"玉旺的嘴嘟囔了几下，发声："李……李发康……在哪？"见玉旺回来的第一句话是问李发康，发顺愤愤："李发康都他妈差点把你害死了，你还跟我提他？"发顺挥手欲打玉旺。

不过这次发顺失算了。"啪！"玉旺响亮的一耳光抽在发顺脸上。挨了一巴掌的发顺发着蒙捂着脸向后退却："这疯婆娘，真的疯了！"天旋地转，天旋地转，这里的"天旋地转"，指的是发顺在捂着脸的瞬间看到门外哂笑的人群。这当然很让人没面子，发顺在此时酸软，瘫在地上。世界仿佛倒置，然后变了个色。

"李……发康……"

从山中归来的玉旺变得强硬，但是依旧痴傻。不过人们改变了说法，玉旺这是淳朴的无害。玉旺吆喝着从山中带回来的猪群，沿着山路走，最终被林海淹没。

列车向东走，驶出南高原，革去职务的李发康在车上。换个环境也许是种逃离，而逃离偶尔是飞升。列车向东走，李发康的电话响，接通，传来乡长兰正义的声音："发康啊！误会啊！误会，发顺家媳妇回来了，建档立卡猪也回来了！"

李发康并不惊讶："回来就好，回来就好！"

兰正义："我们乡里和县上已经更正了对你的处理，你可以回来了！"

电话那头李发康不做声，兰正义接着说："发顺媳妇回来，带回来建档立卡猪，还领回来一窝野猪的杂交崽子。乡上准备在村里建立一个野猪杂交的示范基地。"

兰正义接着说："回来吧！村里的工作需要你！"

"嘟……嘟……嘟……"电话忙音，李发康挂断电话，列车驶出高原。

"唉，累了！结束了！"李发康自言自语，倚着车窗，睡去。

九

现在，我经常在电话里喊李发康："嘿，倒霉蛋！"

他回："滚球！说人话！"

我："爸！"

他现在在沿海某个城市的建筑工地，有时候扎钢筋，多数时候打水泥。

我："爸，村里的野猪养殖场弄起来了！村里的人都顺利脱贫了。"

我爸李发康："那就好，现在国家政策那么好，好好过日子比什么都强！"

我接着说："玉旺养殖场的每一头猪，都是我爸！"

玉旺管养殖场的每一头猪，都叫李发康。

原载《中国作家》2019年第5期